이
조
한
문
단
편
집

2

이조한문단편집 2

초판 1쇄 발행 / 2018년 2월 20일

편역자 / 이우성·임형택
펴낸이 / 강일우
책임편집 / 정편집실
조판 / 박지현 황숙화
펴낸곳 / (주)창비
등록 / 1986년 8월 5일 제85호
주소 / 10881 경기도 파주시 회동길 184
전화 / 031-955-3333
팩시밀리 / 영업 031-955-3399 편집 031-955-3400
홈페이지 / www.changbi.com
전자우편 / human@changbi.com

ⓒ 임형택 2018
ISBN 978-89-364-6044-0 94810
      978-89-364-6986-3 (세트)

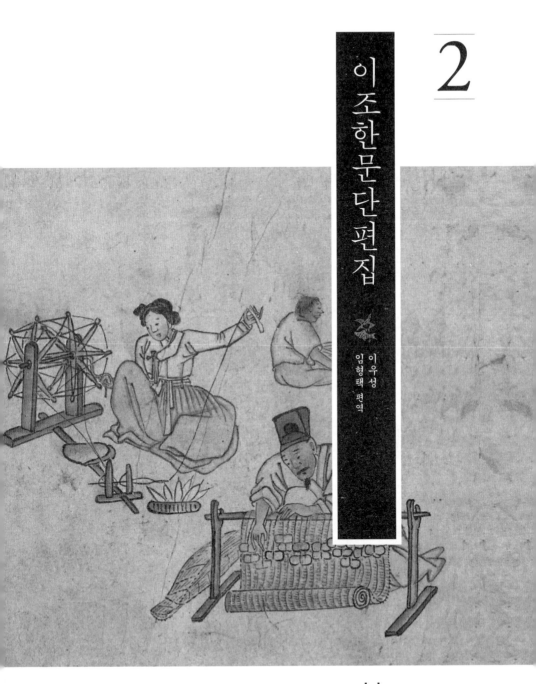

이조한문단편집

2

이우성
임형택 편역

창비

제4부 • 세태 II: 시정 주변

일러두기

1. 한문단편을 현대 한국어로 번역한 이 책은 총 4권으로 엮었다.
   제1권 제1부 부/제2부 성과 정
   제2권 제3부 세태 I: 신분 동향/제4부 세태 II: 시정 주변
   제3권 제5부 민중 기질 I: 저항과 좌절/제6부 민중 기질: 풍자와 골계
   　　　　별집: 연암소설
   제4권 원문편
   번역의 대상이 된 원자료는 대부분 필사본으로 40여종을 헤아리는바, 종에 따라서는 다수의 이본이 존재한다. 이들 자료에서 작품을 발굴하여 이 책을 엮은 것이다. 번역문으로 제1~3권을 구성하고 원문 또한 정전으로 제공한다는 취지에서 따로 제4권을 만들었다.
2. 원래 제목이 달려 있지 않은 것이 많았던데다 제목이 달린 경우도 한시구 혹은 한문구로 되어 있어서 그대로 쓰기 적절치 않기에 제목을 일괄해서 알기 쉬운 우리말로 바꾸었다. 원제는 각 편의 해설에 밝혀놓았다.
3. 출전 자료에 관한 해설은 일괄해서 제3권 뒤에 실었다.
4. 작자는 연암 소설이나 이옥의 작품과 달리 밝혀져 있지 않은 상태인데, 가능한 대로 추적하여 각 편의 해설에서 언급했으며, 역시 제3권의 '출전 해제' 뒤에 '수록 작품의 작자 일람표'를 제시하고 관련한 논의를 덧붙였다.
5. 번역은 원문의 뜻이 충실히 표현될 수 있도록 하되 일반 독자들이 접근하기 쉽도록 배려하였다. 이해를 돕기 위해 각주를 붙였다.
6. 그런 한편으로 당시의 분위기를 살리기 위해 역사·제도 및 생활상의 옛날 어휘를 쓰기도 했으며, 경우에 따라서는 비속어 내지 비칭 등을 피하지 않았다.
7. 원래 『이조한문단편집』은 이우성 선생과 임형택의 공편역이었는데 2012~17년에 이루어진 이번 개정판 작업은 임형택이 주도한 독회의 과정을 거쳤다. 독회 참여자는 다음과 같다.
   강수진 이화여자대학교 국어국문학과 박사과정 수료
   강혜규 서울시립대학교 강사
   곽미라 동국대학교 국어국문학과 박사과정 수료
   김수연 이화여자대학교 국어국문학과 조교수
   김유진 한국기술교육대학교 강사
   김지윤 서울대학교 국어국문학과 박사과정 수료
   남경화 한국학중앙연구원 석사과정 수료
   남궁윤 동국대학교 국어국문학과 박사과정 수료
   양영옥 고려대학교 BK21플러스 한국어문학사업단 연구교수
   엄기영 대구대학교 국어국문학과 조교수
   유정열 서울대학교 국어국문학과 박사과정 수료
   이승은 순천향대학교 향설나눔대학 조교수
   이용범 성균관대학교 동아시아학술원 박사과정 수료
   이주영 동국대학교 국어국문학과 박사과정 수료
   정성인 동국대학교 불교학술원 연구원
   정솔미 서울대학교 국어국문학과 박사과정 수료

제3부
●

세
태
I
‥
신
분
동
향

김홍도金弘道「자리 짜기[編席]」(국립중앙박물관 소장)

김령金令

영조 말엽이다.

채생蔡生은 가세가 빈한했는데, 남대문 밖의 만리현[1]에 살고 있었다. 달팽이 같은 집은 퇴락했고 끼니를 거르는 날도 많았다.

채생의 부친 채노인은 성격이 성실하고 근졸[2]하여 조용히 자기를 지키면서 추위와 배고픔 때문에 지조를 바꾸지 않았다. 오직 아들 채생을 엄하게 가르쳐서 가통을 이어가려고 했다. 아들이 털끝만큼이라도 옳지 못한 점을 보면 채노인은 자애로 포용하는 법이 없이, 반드시 발가벗겨 노망태 속에 잡아넣고 대들보에 달아맨 뒤 몽둥이로 두들기며 훈계하는 것이었다.

"우리 가문의 흥망은 오로지 네 한 몸에 달려 있다. 엄하게 책망하지 않으면 어떻게 허물이 고쳐지기를 기대하겠느냐?"

채생은 나이 18세에 우수현[3] 목睦학구[4] 집으로 장가를 들었다. 혼례

---

1 만리현萬里峴 지금의 서울역 서편에 있는 지명. 세종 때 최만리崔萬里가 살았던 데서 유래한 지명이라 한다. 만리동 고개.
2 근졸謹拙 사람 됨됨이가 약지 못하고 항시 조심스러워하는 태도.

날에도 일과의 글을 읽게 하였고, 신부를 맞아온 다음에는 동침하는 일까지도 날짜를 정해서 시켰다.

어느날 채노인은 채생을 불러 명하였다.

"한식이 나흘밖에 남지 않았구나. 묘사墓祀에 의당 내가 몸소 가야 할 일이나, 네가 장가든 이후로 아직 성묘를 못 갔으니 인정에나 도리에나 다 옳지 못하다. 내일 새벽에 떠나 사흘 동안 바삐 걸어 백여 리를 가면 기일에 대어 선산에 당도할 것이다. 묘제를 드릴 때는 모름지기 정성 성誠 한 글자를 명심해서 절하고 무릎 꿇고 나아가고 물러서는 데 있어 절차를 조금도 소홀함이 없도록 하여라. 그리고 가고 오는 길에 혹시 내행內行이나 상행喪行을 만나면 반드시 피하여 보지 말며, 마음을 정숙하게 갖도록 힘써야 하느니라."

채생은 거듭해서 말씀대로 하겠다고 다짐하였다.

이튿날 새벽바람에 길을 나서는데 채노인은 또 문밖까지 나와서 당부한다.

"긴 여로를 절대 허송하지 말고 경서 한질을 암송하여라. 도중에 반드시 음식을 절제하여 병에 걸리는 일이 없도록 하여라. 아무쪼록 힘쓰고 조심해야 할 것이다."

채생은 "예예." 하고 떠났다.

남대문을 통과하여 열십자 길을 돌아가는데 허름한 옷에 미투리를 신고 가는 그의 행색은 초라하기 그지없었다. 이때 웬 건장하고 험악하게 생긴 노속 5, 6명이 황금 재갈에 비단 언치를 놓은 준마를 이끌고 길 옆에서 대기하고 있다가 채생 앞으로 나와 절을 하는 것이 아닌가. 채생

---

3 우수현禹水峴 서울 남대문 밖의 도동桃洞에서 후암동으로 넘어가는 고개 이름.
4 학구學究 글방 선생이나 궁한 선비를 지칭하는 말.

은 얼굴을 붉히고 당황하여 빠른 걸음으로 지나가려 했다. 노속들이 채생을 빙 둘러싸고 이르는 말이었다.

"소인댁 영감께오서 서방님을 모셔오라십니다. 어서 말에 타십쇼."

채생은 영문을 몰라서 더듬거리며 말했다.

"당신들 어느 댁 사람이오? 내 가까이에 이렇다 할 친척이 없거늘 누가 이런 일을 시킨단 말이오? 얼른 비켜주오."

노속들은 두말 않고 일제히 덤벼들어 채생을 끌어다가 말안장 위에 올려놓는 것이었다. 고삐를 잡고 채찍을 휘두르니 말은 나는 용처럼 빨랐다. 채생은 눈을 휘둥그렇게 뜨고 입을 벌린 채 정신을 차리지 못했다. 오직 애달프게 부르짖을 따름이었다.

"나는 부모님이 다 연로하시고 형제도 없는 사람이오. 당신들 특별히 자비를 베풀어 가련한 이 목숨을 살려주오."

노속들은 들은 척도 않고 줄곧 말을 몰았다. 이윽고 어느 대문 앞에 당도했다.

겹겹의 중문을 들어가자 한 저택이 나오는데, 규모가 굉장하고 기둥이며 서까래까지 단청으로 새겨 있었다. 노복들은 채생을 부축해서 대청마루로 올라서게 했다.

마루 위에는 한 노인이 있는데, 머리에 오사절풍건[5]을 얹고 귀한 구슬로 갓끈을 해 달았으며, 귓바퀴 밑으로 한 쌍의 금관자金貫子가 달려 있다. 노인이 몸에는 대화청금창의[6]를 입었으며, 허리에는 홍조아대[7]를 차고 침향목[8] 의자에 높이 앉아 있는데, 곱게 단장하고 의복도 화사한

---

5 오사절풍건烏紗折風巾 검은 깁으로 만든 고깔 형태의 모자.
6 대화청금창의大花靑錦氅衣 벼슬아치가 평상시 입는 비단으로 만든 윗옷.
7 홍조아대紅條兒帶 붉은 실로 엮은 띠를 일컫는 말.

시녀 5, 6명이 나란히 모시고 섰다. 채생은 황망하여 절하고 무릎을 꿇었다. 주인은 일어나 답례하더니 이어서 채생의 성명·문벌·나이 등을 묻는 것이었다. 채생이 일일이 대답하자 주인은 기쁜 빛이 눈썹 사이에 드러났다.

"그렇다면 나 역시 박명하지 않겠군."

채생은 관가에 끌려온 닭처럼 내내 무슨 영문인지 알고 싶어도 알 수 없었고, 묻고 싶어도 묻지 못하였다. 다만 얼굴이 온통 홍시처럼 붉어져서 공손히 앉았을 뿐이었다. 주인이 꺼내는 말이다.

"나의 가문은 대대 역관으로 지내왔는데, 내 지위가 당상관[9]에 이르렀고 재산도 부유하다네. 어찌 스스로 만족하지 않겠나? 다만 슬하에 딸 하나를 두었더니, 남의 폐백을 받고 미처 혼례도 치르기 전에 사위 될 사람이 갑자기 죽어서 청춘에 공방을 지키는 형상이 더없이 가련하다네. 하지만 예법에 지키는 바가 있고 이목에 구애가 되어 시집을 보내고 싶어도 보내지 못하고 어언 3년이 흘렀네. 여식이 간밤에 문득 애처로이 흐느끼는데 소리소리 한을 머금었고 마디마디 간장을 에는 듯하여 길 가는 사람이라도 눈물을 적시지 않을 수 없겠거늘, 하물며 나의 일점혈육이 오직 이 여식뿐인 데야. 하루를 참고 보면 하루의 시름이라, 백년을 참고 보면 백년 동안 낙을 잃을 것일세. 결함 많은 우리 인생이 역마驛馬처럼 빨리 지나가거늘, 아무리 풍악으로 귀를 즐겁게 하고 비단으로 눈을 호사하고 기름진 음식으로 입을 달게 하더라도 오히려 더 많은 낙을 누리지 못함이 한스러운데, 내가 무엇 때문에 눈물로 일과를 삼고 슬픔과 탄식으로 가계家計를 삼겠는가? 사세가 이 지경에 이르러

---

8 8 **침향목沈香木** 인도·동남아시아 원산의 아주 좋은 목재.
9 **당상관堂上官** 품계가 정3품 이상의 관원.

부득이 계획을 세워본 것이네. 그래서 집의 하인들을 새벽에 큰길로 내보내 잘났고 못났고 귀하고 천하고를 가릴 것 없이 처음 만나는 젊은 남자를 기어코 맞아다가 아름다운 인연을 맺어주려고 하였다네. 그런데 내 여식과 군 사이에 의외로 월로[10]의 숙연이 있어 이처럼 만나게 되다니 참으로 기이한 일이구면. 혼자된 여식을 어여삐 여겨 일생 건즐[11]을 받들도록 해주기 바랄 따름이네."

채생은 더욱 눈을 둥그렇게 뜨고 감히 무엇이라 응대하지 못하였다. 주인이 다시

"봄밤이 짧으니, 닭이 벌써 울었지만[12] 하늘이 새기 전에 화촉을 밝히도록 하세."

하고 채생을 부축하여 일으켰다.

채생은 안내를 받아 들어갔다. 한 곳을 돌아서자, 화원이 둘레가 수백 보이고 사방을 회칠한 담장으로 둘렀으며, 그 담장 안으로 연못이 있었다. 연못가에 작은 배를 대어놓았는데 겨우 2, 3인이 탈 정도였다. 배를 타고 건널 때 연과 여뀌들이 쭝긋쭝긋하였고 지척도 분간할 수 없었다. 그윽이 향내를 맡으며 한참을 거슬러 올라가자 동산이 가로막고 있다. 무늬 새긴 돌로 축대를 쌓고 가운데로는 층계를 만들어서 위로 올라가게 되어 있었다.

채생은 배에서 내려 계단을 밟았다. 계단이 끝난 곳으로 열두 난간의 건물에 화문석이 깔려 있고 주렴이 휘황했다.

---

10 월로月老 월하노인月下老人의 준말로, 남녀 간의 인연을 맺어준다는 전설 속의 인물.
11 건즐巾櫛 수건과 빗. 여자가 남자와 결혼하는 것을 낮추어 말할 때 쓴다.
12 원문은 '鷄人已唱'인데 여기서 '계인'이란 주관周官의 명칭으로 큰 제사에서 시각에 맞춰 사람을 깨우는 임무를 맡았다. 그래서 시각을 알리는 닭의 별칭으로 쓴 것이다.

주인은 채생을 거기서 기다리게 하고 안으로 들어갔다. 채생이 멍청히 서서 두리번두리번 사방을 둘러보니, 진기한 풀, 묘한 돌, 이름난 꽃, 아름다운 새 등등 바닷가에서 신기루를 바라보는 듯 황홀하여 말로 다 표현할 수 없었다.

잠시 후에 두 청의[13]가 채생을 맞아서 인도하는 것이었다. 채생은 그를 따라서 한 홍원[14]에 이르렀다. 푸른 사창紗窓 안으로 은촛대에 불빛이 휘황하고 향불의 연기가 가늘게 오르는 것이 보일 뿐이었다. 한 방년의 아씨가 꽃 같은 자태 달 같은 얼굴로 곱게 치장하고 고고하게 창 안에 서서 기다리고 있는 것이 아닌가. 그림자가 살짝 내비쳐 옆모습이 보였다.

채생은 머뭇머뭇 앞으로 나아갔다. 아씨도 사뿐히 발을 옮겨 맞아들이고 다소곳이 절을 하는 것이었다. 채생도 머리 숙여 답배를 했다. 그리고 전방석에 마주 앉았다. 시녀가 상을 내오는데 온갖 진미가 값진 그릇에 풍성하게 진열되어 있었다. 채생은 부끄럽고 어색하여 선뜻 젓가락을 들지 못했다.

주인이 말했다.

"저 어린 여식의 부귀는 원래 타고난 것이요, 오직 자네에게 바라는 바는 은정이 끊이지 않고 질투가 행하지 않아서 백년토록 의가 좋았으면 하는 것이네. 이 점을 잘 생각하여주게."

채생이 또 대답을 못 하고 있는데 주인은 일어나서 문을 닫고 나갔다.

할멈이 칠보 침상에 비단 이부자리 두채를 깔고 채생을 휘장 안으로 들어가시자고 했다. 채생은 마지못해 들어갔다. 할멈은 아씨를 부축해서 채생과 나란히 앉히고 나서 휘장을 내리고 문서[15]로 고정시켰다.

---

13 청의靑衣 친한 사람. 하인의 별칭.
14 홍원紅院 붉게 칠하여 호사스러운 건물.

채생은 마음에 걸리는 것이 많아 주저주저하고 있었다. 완랑의 천태고사[16]를 들어 스스로를 위로하기도 하고, 유의의 동정고사[17]에 자신을 견주어보기도 했다. 이내 촛불을 끄고 베개를 나란히 하니 애틋한 속삭임이 끝이 없었다.

해가 세발이나 떠오른 무렵에 비로소 채생은 눈을 떴다. 옷가지가 하나도 눈에 뜨이지 않아서 채생이 의아한 마음을 감추지 못하여 신부에게 물어보았다.

"겨냥해서 옷을 지으려고 내간 모양입니다."

말이 끝나기 바쁘게 할멈이 무늬 놓은 상자를 들고 왔다.

"새 옷이 다 지어졌습니다. 서방님 갈아입으셔요."

채생은 화사한 비단옷이 몸에 꼭 맞아 기쁘기 그지없었다.

아침을 들고 났을 때 노인이 들어와서 잘 잤느냐고 묻는 것이었다. 채생은 머뭇거리다가 겨우 말을 꺼내었다.

"어르신께서 한미한 소생을 누추히 보시지 않고 정중하게 대해주시니 동상[18]에 오래 머물러 조그만 경의나마 표하고 싶은 마음입니다. 그러나 묘사가 눈앞에 있고 갈 길이 머니 만약 일각이라도 지체하다가는 기일에 대어갈 수 없을까 걱정입니다. 이제 고별하지 않을 수 없으니 헤아려주시기 바랍니다."

"선산이 여기서 몇리나 되는가?"

---

15 문서文犀 무소뿔에 무늬를 새겨 만든 집게 종류.
16 완랑阮郎의 천태고사天台故事 후한 때 완조阮肇라는 사람이 천태산天台山에 약을 캐러 들어갔다가 선녀와 놀았다는 고사가 있다.
17 유의柳毅의 동정고사洞庭故事 유의는 당나라의 이조위李朝威가 지은 전기傳奇 『유의전柳毅傳』의 주인공이다. 유의는 동정호洞庭湖의 용녀龍女와 짝을 맺는다.
18 동상東床 사위의 처소를 가리키는 말.

"백여 리 됩니다."

"지친 걸음으로 터덜터덜 가노라면 착실히 사흘이 걸리겠지만 준마로 내달으면 반나절 노정에 불과하다네. 이틀 밤을 여기 유숙하여 나의 소망을 저버리지 말아주게."

"가친의 훈계가 엄하십니다. 제가 만약 여기서 미적거리고 있다가 뒤늦게 살진 말, 산뜻한 옷으로 보란 듯이 달려가면 일이 금방 들통나지 않겠습니까? 원컨대 어르신께서는 다시 생각해보옵소서."

"내 벌써 깊이 요량해두었다네. 방법이 있으니 걱정하지 말게."

채생은 내심 선뜻 떠나고 싶지 않다가 이 말을 듣고 속으로 대단히 다행스럽게 여겼다.

주인은 채생을 이끌고 산 위의 정자, 물가의 누대, 소나무숲, 대밭으로 돌아다니며 경치를 완상하고 회포를 풀었다. 낱낱이 절경이라 할 곳들이었다. 노인이 말했다.

"나는 성은 김이고 벼슬은 지추[19]에 이르렀네. 세간에서 사람들이 과장하여 나의 재산을 국중의 갑부라고 말을 한다지. 그래서 이름자가 원근에 좀 알려진 것이네. 자네도 혹 들어보았던가?"

채생이 대답했다.

"거리의 아이들이나 시골의 농군들까지도 다 존함을 알고 있는데, 저야 물론 명성을 우레처럼 들었다뿐입니까?"

"나는 자식이 없어서 산수 전원의 좋은 풍치를 얻어 아무쪼록 여생이나 즐기려 하였네. 정원이며 건물 등이 실로 분에 많이 넘치는 줄 아네. 남에게 이야기하여 큰 죄를 입게 되는 일이 없도록 조심해주게."

---

19 **지추知樞** 동지중추부사同知中樞府事의 준말. 중추부中樞府의 종2품 벼슬. 동지同知.

채생은 "예예." 하였다.

이틀이 지나 새벽에 채생은 일어나서 길을 나섰다.

수레와 말이 다 준비되었고 여러명의 하인들이 옹위해서 갔다. 날이 기울기도 전에 이미 선산 가까이 당도했다. 5리 밖에서 처음에 입고 나섰던 옷으로 갈아입고 들어갔다.

이튿날 아침 묘사를 지내고 귀로에 올랐다. 얼마 걸어나오지 않아서 어제의 수레와 말이 길가에 기다리고 있었다. 채생은 다시 비단옷으로 갈아입고 나는 듯이 김동지의 집으로 돌아갔다. 그길로 곧 귀가하려 하자 김동지가 말렸다.

"춘부장은 자네가 걸어올 줄로만 생각하지, 타고 올 줄로는 생각지 못하시네. 백여 리 먼 길을 하루에 들어가면 곧 종적이 탄로나 달리 꾸며낼 말도 없을 것일세. 다시 더 하룻밤 묵어감만 못하네."

채생 또한 신방에서 보낸 날들로 새로 맺은 정이 무르녹아 헤어짐에 당해서 눈물이 저절로 앞을 가렸다. 신부가 언제 다시 만날 수 있을까 물었다.

"가친의 가르침이 엄격하시어 밖에 나갈 때는 반드시 갈 데를 말씀드려야 한다오. 봄가을로 묘사철에 이번처럼 나를 대신 보내신다면 기회가 생기겠지요. 그렇지 않으면 해가 가고 세월이 흘러도 기약할 수 없는 일이니 임자는 혼자 사는 것이나 진배없구려."

채생은 이 말과 함께 눈물을 쏟았다. 봉별난리[20]라 할 것이었다.

채생은 아직 나이 어리고 마음도 순진한 사람이었다. 전부터 품어온 소원의 하나가 부싯돌 주머니를 갖는 것이었는데, 집이 가난해서 이루

---

20 봉별난리鳳別鸞離 봉황이 작별하고 난새가 떠난다는 말로 남녀 간의 애달픈 이별을 비유함.

지 못하고 있었다. 김동지 집에서 옷에 달아준 주머니는 자수도 정결하고 만들어진 품이 묘함에 끌려서 차마 놓아두지 못하였다.

"이 주머니를 큰 주머니 속에 숨겨두면 누가 알겠어요? 입고 오신 옷가지를 그대로 입고 이것만 가지시는 것쯤 별일이 없겠지요."

신부가 말하는 대로 채생은 비단 주머니를 베 주머니 속에 간직하였다.

채생이 집에 돌아가 부친께 복명復命하기가 바쁘게 채노인은 선영의 안부와 묘사를 정성껏 모셨는가 여부를 묻는 것이었다. 채생은 낱낱이 아뢰었다. 채노인은 채생에게 글을 계속해 읽도록 명하였다.

채생은 책을 앞에 놓고 입으로 웅얼거리지만 마음은 항상 김동지의 집에 가 있었다. 하루는 채생이 부친으로부터 내실에 들어가 자라는 엄명을 받았다. 밤에 내실로 들어가니 부서진 창살, 비 새는 천창天窓으로 바람이 들어와서 뼛골이 시리고, 부들자리 삼베 이불에는 벼룩과 빈대가 극성이다.

아내가 일어나서 맞이하는데, 나무비녀 몽당치마에 때 긴 얼굴이 수척해서 전에 없이 초라해 보였다. 끌리는 구석이라곤 한점도 없어 아무말도 건네지 않고 오로지 그리워하는 마음은 김동지댁 신방, 그날의 즐거움이었다. 그때 놀던 일이 꿈만 같았다. 뒤에 만날 날을 기약할 수 없는 터라 원미지의 "창해를 보고 나면 물이 되기 어렵고 무산의 구름이 아니고는 구름으로 보이지 않더라."[21]라는 시구를 읊조리며, 정히 자기의 신세와 비슷함을 생각하여 짧은 한숨 긴 탄식을 연발하며 엎치락뒤치락 잠을 못 이루었다. 새벽종이 울려서야 겨우 눈을 붙였다가 해가 높이 뜨도록 잠에서 깨어나지 못하였다.

---

21 원미지元微之는 당나라의 유명한 시인 원진元稹의 자字. 그가 죽은 부인을 그리워하여 이 시구를 읊었다. 원문은 '曾經滄海難爲水 除却巫山不是雲'.

아내는 새벽에 먼저 일어났다. 혼자 생각하기를, 남편과 평소에 금실이 좋아 애정이 두터웠는데 선산을 다녀온 이후로 갑자기 이처럼 냉담해지다니, 필시 정을 두고 헤어진 사람이 있기에 자신에 대한 정이 멀리 달아난 것이겠거니 싶었다. 채생의 기색과 의복을 자세히 살펴보았으나 별로 달라진 점은 눈에 띄지 않았다. 우연히 채생이 차고 있는 주머니에 눈이 가서 보니, 전에는 언제나 빈 껍데기였는데 오늘은 무엇이 불룩하지 않은가. 십분 수상한 느낌이 들었다. 이에 주머니 속을 뒤져보니 조그만 비단 주머니가 속에서 나오고 그 안에 부시와 부싯돌에, 바둑알 모양의 은화가 들어 있었다. 아내는 잔뜩 부어가지고 그것들을 책상에다 벌여놓고 남편이 잠에서 깨어나 스스로 부끄러워하기만을 기다렸다.

이윽고 채노인의 꾸중 소리가 밖에서 들렸다.

"이 개돼지 같은 놈아, 아직도 잠을 퍼 자다니! 어느 겨를에 글 한 자나 읽겠느냐?"

채노인은 방문을 활짝 열어젖히고 야단을 치는 것이었다. 채생이 부리나케 일어나서 옷을 주워입는데 채노인의 두리번거리던 눈길이 책상 위에 벌여놓은 주머니에 가서 꽂혔다.

채노인은 대단히 해괴한 일로 생각하고 즉각 채생을 발가벗겨 노망태 속에 잡아넣고 들보에 매달았다. 그리고 사정없이 매질을 하였다. 채생은 고통을 견디지 못해 낱낱이 실토하고 말았다. 채노인은 한층 더 격노해서 길길이 뛰며[22] 당장 편지를 써서 이웃집의 일꾼을 삯을 주어 보내 김령金令을 오게 하였다.

김령은 국중 갑부로 아무리 재상 반열의 학사學士 대부大夫라도 앉아

---

22 원문은 '三百曲踊'인데, 힘껏 세번 뛰어 보인다는 의미. '百'은 '陌'의 뜻이다(『좌전左傳·희공僖公 28년』).

서 불러 볼 수 없는 처지였다. 하물며 일개 훈장이 일꾼 하나를 보내서 마음대로 오라 가라 할 사람인가. 한갓 홀로된 딸을 맡기고 싶어 치욕을 감수할 수밖에 없었다. 김령은 즉시 달려왔다. 채노인이 소리를 높여 꾸짖는다.

"당신은 예법을 어기고 딸의 음란을 방조하여 스스로에게 매우 불미한 일일뿐더러 남의 아들까지 그르치게 만들다니, 이 무슨 해괴한 일이오?"

김령이 대답했다.

"사위를 구하는 수레가 공교롭게 영식令息을 만난 것이구려.[23] 피차 뜻하지 않은 불행으로 이미 어찌할 수 없게 되었구려. 이제부터 물이 흐르듯 구름이 흩어지듯 양가의 일을 서로 간섭지 않으면 그만 아니오? 구태여 남의 허물을 들추어서 큰 소리로 떠들 까닭이야 없지 않겠소?"

거기에 채노인은 더 할 말이 없었다. 김령은 곧 돌아서며

"이담부턴 서로 없던 일로 치고, 서로 이러니저러니 곤란을 끼치지 말기로 합시다."[24]

하고 표연히 가버렸다.

한해가 흘렀다. 어느날 채노인의 집에 김령이 비를 무릅쓰고 불현듯 나타났다.

"전날 굳게 약속했거늘 오늘 어떻게 여길 오셨소?"

채노인의 물음에 김령이 대답했다.

---

23 원문은 '巧丁阿戎'인데, '阿戎'은 사촌동생이나 남의 아들을 지칭하는 말이며 '丁'은 만난다는 뜻이다.
24 원문은 '魚湖相忘'인데, 고기가 서로 간섭하지 않고 강호에서 자유로이 논다는 의미(『장자莊子·대종사大宗篩』).

"마침 교외에 나왔다가 갑자기 소나기를 만났는데 근처에 별로 친지가 없어 부득이 귀댁에 들른 것이외다. 잠깐 비를 피해 가겠으니 양해하여주시기 바라오."

채노인도 부드러운 태도로 나왔다.

"나 역시 장마에 혼자 앉아 울적한 심회를 풀 길이 없더니, 마침 노형이 오셨으니 한담이나 나눕시다."

김령은 태도가 매우 공손할뿐더러 담론이 서슴없어 고치에서 명주실이 나오듯 술술 흘러나오는데 대단히 조리가 있었다. 그러나 자녀의 일[25]에 관련해서는 한마디 말도 비치지 않았다. 채노인은 평생의 사귐이 궁한 훈장과 시골 선비에서 벗어나지 못하였고, 종일 오고 가는 말들이란 기껏 서로 근천을 떨어 판에 박은 듯한 가난타령뿐이었다. 그러다가 김령의 박식하고 시원시원한데다가 호감을 사려는 언변을 대하니 크게 기뻐 심취하고 말았다.

김령은 채노인의 마음이 움직이는 것을 감지하고 즉시 데려온 하인을 불러 지시하는 것이었다.

"내가 오늘 바삐 돌아다니느라 배가 몹시 고프다. 행장에서 음식을 꺼내오너라."

하인은 즉시 가효진찬佳肴珍饌을 대령하였다. 김령이 술 한 잔을 가득 따라 공손히 채노인 앞에 올렸다. 채노인은 배에서 꼬르륵하고 입에서 침이 꼴깍 나와 그 술을 들이켜고 싶은 마음이 굴뚝같았지만 겉으로 굳이 사양하였다.

"서로 모르는 사이에도 술잔은 나누는 법입니다. 우리야 친분이 생긴

---

25 원문은 '葭莩'인데 서로 혼인관계가 있는 사이를 가리킴. 사돈간.

지도 한참 되어 초면도 아닌데, 어찌 마주 보고 앉아서 독작을 할 수 있겠습니까?"

채노인은 그만 말문이 막혀서 술잔을 받았다. 술잔이 입에 닿기가 바쁘게 훌쩍 들이켜는 것이었다. 향긋한 술기운[26]이 심중의 울적함을 씻어내고, 한껏 나물이나 담던 창자에 진찬이 들어가니 취한 눈에 홍조를 띠고 가슴마저 상쾌해졌다.

김령은 채노인과 마주 앉아 술잔을 주거니 받거니 실컷 즐기다가 일어섰다. 채노인이 김령의 손을 붙잡고 말하는 것이었다.

"노형, 참 좋은 술벗이구려. 종종 찾아주오."

"오늘이야 비가 온 까닭에 우연히 술잔을 나눌 기회를 얻었습니다만, 공사 간의 일로 종일 눈코 뜰 사이 없이 분주한데, 어떻게 몸을 빼내 다시 들를 수 있을지 모르겠습니다."

채노인은 문밖까지 김령을 배웅하고 안으로 들어가 취한 정신으로 가족들 앞에서 김령에 대한 칭찬을 늘어놓았다. 그러다가 이내 곯아떨어졌다. 이튿날 아침에 어제 자기가 속았음을 깨닫고 후회했지만 이미 돌이킬 수 없는 노릇이었다.

김령은 가만히 사람을 보내 채생의 집 동정을 살펴보았는데, 하루는 그 사람이 돌아와서 전하는 말이었다.

"채생의 집이 닷새 동안이나 밥을 짓지 못해 안팎의 식구들이 쓰러져 있는 정경이 처참합디다."

김령은 채생에게 편지와 함께 수천전의 돈[27]을 보냈다. 채생의 일가족이 환호하며 얼른 저녁을 지었음이 물론이다. 채노인에게는 이 사실

---

26 원문은 '靑州從事'인데 술의 별칭.
27 원문은 '孔方兄'인데 돈의 별칭.

을 아뢰지 않고 누구에게 빌린 것으로 핑계를 댔다. 채노인은 밥상을 받자 굶주린 배를 채우기에 급급하여 어디서 생긴 것인지 캐어물을 겨를도 없었다. 하루가 가고 이틀이 가도 끼니 걱정이 없는 것을 보고 비로소 이상히 여겨 출처를 물었다. 채생은 그 연유를 아뢰지 않을 수 없었다. 채노인이 대로하여 꾸짖는다.

"차라리 구렁에 쓰러져 굶어죽을지언정 어찌 앉아서 명분 없이 남의 물건을 받아먹는단 말이냐? 하나 이미 지나간 일이라 토해낼 수도 없는 일이고 갚을 길도 없으니, 차후로는 이러한 일이 없도록 하여라."

채생은 "예." 하고 대답했다. 또 어느덧 돈이 떨어지고 굶는 일이 여전하였다. 채노인은 본래 성격이 허술해서 생계를 차릴 주변이 전혀 없었다. 채생 모자가 살짝 뜯어다 불 때고, 아랫돌 빼다가 윗돌 괴는 식으로 간신히 한해를 넘겼다. 가세는 막다른 데 다다라 빚은 산처럼 불어나서 온 가족의 죽음이 눈앞에 다가와 있었다.

김령은 이러한 사정을 탐지하고 나서 다시 또 10섬의 쌀과 100냥의 돈을 채생 앞으로 보냈다. 채생은 부모가 돌아가실 지경에 이르러 마음이 타고 가슴이 쓰라리던 차였다. 그야말로 병경뇌치[28]라, 아무리 똥장군을 짊어지고 날품을 파는 일이라도 사양할 수 있으랴! 더구나 친히 아는 사람이 호의로 보낸 것임에야. 채생은 두말 못 하고 그 도움을 받아들여 부모를 봉양하게 되었다. 채노인은 주림으로 정신이 혼미한 참이어서 앞뒤 모르고 음식을 탐하였다. 채생이 부모를 연일 지성으로 공양하여 며칠 지나자 몸이 정상으로 돌아왔다. 그러고도 계속 좋은 음식이 나오니 채노인이 물었다.

---

28 병경뇌치缾罄罍恥 '작은 단지인 병缾이 빈 것은 큰 그릇인 뇌罍의 수치'라는 말로 식량이 떨어져 궁핍함을 비유할 때 쓴다.

"이것들을 어디서 마련한 것이냐?"

채생은 사실대로 아뢰지 않을 수 없었다. 채노인은 억지로 웃음을 지으며 말했다.

"김령은 어찌하여 이처럼 우리를 자주 도와준단 말이냐? 앞으로는 받지 말아야 할 것이다. 또 받는다면 매를 면치 못할 것이다."

채생은 아버지의 말씀대로 따르겠노라고 다짐했다.

채생의 집은 5, 6개월 동안 양식 걱정이 없이 편안히 지냈다. 하지만 이내 또 아무 마련이 없어지자 근심은 전보다 열 배나 더하였다. 갖은 신고를 맛보며 허다한 세월을 보내고 있었다. 게다가 기제사를 앞두고 아무런 준비가 없는 터라 마음이 안타깝기 그지없었다. 집 안에서 서로 얼굴만 마주 보고 앉아 이 궁리 저 궁리로 수심이 가득했다. 그런 즈음에 한 하인이 꿰미돈 2백냥을 지고 와서 채생에게 바치는 것이었다. 김령의 집에서 보낸 것임이 물론이다. 채생은 부친의 훈계를 생각하고 거절하려 했다.

"저쪽이 일껏 의리로써 우리의 제수를 부조하는데, 인정으로 보나 사리로 보나 전부 물리칠 수야 있겠느냐! 반은 돌려보내고 반을 받는 것이 적당한 처사이니라."

부친의 말씀을 채생은 그대로 따랐다.

이튿날 김령이 채생을 위해서 상을 성대하게 차려가지고 찾아왔다. 채생이 역시 거절하려고 하자 채노인이 하는 말이었다.

"이왕 차려온 음식인데 그냥 돌려보내선 낭패가 아니냐. 이번에는 받아들이기로 하고 차후론 일절 이런 일이 없도록 하여라."

온 식구가 둘러앉아 그 음식을 나누어 먹었다. 맛이 기가 막혀서 모두들 실컷 배를 불렸으며 음식 칭찬이 입에서 우레처럼 일어났다.

김령이 은근히 채노인에게 술잔을 권하자 채노인은 사양하지 않고 받아 마셔서 어느덧 만취가 되었다. 채노인은 드디어 김령에게 문경지교[29]를 허락하고 나서 아들을 불렀다.

"너는 김씨댁 규수와 본래 초월[30]처럼 무관한 사이였으나, 어느덧 진진[31]의 인연을 맺게 되었구나. 천생연분이 아니었던들 이런 일이 일어났겠느냐? 네가 종내 소원하게 대하여 남의 일생을 망치는 것은 크게 불가하니라. 오늘밤이 매우 길하니 하룻밤 가서 자고 오너라. 오래 머물지는 마라."

채생은 더없이 기뻤다. 김령은 두번 절하며 감사의 뜻을 표하고 즉시 채생을 말에 태워 자기 집으로 보냈다. 그리고 자신은 채노인의 마음이 혹시 변할까 염려해서 짐짓 눌러앉아서 놀다가 날이 훨씬 저물어서 자기 집으로 돌아갔다.

채노인은 다음날 아침에 돌아오는 아들을 보고 어제 자기가 했던 말은 까맣게 잊어먹고 어리둥절해서 묻는 것이었다.

"네가 웬일로 아침부터 의관을 차리고 들어오느냐?"

채생이 사실대로 아뢰자 채노인은 후회하였으나 부끄러워 책망도 못하였다. 그로부터는 채생에게 모든 일을 일임하여 하는 대로 따르고 조그만 트집도 잡아내지 않았다. 자연히 의식과 봉제사 모두 김령에게 의뢰하게 되었다.

김령은 거의 매일같이 술을 싣고 찾아와서 실컷 담소를 하고 돌아가

---

29 문경지교刎頸之交 생사를 같이할 만큼 친한 사귐.
30 초월楚越 중국 전국시대 초나라와 월나라. 서로 떨어져서 상관없는 사이를 가리킨다.
31 진진泰晋 두 가문 사이에 혼인관계가 이어진 사이를 가리키는 말.

곤 하였다. 채노인은 젊어서부터 가난에 찌들어 머리와 수염이 희어진
터에 편안히 호의호식하며 매일 유쾌하게 술을 마시게 되자 자못 쾌적
함을 느껴, 지난날의 고생을 생각하면 몸에서 소름이 일어날 지경이었
다. 어느날 김령이 조용히 입을 뗐다.

"아드님이 나의 집을 자주 내왕하는 것이 남의 이목에 매우 구애됩니
다. 이제 그만 발을 끊는 것이 좋겠습니다."

채노인이 놀라서 말했다.

"그러면 내 마땅히 며늘아기를 우리 집으로 맞아와서 종적이 드러나
지 않도록 하면 괜찮겠지요?"

"아드님은 아직 나어린 선비로서 위로 부모를 모시고 아래로 정실이
있는 터에, 집에 소실을 두다니 말이 됩니까?"

"아무튼 무슨 묘책을 생각해서 우매한 나를 깨우쳐주구려."

"귀댁 가까이에 집 한채를 지어서 아침저녁으로 내왕하기 편하도록
하고 싶은데, 고견高見이 어떠신지요?"

"그렇다면 주택은 대단히 클 것이 없고 부리는 사람도 많을 것이 없
으며 곳간도 풍성할 것이 없습니다. 아무쪼록 우리 가문의 청빈하고 검
소한 생활태도를 지키도록 해주기 바라오."

채노인이 덧붙이는 말에 김령도 그러기로 약속했다.

김령은 집에 돌아가서 곧 목재를 구해 공사를 시작했다. 문득 일등 저
택이 들어서는데, 채노인의 뜻과는 아주 판이하게 되고 있었다. 채노인
은 어찌할 도리가 없어 종종 혀를 차다가 김령을 책망하기도 했다.

"저택은 자손을 기르는 곳인데, 선생은 옥을 안고 구슬을 품고 계시
면서도 지금 세상에 쓰이지 못하였으니 마땅히 자손들이 그 응보를 받
게 될 것입니다. 어찌 문호를 높일 필요가 없으리까?"

이처럼 김령이 추어올리는 말에 채노인은 아주 기뻐하며 불평하던 말이 쑥 들어갔다.

집이 다 지어지자 김령은 어두운 밤에 딸을 채생 집으로 보냈다. 시부모와 정실부인을 예로써 뵙고 이내 새집에 안정하였다. 그리고 3일에 소연小宴, 5일에 대연大宴을 베풀어 시부모를 기쁘게 하고 안팎의 하인들에게까지 두루 환심을 얻었다.

하루는 채생이 모친께 조용히 아뢰었다.

"아버지 어머니께서 일평생 고생만 하시다가 이제 노년에 이르셨습니다만, 소자는 아직 나이도 어리고 학업도 부족하여 과거 급제를 기약하기 어렵습니다. 지금 한 가닥 효도할 도리는 오직 새집으로 옮겨 안온히 부귀를 누리시는 것입니다. 어머니, 제 소망을 들어주옵소서."

"내가 만약 새집에 가 있으면 김씨댁에서 무어라고 말이 없겠느냐?"

"이는 모두 김령과 소실의 뜻입니다. 저는 말을 전하는 것뿐입니다."

채생의 모친은 그 말에 따르고 싶은 의향이 있어서 채노인에게 말을 꺼냈다.

"당신이 심기가 쇠약해져서 엉뚱한 말을 하는구려."

"내가 당신과 함께 살아온 이후로 검수도산³²에 단 하루도 마음이 편치 못하였소. 이제 다행히 의식의 방도를 얻어 평안히 마음 놓고 살아가게 되었으니 이게 다 새 며느리 은덕이 아니예요? 이제 또 효성으로 우리를 모셔다가 여생을 편히 지내게 하려는데 무슨 손상되는 일이 있다고 따르지 않겠어요?"

모친은 이처럼 주장을 꺾지 않았다.

---

32 검수도산劒水刀山 어려운 경로를 비유해서 하는 말.

"당신 혼자 가구려! 나는 이 집을 지키고 살겠소."

마침내 부친은 남고 모친만 날을 받아서 새집으로 들어갔다.

채노인이 때때로 새집에 들르면 수십명의 청지기며 하인들이 대문 밖까지 나와서 영접하고 좌우에서 부축하여 별당으로 모시는 것이었다. 별당은 오로지 아버지가 와서 거처하기 편하도록 마련한 공간이었다. 별당으로 들어서면 서가에 책이 가득하고 뜰에는 화초들이 볼만했다. 부리는 사람들이 기다리고 있어 응대가 소홀함이 없었으며, 노처의 거처 또한 마찬가지였다. 갈 적마다 그곳에 더 머물러 떠나고 싶지 않았다. 마지못해 옛집으로 돌아가면 허술한 초옥 두어 칸이 여전히 쓸쓸할 따름이었다. 문득 떠오른 생각이 있었다.

'나의 여생이 이제 얼마나 남았으랴! 불과 손가락 한번 튕길 동안이지. 하필 사서 고생할 거야 무어 있겠는가.'

채노인은 아들 채생을 불렀다.

"나 혼자 빈집을 지키고 너에게서 식사를 날라다 먹으니 도리어 폐단이구나. 가족이 나뉘어 사는 것이 늘그막에 더욱 어려운 일이다. 나도 새집으로 가서 단란히 지내는 것이 어떻겠느냐?"

채생은 크게 기뻐 찬성했다. 그날로 아버지를 모셔갔는데 집안에 다른 말이 없었다.

김령은 도성 주변으로 비옥한 땅 1천묘畝를 채생 앞으로 해주었다. 채생은 집안일을 걱정하지 않고 오로지 공부에 힘써서 얼마 후에 과거 급제의 영예를 누렸다. 그리하여 마침내 입좌[33]에 이르고 지금 임금 초년에 기로사[34]에 들어가는 성은을 입게 되었다.

---

33 입좌入座 원뜻은 '자리에 나아가다'인데 고위직에 오르는 것을 가리킨다(『사기史記‧범수채택열전范雎蔡澤列傳』 "於是延入坐, 爲上客").

이에 나는 논평하여 "김역관은 처사를 잘한 것이라고 말할 수 있다."
라고 한다.

---

34 **기로사耆老社** 기로소. 나이 70세 이상의 문관을 존대하는 뜻으로 들어갈 수 있게 하
는 곳으로 그 기구를 뜻하기도 함. 채생이 부귀와 수를 함께 누렸음을 뜻하는 것이
다. 여기서 '지금 임금 초년'이란 『기리총화』의 저작 시기인 순조, 즉 1800년대 초반
에 해당한다.

●작품 해설

　이현기李玄綺의『기리총화綺里叢話』와『청구야담靑丘野談』,『파수편破睡篇』에 실려 있는 작품이다.『파수편』은『청구야담』에서 옮겨진 것이고『기리총화』가『청구야담』보다 앞서므로, 이 작품은 이현기 작으로 볼 수 있다. 제목은『기리총화』에는 '채생이 기이한 인연을 만남蔡生奇遇'으로 되어 있으며,『청구야담』에는 '이팔 낭자와 꽃다운 인연을 맺다結芳緣二八娘子'로 되어 있다. 여기서는 작중 인물의 호칭을 따서 '김령金令'으로 바꾸었다.

　작중 김령은 이름이 밝혀져 있지 않으나, 역관으로 벼슬이 지중추부사에 이르렀기 때문에 '영감'으로 호칭할 수 있어 김령이라고 불렸던 것이다. 당시 역관은 대외무역의 특권으로 큰 부자가 많았을 뿐 아니라, 국제적 교류를 통해서 개명한 사고를 지닌 출중한 인물이 나오기도 했다. 연암燕巖 박지원朴趾源의「옥갑야화玉匣夜話」에 등장하는 변씨가 바로 그런 사례에 속하거니와, 김령 또한 그러하다. 이 작품은 김령이 청상과부가 된 자기 외동딸을 몰락한 양반 채노인의 아들 채생과 가연을 맺게 한 후 그에 따른 문제들을 해결해나가는 줄거리다. 채노인은 낡은 양반사회의 전통과 가문을 고수하려고 버틴다. 중인 출신의 신흥 부자 김령은 합리적이고 부드러우면서도 적극적인 자세로 파고들어 마침내 채노인으로 하여금 고집을 버리고 자기 쪽으로 끌려들어오게 한다.

　두 사람의 대결과정에서 두 계층의 전형과도 같은 두 주인공의 성격이 두드러지게 부각되었다. 구성면에서 놀라운 기교를 보여주는 이 작품에는 완고한 채노인을 무리 없이 서서히 자기 쪽으로 끌어들이는 김령의 치밀하고도 막힘없는 언행과 이에 따른 채노인의 심리적 변화과정이 생생하게 그려져 있다. 채노인에 대한 김령의 승리는 당시 사회의 신분 동향의 일면을 흥미롭게 포착한 것이라고 하겠다.

　작품의 결말이 김령 쪽에 완전히 기울어짐으로 해서 채생의 정실부인은 어떻게 되었을까? 이에 관해서는 작중에서 따로 언급이 없는데, 추정컨대 채생의 부친이 새집으로 옮길 적에 정실부인도 함께 갔을 것 같다. "집안에 다른 말이 없었다."라는 것은 이 점을 암시한 것이 아닐까. 형세로 보면 정실로서의 존재감은 극히 약화되었겠으나 당시의 가족제도로 미루어 그런대로 유지되었을 것이다.

검녀劒女

단옹[1]이 호남 사람에게서 들은 이야기다.

진사 소응천蘇凝天이라는 인물은 삼남 지방에서 명성이 높아 많은 사람들이 그를 기사奇士라고 일컬었다. 하루는 어떤 여자가 소응천을 찾아와서 인사를 드리고 하는 말이었다.

"선생의 명성을 익히 들었사옵니다. 제가 미천한 몸으로 건즐을 받들고자 하니 허락해주실는지요?"

"너는 처자의 용모를 하고서 남자에게 제 발로 찾아와 청원을 하다니 규중처자의 도리가 아니로구나. 남의 집 종이냐, 창기이냐, 아니면 남자와 상관하고도 아직 그대로 처녀처럼 머리를 땋아 늘이고 있는 것이냐?"

"남의 집 종입니다. 주인집은 이미 씨도 없이 되어 돌아갈 곳이 없습니다. 제 나름으로 한가지 결심을 한바 범상한 남자를 섬겨 일생을 마치지는 않으리라 하였지요. 그래서 남복을 하고 행세했기 때문에 소홀히 몸을 더럽히지 않았습니다. 천하의 기사를 택하느라 지금 선생에게 청

---

1 **단옹丹翁** 민순지閔順之란 학자로 작자인 안석경과 친교가 있었던 사이다.

원하는 것입니다."

소옹천은 그녀를 소실로 받아들여서 몇년 동안을 동거하였다.

하루는 그녀가 뜻밖에 준한 술과 향긋한 안주를 차려놓고서 밝은 달밤의 한가로움을 틈타 자신의 과거사를 고백하는 것이었다.

저는 본디 모씨 댁의 종이었습니다. 마침 주인댁의 소저와 같은 해에 태어난 고로 특히 소저의 소꿉 시중을 들게 하였고, 장래 시집갈 적에 교전비[2]로 보내려 했더랍니다. 그런데 나이 겨우 아홉살 적에 주인댁이 어느 권세가의 손에 멸망을 당해 논밭도 전부 빼앗기고 오직 소저와 유모만이 목숨을 부지해서 타관으로 피신을 했습니다. 그때 따라간 사람은 저 하나뿐이었지요.

소저는 10세를 갓 넘기자 저와 의논하여 남장을 하고 멀리 검객을 찾아 떠났지요. 2년이 지나 비로소 검객을 만나 칼 쓰는 법을 익혔고, 5년이 지나자 드디어 공중을 날아 왕래할 수 있게 되었습니다. 이에 유명한 도회지로 다니면서 묘기를 팔아 여러 천냥의 돈을 벌어서 보검 네 자루를 샀지요. 드디어 묘기를 자랑하러 온 사람인 양하고 원수의 집을 찾아갔습니다. 달빛을 타고 칼을 휘둘러 칼날이 번득이는 곳에 떨어진 머리가 부지기수였습니다. 원수의 집 안팎식구가 모두 붉은 피를 쏟고 쓰러진 것입니다. 그리고 우리는 하늘을 날고 춤추며 돌아왔지요. 소저는 목욕하고 여복으로 갈아입고 나서 술과 안주를 마련해가지고 부모의 산소에 가서 복수한 사실을 고했습니다. 그리고는 저에게 이렇게 당부하였답니다.

---

2 교전비|轎前婢 신부를 따라가서 돌봐주는 여자 몸종.

"나는 우리 부모님의 아들로 태어나지 못했기 때문에 비록 세상에 살아남더라도 가문을 이을 도리가 없구나. 남장으로 8년간 천리를 횡행하였으니, 비록 남에게 몸을 더럽힌 바 없으나 어찌 규중처자의 행실이라고 하겠느냐? 혼인을 하고 싶어도 배필이 나서지 않을 것이요, 배필이 있다 한들 마음에 드는 남자를 만날 수 있겠느냐? 또한 나의 가문이 대대 독신으로 손이 끊겨서 억지로라도 가까이 댈 수 있는 일가가 없으니 나의 혼주가 되어줄 분인들 어디 있겠느냐? 나는 여기서 자결하여 죽는 것만 못하다. 너는 나의 한 쌍 보검을 팔아서 나를 이곳에 묻어다오. 죽은 몸이나마 부모의 곁으로 돌아가게 되면 나는 여한이 없겠다. 너의 처지는 나와 다르니 굳이 나를 따라 죽을 것이 없느니라. 나를 땅에 묻은 다음에 나라 안을 두루 돌아다녀보아 기사를 잘 택하여 그의 처나 첩이 되도록 하여라. 너 역시 기이한 포부와 걸출한 기상이 있는데 어찌 평범한 남자에게 일생을 머리 숙이고 고분고분 살겠느냐?"

소저는 즉시 칼날에 엎드려 자결해 죽었습니다. 저는 소저의 말대로 한 쌍의 보검을 팔아 돈 5백냥을 마련해서 즉시 소저의 장사를 치르고 나머지 돈으로 논밭을 사서 향화香火를 받들도록 했습니다.

저는 그대로 남장을 하고서 3년을 돌아다녔습니다. 들으니 고명한 선비로 선생 같은 분이 없다기에 스스로 결심하고 찾아온 것입니다. 그런데 선생의 능하신 바를 엿보니 문장의 잔재주와 천문·역학易學·산학算學 및 사주·점·부적·도참 등 잡술뿐이요, 마음을 닦고 몸을 지키는 큰 방법과 세상을 다스리고 후세에 모범을 보이는 높은 도에는 멀리 미치지 못하십니다. 그럼에도 기사라는 이름을 듣고 있다니 당치 않습니다. 실상이 없는 이름은 평상시에도 화를 면하기 어려운데,

하물며 난세를 당해서야 말할 것 있겠니까? 선생은 이제부터 근신을 해도 안온하게 일생을 마치기 쉽지 않을 것입니다. 앞으로 산림에 은거하지 마시고 그저 적당하고 평범하게 전주 같은 큰 도회지에 살면서 아전 부류의 자제나 가르치며 의식의 충족을 도모하고 달리 포부를 갖지 않으시면 세상의 화를 면할 수 있으리다.

제가 선생이 기사가 못 되는 줄을 알면서도 그냥 모시고 산다면 저 자신이 결심한 바를 저버리는 것이요, 소저의 당부까지 어기는 것입니다. 저는 내일 새벽에 떠나렵니다. 먼바다와 호젓한 산중에서 노닐렵니다. 남장을 그대로 두었으니 가뿐히 차려입고 나설 것입니다. 어찌 다시 여자로서 음식을 장만하고 바느질하는 일에 얽매여 살아가리까?

돌아보건대 지난 3년간 가까이 모신 끝에 작별의 예가 없을 수 없으며, 빼어난 재주를 끝내 숨겨서 선생에게 한번도 보이지 않는 것 또한 옳다고 하지 못하겠습니다. 선생은 아무쪼록 술을 많이 자시고 담력을 한껏 내어 구경하옵소서.

소응천은 크게 놀랐다. 얼굴이 붉어지고 입이 얼어붙어서 한마디 말도 나오지 않았다. 그녀가 들어 올린 술잔을 받아 마실 뿐이었다. 보통 때 주량만큼 마시고 술잔을 내려놓으려 하자 그녀는

"칼바람이 여간 매섭지 않습니다. 정신이 군세지 못하시니 술기운에 의지해서 버텨야 합니다. 흠뻑 취하지 않으면 안 되지요."

하며, 거푸 10여 잔을 권하는 것이었다. 그리고 자신도 말술로 들이켰다. 술이 거나해지자 청전건[3]·홍금의[4]·황수대[5]·백릉고[6]·반서화[7]를 갖추고서 서릿발이 서리는 연화검蓮花劍 한 쌍을 꺼내들었다. 여자는 치마

저고리를 훌렁 벗어던지고 가뿐한 옷으로 갈아입더니 두번 절하고 일어섰다.

그녀의 사뿐히 움직이는 모습이 물 찬 제비 같았다. 별안간 공중으로 칼이 날자 몸이 따라서 솟구쳐 칼을 잡아 옆구리에 끼었다. 처음에는 검광이 사방으로 흩어져 꽃잎이 날리고 얼음이 부서지더니, 중간에는 둥글게 모여서 눈이 녹고 번개가 번쩍이고, 끝에 가서는 훨훨 하늘로 비상하여 고니처럼 높이 오르고 학처럼 날아서 사람이 보이지 않는데 칼이 보이랴! 다만 한 가닥 하얀 빛이 동쪽을 치고 서쪽에 부딪치며, 남쪽에서 번뜩이고 북쪽에서 번뜩하여 획획 바람이 나고 싸늘한 빛이 하늘에 서렸다. 이윽고 부르짖는 외마디소리와 함께 휙 하고 뜰에 선 나무가 베어지면서 칼이 떨어지자 사람이 우뚝 섰다. 남은 빛과 못다 한 기운이 차갑게 사람을 싸고돌았다.

소응천은 처음에 긴장하고 앉았다가 중간에 벌벌 떨더니 마침내 쓰러져서 거의 인사불성이 되었다. 그녀는 칼을 칼집에 집어넣고 옷을 고쳐입고 따끈한 술로 기분을 살리는 것이었다. 소응천은 그제야 겨우 정신을 차렸다.

이튿날 새벽에 그녀는 과연 남장을 하고 떠났다. 어디로 갔는지 그 행방을 아득히 알 길이 없었다.

아! 여자의 몸으로 종의 신세임에도 오히려 자신을 지켜 범속한 남자에게 가벼이 몸을 의탁하지 않았다. 하물며 홍유기사[8]로서 추종할 바를

---

3 청전건靑氈巾 푸른 모직으로 만든 두건.
4 홍금의紅錦衣 붉은 비단 상의.
5 황수대黃繡帶 황색 수를 놓은 띠.
6 백릉고白綾袴 흰 비단 바지.
7 반서화斑犀靴 무소가죽으로 만든 무늬 있는 신.

가리지 않으리오. 공부가 진섭에게,[9] 포영이 유현에게[10] 붙은 것은 대체 무슨 뜻이었던가.

8 홍유기사鴻儒奇士 대학자로서 특이한 존재를 가리키는 말.
9 공부孔鮒가 진섭陳涉에게 공부는 진秦 말기의 유학자로, 농민반란을 일으켰던 진섭에게 태부太傅라는 벼슬을 받은 적이 있었다.
10 포영鮑永이 유현劉玄에게 포영은 후한 광무제 때의 인물로, 처음에 유현을 도와 벼슬을 하다가 광무제에게 돌아왔다. 유현은 광무제와 일가로서, 왕망王莽을 반대하고 기병해서 황제를 자칭했던 인물이다.

『삽교별집雪橋別集』에서 뽑았다. 원래 제목이 없는 것을 여기서는 '검녀劍女'라 하였다.

한 여종이 그녀의 주인댁 처녀와 함께 검술을 익혀 원수를 갚은 다음 저명한 인사의 소실이 되었으나, 그가 명성에 부합하지 못하는 인물임을 알고는 따끔한 충고를 남기고 훌쩍 떠나버린다는 내용이다.

검녀의 이야기는 영조 때 학식과 문장으로 삼남 지방에 이름을 떨친 춘암春庵 소응천蘇凝天(1704~60)과 결부되어, 당파싸움과 모략중상이 심했던 당시의 상황에서 지방 선비로서 지나친 명성을 가진 사람이 취해야 할 태도를 말해주고 있다. 특히 검녀가 한 남자에게 예속되기를 거부하고 한 인간으로서 스스로 생각하고 자유롭게 행동하는 것이 매력적이다. 『삽교별집』은 안석경安錫儆이 기록한 것이므로 「검녀」의 작자는 안석경으로 보아야 할 것이다.

도학 선생道學先生

남녘 시골에 부지런한 부부가 있었다. 애초에는 허름한 베옷도 마련하지 못해 항상 남에게 의존하지 않을 수 없는 형편이었다. 그러더니 어느덧 비복이 천명, 대곽전[1]이 천경頃, 재물이 수수만금이 되는 거부가 되었다. 이는 남편의 힘이 아니었고, 기실 아내의 재능으로 이루어진 것이었다.

어느날 아내가 남편과 의논하였다.

"요즈음 사람들은 유독 부와 귀를 좋습니다. 우리가 부는 이루었지만 관복을 몸에 걸쳐보지 못하였으니, 사람들이 따르기는 하지만 존경은 받지 못합니다. 당신은 서울로 올라가서 지내볼 생각이 없으셔요?"

"어허! 내가 젊은 시절에 공부를 못하여 발신發身할 도리가 없는 걸 어쩌겠소?"

"걱정 마셔요."

그들 부부는 행장을 꾸려 상경해서 권세 있는 재상댁 옆에 집을 정했

---

1 대곽전帶郭田 성곽 둘레에 있는 논. 위치가 좋은 농토를 말한다.

다. 남편으로 하여금 항상 마루와 방을 깨끗이 청소하고, 성리학 관련 책들을 책상에 구비해두고 좌우 벽에도 온갖 서책들을 꽂아놓도록 했다. 그리고 남편으로 하여금 새벽같이 일어나서 책을 펼치고 꼿꼿이 앉아 있되 밤에는 응대·읍양·진퇴의 절차[2]를 익히도록 했다.

"혹 누가 당신을 보러 와서 물으면 그저 모른다고만 하셔요. 누가 또 글을 배우러 와서 물으면 그때도 그냥 모른다고만 하셔요. 저들이 아무리 따져 물어도 당신은 그저 모른다고만 대답하셔요."

한편 아내는 먼 곳의 진기한 물건을 구해 재상댁 시녀들의 마음을 사서 놀러 오도록 만들었다. 재상댁 마나님 귀에도 이네들의 명성이 들어갔다. 시녀들이 귀한 선물을 받은 까닭에 이들 부부에 대해 매일 마나님 앞에서 칭송을 한 것이다. 그리하여 재상의 귀에까지 들리게 되었다.

재상댁 자제들이 그 남편을 종종 보러 오곤 하였다. 그 사람은 언제나 성리학 서적을 펼치고 단정히 앉아 아주 공손하고 겸허한 품이 예사 선비가 아닌 것으로 생각되었다. 재상에게 아뢰어 재상도 한번 만나려고 들렀다. 보니 성리학 서적을 대하여 앉아 고요히 사색에 잠겨 있는 품이 과연 비상한 선비임에 틀림없었다. 그래서 대감은 평생 가져온 의문들을 조심스럽게 물어보았다.

"모릅니다."

두번 묻고 세번 물었으나, 대답은 한결같이 "모릅니다."라는 말뿐이었다. 재상은 모른다는 대답을 알면서 겸양하는 줄로 믿어 더욱 훌륭하게 여겨서, 그를 천거하여 일명복[3]을 제수받게 하였다.

---

2 응대·읍양·진퇴의 절차應對揖讓進退之節 선비가 일상생활에서 지키는 예절들. 응대는 사람과 마주 대하는 절차, 읍양은 읍하고 절하는 예절, 진퇴는 나아가고 물러나는 예절.
3 일명복─命服 9품 벼슬과 같은 뜻의 말.

"배수拜受하지 마셔요."

아내의 말이었다. 불러도 나오지 않자 다시 재명복[4]이 제수되었다.

"배수하지 마셔요."

역시 나아가지 않았으며, 세번 부르고 네번 불렀으나 역시 그러하였다.

이에 이르러 재상은 "참으로 굉장한 선비로다." 하고 조정에 표창하여 청현[5]의 직에 뛰어오르게 되었다.

"뱁새가 대붕의 흉내를 내고 버마재비가 수레 앞에 막아서다가는 스스로 패망할 수밖에 없습니다. 이제 당신은 벼슬이 더욱 높고 더욱 맑습니다. 벼슬이 높은즉 명성이 넓게 퍼질 것이며, 벼슬이 맑은즉 행적이 날로 드러날 것입니다. 장차 재앙이 미칠까 두렵네요. 지금 바로 고향으로 돌아가지 않아서는 안 됩니다."

이에 짐을 챙겨서 밤에 떠나 남으로 내려갔다. 그리고 편지 한장을 남겨 재상에게 인사를 드렸다.

"제가 돼먹지 않게 헛된 행실을 꾸며서 대감을 속이고 관작을 훔쳤으니 이에서 더 간교할 수 있으리까. 간교한 자 반드시 벌을 받아 마땅커늘 스스로 용서하오리까. 이제 소인은 먼 시골에 묻혀 스스로 뉘우치리다. 부디 명을 거두시어 맑은 직함을 오래 욕되게 마옵소서."

이 편지 또한 그 아내가 초한 것이었다.

재상은 그래도 깨닫지 못하고 오직 그가 떠나간 것을 애석하게 여길 따름이었다. 그래서 세상에는 아직도 귀를 씻는 고상한 기풍[6]이 있다고

---

4 재명복再命服 일명복에서 다시 한 계단 높은 벼슬을 준다는 뜻.
5 청현淸顯 청환淸宦과 현직顯職. 깨끗하고 뚜렷이 드러난 벼슬자리.
6 귀를 씻는 고상한 기풍 원문은 '洗耳之高風'. 허유許由가 요堯임금으로부터 자기 자리

생각하며 그 위인이 애당초 용렬한 부류에서 벗어나지 못한 줄을 깨닫
지 못한 것이다.

를 물려주겠다는 말을 듣고 자기 귀가 더러워졌다 하여 영천潁川의 물에 귀를 씻고
기산箕山에 들어가 숨었다는 고사가 있다. 세속적인 출세를 멀리하는 고결한 자세를
가리킨다는 뜻.

● **작품 해설**

이광정李光庭이 지은 『눌은집訥隱集』에 수록된 「간양록看羊錄」에서 뽑았다. 원래 제목이 없는 것을 여기서는 '도학 선생道學先生'이라 하였다. 『차산필담此山筆談』에도 비슷한 내용의 이야기가 보이는데, 지나치게 부연되어 있다.

어느 무식한 시골 부자가 그 처의 술책으로 출세를 위해 서울에 올라와서 도학자로 위장한다. 그를 비범한 도학자로 아는 한 재상이 천거하여 여러 차례 벼슬을 내렸으나 그가 매번 사양하므로 벼슬을 더 올려서 청현의 직을 내렸다. 끝내 그 벼슬까지 사양하는 글을 남겨놓고 고향으로 돌아가버리자 재상은 그의 떠남을 애석히 여겼다는 줄거리이다.

도학을 중시한 나머지 가도학假道學이 성행하던 이조 후기의 사회 풍상과 도학을 칭탁하여 벼슬을 얻던 당시의 '산림山林'을 비판한 의미를 담고 있다. 우언적 성격을 띤 풍자이다.

귀객鬼客

남문 밖의 양반 심생沈生은 오막살이에 갈아입을 옷조차 없었다. 이석구[1] 병사兵使와 동서 간이어서 그의 도움으로 죽이든 밥이든 간에 굶지 않고 지내는 형편이었다.

작년[2] 겨울 대낮에 한가로이 앉아 있는데 문득 사랑방 반자 위에서 쥐가 다니는 소리가 들렸다. 심생은 올려다보고 담뱃대를 가지고 반자를 두들겼다. 쥐를 쫓는 수법인 것이다.

"나는 쥐가 아니라 사람이라오. 당신을 보려고 산 넘고 물 건너 일부러 찾아왔거늘 박절하게 대하는 법이 어디 있소?"

반자 위에서 나오는 소리였다. 심생은 깜짝 놀라서 도깨비가 대낮에 나올 리도 없고 참 이상도 하다고 생각하였다. 눈이 휘둥그레져 있는데 반자 위에서 또 소리가 나왔다.

"내가 먼 길을 오느라 시방 배가 몹시 고픕니다. 밥 한 그릇 먹게 해주

---

1 이석구李石求(1775~1831) 무관으로 통제사統制使까지 역임한 인물.
2 원문에 "지금 임금 병자년"이라는 주가 달려 있다. 순조 16년(1816)에 해당하는바 이 작품을 지은 시점은 그다음 해인 1817년이 된다.

시오."

심생은 대꾸도 않고 안으로 뛰어들어가서 이 사실을 말했다. 집안 식구들은 누구도 곧이듣지 않았다. 그런데 심생의 말이 끝나기가 바쁘게 공중에서 소리가 들려왔다.

"당신들 모여서 나를 구설에 올려가지고 이러쿵저러쿵하지 말아요."

여자들은 기겁을 해서 달아났다. 귀신은 여자들을 쫓아다니며 연방 소리를 질렀다.

"겁내 도망칠 것 없어요. 내가 장차 댁에 오래 머물러 있을 것이오. 한 집안 식구와 같거늘 소원하게 대할 것이 무어 있겠습니까?

식구들이 서쪽으로 달아나고 동쪽으로 숨는데, 가는 곳마다 머리 위로 밥 찾는 소리가 따라다녔다. 하는 수 없이 밥 한 상을 차려 마루 가운데 내놓았다. 짭짭 홀홀 하는 소리와 함께 눈 깜짝할 사이에 밥상이 말끔히 씻기는 것이 아닌가. 보통 귀신이 흠향하는 법과는 전혀 같지 않았다. 주인은 크게 놀라서 물었다.

"너는 웬 귀신이며, 무슨 인연으로 하필 내 집으로 들어왔느냐?"

"나는 이름을 문경관文慶寬이라 하오. 돌아다니다가 우연히 귀댁에 들른 것이라오. 이제 한번 포식을 하였으니 나는 가오."

귀신은 작별하고 사라지더니 이튿날도 찾아와서 어제처럼 밥을 찾아 먹고 갔다. 그로부터 귀신은 날마다 내왕하는 것이었다. 더러 하룻밤 머물며 한담을 나누기도 했다. 안팎의 식구들이 익숙해지긴 했으나 두려움은 가시지 않았다.

하루는 심생이 붉은 부적을 써서 벽에다 붙이고 그밖에 잡귀를 쫓아내는 방법까지 앞에 벌여놓았다.

"나는 요귀가 아니라오. 내가 이런 따위 잡술을 겁내겠소? 얼른 치워버려서 찾아오는 사람을 거절하지 않는다는 뜻을 표해주오."

귀신의 소리였다. 도리 없이 부적과 양법禳法을 치워버리고 말았다.

"너는 능히 앞날의 화복을 점칠 수 있느냐?"

"알다 뿐이오?"

"우리 집의 장래 길흉화복은 어떻겠느냐?"

"주인장은 수한壽限이 육십몇세이지만 필경 불우하게 생을 마칠 것이오. 자제는 수한이 몇살이고, 손자 대에 가서 비로소 과거의 영예가 있겠으나 역시 현달하지는 못하겠구려."

심생이 놀라움을 금치 못하면서 또 집안의 아무 부인의 수한은 얼마이며 아들은 몇을 낳겠는지 등을 물었더니 귀신은 일일이 대답해주는 것이었다. 이어 귀신이 청하는 말이었다.

"내가 긴히 쓸 데가 있으니 돈 2백전을 구해주구려."

"네가 보기에 나의 집이 가난타 하겠느냐, 부자라 하겠느냐?"

"가난이 아주 뼛속에 사무쳤지요."

"그럼 돈을 어디서 마련해오란 말이냐?"

"댁의 궤짝 속에 돈이 있잖우? 아까 꿔다가 둔 두 꿰미 돈 말이오. 그걸 나에게 줄 수 없나요?"

"내가 남에게 무한히 아쉬운 소리를 하여 겨우 그 돈을 빌려왔다. 지금 너를 주고 말면 우리 저녁거리가 없는 걸 어쩌란 말이냐?"

"당신 집에 쌀은 얼마간 있으니 저녁거리가 부족하지 않거늘 어찌 거짓말로 요리조리 꾸며대는 것이오? 내가 돈을 가져갈 터이니 과히 노여워하지 마오."

그러고 귀신은 표연히 사라졌다. 궤짝을 열어보니 자물쇠는 그대로인데 돈은 고스란히 사라졌다. 주인은 울화가 치밀어 가슴이 미어졌다.

이에 마침내 집을 비워, 부인은 친가로 보내고 자기는 친구의 집에 가 유숙하였다. 귀신은 친구의 집으로 찾아와서 화풀이를 해대는 것이었다.

"무슨 일로 나를 피해 멀리 여기 와 있소? 주인이 아무리 천리를 달아나 숨어보오. 내가 무얼 꺼리는가?"

그리고 그 집주인을 향해 밥을 찾았다. 그 집주인이 밥을 주지 않자 무수히 욕설을 퍼붓고 그릇들을 마구 두들겨부수며 밤새도록 행패를 부리는 것이었다. 그 집주인은 심생을 원망하며 깨진 그릇값을 물어내라고 했다. 심생은 좌불안석이다가 새벽을 기다려 자기 집으로 돌아오고 말았다. 귀신은 부인의 친정에도 찾아가서 갖가지로 야료를 부려서 부인도 부득이 귀가했다. 이후에도 귀신은 빈번히 내왕하였다.

"오늘은 당신과 멀리 작별해야겠소. 안녕히 계시구려."

어느날 귀신이 하는 말이었다.

"어디로 가려느냐? 제발 어서 떠나서 나의 집을 좀 편안케 해다오."

"우리 집은 영남 땅 문경이라오. 전부터 고향으로 돌아가려 했으나 노자가 없어서 가지 못했거든요. 돈 열 꿰미를 떠나는 나에게 정표로 주기 바라오."

"내가 가난해서 입에 풀칠하기도 어려운 줄 너도 익히 아는 바 아니냐? 적지 않은 돈을 어디 가서 구해오란 말이냐?"

"그야 병사댁(심생의 동서인 이석구를 가리킴)에 가서 사정을 말하면 손바닥 뒤집기처럼 쉬울 텐데, 그런 걸 마련할 생각은 못 하고 내게 거절만 하우."

"우리 집 죽 한 그릇, 옷 한가지도 다 이병사의 도움을 받고 있다. 골육과 같은 은혜를 지고서 아직 만의 하나도 갚지 못하여 항시 볼 면목이 없고 불안하기 짝이 없다. 이제 무슨 낯을 들고 다시 천전이나 되는 큰 돈을 구걸해오란 말이냐?"

"그 댁에서도 내가 폐를 끼치고 있는 줄 다 아시는 터에, 만일 주인이 실정을 말하고 이 돈만 마련해주면 귀신이 저절로 떨어질 것이라 하면 서로 우환을 구해야 할 처지에 왜 응하지 않겠소?"

주인은 기가 막혔지만 거절할 말도 궁했다. 도저히 배겨낼 도리가 없을 줄 알고 이병사댁에 가서 사정을 말했다. 이병사도 개탄하면서 돈을 내주었다. 돈을 허리에 차고 집으로 돌아와서 궤짝 속에 깊이 감추어두고 시침을 떼고 한가롭게 앉아 있었다. 오래지 않아 귀신이 희희낙락하며 들어왔다.

"당신의 후의는 진심으로 감사하오. 노자를 얻어주시니 이제 저는 먼 길을 가는 데 고통을 덜게 되었구려."

"내가 돈이 어디서 생겨 네 노자를 마련해주겠느냐?"

"내가 일찍부터 선생을 가장 순실하다 여겼더니 이제 와서는 허튼소리를 다 하시오?"

귀신이 웃으며 말하고 이어서

"내 이미 당신 궤 속의 돈을 꺼내 가졌다우. 이제 2전 5푼의 돈을 남겨두어 나의 조그만 정을 표했으니 당신은 술이나 자시고 한번 취하시구려."

하는 말을 남기고 물러갔다.

집안이 노소 없이 경사나 생긴 듯 뛰고 춤추며 기뻐했음이 물론이다. 열흘쯤 지난 뒤였다. 공중에서 귀신이 인사하는 소리가 또 들리지 않는가. 주인은 화가 천둥같이 나서 소리쳤다.

"내가 일껏 남에게 애걸해서 열 꿰미 돈을 구해다가 너를 보냈으니 너는 응당 감격해야 할 것이다. 그렇거늘 약속을 어기고 은혜도 저버리고 다시 나타나서 나를 괴롭히려 들다니, 내가 관왕묘[3]에 호소하여 관왕의 벌을 받도록 하리라."

"나는 문경관이 아닌데 어찌 나를 두고 무슨 은혜를 저버렸다고 하시오?"

"그럼 너는 누구냐?"

"나는 문경관의 아내라오. 주인댁에서 귀신을 잘 대접한다는 말을 듣고 불원천리하고 이렇게 찾아왔으니, 주인의 도리로 흔연히 영접함이 옳거늘 도리어 욕설을 앞세우는 것은 무슨 법이오? 또한 남녀상경男女相敬이 선비의 행실이거늘 주인은 만권의 글을 읽고도 배운 것이 무엇이오?"

심생은 하도 기가 막혀 헛웃음이 나왔다. 그로부터 새로 온 귀신이 매일 출입했다고 하는데, 뒷이야기는 듣지 못하였다. 궁금한 노릇이다.

당시 호사가들이 다투어 심생의 집을 찾아서 귀신과 말을 주고받고 하여, 한때 그 집 문전에는 거마가 끊이지를 않았다고 한다. 학사學士 이희조[4] 같은 이는 직접 찾아가서 하룻밤 묵으면서 대화를 나눴다는 말을 들었다. 참으로 괴이한 일이다.

---

3 관왕묘關王廟 관우關羽의 신령을 모신 사당. 남대문 밖에는 남묘南廟가 있었다.
4 이희조李羲肇 순조 연간에 교리校理, 대사헌大司憲을 역임한 인물이다. 『계서잡록溪西雜錄』의 작자 이희평李羲平과는 형제간이다.

● **작품 해설**

『청구야담』에는 '귀신에게 밥을 차려주며 괴로움을 당하다饋飯卓見困鬼魅'란 제목으로, 『기리총화』에는 '심씨 집의 귀신沈家鬼怪'이란 제목으로 수록되어 있다. 『기리총화』에서 『청구야담』으로 전재된 것이다. 따라서 작자는 『기리총화』를 지은 이현기로 여겨진다. 기리총화본을 대본으로 삼고 제목은 '귀객鬼客'이라고 붙였다.

병사로 있는 동서의 도움을 받으며 근근이 살아가는 몰락한 양반 심생의 집에 문경관이라는 귀신이 찾아와 식객처럼 늘어붙어서 음식을 강요할 뿐 아니라, 수차에 걸쳐 적지 않은 돈을 뜯어간다. 이를 물리치지 못하는 심생은 계속 시달린 끝에 병사에게 도움을 요청한다. 적지 않은 돈을 손에 넣은 문경관이 떠나자 이번에는 그의 처로 자칭하는 여귀女鬼가 나타나 또다시 괴롭힘을 당하는 것으로 이야기가 끝난다.

생산적인 활동이 없이 남에게 의지하여 연명해가는 몰락 양반들의 곤궁한 생활상, 그런 생활 속에서도 체면과 예의는 지켜야 하는데다가 손님들이 계속 찾아오고 가난한 친척들을 도와주지 않을 수 없는 사대부들의 어려움을 귀신 식객의 출현을 통해 풍자적으로 그려냈다.

허풍동虛風洞

호남 땅의 한 생원이 일찍 부모를 잃고 가까운 친척도 없는데다가 중년에 상처를 하여 자녀도 두지 못했다. 가세는 본디 적빈해서 조반석죽을 잇기도 몹시 어려운 형편이었다. 이 궁생원은 세상을 살아갈 낙이 없어 오로지 자결하고 싶은 심경뿐이었지만 죽을 길을 얻기 또한 쉽지 않았다.

그때에 사나운 암호랑이 한마리가 속리산으로부터 내려와서 장성 갈재[1]에 잠복하고 있었다. 이놈이 백주에도 횡행하여 사람 물기를 오이 베먹듯 했다. 갈재에 행인이 끊어진 것이 꼬박 한달이 되었다.

궁생원은 이 소문을 듣고 "옳다, 죽을 곳이 있구나." 하고 갈재로 찾아갔다. 날이 저물기를 기다려서 고갯길을 뚫아 올라갔다. 고갯마루턱까지는 30리 길인데 암석이 험난하고 수목이 빽빽이 들어서 있어 촉도난[2]이요 양장지험[3]이라 할 만했다.

---

1 갈재 전라남도 정읍에서 장성으로 넘어가는 중간에 있는 고개. 노령蘆嶺.
2 촉도난蜀道難 이백李白이 지은 시의 제목으로, 인생행로의 험난함을 촉도에 비유한 것이다. 촉蜀은 지금 중국의 사천성四川省 지역인데 검문관劍門關으로 통하는 길이 예로부터 험준하기로 일컬어졌다..
3 양장지험羊腸之險 양의 창자처럼 길이 꼬불꼬불 험하다는 뜻.

고갯마루에 다다라서 궁생원은 두 다리를 뻗고 앉아 호랑이가 나타나서 물어가기만 기다리고 있었다. 그런데 웬 사나이가 등에 산더미 같은 짐을 지고 올라왔다. 고갯마루까지 와서 그가 혼자 앉아 있는 것을 보고 길섶에 짐을 받쳐놓고는 넙죽 절을 하며 은근하게 말하였다.

"소인이 지고 온 물건은 철환鐵丸이랍니다. 호랑이가 사람 목숨을 해친다기에 내 그놈을 제거하려고 철환을 짊어지고 온 겁니다. 마침 길이 이곳을 통과하기에 일부러 밤을 기다려 여기 당도했습지요. 그놈 대가리를 부수고 허리를 꺾어놓아서 이 고갯길을 넘어 다니는 행인의 재앙을 없애려고요. 이제 샌님이 이 깊은 밤중에 홀로 앉아 계신 걸 뵈오니 소인보다 먼저 그런 뜻을 두신 줄 알겠습니다. 소인 혼자의 힘으로도 어렵지 않을 듯싶지만 샌님과 힘을 합치면 저까짓 호랑이쯤이야 썩은 쥐나 병아리새끼 잡기와 뭐가 다르겠습니까? 소인이 이따가 이리이리할 터이니 샌님은 저리저리하시지요."

궁생원이 당황하여 얼른 대꾸를 못 하고 어름어름하고 있을 때 철환 장수는 바위 위에 선 한아름이나 되는 나무를 뽑아서 들고 상봉 꼭대기로 뛰어갔다가는 다시 휘두르며 내려오는 것이었다. 소리가 천지를 진동했다.

'저놈이 내가 힘꼴이나 쓰는 줄 알고 함께 호랑이를 잡자고 하는데, 나야 본래 아무 힘도 없고 곤궁한 신세로 어차피 호랑이에게 잡아먹히기로 작정하고 나선 바에야……'

궁생원은 마음속으로 이렇게 생각하고 아무 두려워하는 기색도 없이 태평하게 앉아서 기다리고 있었다.

잠시 후 과연 호랑이 한마리가 나타났다. 호랑이는 나무를 휘두르는 소리에 놀라서 불끈 성을 내 일어나 마구 수풀을 뛰어넘고 절벽을 내달았다. 매처럼 솟아오르고 화살처럼 빨라 순식간에 궁생원이 마주 보는 곳으로 다가왔다. 이놈은 본디 목이 곧은 짐승이라. 너무 급히 내리막길을 치닫다가 큰 나무가 얽힌 사이에 머리를 박아 공교롭게도 궁둥이 윗부분이 두 나무둥치 사이에 꽉 끼여서 앞으로 나가려야 나갈 수도, 뒤로 물러서려야 물러설 수도 없었다. 게다가 새끼를 배서 불룩한 배로 더욱 빠져나갈 도리가 없었던 것이다.

궁생원은 원래 뜻이 자신을 호랑이 아가리에 장사 지내려던 터에 무엇이 겁나랴! 서서히 호랑이 앞으로 다가가서 그놈의 머리를 쓰다듬고 수염을 어루만지는 것이 마치 사랑스러운 강아지를 어르는 모양이다. 호랑이도 머리를 숙이고 눈을 가늘게 뜨고서 감히 거역하지 못하는 모양이 살려달라고 애원하는 것 같았다. 궁생원은 여기저기 어루만지면서 뺨을 갖다 대기도 하고 머리도 들이밀어 사나운 이빨로 물어주기를 바랐으나 아무런 반응이 없다. 온갖 수단을 부려보아도 종내 해치려 들기색을 보이지 않았다. 그래서 칡덩굴을 여러 겹으로 꼬아 동아줄만 한 굴레를 만들어가지고 호랑이의 목에 씌운 다음, 정강이 크기의 재갈을 입에 물려서 나무에다 매었다. 드디어 호랑이를 들어 두 나뭇가지 사이에서 빼내 다른 나무로 옮겨 맸으나, 호랑이는 그만 넋이 나가서 어리어리해가지고 이미 반쯤 죽은 형상이다. 궁생원은 호랑이 아가리 밑에 태평하게 앉아 있었다.

철환장수는 눈앞에서 궁생원이 호랑이를 묶어가지고 태연하게 끄는 것만 보았지, 앞서 나무둥치 사이에 끼여 꿈쩍 못 하던 호랑이는 보지 못했다. 그는 한달음에 달려와서 궁생원에게 다시 큰절을 하였다.

"샌님, 호랑이 한마리쯤 아무 걱정 없이 강아지 다루듯 하시는군요. 산 채로 호랑이 머리에 굴레를 씌우고 주둥이에 재갈을 물리다니! 그야

말로 옛날에도 듣지 못했고 오늘날에도 듣지 못한 일입니다. 소인이 등에 철환 40말을 지는 것쯤이야 샌님에게 비하면 세살짜리 어린애 힘이 겠지요. 참으로 무서운 힘도 다 봅니다."

철환장수는 당장 호랑이를 잡아 가죽을 벗겨가지고 철환짐 위에 얹어서 짊어지고 일어섰다. 궁생원과 철환장수는 고갯길을 내려와서 주막에 들어가 앉았다. 호랑이 고기를 삶고 술을 걸러서 밤이 새도록 주거니 받거니 하고서 아침에 작별하게 되었다.

철환장수는 궁생원에게 호피를 가져가시라고 했으나 궁생원은 끝내 받지를 않았다. 철환장수가 전대 속에서 돈 10냥을 꺼내 바쳤는데 궁생원은 그것도 마지못해 반만 받고 일어섰다. 철환장수는 헤어지는 것이 서운하여 눈물을 흘릴 지경이었다.

궁생원은 엽전 5백푼을 가지고 하릴없이 쓰러져가는 집으로 돌아왔다. 날이 갈수록 절망감만 더해갔다. 욕되게 살아가는 것이 죽어서 편안함만 같으랴 싶었다. 갈재의 호랑이 일은 생각할수록 괴이했다. 복 없는 놈은 달걀에도 뼈가 든다더니, 곤궁한 팔자소관으로 죽기 또한 극히 어렵다고 생각했다.

어느날 자기 집에서 우연히 문서 한장을 발견했다. 대개 선대에 도망한 여종이 영광의 법성도[4] 등지에 거주하는데, 자손이 번창하여 백여 호를 헤아렸다. 전에 추심推尋하려는 계책을 세웠으나 저들이 워낙 강성하기 때문에 두려워서 감히 결행하지 못했던 것이다. 그는 이제야말로 상쾌하게 죽을 곳을 얻었구나 싶었다.

다음날 아침에 당장 노비문서를 지니고 단신으로 길을 떠났다. 며칠

---

4 법성도法聖島 전라남도 영광군에서 8km지점에 법성포라는 포구가 있다.

을 걸려서 법성도에 당도했다. 노비들은 과연 듣던 바와 같이 부자로 살고 있었다. 즉시 그 가운데 우두머리의 집으로 가서 문서를 꺼내 보이고 호령호령하며 속전⁵ 5천냥을 당장 마련하라고 불같이 재촉하였다. 사흘 안에 해내라는 것이었다. 야단법석을 떠는 것이나 조급히 소리치는 것이 영락없는 광인이다. 그들이 겉으로는 고분고분 응대를 하는데, 속에 무슨 흉측한 마음들을 품고 있는지 누가 알겠는가.

사흘째 되는 날이다. 궁생원이 방 안에 혼자 앉았노라니 밖에서 사람들 소리가 웅성웅성 들려왔다. 5, 60명의 장정들이 손에 각자 몽둥이 하나씩을 들고 궁생원이 들어 있는 방을 철통같이 에워싸고 있었다. 그런 낌새를 보아서 장차 어떻게 나오리라는 것은 의심할 여지가 없었다.

궁생원은 오로지 죽기를 바라는 일념을 자나 깨나 버리지 못하고 매양 기회를 못 얻어 원통해하던 차에 여기서 드디어 숙원을 이루는구나 싶었다. 그러니 무엇을 두려워하리오. 촛불을 밝히고 앉아서 쳐들어오기만을 고대하고 있었다.

이윽고 한 사나이가 문을 썩 열고 들어서다가 섬찟 놀라 물러서는 것이었다. 그러더니 넙죽 절을 하는 것이 아닌가.

"아니 이거, 샌님이 여길 어떻게 오셨습니까?"

궁생원도 놀라 물었다.

"네가 누구냐?"

"갈재서 뵌 철환장수이올시다. 고갯마루에서 하룻밤 같이 고생을 하시고 어느덧 3년이 지났네요. 샌님은 혹시 소인을 못 알아보실지 모르지만 소인이야 어찌 샌님 얼굴을 잊으리까?"

---

5 속전贖錢 천한 신분의 사람이 양민이 되기 위해 몸값으로 바치는 돈.

그리고 급히 에워싼 장정들을 돌아보며 큰 소리로 이르는 것이었다.

"너희들 빨리 이 어른께 무릎을 꿇고 목숨을 빌어라. 내 말을 안 듣다 간 너희들 씨도 남지 못할 것이다."

이어 갈재에서 호랑이를 산 채로 잡은 이야기를 쭉 들려주는 것이었다. 장정들은 일시에 혀를 내두르며 몸을 달달 떨었다.

철환장수가 다시 궁생원에게 자상하게 말했다.

"저것들이야 바닷가 본데없는 놈들 아닙니까? 사람의 도리가 중한 줄 모르고 감히 발칙한 음모를 꾸며 백리 밖에 사는 소인을 불러온 것입니다. 소인 역시 남의 일에 잘못 끼어들어 이렇게 된 것입죠. 칼로 목을 뎅 정 잘라 마땅한 저것들의 죄상이야 이미 논할 것도 없지만 소인의 죄도 먼저 극형을 받아야 합죠. 하나 샌님의 하해 같으신 도량으로 어찌 한갓 금수와 다름없는 것들을 마음속에 두시렵니까? 5천냥은 저것들이 아무리 해도 변통할 도리가 없고, 저것들이 가진 것을 다 기울이면 2천냥은 무난할까 합니다. 소인이 직접 나서서 거두어 댁으로 갖다 바칩지요."

그는 즉석에서 여러 노속들을 독촉하여 닷새 후에 2천냥을 받아냈다. 이 돈을 바로 10여 필의 건장한 말에 실어 궁생원 집으로 운반하였다. 궁생원에겐 특별히 좋은 안장말을 대령하여 타고 가시도록 했다. 그는 짐바리를 운반하는 데 앞장서 채찍을 휘두르며 호송하여 궁생원 집에 무사히 당도했다. 그리고 이튿날 그는 궁생원께 하직하고 떠났다.

궁생원은 마침내 2천냥의 돈으로 우선 다시 장가를 들어 가정을 이루고 논밭을 사들였다. 그리하여 부자로 살면서 아들 여덟과 딸 셋을 두었다. 자손이 대대로 번창해서 지금 그 일족이 허풍동에 살고 있다 한다.

●**작품 해설**

『청구야담』에서 뽑은 것으로 원제는 '궁한 선비가 철환장수를 만나서 죽음을 면하다逢丸商窮儒免死'인데 여기서는 '허풍동虛風洞'으로 바뀌었다.

호환虎患과 추노推奴를 소재로 하여, 가난과 불행 때문에 자결할 마음을 품었던 호남 지방의 한 선비가 뜻하지 않은 횡재를 하여 잘살게 되었다는 줄거리다.

호랑이가 나무둥치에 끼였다든가 죽을 대목에서 철환장수를 만나는 등 우연성이 개재되어 있는데, 우화적 과장은 일종의 기법이기도 하다. 그리고 장성·갈재·영광·법성도 등 실제 지명에 사건이 배치되며, 힘이 센 철환장수의 질박한 의리가 관심을 끈다. 끝에 가서 허풍동 이야기라 하여 모두 허황한 내용임을 알게 하는 수법 또한 읽는 재미를 더해준다.

우마마牛媽媽

　산간 고을의 한 원님이 정사는 청렴해서 털끝만큼도 부당하게 취하지 않으나 사람 됨됨이 옹졸하고 일 처리가 허술하였다. 임기가 만료되어 장차 떠나야 할 즈음, 돌아가는 보따리가 썰렁하여 당장 여장을 꾸리기도 어려운 형편이었다. 원님의 마음은 초조하지 않을 수 없었다.

　그 고을에 전부터 신임하던 아전이 있었는데 온갖 일에 영리하였다. 아전은 원님이 자기를 여러 사람 중에서 발탁해서 기용한 데 감격하여 한번 충성을 바치기로 마음먹고 있었다. 원님이 궁지에 놓여 진퇴양난인 것을 보고 마음에 몹시 딱하게 여기다가 하루는 옆에 사람을 물리치고 은밀히 아뢰었다.

　"사또께서 청렴으로 자처하옵고 결백을 지키신지라 이제 과만[1]이 가까운데 여장 꾸릴 마련이 없사옵니다. 소인이 정성을 다하여 보답코자 하던 차에 한가지 계교를 생각해냈는데, 비단 여장의 걱정을 놓을 뿐 아니라 장차 가산을 윤택하게 하고도 남음이 있을 것입니다."

---

1 **과만瓜滿** 관직의 임기가 만료되는 것을 가리키는 말. 오이가 익을 무렵 교체되어 돌아간다는 말에서 유래했다.

"말이 이치가 닿으면 왜 안 듣겠느냐?"

"아무 좌수[2]의 집이 고을에서 갑부인 줄은 사도께서도 이미 알고 계시지요. 오늘밤 소인과 작반해서 한번 도둑의 수단을 부려보면 천금을 단숨에 얻을 수 있습니다."

원님은 대로해서 꾸짖는다.

"이놈, 네가 이런 불법한 일로 나를 욕보이려 들다니. 어찌 관장이 되어가지고 도둑질을 하겠느냐? 망령된 소리 마라. 네 죄는 곤장을 맞아 마땅하니라."

"안전案前님, 이렇게 고집만 세우시다가 공채公債 수백금은 장차 무엇으로 갚으며 노자 5, 60꿰미는 어디서 마련하시겠습니까? 그리고 댁에 돌아가신 후로 풍년이 들어도 안식구가 굶주림을 면치 못하고, 겨울이 따뜻해도 아이들이 추위에 울부짖으며, 서발막대 거칠 것 없어 가마솥에 티끌이 앉은 때를 당하면, 그때 필시 소인의 말을 생각하시게 될 것입니다. 깊은 밤에 아무도 모르게 하는 일이라 귀신도 헤아리지 못합니다. 이야말로 억지로 취하는데 순리로 받아들이는 격이지요. 재삼 숙고하소서."

원님은 곰곰이 생각한 끝에 말꼬리가 모험을 감행하는 방향으로 돌아갔다. 이에 눈살을 잔뜩 찌푸리고 입을 열었다.

"그럼 가서 한번 해볼까. 어떤 모양을 하고 가야 되겠느냐?"

"탕건 발막[3]에다 가뜬한 복장이면 됩니다."

---

2 좌수座首 향청鄕廳의 우두머리. 그 지방 출신으로 수령의 행정을 보좌하는 역할을 맡는다.

3 발막發莫 마른신의 한가지. 보통 점잖은 노인이 신는 신으로, 뒤축과 코에 꿰맨 솔기가 없고 코끝이 넓적하며 가죽조각을 대고 경분輕粉을 칠한 것임.

원님과 아전은 손을 잡고 밤길을 나섰다. 그때 거리에는 종소리가 이미 울려 인적도 끊어졌다. 달이 지고 밤안개가 자욱하여 칠흑 같은 밤이다.[4] 좌수의 집 담장을 넘어서 살금살금 들어가 곳간 문 앞으로 갔다. 아전은 구멍을 내고 곳간으로 들어가서는 짐짓 놀란 듯 소리쳤다.

"이런, 술곳간으로 잘못 들어왔군요. 아무튼 소인은 본래 주량이 큰데, 좋은 술을 만나니 입에서 침이 절로 납니다. 우리 필이부의 고사[5]를 한번 시험해보시지요."

그리고 원님의 발막 한 짝을 벗겨서 술을 듬뿍 떠가지고 원님 앞에 받들어 올리는 것이었다. 원님은 이 지경에 이르러 시비를 차릴 겨를도 없이 울며 겨자 먹기로 받아 마셨다. 아전은 거푸 네댓번을 발막으로 퍼마시더니 짐짓 대취해서 떠들어댔다.

"소인은 평생에 술을 마시고 거나할 때 장가 한 가락을 뽑는 것이 장기올시다. 지금 주흥이 도도해서 도무지 누를 길이 없사온데, 안전님 장단을 치며 들어보소서."

원님은 혼비백산해서 손을 저으며 급히 만류했다. 그러나 아전은 들은 척 않고 고성방가를 시작했다. 그 집의 큰 개가 곳간 앞에서 짖어대어 사람들이 방 안에 있다가 깜짝 놀랐다. 여러 장정들이 꿈결에 듣고 벌떡 일어나서 뛰어나왔다.

"도둑이야, 도둑!"

이때 아전은 얼른 혼자 밖으로 나가서 곳간 구멍을 막아버렸다. 원님

---

4 원문에 '百忙中 有此閑筆(분망한 가운데 이같이 한가로이 붓이 놀았다)'이라는 평어가 달려 있다.
5 필이부畢吏部의 고사 진晉나라의 필탁畢卓이란 사람이 성격이 자유분방하고 술을 좋아했는데, 이부랑吏部郎으로 있을 때 술을 훔쳐 마시다 붙잡힌 일이 있었다.

은 빠져나갈 구멍이 없어 어쩔 줄을 몰랐다. 황겁해서 매에 쫓기는 꿩처럼 술독 사이로 파고들었다.

그 집 사람들이 횃불을 잡고 사방으로 비추면서 도둑놈이 술곳간에 들었다고 소리쳤다. 곳간의 자물통이 열리자 원님은 붙잡혀서 꽁꽁 묶이게 되었다. 독 안에 든 자라를 잡아내듯 불끈 떠메다가 가죽부대에 담아가지고 대문 옆의 버드나무 가지에다 매달았다. 이튿날 관가로 끌고 가서 버릇을 단단히 고쳐주기로 작정했던 것이다.

이때 아전은 그 집 사당으로 들어가서 불을 질렀다.

"불이야!"

좌수의 집안사람들은 불을 잡기 위해서 우르르 사당으로 몰려가고 집 안에는 오직 좌수의 아비 혼자 남아 있을 뿐이었다. 그 아비는 99세의 늙은이로 반쯤은 귀신이 되어서 목석같이 별당에 누워 있었던 것이다. 아전은 살그머니 별당으로 들어가서 그 늙은이를 끌어냈다. 버드나무 밑으로 와서 부대를 끌어내리고 원님 대신 늙은이를 잡아넣었다. 그리고 원님을 부축해 일으켜서 부랴부랴 도주하였다.

원님은 부모님이 자기 몸에 다리를 두개밖에 붙여주지 않은 것을 한하며 힘껏 도망쳐 동헌으로 돌아왔다. 숨이 막히고 목이 메어서 마음속에 불길처럼 솟아오르는 분노를 억제할 길이 없어 눈을 부릅뜨고 고래고래 고함을 질러댔다.

"이놈, 네가 나를 죽이려구! 나를 죽이려구! 세상에 어디 원님을 도둑으로 만들고 함께 도둑질을 하다가 술을 퍼마시고 노래를 부르는 놈이 있다더냐?"

아전은 태연히 웃으며 말하는 것이었다.

"소인의 계교가 이제 비로소 맞아들었습니다. 안전님께오서 가죽부대에서 벗어나신 대신으로 좌수의 백세 노친을 담아놓았지요. 아무도 모르는 일입니다. 사령들을 보내 즉시 끌어오도록 해서 옥중에 가둬두십시오. 내일 아침 조사[6] 끝에 좌수를 불러 가죽부대를 끌러서 보이고 불효한 죄로 다스려서 큰칼을 씌워 하옥하십시오. 다음에 이리이리하면 수천금이 앉은자리에 들어올 겁니다."

원님은 그의 말대로 새벽바람에 좌수를 불러들였다. 좌수가 들어와서 배알하자 동헌의 마루 위로 올라앉게 했다.

"자네 집에서 간밤에 도둑놈을 잡았다면서? 그놈을 끌어다가 자네가 보는 앞에서 엄히 다스리겠노라."

사령들이 가죽부대를 가져다놓고 풀었다. 그 속에서 한 늙은이가 몸을 움츠리고 있다가 기지개를 켜며 나왔다. 좌수는 그 사람이 자기 부친임을 보고 부들부들 떨며 즉시 계단을 내려가서 땅에 엎드렸다.

"민[7]의 노부이옵니다. 집안사람들이 잘못 알고 한 짓이옵니다. 민의 죄는 만번 죽어 마땅하옵니다."

원님은 대로하여 책상을 치며 소리쳤다.

"내 일찍이 네가 불효하다고 고을에 소문이 자자함을 들었노라. 이번에 강상의 죄를 범하였으니 너의 죄는 용서치 못하리라."

이어서 집장執杖 사령을 불러다가 좌수를 땅에 엎어놓고 20대 살위봉殺威棒을 치도록 명했다. 살이 터지고 피가 쏟아졌다. 그리고 사형수가 쓰는 20근 칼을 씌워 하옥시켰다. 좌수는 백가지로 헤아려보아도 실로

---

6 조사朝仕 군현의 관아에서 아침에 공무를 시작하는 것. 조정에서는 '조회朝會'라고 했음.

7 민民 그 지방 사람이 원님에 대해 자신을 지칭하는 말. 반대로 원님에 대해서는 '지주地主'라고 불렀음.

강상의 큰 죄를 범한 모양이라, 살아나려야 살아날 도리가 없다. 모 아전이 원님과 가장 긴밀한 사이인 것을 생각하고 남의 이목을 피해서 그를 불러 애원을 했다.

"자네가 나의 이 무거운 죄를 벗겨준다면 수천금이라도 아끼지 않겠네."

곧 은 200냥을 탁자 위에 내놓았다. 아전은 가장 어려운 일인 듯이 오래 머뭇거리다가 강개한 어조로 응낙을 하는 것이었다. 2천냥을 밤에 자기 집 뒤로 운반해놓도록 한 다음, 들어가 원님에게 아뢰어서 좌수는 관대히 방면되었다. 아전은 좌수로부터 전후에 받은 돈을 한푼도 남기지 않고 남몰래 고스란히 원님 앞으로 보냈다.

얼마 후 신관이 내려왔다. 원님은 그 아전을 남겨두면 필시 사실이 누설되고 말리라는 생각이 들어서 사무를 인계할 때에 신관에게 넌지시 귀띔해 말했다.

"아무 아전은 간교한데다 권력을 농락하여 가만둘 수 없는 자입니다. 제가 떠나간 후 그자를 죽여 없애야만 온 고을이 안도할 수 있으리다."

재삼 당부하고 떠났다. 신관은 구관의 부탁이 그가 본 바가 있어서일 것이요 청을 거절하기도 어려워서 이튿날 공무를 시작하기가 바쁘게 그 아전을 잡아들여 불문곡직하고 곧바로 쳐죽일 기세였다. 아전은 자기가 신관에게 죄지은 일이 없거늘 이는 필시 구관이 일이 탄로날 것을 겁내서 자기를 죽여 말이 나올 원천을 없애려는 것이라고 여겼다. 일불주 이불휴[8]니 마땅히 내가 살아날 방도를 강구해야겠다는 마음을 먹고 눈을 들어 신관의 얼굴을 살펴보니, 왼쪽 눈이 애꾸가 아닌가. 이에 그는 큰 소리로 호소하였다.

---

8 일불주 이불휴—不做二不休 한번 실패하면 다음번에도 그만두지 않고 계속함. 중국의 속담이다.

"소인은 신구 사또께서 교체하시는 마당에 심한 죄과도 없사온데 오로지 구 안전님 눈을 고쳐드린 까닭에 이 죽음의 화를 당하는가 싶습니다. 세상에 이런 원통한 일도 있습니까?"

신관은 귀가 번쩍 뜨여서 급히 물었다.

"네가 무슨 묘법이 있어 능히 애꾸눈을 고칠 수 있단 말이냐? 말해보아라. 너를 용서해주겠노라."

"소인이 젊어서 강호로 떠돌다가 어떤 이인異人을 만나서 세상에 전하지 않는『청낭비결』9을 전수받은 것이 있지요. 먼눈이야 제 손 한번 가면 말끔히 뜨게 됩니다."

신관은 크게 기뻐서 아전의 결박을 풀어주고 동헌 마루로 오르라 하여 앉도록 했다.

"구관은 참으로 인정이 없는 사람이다. 이런 대은을 갚기는커녕 도리어 죽이려 들다니. 나 역시 눈이 하나 성치 못한데 네가 능히 치료할 수 있겠는가?"

아전은 원님의 얼굴을 찬찬히 들여다보고는 입을 열었다.

"이 증세는 가장 고치기 쉬운 것입니다. 사또께서 밤에 잠깐 소인의 집으로 납시면 신기한 비법을 시험해보겠습니다."

신관은 크게 기뻐 그날 날이 더디 가는 것을 한탄했다. 날이 저물기가 바쁘게 혼자 편복便服으로 나섰다. 아전은 벌써 대문 앞에서 기다리고 있었다. 후당으로 맞아들여 술상을 차려 내오는데 수륙진미로 상이 가득했다. 술이 반쯤 취했을 때 신관이 묻는 것이었다.

"야심하구나. 치료를 언제 하려느냐?"

9『청낭비결青囊秘訣』후한의 명의 화타華陀가 지었다는 의서醫書. 세상에 전하지 않는 의술의 비법이란 뜻을 담고 있다.

아전은 "예예." 하고만 있더니 이윽고 암송아지 한마리를 묶어서 좌석으로 끌어들이는 것이었다. 신관이 놀라서 물었다.

"이 동물을 무엇하러 여기 내오는가?"

아전이 이렇게 대답하는 것이었다.

"이것이 신효한 처방이올시다. 이놈과 한번 교접을 하면 눈이 절로 뜨입니다."

신관은 곧이들리지 않아 일어서려고 했다.

"하하, 구관 사또께서 소인을 죽이려 하신 것도 바로 이 때문입지요."

신관은 반신반의하면서 선뜻 가까이하지 못했다. 아전이 재삼 종용하고 신관 자신도 애꾸눈 고치기에 마음이 급한데다 술기운이 거나해서 허리띠를 풀고 두 무릎을 벌리고 접근했다. 눈을 딱 감고 송아지를 붙잡고 다가서자 송아지는 음매— 하며 발광을 해서 간신히 일을 치렀다.

아전은 대문 밖까지 나와 배웅하며 당부하는 것이었다.

"소인이 내일 아침 나아가 축하를 올릴 적에 박주 석 잔을 아끼지 말아주소서."

신관은 동헌으로 돌아가서 촛불을 켜고 아침이 되기만 기다렸다. 거울을 들고 비추어보니 하룻밤 잠을 못 잤기 때문에 오른쪽 눈마저 멀어가는 것 같았다. 분통도 터지고 부끄럽기도 해서 관노를 보내 득달같이 아전을 잡아오려는 참이었다. 아전이 암송아지를 색실로 코뚜레를 하고 홍색 비단옷을 입혀서 앞세우고 천천히 관문으로 들어오는 것이었다.

"얼른 대문을 열어라. 사또나리 실내마님 행차시다."

온 읍내가 웃음바다가 되었고 추문이 빗발쳤다. 신관은 부끄러워 내당에 숨어서 코빼기도 내밀지 못하고 있다가, 며칠 지나지 못해 관직을 버리고 야반도주하여 서울로 돌아갔다고 한다.

●작품 해설

『청구야담』과 『파수편』 『기리총화』에 같이 수록된 작품인데 『기리총화』가 앞서는 것이어서 『기리총화』를 대본으로 하였다. 여기서 작자는 이현기로 보아야 할 것이다. 제목이 『청구야담』에는 '간교한 아전이 속임수를 잘 써서 어리석은 원님을 조롱하다善欺騙猾胥弄痴倅'라고 되어 있으며, 『기리총화』 또한 비슷한 뜻으로 '간활한 아전이 수령을 조롱하다猾吏弄宰'인데 여기서 '우마마牛媽媽'라고 붙였다. 『동야휘집東野彙輯』에도 유사한 내용이 '간교한 아전이 어리석은 원님을 조롱하여 재물을 차지하다弄愚守猾胥騙財'란 제목으로 실려 있다.

어느 고을 아전이 속임수를 써서 원님을 농락한 이야기로, 이조 후기 지방사회의 구조적 모순의 일단을 재미있게 그린 내용이다. 일에 서툴고 지방 실정에 어두운 관장의 무능한 모습과 이를 악용하여 마음대로 관장을 농락하고 실리를 추구하는 아전들의 생리가 흥미롭게 그려져 있다. 수령에 대한 풍자가 공격적으로 발전하고 있음을 보여준다.

김씨가 이야기 金氏家故事

1

효종이 심양瀋陽에 가 있다가 돌아오실 적에 명나라 황지휘사[1]를 데리고 와서, 가선대부[2]의 녹봉을 주고 호곡[3]에 살도록 하였다.

김숙천 익팔[4]은 무인으로 식견이 있는 사람이었다. 김숙천이 마침 황지휘사와 가까운 곳에 살아 종종 들르곤 하여 친밀한 사이가 되었다. 황지휘사가 매양 스스로 뽐내고 자랑하기에, 김숙천이 오금 박는 소리를 했다.

"당신은 그처럼 굉장한 재주를 지녔으면서도 되놈들을 쓸어내지 못하고 기껏 도망쳐온 사람으로 부질없이 큰소리를 친단 말씀이오?"

---

1 지휘사指揮使 지휘사는 중국의 관제에서 방진方鎭의 군정을 담당하는 군교. 도지휘사都指揮使라고 일컬어지기도 한다. 지휘사로 있다가 명이 망하자 조선으로 들어온 황씨의 자세한 사적은 미상.
2 가선대부嘉善大夫 조선시대에 종2품의 문관과 무관에게 주던 품계.
3 호곡壺谷 현재 경기도 남양주시 별내면 수락산 기슭에 있는 지명.
4 김숙천金肅川 익팔翊八 지방관을 역임한 사람에 대해 그 고을 명칭을 붙여서 부르는 관행이 있었다. 숙천은 평안도의 고을 이름. 그의 성명은 김익팔이다.

황지휘사는 비분강개한 어조로 눈물을 흘리며 말했다.

"내 나이 18세에 대장감이라고 나라에 알려져서 천거를 받아 도지휘사에까지 올랐더라오. 전장에 나가서 싸워 누차 공을 세웠으나, 하늘이 우리 중국을 도와주지 않으니 난들 어찌하겠소? 나라가 망하고 집안이 결딴났음에도 살신성인을 하지 못하고 겨우 종적을 숨겨서 몇년간 목숨을 연장하고 있습니다. 지금 성상께서 거두어주셔서 이국 땅에 머물러 있으면서 한번 나라의 치욕을 씻을까 했으되, 홀연 궁거宮車가 늦어져서[5] 뜻을 펼 길이 없게 됐습니다. 이제 만사가 그만이라. 난들 어찌하겠소?"

황지휘사는 주먹으로 책상을 치고 흐느끼며 더 말을 잇지 못했다. 김숙천이 위로의 말을 하자, 황지휘사는

"내가 동국東國에 와서 어언 30년이 지났소. 그사이에 만나본 사람이 적지 않은데, 당신 같은 인물은 보지 못했소."

라고 하더라 한다.

이 사적은 선비 김치량金穉良이 엮은 『광산김씨가승光山金氏家乘』에 실려 있다.

2

『광산김씨가승』에는 김치량의 증조부인 김세주金世柱의 일도 기록해놓았는데 다음과 같다.

김세주는 나이 11세에 친상을 당하고 이후 3년 사이에 그의 세 형제가 연달아 죽었다. 그 또한 병에 걸려서 피신하여 충주 율지리 시골집으로 내려왔다. 8, 9년이 지나 신병은 나았으나 가까운 친척이라고는 하나

---

5 원문은 '宮車晏駕'인데, 궁정의 수레가 늦게 움직인다는 말로 제왕의 죽음을 가리키는 의미.

도 없었다. 단지 두세명 노복에 의지해서 근근이 살아가는 형편이었다. 이때에 이천 부사를 지낸 허간,[6] 판서를 지낸 김휘金徽, 윤간,[7] 찰방을 지낸 심천沈縡 같은 분들이 만나서 눈물을 흘리며 의논하였다.

"우리 스승 김공[8]의 집이 끝내 자식 하나도 보존을 못하여 제사가 영영 끊기도록 방관해야 되겠소? 그 댁 조상 산소가 불길하여 이런 변이 난 것임에 틀림없지요."

이에 다 같이 힘을 합해 삼영동三永洞에 길지를 얻어 양대 산소를 이장했다. 김세주는 그 과정을 알지도 못했다. 선배들의 의기가 이처럼 놀라웠던 것이다.

김세주가 젊은 시절에 어떤 술사를 만나 자기의 운명을 물었더니, "열 두꺼비가 무슨 죄 있으랴만 세마리 기러기가 나란히 떨어졌구나十蟾何罪 三雁竝落"라는 구절을 써주더라 한다. 아무도 이 글귀의 뜻이 무언지 이해하지 못했다. 김세주가 신병으로 고향에 돌아간 후에 호곡의 집을 철거했는데 방구들 아래서 옹기그릇 하나가 나왔다. 뚜껑이 덮인 속에 두꺼비 열마리가 들어 있었다는 것이다. 어느 비복이 저주의 방법으로 집어넣은 물건인데 세 형제가 죽은 것도 그 때문이었다고 한다. 끝내 누구의 소행인지 잡아내지 못했다.

3

또한 장령掌令 윤길[9]에 관한 기록이 실려 있는데, 윤길은 김치량의 증

---

6 허간許侃 영의정 허적許積(1610~80)의 부친.
7 윤간尹侃 병사를 지낸 윤취오尹就五의 증조.
8 김공 김세주의 부친 김상립金尙立으로 그는 광해군 시기에 성균관 학생이었다.
9 윤길尹趌 자 여직汝直, 호 몽파夢坡, 본관은 파평. 무안 인물로서 그의 사적이 『속수續修 면성지綿城誌 충절록忠節錄』(1939)에 실려 있다. 임진왜란 당시 삼례 찰방으로

조부의 장인이 되는 분이다. 윤길이 무주 부사로 갔을 때 일이다. 무주 고을의 관아 동헌에서 사또가 자다가 밤중에 급사하는 괴이한 변고가 연이어 네다섯번이나 일어났다. 이 때문에 동헌을 폐하고 다들 향청[10] 으로 피해가서 거처하였다. 윤길은 부임한 당일 바로 동헌에서 업무를 처리하고 거기서 유숙하려고 했다. 향임[11]과 아전들이 나서서 백방으로 만류하였으나 일절 듣지를 않았다. 즉시 공생貢生들을 시켜 헐고 찢어 진 창문을 보수하도록 한 다음, 10량兩 무게의 대초 두 자루를 제조하여 피우도록 했다. 향임이며 아전들을 다 물리치고 동헌에서 홀로 촛불 아래 앉아 있었다. 시각이 밤중에 이르러 사방이 고요하여 아무 소리도 들리지 않았다. 이때 방 안의 반자에서 무슨 이상한 소리가 울리는 것이었다. 얼마 지나지 않아 반자가 곧추서더니 금방 없어지면서 붉은 피가 한 말이나 방 가운데로 쏟아졌다. 이윽고 사람의 팔뚝 하나가 아래로 떨어져 피가 뚝뚝 뿌려지고, 또다른 팔뚝 하나가 떨어졌다. 그리고 두 다리가 차례로 떨어지고 몸뚱이가 떨어지더니 맨 끝에 머리가 아래로 떨어졌다. 그것들은 면전으로 다가와서 호소하는 소리를 발하는 것 같았다. 그는 끝내 눈도 들지 않고 소리쳤다.

"네 무슨 괴물이냐? 밤중에 관부에서 이런 재변을 벌이다니."

그것은 두번 절하고 앞에 나와서 아뢰는 것이었다.

"저에게 철천지한이 있기로 한번 사또님을 뵙고 아뢰고자 했으되, 저의 형용이 이와 같아서 매양 사또님들이 기절해 죽고 말아 영영 풀릴 길

서 태조 어진을 병화에 입지 않도록 조처하고 행주대첩에서 무공이 있었으며, 광해 군 때도 충절을 세운 사적이 있었다.
10 향청鄕廳 지방 고을에서 좌수·별감 등 직임을 맡은 사람들이 거처하는 건물.
11 향임鄕任 좌수·별감 등 향청의 직임을 가리키는 말.

없는 한이 되었습니다. 이제 사또를 뵈오매 저의 원통한 사정을 호소할
수 있겠사옵니다."

"우선 말해보아라."

"저는 영평[12] 사람 이아무개올시다. 30년 전에 김아무개가 이 고을 관
장으로 왔을 적에 따라와서 머물러 있었지요. 그때 가까이 지낸 기생이
있었습니다. 어느날 관아에서 술자리가 벌어져 진종일 술을 마시다가
다들 파해서 나가고 저만 혼자 취해 여기 쓰러져 있었지요. 기생도 다른
사람들과 같이 나갔습니다. 급창[13] 아무개놈이 본디 그 기생의 사내로 저
에게 악감을 품었던지라, 어두운 틈을 타 저를 무참히 죽여 사지를 토막
내고 빈 섬에다 집어넣어 반자 위에 올려놓았던 것입니다. 그리고 호랑
이가 물어갔다고 말하니, 고을 사람들이 모두 그런 줄로 믿었지요. 그런
일 때문에 원통한 기운이 흩어지지 못해 이런 일을 하게 된 것입니다."

"아무개놈은 아직 살아 있고, 기생과 함께 모의했더냐?"

"기생은 실로 알지 못했으며, 아무개놈은 아직 살아 있습니다."

"네가 본디 영평에 살았다고 했는데, 너의 집이 아직 있으며 너에게
자녀가 있느냐?"

"아들이 영평에 살고 있습니다."

"내가 장차 너의 원한을 풀어주고 너를 고향으로 반장返葬을 하도록
할 것이니 너는 물러가 있거라."

그것은 절하여 감사의 인사를 올리고 물러나서 반자 위로 사라졌다.
윤공이 올려다보니 반자는 전과 다름없이 되어 있었고 핏자국도 보이

---

12 **영평永平** 지금 경기도 포천군에 통합된 고을 이름.
13 **급창及唱** 지방 관아에 소속된 관노로, 주로 원님의 말을 복창해 전하는 구실을 맡
았다.

지 않았다. 윤공은 촛불을 끈 다음 잠이 들었다가 아침에 일어났다. 향임과 아전들이 윤공이 무사한 것을 보고 모두 놀라며 치하를 드렸다. 이날도 윤공은 종일토록 개좌[14]를 하고 나서 해가 저물녘에 하리下吏를 불러 물었다.

"너희 고을 관노 중에 이름이 아무개인 자가 있느냐?"

"지금 나이가 늙어 남문 밖에서 살고 있습니다."

윤공이 즉시 그자를 불러오도록 했다. 얼마 지나지 않아 그자가 와서 배알하는 것이었다. 윤공은 그자를 즉시 형틀에 올리도록 명하고 물었다.

"네놈이 죽을죄를 진 줄 네가 아느냐?"

"쉰네는 어려서부터 관아에서 일을 보다가 이제 늙어서 물러나 있습니다. 제가 무슨 죄를 졌는지 모르겠사옵니다."

"너는 영평 사람 이아무개가 전에 김태수를 따라 여기 와 있을 때 일을 기억하느냐?"

"과연 생각이 납니다. 그때 이아무개는 호랑이에게 물려간 사실을 고을 사람들 누구나 아는 바입니다."

"이아무개를 살해해서 동헌의 반자 위에 숨겨둔 놈이 누구냐?"

그자는 머리를 숙이고 대답하지 못했다. 사또가 즉시 명을 내려 엄히 신문하도록 했더니, 그자는 낱낱이 승복하는 것이었다. 사또는 즉시 하리에게 명해 반자를 뜯어내고 시체를 꺼내게 했다. 시체는 그대로 썩지 않은 상태로 선혈이 낭자했다. 관정에 가득 찬 사람들 누구나 놀라지 않은 이가 없었다. 사또는 즉시 그자를 때려죽이도록 명했다. 그리고 관곽

---

14 개좌開坐 관장이 임석하여 업무를 처리하는 것을 이르는 말. 관장이 죄인을 심문하는 것을 개좌봉초開坐捧招라고 한다.

과 수의 등속을 갖추어 이아무개를 염斂과 빈殯을 해두고, 영평 땅으로 급히 사람을 보내 그 아들에게 기별했다. 부의를 후히 하여 반장을 하도록 했음이 물론이다.

윤공의 명성은 온 나라에 울렸다.

4

광해군 계축년(1613) 소명국 옥사[15] 때에 윤공은 장살을 당했다. 계해년 인조반정 뒤에 신원伸寃이 되어 증직을 받았다. 그의 후손들은 지금 무안의 옥산동[16]에 많이 살고 있다.

윤공은 어려서 공부를 하지 않다가 나중에 크게 분발하여 글 읽기를 열심히 했다. 글을 읽을 적에 잠을 쫓기 위해 들보 위에 상투를 매달았으며, 절에 가 있으면서 공부하여 7년이나 절문 밖을 나가지 않았다고 한다. 제자백가를 다 통독했는데 특히 『통감通鑑』에 힘을 기울였다. 한번은 책을 들고 숲 속을 거닐며 읽다가 잘못 어린 호랑이의 꼬리를 밟은 일이 있었다. 호랑이가 놀라 뛰며 으르렁거렸으나, 공은 겁내지 않았다.

윤공이 경성鏡城 판관으로 나가 있을 때, 달밤에 난간에 기대어 시를 읊으면 소리가 청아하여 금석에서 나오는 것 같았다. 도깨비가 떼를 지어 와서 춤을 추더라 한다. 윤공은 과연 기이한 선비라 하겠다. 그의 사적이 잊혀서는 안 되겠기에 이와 같이 기록해둔다.

---

15 소명국蘇鳴國 옥사獄事 광해군 당시 소명국의 무고로 일어난 사건. 소명국이 윤길尹趌·양시진楊時進·신경희申景禧 등이 모의하여 능창군綾昌君을 왕으로 추대하려 한다고 거짓으로 꾸며냈는데, 이 일로 윤길 등이 극형에 처해졌고 능창군은 교동喬桐에 안치되었다가 죽임을 당했다. 능창군은 선조의 손자이며 인조의 친동생이다.
16 옥산동玉山洞 현 행정구역으로 전라남도 함평군 엄다면에 속한 지명. 이 마을에 지금도 파평 윤씨가 세거하고 있다.

●작품 해설

　유경종柳慶種(1714~84)의 필기류 저술인『파적破寂』제2책에서 뽑은 것이다.
『파적』이라고 이름을 붙인 이 책은 견문을 잡기한 형태의 필기류로서 각 편의
길이가 대부분 짧은 편인데 이것은 예외적으로 편폭이 길다. 김치량의『광산김
씨가승』에서 원용한 것으로 명기된바 한 가문에서 일어난 일들을 서술한 내용
이기에 여기서 '김씨가 이야기[金氏家故事]'라고 제목을 붙였다.

　이조시대는 문벌을 중시하는 사회여서 '가문서사家門敍事'가 특징적으로 발
달했다. 이『광산김씨가승』은 현재 전하는지 여부는 확인되지 않으나, 광산 김
씨 중의 한 계파의 기록이다. 원기록자인 김치량의 부친 김익팔과 증조부 김세
주가 서술의 중심선에 놓인 구조이다. 그리고 김익팔에 연계되어 등장한 명나
라의 망명객 황지휘사, 그리고 김세주의 장인으로 도입된 윤길에게 중심이 옮
겨가서 이 두 인물이 사실상 주인공처럼 여겨진다. 가문서사의 틀로 엮인 내용
임에도 가문을 뛰어넘어 역사의 거대한 움직임에 소식이 통하는가 하면 괴담
이 끼어들기도 한다.

　전체적으로 일관된 구성을 갖추지 않고 이런저런 일화들을 나열한 방식을
취하고 있다. 그런데 조상과 조상에 연관된 사적인 만큼 모두 실제 사실로 믿고
기록한 셈이다. 가문서사의 특징적인 면이라고 하겠다. 이 작품에서 특히 관심
을 두어야 할 두가지 면모를 들어둔다. 하나는 풍수설에 대해 회의를 불러일으
키도록 한 점이다. 김세주에 관한 이야기에서, 원인 불명으로 가문이 몰락하는
사태가 발생하자 당시 사고방식이 으레 그렇듯 조상의 묫자리에 까닭이 있는
것으로 생각했는데 나중에 보니 누군가 요상한 방애放礙를 썼기 때문이었다는
것이다. 다른 하나는 인과응보의 논리에 어긋난 설정을 한 면모이다. 무주 부사
로 부임한 윤길이 해묵은 살인사건을 해결해서 악을 징치하고 원한을 풀어준
이야기는 유명한 아랑阿娘 전설을 차용한 것이다. 원혼이 출현하는 현장은 인체
가 사지와 몸뚱이, 머리로 분해된 상태에 피까지 낭자해서 더없이 괴기스러운
데, 이 극적 장면은『어우야담於于野譚』에서 전우치가 마술을 부리는 대목을 차
용한 것으로 보인다. 윤길은 마땅히 선행의 응보를 받아야 함에도 그 자신이 억
울하게도 역모 사건에 연루되어 죽임을 당했다.

　이 작품은 누구를 작자로 할 것인가?『광산김씨가승』을 엮은 김치량이 원작

자임은 물론이다. 원작을 가져다가 개편하고 손질을 가해서 지금 읽을 수 있도록 만든 것은 『파적』을 엮은 유경종이다. 이 점을 중시해서 유경종을 작자로 잡고, 김치량은 원작자로 가정해둔다.

평교平交

용인의 한 무변이 기개가 비범할뿐더러 권모술수가 놀라웠다.

어느날 새로 통제사[1]가 임명되어 일간에 사조[2]한다는 말을 들었다. 무변은 종립[3]에 호수[4]라든지 동개[5]며 도검·등채 따위를 구비하고 준마 한필을 매입했다. 그리고 통제사의 행차가 용인 앞을 지나가는 것을 기다려, 군복에다 동개 등을 다 갖추고 길 왼편에서 대기하고 있었다. 통제사가 돌아보고 물었다.

"저게 웬 사람인가?"

그 무변은 얼른 몸을 굽실하고 앞으로 나아가서 아뢰었다.

"사또께서 장차 통영으로 부임하시는데 소인이 따라가기를 원하여 감히 이렇게 기다리는 것이옵니다."

---

1 통제사統制使 경상·전라·충성 삼도의 수군 통제사. 그 본부가 통제영統制營, 즉 지금의 통영시이다.
2 사조辭朝 지방관이 부임할 때 임금에게 고별하는 절차를 가리키는 말.
3 종립鬃笠 일명 종모鬃帽, 기병이 주로 쓰던 모자로 둥근 통의 양 옆에 깃을 붙였다.
4 호수虎鬚 무인의 모자에 장식으로 꽂는 깃털.
5 동개 활과 화살을 넣어 등에 지는 도구.

통제사는 그 사람의 용모가 준걸하고 말소리도 우렁차며 의장과 마필 등속이 휘황한 것을 보고 웃으며 허락했다.

통제사를 수행하는 비장이 수십인이었는데 그에게 눈총을 주고 비웃지 않는 사람이 없었다. 무관은 조금도 개의치 않고 매일 수행하여 여러 비장들을 따라 조석 문안에 참여했다.

통제사가 도임한 다음날에 조사를 마치자 영리營吏가 군관 좌목판[6]을 올렸다. 통제사는 여러 비장배들을 둘러보며 물었다.

"군은 누구의 청으로 왔는가?"

"소인은 아무 대감의 청이옵니다."

다음 사람 대답도 비슷했다.

"소인은 아무 대감댁의 사람이옵니다."

이렇게 차례차례 쭉 물어보고 나서 맨 끝으로 그 무변의 차례가 되었다.

"군은 어떻게 하여 왔는가?"

"소인은 곧 용인을 지나실 때에 중도에서 자청하여 따라온 사람이옵니다."

통제사는 머리를 끄덕였다. 그리고 청탁해 보낸 사람의 긴하고 덜 긴하고에 따라서 좋고 나쁜 직책들을 나누어 맡기고 맨 나중에 박한 자리가 하나 남아서 이 자리에다 그 무변을 앉혔다.

얼마 지나지 않아 서울서 내려온 비장들은 혹은 자리가 나쁘다고 떠나기를 아뢰고, 또 혹은 총애를 다투던 끝에 하직하고 가기도 했다. 빈 자리가 생길 적마다 그 무변이 차차로 자리를 옮겨 앉게 되었다. 여러달

---

6 **좌목판座目板** 관원의 명단을 적은 판.

일을 맡겨서 그가 하는 양을 유심히 살펴보니 식견도 달통하고 일하는 솜씨도 성실하고 부지런해 인품이나 국량이 서울서 따라온 부류와는 비교가 안 되었다. 그래서 그를 아주 신임하여 좋은 자리나 요긴한 직임을 맡겼던 것이다. 친한 비장배들이 그에 대해 나투어 간하고 헐뜯기도 했지만 통제사는 마음을 전혀 움직이지 않고 더욱 그를 신임하여 통제영의 제반 업무를 하도록 했다.

통제사의 임기가 끝나갈 무렵인데, 어느날 밤에 무변이 아무 말도 없이 사라져버렸다. 비장들이 일제히 들어와서 아뢰는 것이었다.

"사또께서 소인들의 말을 믿지 않으시고 중도에 따라온 근본도 모르는 자를 지나치게 신임하시고 온 영중營中의 전곡錢穀을 그놈 손에 맡기시더니 마침내 깊은 밤에 아무도 모르게 도주하고 말았습니다. 세상에 어찌 이런 황당한 일도 다 있겠습니까?"

비웃는 말이 좌우에서 빗발쳤다. 통제사는 비장들을 시켜 각 곳간의 잔고를 조사해보니 완전히 탕진한 상태였다. 통제사는 어이없이 어찌할 바를 모르고 다만 천장을 바라보며 한숨을 쉴 따름이었다.

얼마 지나지 않아 통제사는 임기를 마치고 돌아갔다. 그때가 경신년으로, 조정이 환국換局하여 남인들이 모두 실각하게 되었다.[7] 통제사 역시 남인에 가까운 터라 줄이 떨어져서 벼슬길이 꽉 막혔다. 벼슬자리를 얻지 못하고 몇해 지내는 사이에 가정형편이 여지없이 몰락하여 문안의 집을 팔고 남대문 밖의 이문동[8]으로 나와 살았다. 전에 따르던 비장

---

7 경신庚申은 숙종 6년(1680). 소위 경신대출척庚申大黜陟이라 하여 남인이 실각하고 노론이 집권했다.

8 이문동里門洞 남대문 밖에 남산 방향으로 있었던 지명. 옛날 쌍리문雙里門이 있어 유래한 이름이라 한다.

들 가운데 하나도 찾아와 뵙는 자가 없었다. 조석 끼니를 자주 거르게 되자 근심과 울분이 쌓여 날마다 앞 들창을 열어놓고 큰길을 내다보곤 했다.

하루는 어떤 사람이 준마를 타고 복마卜馬 한마리에다 종 5, 6인을 거느리고 남대문을 나와서 올라오는 것이 보였다. 곧장 이문동 골목으로 들어오더니 바로 자기 집 대문으로 들어서는 것이 아닌가. 준마에 앉은 사람이 안장에서 몸을 비껴 내리더니 토방을 밟고 마루로 올라섰다. 방으로 들어와 절하고 뵈어서 통제사도 얼른 답배答拜를 했다. 좌정하자 그가 먼저 입을 열었다.

"사또, 소인을 모르시겠습니까?"

통제사는 놀란 표정으로 대답했다.

"글쎄, 누구신지 모르겠구려."

"사또, 연전에 통제사로 부임하실 적에 중도에서 뵙고 따라간 자를 기억하지 못하십니까? 소인은 바로 그 사람이올습니다."

통제사는 그제야 비로소 깨달았다. 영중의 재물을 전부 빼돌리고 말도 않고 도주해버린 죄를 책망할 겨를도 없이, 우선 궁박한 처지에 찾아와준 것만이 반가웠다. 얼른 묻는다.

"군은 그사이 어디 갔다가 지금 어인 연고로 찾아온 것인가?"

"중도에 자천自薦해서 따라붙은 팔면부지八面不知의 소인인데 뭇사람의 조롱과 비웃음이 사방에서 밀려들어도 사또께서는 전혀 취하여 듣지 않으시고 유독 소인을 신임하신 것을, 소인이 아무리 미천한 물건이라도[9] 어찌 마음에 느낌이 없으리까? 그런데 형세를 살펴보니 사또께서

---

9 원문은 '豚魚'인데 하찮은 동물에게도 은혜가 미친다는 뜻(『주역周易·중부中孚』 "豚魚之信").

불원간 곤경에 처하실 것 같았습니다. 녹봉의 나머지 약간을 가지고 집에 돌아가시면 몇년의 쓰임이나 되겠습니까? 그래서 소인은 사또를 위해 따로 계책을 마련하여 은덕을 갚고자 하였지요. 만약 먼저 사또께 아뢰면 사또께서는 반드시 허락지 않으실 것인 고로, 소인은 속이는 짓이 죄가 되는 줄 알면서도 또한 돌아볼 겨를이 없었습니다. 소인이 몰래 영중의 재물을 싣고 아무 곳으로 가서 따로 한 구역을 잡아 논밭을 마련하고 그곳에 제반 경영을 하여 이제 다 정돈해놓았답니다. 그래서 감히 이렇게 찾아뵙고 사또께 그곳으로 같이 가서 여생을 지내시자고 청하는 것입니다. 사또, 생각해보소서. 지금 이 시국에 처해서 벼슬길도 막혔고 곤궁이 날로 심해질 터인데 어찌 답답하게 여기 이러고 지내시렵니까? 사또께서는 이 점을 깊이 헤아려보옵소서."

통제사는 그의 말을 듣고 반나절토록 이리저리 궁리해보았다. 그의 말이 실로 묘미가 있음을 깨닫고 이내 승낙하였다.

무변은 데리고 온 노복들을 시켜 준비해온 음식 두 상을 정결하게 차려서 한 상은 통제사 앞에 놓고 또 한 상은 안으로 들여보냈다. 사흘간 있으면서 집안 세간을 모두 수습하고 교자를 준비해서 드디어 통제사 내외와 함께 길을 떠났다.

일행이 무변을 따라 며칠 동안 가서 길은 산골로 접어들었다. 비탈을 넘어서자 큰 고개가 눈앞을 가로막았다. 통제사는 마음에 의구심이 일어났지만 처지가 처지인 만큼 어찌할 도리가 없었다.

무변이 앞서 고갯마루에 올라가 말에서 내렸고 통제사도 뒤미처 말에서 내렸다. 내려다보니 사방으로 산이 둘러싼 곳에 평평한 들이 널따란데 그곳에 기와집도 즐비하고 벼와 곡식이 벌판에 가득 차 있었다. 무변이 손가락으로 가리키며

"이쪽은 사또께서 사실 집이오."

하고, 그 옆을 가리키며

"저쪽은 소인이 살 집입니다. 저 들판의 전답 가운데 어디서 어디까지는 사또댁에서 거두실 것이요, 어디서 어디까지는 소인이 거둘 것이옵니다."

하는 것이었다. 통제사는 마음과 눈이 황홀해져서 비로소 얼굴에 웃음이 활짝 돌았다.

곧 고개를 내려와 그 기와집으로 들어가니 방방이 꾸밈새가 정결하고 기묘하였다. 안채로 들어가보아도 역시 그러했으며, 전면에 곳간들이 쭉 벌여져 칸칸에 쇠가 채워져 있었다. 무변은 수노[10]를 불러 분부하는 것이었다.

"너희 상전께서 오늘 여기 내려오셨다. 너희들은 모두 나와서 현신現身을 드리도록 하여라."

이에 건장한 사내종 수십명이 나란히 서서 뵙는 것이었고, 여종들도 불러서 각기 현신을 드렸다. 그리고 각 곳간의 열쇠를 가져오라 하여 바로 통제사와 함께 돌아다니며 곳간들을 열어 보이며 말하였다.

"이것은 무슨 곳간이요, 이것은 무슨 곳간이옵니다."

미곡이며 건초 따위들이 곳간마다 가득 쌓여 있었다. 다시 안으로 들어가니 크게는 장롱이나 부엌살림 등속에서 소소하게는 일용잡물에 이르기까지 빠짐없이 갖추어 있었다. 통제사는 기쁘기 한량이 없었다. 무변이 자기 집으로 안내하여 가보니 규모는 다소 작았지만 역시 짜임새며 정결한 품이 차이가 없었다.

---

10 수노首奴 노비의 우두머리.

이후에 밤낮으로 서로 내왕하며 더불어 장기도 두고 함께 들 구경을
나가기도 하며 정분이 조금도 틈이 없었다. 하루는 무변이 말을 꺼냈다.

"사또께서 이미 여기 계시는 터에 지금 굳이 '사또'니 '소인'이니 하
고 지내겠습니까? 청컨대 평교[11]를 함이 어떠하올지?"

통제사 또한 그렇게 하는 것을 좋아하였다. 두 사람이 함께 한가롭게
노닐며 노년을 마쳤다 한다.

---

11 **평교平交** 상하의 구분이 없이 서로 벗하여 사귀는 것을 가리키는 말. 평교가 되면
말도 서로 벗한다.

●작품 해설

『청구야담』에서 뽑았다. 제목은 '시골 무변이 스스로 통제사를 따라가다鄕弁自隨統帥後'로 되어 있는 것을 본문에서 '평교平交' 두 자를 취하여 붙였다.

제1권 제1부에 실린 「자원비장自願裨將」과 동일한 유형의 작품이다. 「자원비장」이 주인공을 서울의 룸펜으로 설정한 데 대하여 여기서는 용인의 무관으로 되어 있는 점이 다르고, 또 「자원비장」의 경우 평양 감사의 권력을 이용해서 전라도의 대를 실어다가 거금을 버는 것으로 그려졌는데 여기서는 단순히 통제영의 돈을 취득해서 도주하는 것이다. 이 작품에서는 특히 종래 있어온 이야기 유형 속에 소위 경신대출척을 전후한 무렵의 양반 관료들의 구체적인 동향을 담은 점이 흥미롭다. 그리고 끝에 용인 무관이 통제사에게 평교를 청하는 것이 아주 시사적이다.

노동지盧同知

　노동지는 남양 사람이다. 활을 잘 쏘는데도 운수가 기박해서 매번 초
시初試의 방에는 붙지만 회시會試에는 번번이 떨어졌다.
　어느날 인정종[1]이 난 후 술이 잔뜩 취한 김에 육조 앞 큰길에 버티고
서 있었다. 그날은 어영청[2]에서 순라를 도는 날이었다. 나졸이 붙들자
그는 손으로 나졸을 후려쳤다. 패장[3]이 달려오자 또 패장을 때려주었다.
연달아 4, 5인을 때려눕히고 나서 그 자리를 떠나지 않고 서 있었다. 각
패의 나졸들이 우르르 몰려들어 그를 결박지어, 이튿날 아침을 기다려
대장 아문牙門 밖에다 대기시켰다.
　대장은 곧 안국동 홍정승[4]이었다. 홍공이 그를 잡아들이라 하여 묻
는 것이었다.
　"너는 순라법의 뜻을 아느냐?"

---

1 인정종人定鐘 통금을 알리는 종. 지금 서울의 종각에 있는 종을 울렸다.
2 어영청御營廳 삼군문三軍門의 하나. 효종 3년 설치되어 고종 21년에 폐해짐.
3 패장牌將 관아나 일터의 일꾼을 거느리는 사람.
4 홍정승 정조의 외조부인 홍봉한洪鳳漢으로 추정됨. 영조 재위 후반기에 정승의 위치
　로 국정을 장악했던 인물이다.

"아옵니다."

"그런데 왜 순라군을 때렸느냐?"

"한 말씀 드리고 죽고 싶어서입니다. 잠깐 결박을 풀어주소서."

홍공이 명하여 결박을 풀어주니 노군은 일어나서 아뢰는 것이었다.

"소인은 남양의 거자[5]로 약간 용력도 있고 말 타고 활쏘기에 능하온
데 운수가 기박하여 회시에 응시한 것이 전후 무려 10차에 가까웠으되
이번에 또 낙방을 하고, 스스로 신세를 돌아보매 죽으려 해도 죽기가 어
려웠습니다. 재상의 문하에 의탁해서 진출할 방도를 세워보고자 해도
또한 길이 없습니다. 시방 명망이 사또보다 높은 분이 없기로 적이 한번
뵙고자 하였으나, 문지기가 가로막아 마지못해 이런 계교를 부려본 것
이옵니다. 순라군을 두들겨패면 반드시 이 뜰아래 잡혀올 것이라, 한번
존안尊顔을 뵙고 진정을 아뢰려는 것이었지요. 만약 때리지 않고 기껏
야경을 범하기만 하면 집사청執事廳으로부터 곤장이나 얻어맞고 쫓겨
날 것이니 어떻게 이 뜰아래 들어올 수 있겠사옵니까? 사또께서는 모름
지기 저의 이 정상을 굽어살펴주소서. 또한 한 사람이 두 사람을 상대하
면 두 사람 몫의 용력이 있다고 쳐줄 것인데, 소인은 다섯을 때려눕혔으
니 다섯 사람의 용력이 있다고 할 것입니다. 사또께서 소인을 문하에 거
두어주심이 어떠하올지요?"

홍공은 그를 눈여겨보더니 웃으며 말하였다.

"아까 두들겨맞은 장교들은 어디 있느냐?"

그 장교들이 명을 받고 대령하자 홍공이 영을 내렸다.

"너희들 교졸 대여섯 놈이 저 한 사람에게 두들겨맞았으니 장차 어디

___

5 거자擧子 과거에 응시하는 사람을 가리키는 말.

다 쓸 것이냐? 너희는 장교의 패牌를 풀어놓고 물러가거라."

이어 그 전령패[6]를 노군에게 채워주고 문하에 있게 하였다.

그는 사람됨이 온갖 일에 영리하고 민첩해서 매사가 주인의 뜻에 맞았다. 이 때문에 총애가 날로 높아져서 안팎의 크고 작은 일들을 모두 맡겼는데, 그는 일처리가 적절해서 한가지 일도 성글거나 걱정되는 바가 없었다. 홍공은 그를 좌우 수족같이 여기게 되었다.

그는 별군관[7]으로부터 승진하여 오랫동안 직무를 부지런히 수행한 것으로 선사포[8] 첨사[9]에 임명되었다. 부임할 때 홍공이 감영 및 병영에 편지로 부탁을 해서 매사에 잘 보아줄 것을 부탁했다. 그는 3년 동안의 임기 사이에 한번도 홍공에게 편지로 문안을 아뢰지도 않아 문하의 사람들이 모두 그를 배은망덕한 사람으로 여겼다. 그가 임기를 마치고 돌아올 때 홍공께 배알하러 찾아가니 홍공은 흔연히 맞았다.

"그간에 별 탈이 없었으며 녹봉은 얼마나 되더냐?"

"소인이 사또의 은택을 입어 좋은 진鎭을 맡아서 3년의 수입으로 남양의 논밭을 사들였기에, 이제 평생을 잘 지낼 만하옵니다."

"매우 다행한 일이로구나."

홍공이 기뻐하는데, 노군은 이내 일어서서 하직을 고하는 것이었다. 홍공이 놀라 물었다.

"네가 여기 와가지고 왜 머물러 있으려 않고 곧 돌아가려 하느냐?"

"소인이 정성을 바쳐 사또께 힘을 다했던 것은 장차 구하는 바가 있

---

6 전령패傳令牌 명령을 전하는 표.
7 별군관別軍官 훈련도감·금위영禁衛營·어영청·수어청守禦廳 등에 속한 사관土官의 일종.
8 선사포宣沙浦 지금 평안북도 서해안의 지명.
9 첨사僉使 진영鎭營에 배치된 종3품의 무관. 첨절제사僉節制使의 준말.

어서였사옵니다. 이제 소득이 바라던 바를 넘어 흡족하온데 다시 무엇
하러 남아 있겠사옵니까? 이제 떠날까 하옵니다."

그가 대답하니 홍공은 할 말이 없어 고개를 끄덕였다.

그가 홍공의 문을 나설 때 누군가 그에게 은혜를 저버린 데 대해 책망
하자, 그는 웃으며 말했다.

"내 어찌 모르겠느냐? 내가 대감의 문하에 있은 지 10여 년이다. 여러
곳에서 보내오는 물건을 사또께서 어찌 전부 다 살피시겠느냐? 웬만한
물건은 모두 우리 무리들의 차지가 된다. 내가 조그마한 진의 첨사로 비
록 온 진의 힘을 기울여서 봉물封物을 올리더라도 청지기들의 눈 아래
서는 볼품없는 물건에 불과할 테니, 매우 긴치 않은 짓이라. 이런 까닭
으로 나는 하지 않았더니라."

그는 남양의 고향집으로 돌아가서 발걸음을 딱 끊고 다시는 소식을
통하지 않았다.

병신년[10]에 홍공은 실각하여 고양 문봉[11]의 선영 아래 은거해 있었다.
이때 와서는 청지기 가운데 하나도 모시고자 하는 자가 없었다. 노군은
이때 비로소 지팡이를 짚고 찾아가서 조석으로 모시며 시중을 들었다.
병환이 위중해지자 옆에서 간호하며 몸소 약시중을 하고 밤낮으로 간
호를 했다. 홍공이 돌아가자 직접 염습斂襲하고 입관入棺하는 절차를 정
성껏 하였다. 장사의 예를 마친 후에 그는 통곡하며 돌아갔다 한다.

---

10 **병신년丙申年** 영조가 죽고 정조가 즉위한 1776년으로, 이때 홍봉한은 사도세자 문
제로 실각하였다.
11 **문봉** 현재 경기도 고양시 일산동구에 문봉동이란 지명이 있다.

●작품 해설

『계서잡록』에 실려 있으며 『이향견문록里鄕見聞錄』에도 옮겨져 있다. 용력과 무예가 출중한 어떤 무인의 호기롭고 의리 있는 태도를 그린 내용이다. 주인공이 어영청의 교졸 5, 6명을 두들겨패주고 훈련대장 앞에 잡혀가서 변론하는 것이라든지, 구차하게 대감에게 아부하여 권세와 이익을 얻으려 하지 않고 초연히 떠나는 데서 활달하고 당당한 인간 면모를 본다.

그리고 대감이 실각하자 주인공 노동지는 비로소 대감을 찾아가 뵙고 보살피며 종신까지 한다. 당시 정치권력이 전변하는 상황에서 한 의로운 인간의 이야기로 남았을 것이다.

박비장朴裨將

박민행朴敏行은 어려서 고아가 되어 의지할 곳이 없었다. 구리개[1] 약
국에 의탁하여 분주히 일을 거들었다. 나이 15세 때였다.

어느날 주렴 사이로 밖을 내다보니 어떤 청년이 나귀를 타고 지나가고
있었다. 박민행은 청년을 따라서 그의 집에까지 갔다. 청년은 이장오[2]라
는 무관이었다. 박민행은 이공에게 모시고 따르겠다고 자청했다. 이공
은 그를 한번 보자 즉시 허락하고 다시 그의 내력도 묻지 않았다. 그로
부터 매사를 그에게 맡겼다. 또한 부잣집에 장가를 들게 했는데, 신부는
부잣집의 사랑을 독차지하는 외동딸이었다. 혼수로 한 살림을 호사스
럽게 마련해와서 그는 갑자기 부자가 되었다. 그런데도 대단치 않게 여
기고 재물을 초개처럼 보았다.

박민행은 장가를 든 뒤부터는 날마다 노름판에 들락거리며 호걸들과
사귀는가 하면 멀리 산천을 유람하며 무절제하게 놀았다. 이공의 집안

---

1 구리개 지금의 서울 을지로2가 쪽의 지명. 이곳에 당시 약국이 집중되어 있었다. 동
현銅峴.
2 이장오李章吾(1714~81) 영조 때 포도대장·통제사 등을 역임한 무장.

사람들 사이에서 비난이 빗발치듯 일어났지만 이공은 모두 불문에 부치고 대하는 것이 전과 전혀 다름없었다. 집안사람들은 아주 이상한 일로 여겼다.

일마 지나지 않아 이공은 특천特薦으로 빨리 버슬이 올라 금군별장[3]에 이르렀다.

영조 을해년[4]이었다. 당시 국문하는 과정에서 현임 통제사의 이름이 나와 장전[5]에서 이공을 통제사로 임명했다. 그리하여 즉시 서둘러 부임, 전임 통제사를 체포해 올리도록 한 것이다.

이공은 그 자리에서 곧 임지로 떠나며 집에 말을 전했다.

"박민행을 불러 행장을 갖춰가지고 급히 나를 따라오도록 하여라."

이때 이공의 집에는 빈객이 구름처럼 모여 있었는데, 다들 혀를 찼다.

"이 양반이 지금 불안한 시기에 명을 받고 측량할 수 없이 위태로운 곳에 부임하면서 오직 파락호破落戶 한명만 데리고 가시다니, 어찌 이처럼 오활迂闊하실까?"

이공은 주위에서 나오는 말들을 일절 듣지 않고 끝내 박민행 한 사람만 데리고 통영으로 부임했다. 곧바로 전임 통제사를 압송해 올리자, 진영 내의 인심이 흉흉했다. 조석 간에도 안심할 수 없을 정도로 험악한 상황이었다. 게다가 문서는 산적해 있었고 기무는 복잡하기 그지없었다. 박민행은 비밀히 계책을 올려 제반 문제를 신속히 처결하였다. 그리고 전임 사또의 장부를 샅샅이 조사해서 4, 5만금의 돈을 얻었다. 이공

---

3 금군별장禁軍別將 임금을 호위하고 대궐을 지키는 관청인 용호영龍虎營의 주장主將. 품계는 종2품.
4 영조 을해년 영조 31년, 1755년으로 나주역 벽서사건 및 을해옥사가 일어나는 등 이 해에 국정이 불안정하였다.
5 장전帳前 임금이 앉은 자리 앞을 가리키는 말.

에게 이 사실을 보고하고 이어 아뢰었다.

"이 돈을 어떻게 조처하실는지요?"

"네 마음대로 처리하여라."

이공이 대답하는 것이었다.

박민행은 "예, 그리하옵죠." 하고 물러나왔다. 당일 밤으로 큰 잔치를 세병관[6]에서 베풀고 소를 잡아 병사들을 배불리 먹도록 하는 등으로 그 돈을 다 흩어버렸다. 또 각 관청과 각 동리에서 묵은 포흠[7]과 오래된 병폐를 조사하여 전부 바로잡고 결손을 보상해주었다. 그리고 "이는 사또께서 지시하신 일이다."라고 말했다. 군사와 백성들 모두 기뻐서 우레 같은 환성이 일어났으며, 인심은 그날로 풀어지고 안정이 되었다.

박민행이 전후의 일을 낱낱이 보고하자 이공은 별말 없이 턱을 끄덕일 뿐이었다. 이공은 위기를 잘 넘기고 안정을 되찾아 그 위엄이 삼도三道에 떨쳤다. 그리하여 임기를 잘 마치고 돌아갔다 한다.

박민행은 유능한 막료로 세상에 이름이 높았다. 대개 이공의 지감知鑑과 박민행의 포부, 이 두 아름다움이 짝을 이루었다고 하겠다.

---

6 세병관洗兵館 통영統營에 있는 누각.
7 포흠逋欠 관의 재물을 유용하여 결손을 내는 행위.

●**작품 해설**

　『청구야담』에서 뽑은 것이다. 『해동야서海東野書』에도 실려 있다. 제목은 '박동지가 통제사를 위하여 재물을 흩다朴同知爲統帥散財'인데 간단히 '박비장朴裨將'이라 줄였다.

　박비장은 원래 약국의 점원이었다. 그가 이장오란 무장의 신임을 받아, 이장오가 통제영에 부임했을 때 어려운 문제에 봉착한 것을 비장으로 따라가서 민완하게 처리했다는 줄거리. 연암의 「광문자전廣文者傳」의 광문도 여기 박비장처럼 고아로 약국의 점원 노릇을 하였거니와, 광문은 시정에서 놀아 이름을 날렸으며, 박비장은 알아주는 무장을 만나 유능한 참모로 활약할 수 있었다.

수박씨 西瓜核

유진사는 집이 가난해서 끼니도 챙길 수 없는 지경이었다. 게다가 흉년을 만나서 살아갈 방도가 막연했다. 긴긴 여름날에 연 닷새간이나 밥을 짓지 못하여 허기를 견디기 어려워서 사랑방에 누워 있었다.

그러다 안에서 한동안 아무 소리도 들리지 않고 적막한 것을 이상히 여겨 안으로 들어가보려고 몸을 일으켰다. 워낙 기운을 차리기 어려워서 엉금엉금 기어들어갔다. 마침 그의 처가 입에 무언가 우물거리고 있다가 유진사가 들어오는 것을 보고 당황하여 감추면서 얼굴을 붉히는 것이었다.

"여보, 무얼 혼자 먹고 있다가 나를 보고 숨기오?"

"먹을 만한 것이 있으면 어떻게 저 혼자 먹고 있겠어요? 방금 정신이 어지러워 쓰러져 있다가 수박씨가 벽에 붙어 있는 것을 보고 집어다 씹으니 빈 껍질이었어요. 그래서 한숨을 내쉬다가 들어오시는 것을 보고 그만 겸연쩍어졌답니다."

그러면서 손에서 빈 껍질 수박씨를 내보이는 것이었다. 그들 부부는 서로 바라보며 눈물을 흘렸다. 그때 마침 밖에서 찾는 소리가 들렸다.

"이리 오너라."

"누구일까? 대문에서 하인을 부르는데 나가보셔요."

유진사가 엉금엉금 나가보았다. 한 관노가 문전에 서 있다가 유진사를 배알한 다음 묻는 것이었다.

"여기가 유진사댁이온지요?"

"바로 그렇네."

"샌님 함자가 아무 자 아무 자이온지요?"

"그렇다네."

"샌님이 아무 능참봉陵參奉에 수망[1]이 되어 낙점[2]이 되었습지요. 쇤네가 망통[3]을 가지고 지금 어렵게 댁을 찾아왔사옵니다."

하인이 소매 속에서 망통을 내보이는데, 과연 자기의 성명이 틀림없었다. 그러나 전관[4]이 누구인지도 모르지 않는가. 아무리 생각해도 뜻밖이었다. 유진사는 꿈인 듯 생시인 듯 한참 어리둥절해 있다가

"이는 필시 나와 동성명의 다른 사람이다. 네가 잘못 찾아온 게다. 다른 데로 가서 자세히 알아보아라. 나는 집이 몹시 가난하고 세상에 알음도 없다. 눈 씻고 둘러보아도 성중에 나의 이름자를 알 사람이 하나도 없구나. 전관이 나를 어떻게 알고 망望에 올렸겠느냐?"

하고 몸을 돌려 들어갔다. 처가 누가 찾아왔는가 물어서 사연을 들려줬다. 처는 뛸 듯이 기뻐했다.

---

1 **수망首望** 임금에게 관직 후보자를 3인 추천하도록 되어 있는데 이를 삼망三望이라하며, 이때 제1번으로 올리는 것을 수망이라 한다.
2 **낙점落點** 관원을 선임하는 절차로서 추천된 후보자 가운데 한 사람의 이름에다 임금이 직접 점을 찍어서 뽑는 것.
3 **망통望筒** 삼망을 기록한 명단.
4 **전관銓官** 인사 업무를 담당한 이조吏曹의 당상관과 병조판서를 일컫는 말. 정관政官.

"그럼 우리도 살아날 가망이 있네요."

"백번 생각해보아도 그럴 이치가 만무하오. 진사로 초사에 오른 사람은 누가 반드시 먼저 이름을 널리 외어주어야 망에 오를 수 있다오. 세상에 누가 나를 위해 말해줄 사람이 있겠소?"

부부간에 이러니저러니 말을 하며 반신반의하고 있는데 밖에서 또 "이리 오너라." 하는 소리가 들려왔다. 유진사가 다시 나가보니 아까 그 관노였다.

"쇤네가 이조에 가서 자세히 알아본바 샌님이 분명합니다. 선대의 직함이나 샌님이 진사를 하신 연조로 역력히 증명이 됩니다. 만에 하나 의심이 없사옵니다."

유진사는 비로소 더이상 의심하지 않게 되었다.

"내가 이제 벼슬을 제수받았다지만 밥을 못 먹은 지가 여러날이다. 지금 기동할 기력조차 없으니 어떻게 가서 사은숙배[5]를 할 수 있을지 걱정이구나."

관노는 당장 저자로 달려가서 급한 대로 쌀과 찬거리, 땔감을 사가지고 왔다. 먼저 죽을 쑤어서 마시게 하여 마른 속을 부드럽게 했다. 그리고 다시 쌀 한말과 땔감 한 바리, 찬거리 약간을 들여왔다. 유진사는 죽을 연이어 먹고서야 비로소 눈에 무엇이 보이고 기운이 행보할 만하게 되었다.

"너의 구완에 힘입어 다행히도 회생이 되었구나. 그런데 머리에서 발끝까지 걸칠 것이라곤 하나도 없으니 어떻게 숙배하러 가야 할지 모르겠구나."

---

5 사은숙배謝恩肅拜 임금의 은혜에 감사하며 절을 올리는 것.

관노는 즉시 옷전(衣廛)으로 가서 입을 의관을 전부 세내어왔다. 유진사는 또 관노를 시켜 친지의 집으로 편지를 보내 관복도 빌려왔다. 하객이 하나둘 찾아오고 하인을 보내 축하하는 사람도 문전에 줄을 이어서 지난날과 비교해볼 때 염량세태炎凉世態가 판이하였다.

유진사는 사은숙배를 드리고 나서 직무를 보러 나갔다. 즉시 돈과 쌀을 계산해서 경서원[6]에 바쳐야 할 액수를 납부하고, 열말의 쌀과 한 바리의 땔감을 집으로 보냈다.

이조판서가 누군지 알아보았더니 이공 아무개였다. 자기와는 당색黨色도 다를뿐더러 본래 안면이 없었다. 그런데 마침 유진사의 한 동창이 이조판서와 절친한 사이라, 유진사가 굶어죽을 지경이라는 사실을 알고 극력 주선했던 것이다. 이조판서는 그를 측은히 생각해서 여러 사람을 물리치고 수망에 올렸다.

그로부터 유진사는 몇년 세월이 지나는 사이에 크게 출세하여 좋은 벼슬자리를 지내고 드디어 이조의 요직에 올랐다. 때마침 간성의 원 자리가 비었다. 간성은 풍요한 고을이라 위로 재상들로부터 밑으로 친척에 이르기까지 구하는 사람이 쇄도해서 누구를 올리고 누구를 버릴지 처리하기 곤란했다. 내일 도목[7]을 내게 되어서 적이 심란하였다. 부인이 그의 안색을 보고 까닭을 물어서 사정을 말했다.

"영감이 능참봉이 되신 당시의 이판댁은 지금 어떻게 되었나요?"

"그 이판 어른은 진작 작고하셨고, 여러 자제가 조정에 이름이 올라 음

---

6 경서원京書員 경재소京在所에 주재하는 아전. 경재소는 지방 관아에서 서울에 연락하거나 제반 업무를 담당하는 곳을 가리킨다.

7 도목都目 해마다 음력 6월과 12월에 벼슬아치의 성적이 좋고 나쁨에 따라서 파직시키거나 승진·전보를 하던 일. 도목정사都目政事, 도정都政.

직[8]으로 군수에 합당한 사람도 있다 합디다. 집은 몹시 청빈하고……."

"영감이 만약 그 자제로 간성 원을 삼지 않으시면 배은망덕이라 할 것입니다. 청탁이 아무리 많더라도 주저하지 마시고 결단해서 그 사람을 수망으로 올려야만 옛날 벼슬을 얻은 은혜에 보답이 됩니다. 영감, 어찌 수박씨를 씹던 그날의 일을 기억하지 못하십니까?"

그는 부인의 말을 듣고 크게 깨달았다.

"그렇구려."

다음날 도정에 전 이조판서의 자제 이아무개를 간성 원에 수망으로 올려 낙점이 되도록 하였다.

---

8 **음직蔭職** 과거에 의하지 않고 선대의 공훈으로 내려주는 벼슬. 남행南行.

●작품 해설

『청구야담』에 '재상이 부유한 고을에 천거해서 옛 은혜를 갚다擬腴邑宰相償舊恩'란 제목으로 실려 있는 것을 여기서는 '수박씨[西瓜核]'로 제목을 삼았다.

굶어죽을 지경에 이르렀던 유진사가 친구의 주선으로 능참봉을 제수받고, 그후 크게 출세하여 자기를 처음 벼슬길로 끌어준 이조판서의 아들을 간성 원에 임명되도록 하여 자기가 입은 은혜를 갚았다는 이야기.

벼슬길이 막힌 곤궁한 선비들의 어려운 생활상이 잘 나타나 있다. 또한 당색이 서로 다르더라도 중요하지 않은 자리는 주선해주기도 했던 양반 관료들의 생활상의 일면과, 자기를 벼슬길에 끌어준 은인에 대해서는 다음 기회에 갚는 것이 도리이기도 했음을 보여준다. 당시 양반사회에 상호보험적 관행이 있었음을 엿볼 수 있다.

고죽군댁孤竹君宅

　어떤 시골 사람이 농사를 짓고 살았다. 그는 가을철에 거두어들이는 곡식이 적지 않았지만 성질이 불량한 자여서 손버릇이 좋지 못한 병통이 있었다. 대개 이웃 간에 다 아는 일이었다.

　이웃에 사는 한 양반은 독서하는 선비로서 청빈하여 세간 하나 없이 네 벽이 말끔하고 굶기를 잘사는 집 밥 먹듯 하는 형편이었다. 추석 명절을 맞으니 끼니의 구차함이 평시의 배나 되었다. 가재도구도 이미 입에 풀칠하는 데 다 들어가고 이제 남은 것이라곤 밥솥 하나뿐이었으나, 그것 역시 불기운이 떨어진 지 몇달이 지났다.

　어느날 손버릇 좋지 않은 그자가 밥솥이나 훔쳐갈까 하고 어둠 속에서 양반댁을 엿보고 있었다. 그 댁의 부인이 부엌에서 불을 지펴 죽을 끓이는 중이었다. 이윽고 부인이 대접과 중발에다 죽을 떴다. 먼저 대접에다 죽을 떠 담고 나서 중발에다 나머지를 긁어모아 미처 반도 못 차는 것을 부뚜막 위에 깨진 바가지로 덮어놓는 것이었다. 그리고 대접을 받쳐 들고 사랑으로 나갔다. 선비는 바야흐로 배고픔을 참고 글을 읽다가 부인이 들고 나오는 죽을 보고 깜짝 놀라서 물었다.

"죽거리는 어디서 난 것이오?"

"마침 쌀 몇홉이 생겼기에 죽을 끓였어요."

"우리 집에 쌀이라니, 옥보다 귀한 것이 어디서 생겼단 말이오?"

부인은 얼굴에 가득히 부끄러움을 띠고 얼른 대답하지 못했다. 선비는 기어이 캐묻는 것이었다.

"어디서 난 것인지 모르고는 내 결코 먹지 않겠소."

부인은 선비의 고집을 잘 아는 터라 사실대로 고하지 않을 수 없었다.

"문전 아무개의 논에 올벼가 익었기로 아까 인적이 끊어진 뒤에 손으로 벼이삭을 한움큼 훑어다가 불에 말려 찧었더니 몇홉의 쌀이 나왔습니다. 그걸로 죽을 끓인 것입니다. 실로 만부득이해서 한 일이오나 부끄러움을 어디에 이르리까? 후일 그 사람 집에서 바느질감이 들어오면 사실대로 고하고 바느질값을 받지 않으면 오늘밤의 부끄러운 일이 얼마간 씻어질까 합니다. 비옵건대 숟갈을 드옵소서."

선비는 크게 화를 내 소리쳤다.

"하늘이 만민을 낳으시며 제각기 반드시 일을 해서 먹고살라 하셨소. 사농공상은 저마다 맡은 바 직분이 다르지요. 저 사람의 곡식 한톨 한톨은 다 그의 피땀의 결실이거늘 글하는 선비의 배고프고 배부른 것과 무슨 상관이 있겠소? 부인의 바르지 못한 행실이 여기에 이르렀으니 실로 한심하구려. 매로써 경계하지 않을 수 없는 일이오. 얼른 회초리를 꺾어 오우."

부인은 감히 어기지 못하고 회초리를 꺾어 왔다. 선비는 회초리 세대를 치고 나서 죽그릇을 물리면서 갖다 버리라고 호령했다. 부인은 말없이 부뚜막에 있는 것까지 한구석에 내다 버리고 안방으로 들어가서 목이 메어 눈물을 흘렸다.

그런데 아무개의 논이란 다름 아니라 마침 솥을 훔쳐가려고 엿보던 바로 그자의 소유였다. 그는 처음부터 끝까지 이 정경을 목격하고서 감복하였다. 양심에 샘솟듯 감동이 일어나 평생의 불량한 습성이 씻은 듯 사라진 것이다.

그는 즉시 자기 집으로 달려갔다. 자기 처를 시켜서 농사지은 곡식 중에서 가장 깨끗한 쌀을 내다가 죽 두 사발을 쑤도록 하고, 죽을 자기 손으로 받들고 가서 선비에게 올렸다. 선비가 어리둥절해서 물었다.

"깊은 밤중에 죽을 가져오다니 참으로 뜻밖의 일이구나. 내 까닭 없는 죽을 받아먹겠느냐?"

그러면서 기어이 물리치고 들지 않았다. 그는 무릎을 꿇고서 아뢰었다.

"소인이 아까 도둑질하기 위해 댁에 들어갔다가 샌님의 처분이 그토록 광명정대하심을 엿보고 깊이 뉘우쳤습니다. 전의 잘못을 크게 뉘우치고 이제 맑고 밝은 양심으로

써 이 죽그릇을 들고 뵈러 왔습니다. 소인의 진심을 살펴 과거의 소인과 같이 보시지 않으시면 천만다행이겠습니다. 이 그릇의 죽은 전혀 불결한 것이 아니옵고 제 손으로 가꿔낸 쌀로 끓인 것입니다. 소인이 어찌 감히 불결한 음식으로써 고죽군댁[1]을 더럽히려 하오리까?"

이어 몸을 굽히고 머리를 조아리며 지성으로 권하는 것이었다.

'저 사람이 비록 불량한 자이나 이제 그가 하는 행동을 보니 마음을 고침이 가상하구나. 제가 이제 올바른 양민으로 돌아와 이처럼 궁한 선

---

1 고죽군댁孤竹君宅 결백하기로 유명한 백이伯夷·숙제叔齊를 가리키는 말. 백이·숙제는 은殷나라가 망하자 수양산으로 들어가 고사리를 캐먹다 굶어죽었다고 한다. 그들의 부친이 고죽군에 봉해졌기 때문에 고죽군댁이라는 표현을 쓴 것이다.

비에게 흰죽을 대접하려 하니 뉘우친 착한 마음에서 우러난 것이리라. 이를 굳이 물리치고 받지 않는다면 그가 착한 사람이 되는 길을 막는 셈이니, 오릉중자[2]의 편협한 지조와 같은 것이다.'

선비는 속으로 이렇게 생각하고 흔연히 죽그릇을 들어 마셨다. 한 그릇은 안으로 들여보냈다.

이로부터 그 사람은 마음에 느끼고 깨달아 필경에는 선비댁 행랑으로 이사를 하고 문서에 없는 종노릇을 하였다. 선비를 상전처럼 받들어 밭을 갈고 나무를 하며 정성을 다 바쳤다.

그 양반은 집안 형편이 차츰 나아졌다.

---

2 **오릉중자於陵仲子** 오릉은 중국 산동성山東省에 있던 지명인데, 이곳에 청렴하기로 유명한 진중자陳仲子라는 사람이 은거하고 있었다.

●**작품 해설**

　『청구야담』에서 뽑았다. 원제는 '가난한 선비가 아내를 책망하여 이웃 백성을 교화하다責荊妻淸士化隣氓'인데 여기서는 '고죽군댁孤竹君宅'으로 바꾸었다. 『동야휘집』에는 '한 그릇 죽을 물리쳐 우매한 백성을 교화하다退椀粥愚氓遷善'란 제목으로 실려 있다.

　몰락한 양반의 곤궁한 생활상, 그런 중에서도 지조를 굽히지 않는 견결한 기질이 잘 그려져 있고, 이에 감복하여 자신의 도벽盜癖을 씻은 한 농민의 이야기가 감동적이다. 이와 비슷한 내용이 민담으로 구전되고 있는데, 주인공을 고죽군댁으로 호칭한 것이 이채롭다.

훈조막燻造幕

소의문[1] 밖의 홍생원은 홀아비가 되어 두 딸을 데리고 살았다. 워낙 궁핍하여 먹을 것이 없기에, 항시 훈조막[2] 역부들이 있는 곳으로 가서 밥을 빌었다. 역부들이 저마다 한술 밥을 덜어서 주면 홍생원은 겨자 잎사귀에 싸들고 돌아가서 두 딸을 먹이곤 하였다.

하루는 홍생원이 밥을 빌러 오자 훈조막의 한 역부가 취중에 막말을 해댔다.

"홍생원은 도대체 훈조막 부군당[3]이오? 우리들 상전 나리요? 무슨 까닭으로 날마다 와서 밥을 내놓으라 하시오?"

홍생원은 눈물이 글썽해서 발걸음을 돌렸다. 자기 집으로 들어간 이후 5, 6일이 지나도록 사립문이 닫힌 채로 있었다.

한 역부가 사립문을 밀치고 들어가보니 홍생원과 어린 두 딸이 정신

---

1 소의문昭義門 서소문의 본명. 지금의 서울역과 서대문 네거리 사이에 있었다.
2 훈조막燻造幕 관청에 공납하는 메주를 제조하던 곳.
3 부군당府君堂 서울의 여러 관아에는 대체로 각기 받드는 신이 있었는데 그 신을 모시는 곳을 부군당이라고 일컬었다. 그 신을 가리키기도 한다. 관아는 근대로 와서 모두 없어졌지만 부군당이 남아 있는 사례가 서울에 몇곳 있다.

을 잃고 누워 눈물만 흘릴 따름이었다. 역부는 안타까운 마음에 급히 나와서 죽을 쑤어 가지고 갔다.

홍생원은 열세살 된 큰딸을 돌아보고 말했다.

"얘들아, 이 죽을 먹겠니? 우리 세 사람이 간신히 주림을 참는 데 엿새 동안의 공부가 있었다. 이제 죽음이 가까워오는데 그동안 공부한 것이 애석하지 않으냐? 저이가 계속 가져다준다면야 좋겠지만, 지금 이 죽 한 그릇을 받아먹고 내일부터 매일 치욕을 어찌 다 당하겠느냐?"

홍생원이 말하는 사이에 다섯살 된 막내딸이 죽 냄새를 맡고 일어나려고 머리를 들었다. 큰딸이 동생을 따독따독하여 눕히면서 "자자, 자자." 하고 달래는 것이었다.

이튿날 역부들이 다시 가보았을 때는 이미 다 죽어 있었다.

이 이야기를 전해 듣고 눈물을 흘리지 아니하는 사람이 없었는데, 하물며 직접 목격했던 훈조막 역부들의 심경이야 어떠했으랴!

심하다, 가난이여! 나의 집 역시 가난이 지극히 괴로운 노릇이긴 하지만 홍생원에 비해본다면 한탄할 일도 아니겠다.

●작품 해설

『어수신화(禦睡新話)』에서 뽑은 것으로 원제는 '홍생아사(洪生餓死)'인데 '훈조막(燻造幕)'으로 바꾸었다.

구차하게 살아가는 훈조막 역부들한테서 밥을 빌어 연명하던 가난한 양반 홍생원이 양반이라는 자의식 때문에 마침내 그 치욕의 삶을 거부하고 죽음을 택할 때, 아버지의 뜻에 공감하여 어린 동생을 달래며 함께 죽어가는 13세 소녀의 태도가 더욱 눈시울을 뜨겁게 한다.

혼벌婚閥

판서 윤강[1]은 나이 예순이 지나서 용인 금량촌[2]의 유씨 집 딸을 첩으로 맞아들이기로 약정하였다. 윤판서는 혼인날을 이틀 앞두고 금량촌으로 내려가 머물렀다. 유씨 집 처자는 늙은 여종을 윤판서의 사처[3]로 보내서 자신의 뜻을 전언傳言하였다.

"연로하신 기력으로 멀리 왕림하시느라 여독이나 없사온지? 듣자옵건대 소녀로 인연하여 이번 행차를 하시었다니 몸 둘 곳을 모르겠사옵니다. 소녀의 집이 비록 한미하오나 그래도 여기 시골 구석에서는 반명班名을 하옵니다. 이제 소녀가 한번 재상가의 소첩으로 들어가고 보면 영영 중서인[4]의 사이에 끼여 다시는 가문을 만회할 가망이 없게 되옵니

---

1 윤강尹絳(1597~1667) 본관은 해평. 인조 연간에 문과에 급제하여 이조판서까지 역임한 인물.
2 금량촌金梁村 지금 경기도 용인시 경안천慶安川 주변의 마을로 추정됨. 경안천은 소천, 우천牛川, 금량천金良川 등으로 불렸다.
3 사처 웃어른이나 점잖은 손님이 길을 가다가 유숙하는 곳을 존대하여 일컫는 말. 하처下處.
4 중서인中庶人 중인中人 내지 서얼庶孼 신분.

다. 일개 불초여식으로 말미암아 친정집의 문호를 그르치게 되옵니다.
제 생각이 여기에 미치매 심중에 자연 애달픈 마음이 드옵니다. 외람된
생각이오나 대감께서는 지위가 이미 판서를 거치셨고 연세도 회갑을
지나셨으니 혼벌婚閥이 비록 빛나지 못하더라도 명예에 별로 흠될 것은
없을 듯하옵니다. 이 어린 아녀자의 민망한 처지를 동정하시와 너그러
이 약정을 바꾸어 애오라지 비등한 예로 맞아 정실의 이름을 주옵시면,
소녀 가문에 영광과 감격이 더할 수 없겠사옵니다. 규중 여자의 몸으로
이런 말씀이 극히 당돌한 줄 아오나 부끄러움을 무릅쓰고 아뢰오니 처
분이 어떠하올지?"

"전언한 바에 따라 시행하겠노라."

윤판서는 이와 같이 승낙하고 즉시 혼서婚書를 고쳐써 보냈다. 그리
고 정한 날에 의관을 차리고서 초례청에 나갔다. 초야를 지나고 나서 다
시 생각해보니 마음에 십분 개운치 못했다. 죽은 고기를 먹은 것처럼 도
무지 신혼의 기분이 아니었다. 그래서 즉시 본가로 돌아오고 말았다. 그
리고 일절 발을 끊고 소식도 전혀 전하지 않았다. 유씨 부모는 딸을 탓
하였다.

"처음 혼약대로 소실이 되었으면 이런 근심이 없지 않겠니? 괜히 당돌
하게 나섰다가 스스로 네 평생을 그르치지 않았느냐? 누굴 원망하겠니?"

한해가 지나서 유씨는 부모에게 신행할 채비를 해달라고 청했다.

"대감이 전혀 너를 돌아보지 않고 거들떠도 보지 않는데 네가 무슨
낯으로 그 댁에 가겠단 말이냐?"

"저는 기왕에 윤씨 집 사람이 되었으니 아무리 버림을 받는다 할지라
도 윤씨 집 귀신이 되렵니다. 친정에 머물러 있을 수 없습니다. 비복 여
러명을 제 교자에 딸려 보내주셔요."

유씨 집은 부유했기 때문에 신행新行 채비를 기구 있게 차리고 떠났다. 신행이 드디어 윤판서댁 대문에 당도했다. 그 댁 비복들이 나와서 물었다.

"어디서 온 내행이시우?"

"새 마나님 신행 행차요."

윤판서댁에서는 상하 모두 냉랭하여 맞아들일 기색이 없었다. 유씨는 데리고 간 노복들을 시켜 행랑을 깨끗이 치우도록 하고 교자에서 내려 방에 들어가 앉았다.

당시 윤판서의 큰아들은 지평持平으로 이미 세상을 떠났고, 둘째 의정공議政公은 승지承旨로 있었으며, 셋째 동산공東山公은 교리로 있었다. 이날 두 자제는 모두 집에 없었다. 유씨는 자기 하인들을 시켜 미리 두 자제가 돌아오기를 기다리고 있다가 대문간에서 잡아오도록 지시했다.

이윽고 승지와 교리 두 자제가 대문으로 들어섰다. 문간에 웬 교졸들이 웅성웅성하는 것을 보고 물어보아 용인에서 온 행차인 줄을 알았다. 우선 아버지를 뵙고 아뢴 다음에 영접 여부를 결정하려고 바로 사랑으로 들어가려 했다. 이때 유씨의 건장한 노복들이 승지 형제에게 달려들어 관을 벗기고 끌어다 유씨 부인이 있는 방문 앞에 꿇려놓았다. 유씨는 문지방을 짚고 앉아서 내다보며 노기를 띠어 꾸짖었다.

"내 비록 문벌이 미천하다지만 이미 대감으로부터 육례六禮의 절차를 받은 터이니 너희들에게는 어미가 되지 않는가? 어미를 백리 안쪽에 두고 아들 된 도리로서 만 일년이 넘도록 한번도 와보지 않다니, 대감이 소원하게 대하심이야 감히 원망할 수 없지만 너희들의 인사가 참으로 해괴하구나. 내가 지금 이곳에 앉아 있으니 너희들은 밖에서 들어오는 대로 즉시 와서 나를 봐야 마땅하겠거늘 사랑으로 향하다니 또한 극히 도리에 어긋난 행동이다."

승지 형제는 자신들의 잘못에 순순히 죄를 인정하지 않을 수 없었다.

"내가 너희에게 매질을 해야 옳겠으나, 너희들은 지금 임금님을 모신 사람이라 관대히 용서하느니라. 일어나 관을 쓰고 방으로 들어오너라."

유씨는 이렇게 말하고 두 자제를 올라와 가까이 앉게 한 다음 부드러운 말씨로 묻는 것이었다.

"대감의 근래 기거 침식이 어떠신가?"

언사가 위엄이 있으면서도 얼음을 녹일 듯 온화함이 넘쳤다.

윤판서는 유씨가 들어와서 행랑에 앉아 있던 때부터 종들을 시켜 동정을 엿보게 하여 속속 보고를 들었다. 처음에 아들 형제를 잡아들였단 말을 듣고

"내가 포악한 여자를 얻어 이런 횡액이 생기는구나. 장차 우리 집이 망하겠다."

하며 크게 혀를 차다가, 이내 자제를 타이르는 말이 엄하고 뜻이 바름을 듣고는 무릎을 치며 칭찬하였다.

"슬기로운 부인이로다, 슬기로운 부인이야! 내가 사람을 알아보지 못하고 오래 박대하였구먼. 몹시 후회가 되는구나."

즉시 집안사람들에게 명하여 정침[5]을 치우고 맞아들였다. 집안의 상하노소가 일제히 부인에게 인사를 올렸다.

대감과 부인은 금실이 좋았으며 가정이 화목하였다 한다. 유씨 소생으로 두 아들을 두었는데, 큰아들 윤지경尹趾慶의 아들 윤용尹容이 판서에 이르렀고 둘째아들 윤지인尹趾仁은 병조판서에 올랐다.

---

5 정침正寢 일반 가정집 본채의 큰방을 가리킴. 정당正堂.

●작품 해설

『동패낙송東稗洛誦』에서 뽑았다. 원래는 제목이 없는 것을 '혼벌婚閥'이라 하였다. 『동야휘집』에는 '신행 온 부인이 행랑에 앉아 귀한 아들을 꾸짖다採轎據廊責貴子'란 제목으로 실려 있다.

서울 노재상의 소실로 정혼한 시골 처녀 유씨가 총명하고도 의연한 행동을 함으로써 정실이 되고 친정인 유씨 가문의 위상을 높인 것은 물론, 자신을 탐탁하게 여기지 않던 노재상의 인정을 받게 되는 줄거리.

이 이야기는 남존여비 사상이 지배하는 중세 체제라 하여 모든 여자가 다 남자의 압제만 받고 살았던 것은 아니며, 의연한 자세와 분별 있는 행동으로 자신의 사회적 지위를 찾고 지켜나가는 여성도 있었음을 보여주고 있다. 양반집 여자로서의 교양을 잃지 않으면서 사리에 밝고 과단성 있는 행동을 하는 여주인공의 성격이 실감 있게 묘사되어 있다.

오이무름瓜濃

오이를 푹 삶아서 간장에 절였다가 생강을 넣고 후추를 뿌리면 썩 부드럽고 먹음직하다. 특히 이 없는 노인의 음식으로 알맞다. 속칭 '오이무름[瓜濃]'이라는 것이다.

정조 때 김중진金仲眞이라는 이는 나이가 늙기도 전에 이가 죄다 빠져서 사람들이 놀리느라 '오이무름'이란 별명을 붙여주었다. 그는 익살에 능수고 이야기를 잘하여 인정물태를 묘사함에 있어서는 곡진하고 자상하기 이를 데 없었다. 더러 귀담아들을 만한 것도 많았는데, 그 가운데 삼사발원설三士發願說은 이런 이야기다.

예전에 세 선비가 하늘로 올라가서 옥황상제 앞에서 제각기 소원을 말하게 되었다. 그중 한 선비가 이렇게 아뢰었다.

"명가에 태어나서 얼굴은 관옥冠玉 같고 오거서[1]를 독파하여 과장科場에서 장원으로 뽑혀 화요청현[2]의 직에 두루 적합지 않음이 없고, 절충[3]

---

1 오거서五車書 다섯 수레의 책, 즉 많은 책을 일컫는 말. 두보杜甫의 시구에 "남아는 모름지기 다섯 수레의 책을 읽어야 한다男兒須讀五車書"는 말이 있다.

보필輔弼함에 있어 맡은 바 직무를 다한 다음 화상이 운대나 능연각[4]에 걸리고 이름이 청사青史에 전하게 됨이 소원이옵니다."

옥황상제가 좌우를 둘러보며 물었다.

"어찌할꼬?"

문창성[5]이 아뢰었다.

"저 선비는 음덕을 쌓아 세상에 이름이 있었습니다. 이런 응보를 받아도 지나칠 것이 없사옵니다."

"소원대로 해주어라."

다음 선비가 나섰다.

"사람이 빈궁하게 살아가는 것처럼 견디기 어려운 일은 실로 없는가 하옵니다. 다 해진 천으로도 몸을 가리지 못하고 술지게미와 쌀겨나마 달게 먹어야 하며, 아내는 눈물을 흘리고 아이들이 배고파 아우성친다는 말은 오히려 한담에 속하고 주림과 추위가 뼛골에 사무치니, 항심恒心을 지키기 어렵사옵니다. 원하옵건대 여러 만냥의 돈을 축적하고 매년 수천두斗의 곡식을 파종할 부자가 되게 하여주옵소서. 부모를 봉양하고 자식을 양육함에 근심이 없고 관혼상제에서 범절을 잘 차리는 일은 물론 가난한 일가와 곤궁한 친구를 돕고, 과객이나 걸인들이 와서 묵고 구걸함에 대접하기 어렵지 않아 누구에게도 서운함이 없이 할 수 있게 되면 그것으로 대만족이옵니다. 달리 더 무엇을 바라오리까?"

2 화요청현華要淸顯 관직 중에서도 특히 화려하고 중요하며 고상하고 영예로운 벼슬자리들을 일컫는 말. 대개 가문이 좋고 글을 잘하는 자에게 주어졌다.
3 절충折衝 외적을 방어하는 임무를 담당함. 주로 무관직에 붙는 말이다.
4 운대雲臺·능연각凌烟閣 운대는 한나라 때 공신을 사후에 모시던 곳. 운각雲閣이라고도 함. 능연각은 당나라 태종 때 공신 24인의 화상을 그려 모시던 건물.
5 문창성文昌星 북두칠성北斗七星의 하나로, 문운文運을 맡은 별이라 한다.

옥황상제가 이르기를

"슬프다, 가난이여! 큰 소원이 여기에 그친단 말인가."

하고, 사록[6]에게 판결을 대신하도록 명하였다. 사록이 명을 받들어 계단으로 나와서 판결을 내리는 것이었다.

"너는 들어라. 네가 전생에 부자라고 세도를 부려 가난한 사람들을 얕잡아 보았으며, 남의 어려움을 도운 일이 없었다. 술에 곯고 여색에 빠져서 돈과 비단을 마구 쓰고, 달면 삼키고 쓰면 뱉으며 오로지 자기 목구멍만 위하고 호사한 것만 취하며 검소한 것을 싫어하였다. 처자와 하인들을 못살게 굴고 하늘이 내린 만물을 함부로 대하여 무절제하게 낭비하였더니라. 이러하였으니 너의 빈궁은 네 스스로 자초한 것이다. 누구를 원망하며 누구를 탓하겠느냐? 다만 너의 조상이 겸손하고 검소하여 의롭지 않으면 취하지 않았기에 너의 소원을 이루어주노라. 이는 네가 아니고 너의 조상의 응보를 받는 것이니라."

두 선비는 물러갔다. 마지막 선비가 뜰 한구석에 혼자 두 손을 모으고 서 있었다. 눈을 깜작이며 먼 곳을 바라보고 입은 꿀 먹은 벙어리처럼 말을 못 하고 있기에 옥황상제가 그를 불러 물었다.

"너의 소원은 무엇이냐?"

그 선비는 안색을 고치고 옷깃을 여미더니 서안 앞으로 나아가 엎드려 두어번 기침을 한 연후에 비로소 소원을 아뢰는 것이었다.

"소신이 소원하는 바는 앞의 두 사람과 다르옵니다. 신은 성질이 맑고 한가로움을 사랑하며 부귀공명은 전혀 구하지 아니하옵니다. 다만 임수배산처[7]를 얻어 초옥 두어 칸을 조촐하게 세우고서 몇경[8]의 논과 몇그루

6 사록司祿 별 이름으로, 여기서는 문창성을 가리킨다.

의 뽕나무밭이 있어 홍수나 가뭄의 걱정이 없고 덧없는 세상의 시달림을 잊으면 그만이지요. 그리하여 조반석죽이나마 배를 채우기에 충분하고 겨울에는 솜옷, 여름에는 베옷으로 몸을 가리면 만족입니다. 겸하여 자손들은 도리를 다하여 수고로이 책망할 것이 없고, 노비들은 부지런히 농사짓고 길쌈을 하여 안으로는 위에 덤벼들거나 잡스러운 일이 없으며, 밖으로는 남의 문을 두드리고 번거롭게 하는 일이 없습니다. 신은 이에 편안하게 소요하며 한가로이 노닐어 마음 쓰이는 곳이 없고 육신 또한 안온하여 명은 천수를 다하되 무병장수하는, 이것을 소원하옵니다."

그의 말이 미처 끝나기도 전에 옥황상제가 서안을 어루만지며 탄식하는 것이었다.

"어허! 그것은 이른바 청복淸福이라 하느니라. 청복이란 세상 사람이 모두 바라는 바요, 하늘이 가장 아끼는 것이니라. 만약에 사람마다 구하여 얻을 수 있는 것이라면 어찌 유독 너뿐이겠느냐? 우선 내가 남 먼저 차지하여 누렸을 터이다. 무슨 맛에 괴로이 이런 옥황상제 노릇을 하고 앉았겠느냐?"

이에 붙여 논평한다. 말이 적중하면 세상의 분쟁을 해결할 수 있다. '오이무름'이란 사람이 비록 당시에 무슨 분쟁을 해결한 행적은 없으나, 그의 입에서 술술 나오는 이야기는 비유를 끌어대어 가히 큰 것을 깨우쳐주었다고 하겠다.

---

7 임수배산처臨水背山處 앞으로 물이 흐르고 뒤에 산이 있는 지형. 이런 곳을 사람이 살기에 알맞은 환경이라고 보았다.
8 경頃 면적의 단위로 100묘畝가 1경임.

●작품 해설

『이향견문록』에서 뽑았는데, 원출전은 『소은집素隱集』으로 되어 있다. 제목은 '김중진金仲眞'인 것을 '오이무름[瓜濃]'으로 바꾸었다. 작중의 김중진은 일종의 전문적인 이야기꾼으로 당시의 인정물태를 여실히 그려내는 솜씨를 보이는데, 그 나름의 인생관을 지니고 있기도 하다. 제1권 제1부 「강담사」의 오물음吳物音과 유사한 이야꾼이며 동일인으로 추정되기도 하는바 고증을 요하는 문제이다.

세 선비가 하늘로 올라가 옥황상제 앞에서 각기 소원을 말한다는 줄거리인데, 부귀와 권세를 풍자하고 인간의 최대의 행복은 이른바 '청복'에 있음을 주장한 것이다.

이 이야기는 『삼설기三說記』 중의 한편인 「삼사횡입황천기三士橫入黃泉記」와 유사한 내용인데 이쪽이 보다 함축미가 있다.

안동랑安東郎

김안국金安國은 판서에 대제학[1]을 지낸 김숙金淑의 아들이다. 그의 3, 4대 선조 때부터 문장과 재망[2]으로써 대를 이어 문형文衡을 잡았다.

안국은 태어나서부터 얼굴이 수려하고 용모가 훤칠해서 판서대감이 애지중지하였다.

"애가 참으로 우리 집 자식이로다."

안국이 말을 막 배우자 대감이 글자를 가르쳤다. 그런데 석달이 지나도록 하늘 천天, 따 지地 두 글자도 해득하지 못하는 것이었다. 의아스러운 일이었다.

"이 아이가 용모와 얼굴이 이만하고서 총명이나 재주가 이다지 멍청할 수 있을까? 아직 나이가 어려서 재주가 미처 열리지 않았는가? 몇년 더 기다려서 가르쳐보리라."

몇년 후에 안국에게 다시 글을 가르쳤으나 터득하지 못하는 것은 전

---

1 대제학大提學 홍문관弘文館·예문관藝文館의 종2품 벼슬로 겸직으로 하게 됨. 특히 문임文任을 맡아 영예로운 벼슬로 높이 여겼다. 문형文衡이라고 일컬었다.
2 재망才望 재주와 명망.

과 매일반이었다. 대감은 마음에 몹시 근심이 되었다.

"이 아이가 끝내 이런다면 저 한 몸의 불행일 뿐 아니라 우리 지체를 떨어뜨리는 것이 이보다 더할 수 있으랴!"

이에 주야로 가르치며 그때마다 꾸중을 했다. 글을 깨우칠 도리를 천만가지로 찾아보았으나 종내 하늘 천, 따 지 두 글자도 해득하지 못했다. 한달이 가고 두달이 가고 한해 두해가 흘러 안국의 나이는 어느덧 14세가 되었다. 대감은 한숨을 쉬고 눈물을 흘리며 혼자 말했다.

"나는 저것이 아직 어려서 그러는 줄로만 여겼더니, 이제 이미 14세인데 이 지경이라니 세상에 어디 저런 물건이 다 있을까? 우리 선조의 혁혁하신 명성이 장차 저 물건에 이르러 떨어지겠구나. 조상을 욕되게 하는 자식을 두느니 차라리 자식이 없어 제사를 못 지내게 되는 편이 나으리라. 게다가 저 물건만 대하면 나는 벌써 분통이 터지고 머릿골이 아파오니 사세가 도저히 저것을 집에 두고 볼 수 없겠다."

이에 안국을 없앨 방도를 찾았는데, 차마 죽일 수는 없는 일이고 어딘가로 쫓아버리고 싶었지만 종적이 곧 탄로날 것이 염려되어 얼른 손을 쓰지 못했다. 그래서 우선 눈앞에 나타나지 못하도록 하고 있었다.

안국의 동생 안세安世는 나이가 5세였다. 용모가 준수한 것은 안국에 미치지 못했지만 재질이 총명하기로는 안국보다 나았다. 안세로 가통을 잇게 하고 싶어도 안국이 있으니 예법에 온당치 못한 일이었다. 매양 안국을 어디 아무도 모르는 먼 곳으로 추방하려고 별렀지만 그 기회가 없었다.

마침 대감의 사촌동생인 김청金淸이 안동 통판[3]으로 나가게 되었다.

---

3 **통판通判** 큰 고을의 수장인 부윤이나 부사 밑에 있는 보좌관. 판관判官.

안동은 서울서 멀리 떨어진 고을로 부호들이 많았다. 김청이 임금께 사은숙배하고 도임할 때가 되어 대감의 집을 들렀다. 대감이 그에게 안국을 맡아줄 것을 부탁했다.

"저것이 본디 이러이러하다네. 죽이고 싶은 마음이 하루에도 세번이나 끓어오르는데 차마 그러지도 못하고 오래전부터 쫓아버리기로 작정하고 있었지. 다만 적당히 보낼 곳을 찾지 못해 결행하지 못하던 차에, 마침 자네가 안동 통판으로 내려가게 되니 이번 길에 저것을 데리고 가서 영구히 안동 백성을 만들어 세상 사람들이 알지 못하도록 해주기 바라네."

김청은 거절하며 위로의 말을 했다.

"형님, 그게 무슨 말씀이십니까? 예로부터 이제까지 문장세가文章世家에 글 못하는 자손이 한둘이었겠소? 그렇다고 아들을 내쫓았다는 말은 들어보지 못했소. 형님이 그리하실 수 있소? 안국의 용모가 저같이 비범하니 비록 종내 글을 못하더라도 능히 가업을 이어 선대의 제향을 잘 받들 것이오. 안세가 재주는 있다고 하지만 그릇이 작을뿐더러 둘째 아들인 걸 어떻게 안국을 버리고 안세로 세운단 말입니까? 형님의 처사는 윤리에 어긋난 일이오."

김청이 일어서려 하자 대감이 손을 잡고 간청하였다.

"자네가 나의 청을 들어주지 않으면 나는 세상에 더 살고 싶은 생각이 없네."

김청은 계속 거절하다가 마지못해 승낙하고 말았다. 대감이 안국을 불러 영영 이별하는 말을 하였다.

"이제부터 나는 너를 자식으로 여기지 않겠다. 너도 나를 아비로 생각하지 마라. 다시 서울에 올라와서는 안 된다. 만약 서울에 나타나면 너를 바로 죽이겠다."

김청은 안국을 데리고 내려가서 부임했다.

'안국이 외양이 저만큼 범상치 않은데 못 가르칠 이치가 있으랴! 내 기어코 가르쳐보리라.'

김청은 속으로 이렇게 작정하고 공무의 여가에 틈틈이 안국을 불러서 글을 가르쳤다. 하지만 석달이 지났는데 하늘 천, 따 지 두 글자도 깨치지 못하는 것이었다.

"어허, 과연 그렇구나! 판서 형님이 쫓아낼 만도 하다."

이에 조용히 안국을 불러서 물었다.

"안국아, 네가 왜 이러니?"

"제가 전에부터 무슨 한담설화閑談說話를 들으면 정신이 맑아져 밤낮으로 천 마디 만 마디를 들어도 능히 다 외울 수 있습니다. 그런데 글자를 앞에 두면 어찌 된 영문인지 도무지 해득이 안 될 뿐 아니라 글이란 말 한마디만 들어도 금방 정신이 아득해지고 벌써 두통이 일어납니다. 당숙께서 죽으라면 저는 죽겠습니다. 다만 문자에 이르러는 저도 어찌할 도리가 없습니다."

김청은 별도리가 없는 줄 알고 안국을 책실⁴로 돌려보내고 다시는 글을 가르치지 않았다.

안동부의 좌수 이유신李有臣은 집이 부유한데다 마침 혼기가 찬 딸이 있었다. 김청은 이 사실을 알고 안국을 그 집의 사위로 삼아줄까 하는 뜻을 품었다. 그래서 이유신을 조용히 불러 책실에 신랑감이 있음을 말하고 혼담을 꺼냈다.

---

4 책실冊室 수령의 자제나 손님들이 거처하는 곳을 지칭하는 말. 지방관의 비서 업무를 맡은 사람을 일컫기도 한다. 책방冊房.

"책실의 낭재郎材라니 누구 댁 낭재이옵니까?"

"바로 우리 판서 종형의 맏자제라오."

이유신이 돌아가서 생각하니 의심이 크게 일어났다.

"김대감은 서울의 귀족이라. 대대로 문형을 잡아 전국의 양반들이 누구나 우러러보는 터에, 그의 소생 적자嫡子라면 안동으로 구혼할 까닭이 있겠는가? 아무래도 서자庶子가 아니겠나."

다시 나아가 물었더니 고故 상국相國 허연許捐의 외손이라는 것이었다. 이유신은 그래도 의심이 가시지 않았다.

"서자가 아니라니, 그렇다면 불구자겠지. 봉사일까, 벙어리일까, 아니면 고자일까?"

김청은 이유신이 병신인가 의심하는 줄로 짐작하고 즉시 안국을 불러냈다.

8척 신장에 미목이 그림 같고 음성이 청랑하여 참으로 경화京華의 미소년이 아닌가. 이유신은 마음속에 탄복을 하면서도 고자가 아닐까 미심쩍었다. 더 묻고 싶었지만 차마 말을 꺼내지 못하고 머뭇머뭇했다. 김청은 눈치를 채고 안국에게 바지를 벗어보도록 명하였다. 고자도 아니었다. 이유신은 안국이 서자도 아니고 병신도 아닌 줄 알고 나자 더욱 의심이 일어났다.

"종씨 대감은 서울의 귀족이신 터에 저렇게 기특한 자제를 두고 군이 천리 밖의 안동 땅에 구혼을 하시다니, 무슨 연고인지 못내 궁금하옵니다."

김청은 끝내 숨기다가는 필경 성사되기 어려울 줄 생각하고 글을 못해 집에서 쫓겨나게 된 경위를 사실대로 털어놓았다.

'안동 좌수의 딸이 현임 대제학의 아들에게 시집가면 대만족이지 글

까지 잘하기를 바라겠나. 제가 비록 쫓겨났다지만 내가 거두어 가르치면 또한 안 될 게 무어 있겠나.'

이유신은 이렇게 생각하고 드디어 혼인을 허락했다. 김청은 이유신이 가산이 풍족하여 족히 한근심을 덜게 될 줄 믿은데다 문벌도 얌전한 사족임을 알고 기대 이상임에 더없이 흡족했다. 즉시 택일하여 성례를 하였다.

얼마 지나지 않아서 김청은 관직에서 물러나 서울로 돌아갔다. 김청이 종형 김숙을 만나 안국을 장가보낸 사실을 말했다. 김숙 또한 자신의 계획이 딱 들어맞은 줄 알고 반갑게 여겼다.

"잘되었네, 잘되었어."

안국은 처가의 별당에 틀어박혀서 석달 동안 문밖을 한번도 나가지 않았다. 그 처가 조용히 물었다.

"대장부가 허구한 날 방구석에만 들어앉아 있다니 답답하지 않으셔요? 그리고 입신양명하여 부모를 영광스럽게 할 도리는 글보다 좋은 것이 없습니다. 석달이나 방구석에 있으면서 글이라곤 한 줄도 읽지 않고 문밖출입도 하지 않으시니 웬일이에요?"

안국은 이맛살을 잔뜩 찌푸리고 대답했다.

"어려서 내가 처음 말을 배우자부터 우리 아버지가 나에게 글자를 가르쳐 지금 14년이 되도록 끝내 하늘 천, 따 지 두 글자도 깨치지 못했오. 아버지는 내가 집안을 망칠 물건이라고 죽이려고까지 하였으나 차마 죽이지는 못하고 이곳으로 내쫓으신 것이오. 일생 부모님의 눈앞에 보이지 말라고 엄명하셨으니 나는 실로 죄인이오. 무슨 낯짝을 들고 하늘의 해를 바라보겠소? 나는 글자를 깨치지 못할 뿐 아니라 글이라는 한마디만 들어도 두골이 빠개질 지경이니, 이제부턴 나의 귓가에서 제발 글에 대한 말은 하지 말아주오."

그 처는 한숨을 쉬고 물러서지 않을 수 없었다.

원래 장인은 제법 문명文名이 있어 향리에서 일컬어지는 인물이었고 두 아들도 다 문장이 넉넉했지만 안국의 사정을 들은 까닭에 애당초 글을 가르쳐볼 생각도 하지 않았으며, 대면하는 일도 드물었다.

그 처는 장성한 남자가 일없이 지내는 것을 민망하게 여긴 나머지 어느날 남편에게 조심스럽게 말을 꺼냈다.

"저의 아버지와 오라비들이 모두 글을 잘하시니 사랑에 나가서 글을 배워보셔요."

안국은 성을 내 소리쳤다.

"먼저 내가 글 말만 들어도 두통이 난다고 하지 않았소? 나에게 글 말은 다시 꺼내지 말아야 하거늘 왜 그런 말을 꺼내는 것이오?"

그러고는 골머리를 싸매고 드러눕는 것이었다. 신부는 낙심하여 물러서고 말았다. 이후로 글 말을 꺼냈다가는 상처를 입힐 줄 알고 다시 입을 열지 못하였다.

그 처 이씨는 원래 여자 중의 문장이었다. 시서詩書 육예六藝의 글과 제자백가諸子百家의 책을 무엇이든 모르는 게 없었으나, 천성이 온유하고 사리의 마땅함을 알아서 문장은 여자가 할 일이 아니라 여겼다. 마음속에 넣어둔 채 일절 표를 내지 않아서 부모 형제도 문장인 줄을 잘 몰랐다. 매양 안국이 부친에게 죄지은 것을 슬퍼하기에 어떻게 글을 가르쳐보고도 싶었지만, 여자로서 남편을 가르친다는 것이 예가 아니고 또한 안국이 글이라면 머리를 쩔레쩔레 흔들기 때문에 어찌할 도리가 없었다. 그래서 말을 하여 재주가 어떤지 한번 시험해보고 싶었다.

"사람이 돌부처도 아니고 나무인형도 아닌데 진종일 입을 봉하고 가만히 계실 수 있어요?"

"말을 하자니 누굴 붙들고 하겠소?"

"저와 더불어 옛날얘기나 하실까요?"

"나 또한 소원이오."

이씨가 천황씨[5] 이래로 역사를 풀어서 쭉 이야기하니 안국은 귀를 기울여 듣고 매우 재미있어 하는 것이었다. 이씨는 먼저 책 한권의 내용을 들려준 후에 말했다.

"이런 한담설화도 따라하지 않으면 곧 잊어버린답니다. 한번 외워보셔요."

안국이 좋다고 하고 쭉 외우는데, 조금도 틀리거나 어긋나는 것이 없었다. 이씨는 내심으로 아주 대단하게 여겼다.

'저이가 탁월한 재주를 지녔는데 무엇인가 막힌 곳이 있어서 그렇구나. 내 반드시 저이의 막힌 구멍을 뚫어 통달하도록 만들어야겠다.'

이씨는 밤낮으로 이야기를 해주고 전부 외우도록 했다. 먼저 역사이야기에서 출발하여 마침내는 성경현전[6]에 이르기까지 천언만어를 외우지 못하는 것이 없었다. 어느날 안국이 이씨에게 묻는 것이었다.

"여보, 내가 듣고 외운 말들은 다 어디서 나온 것이오?"

"그게 다름 아니고 다 글이라오."

안국은 펄쩍 놀라서 눈을 둥그렇게 떴다.

"아니, 정말 글이란 말이오? 글이 그토록 재미있는 것이라면 내가 왜 머리가 아프지?"

---

5 천황씨天皇氏 중국 고대 역사상의 신화적 존재. 초학 교재에 해당하는 『사략史略』이 란 책의 맨 앞머리에 나온다.
6 성경현전聖經賢傳 유교의 경전을 이르는 말.

"글이란 본래 재미있는 것이지요. 머리 아플 까닭이 있나요?"

"그렇다면 이제부터 글이라는 것을 배워보겠소."

이에 이씨가 『사략』 첫권을 펼치고 천황씨 이하로 한 글자 한 글자 짚어가면서 전에 외운 이야기가 어느 대목인가를 가르쳤다. 그리고 본문을 읽게 했더니 첫째권 둘째권이 지나서부터는 모두 능히 스스로 해독할 수 있었다. 안국은 일평생 깨치지 못하던 것을 그만 하루아침에 깨달았던 것이다. 그때부터는 잠시도 소홀히 보낼 수 없다고 생각하여 밥 먹는 것도 잊고 잠자는 것도 잊고 날마다 밤낮으로 읽고 또 읽었다. 이야기로 들었던 책을 다 읽었을 뿐 아니라, 집에 가득한 다른 책들까지도 모두 혼자 읽고 깨쳤다. 이씨는 글을 짓고 글자를 쓰는 법까지 가르쳤다. 이에 안국이 조용히 생각을 집중하여 글을 지어 쓰니 사상이 층층이 나오고 묘법이 구름처럼 일어나, 단가短歌와 장문長文에다 초서草書와 해자楷字까지 능란하지 못한 것이 없었다. 이에 이씨는 바깥출입을 시키려고 타일렀다.

"『논어』에 '덕은 외롭지 않고 반드시 이웃이 있다'[7] 하지 않았어요? 문장과 도덕이 이치가 다르지 않은데 당신은 10년 동안이나 고립하여 붕우 간 사귐을 못 하셨으니 이제부터라도 사랑에 나가 이택[8]의 유익함을 취함이 어떠하실지요?"

안국은 드디어 목욕하고 의관을 차리고서 사랑으로 나와 장인에게 인사를 드렸다. 장인은 딸이 글을 잘하는 줄 전혀 모르던 터에 더구나 안국을 가르쳐 문장이 된 사실을 상상이나 할 수 있었겠는가. 안국이 사랑에 발을 끊은 것이 10여 년이었다. 제 발로 걸어나와서 절을 하다니

7 원문은 '德不孤, 必有隣'로 『논어論語·이인里仁』에 나오는 구절.
8 이택麗澤 벗들 사이에 서로 도와 학문을 닦는 것을 이르는 말.

한편 놀랍고 한편 반가웠다. 두 처남도 어리둥절해서 말했다.

"오늘밤이 웬 밤인고? 김서방이 사랑에 나올 날이 다 있고."

"자네들이 글을 짓는단 말을 듣고 나도 연습이나 해볼까 하고 나왔네."

장인과 처남들이 모두 허허 웃었다.

"전에 못 듣던 말일세. 좌우간 뜻이 가상하니 시험 삼아 해본들 어떻겠나?"

하여 글제를 분판[9]에 썼다. 안국은 글제를 보고 즉시 붓을 들어 글 한 편을 지어놓았다. 그야말로 문사文思는 활달하고 필법은 정교하였다. 다들 놀라 얼굴빛이 달라졌다.

"이는 옛날 작가의 수법이다. 안국이 이걸 하다니, 참으로 큰 변화로구나."

장인은 단걸음에 안으로 뛰어가서 딸을 불렀다.

"얘야, 김서방이 본래 글을 못 한다고 들었는데 이제 보니 대단한 문장에 명필이로구나. 이게 어찌 된 영문이냐?"

이씨는 아버지 앞에 무릎을 꿇고 전후에 있었던 일을 아뢰었다. 모두들 탄복해 마지않았다. 이로부터 안국의 문장과 학업은 일취월장해서 비록 영남의 노대가라도 그의 윗길에 설 사람을 찾기 어려웠다. 그때 나라에서 태자[10]의 탄생을 경축하는 별시[11]를 보였다. 이씨가 안국에게 권했다.

"이번 별시를 맞아 나라 안의 글하는 선비들이 다투어 응시한답니다.

---

9 분판粉板 분을 기름에 개어 종이나 판자에 발라 결은 것으로, 글씨를 연습하는 데에 썼다.

10 태자太子 이조시대에는 왕자로 일컬었는데 원문에 태자로 나와 있어서 그대로 썼다. 이 자료는 대한제국이 성립한 이후에 발간된 책이어서 태자라 한 것으로 보인다.

11 별시別試 정기적으로 보이는 식년시式年試 이외에 특별히 마련한 과거시험.

대장부로서 아예 글을 못 하면 모르겠거니와 당신은 문장이 이만큼 성취하셨으니 어찌 좋은 시절을 허송하고 아주 안동의 백성으로 늙겠습니까? 아버님이 이곳으로 내쫓으신 이유는 오직 글을 못 하기 때문이었지요. 이제 문장이 크게 진보하였으니 이때를 타서 귀성歸省하심이 좋을까 합니다."

안국은 한숨을 쉬며 눈물을 흘리고 대답했다.

"내 어찌 답답하게 여기 오래 있고 싶겠소? 내가 처음 여기 내려올 적에 아버지께서 영결하는 뜻으로 네가 만약 다시 서울로 올라오면 죽이겠다고 말씀하셨다오. 내 어찌 죽음이 두려워 안 가겠소? 다만 자식을 죽인 아버지를 만들 것이 두려워서라오. 내 아무리 부모님을 찾아가 뵙고 싶다 해도 불가능한 일이오. 또한 자식 된 자 어버이께 죄를 얻으매 마땅히 문을 닫고 머리를 숙이고 근신해야 도리거늘 어찌 유유히 과장에 들어가 임금을 섬길 뜻을 두겠소?"

"대의야 그렇지요만 권도[12]도 쓸 데는 써야지요. 이제 당신이 먼저 과거를 보아 이름을 금방[13]에 올리면 글을 잘할 수 있게 된 증명이 되지 않겠습니까? 그런 연후에 부모님 슬하에 나아가시면 어찌 기꺼이 용서해주시는 마음이 일어나지 않겠어요?"

안국은 이씨의 말을 옳게 여기고 즉시 과거길을 떠났다. 천리 먼 길을 말 한필에 종 한명 데리고 터덜터덜 올라가서 간신히 서울에 당도했다. 그 즉시 집으로 가고 싶었으나 부친을 뵙기가 두려웠으며, 어디 다른 곳으로 가자 해도 낯이 설었다. 한숨을 쉬고 방황하면서 어디로 찾아갈까 이리저리 생각해보니 몸을 붙일 곳은 오직 유모의 집이었다.

---

12 권도權道 수단은 옳지 못하나 목적이 정도에 합당한 처리방식.
13 금방金榜 과거에 급제한 사람의 이름을 써서 길거리에 붙이던 방문.

이에 말을 채찍질해 찾아가니 유모는 안국을 보고 깜짝 놀라 반겼다. 문밖으로 뛰어나와 두 손을 붙잡고 맞아들였다.

"나는 서방님이 벌써 돌아가신 줄 알았다우. 오늘 이렇게 뵐 줄이야 꿈엔들 생각했겠어요? 그런데 대감께서 만약에 서방님이 오신 줄 아시면 큰 풍파가 납니다. 우선 저 골방에 들어가서 아무도 모르게 해야겠어요."

밤이 되어 유모는 남몰래 안국의 모친을 찾아가서 조용히 아뢰었다.

"안동 서방님이 쇤네의 집에 와 있사옵니다."

모친은 여자라 안국을 떠나보낸 이후로 아들을 생각하며 눈물짓지 않은 날이 없었다. 안국이 왔단 말을 듣자 버선발로 달려가보고 싶었지만 남편이 알까 두려웠다. 그래서 유모에게 귀엣말로 일렀다.

"대감께서 취침하신 연후에 아무도 모르게 데려오게."

유모가 분부대로 거행하여 드디어 모자간에 상봉하게 되었다. 모친이 울먹이며 안국에게 말했다.

"내가 너와 이별한 지 10년여에 소식이 이승과 저승 사이처럼 뚝 끊겼구나. 문밖에 서서 멀리 떠가는 구름을 바라보며 나의 애간장이 녹았더니라. 이제 너의 얼굴을 대하니 한편 슬프고 한편 기쁘구나."

안국도 우러러 모친을 바라보니 주름진 얼굴, 흰머리가 옛날의 모습을 찾을 길이 없었다. 마음이 격해져 눈물을 뿌렸다.

"불초소자가 아버지께 죄를 얻고 먼 시골로 쫓겨나 어머니를 상심케 하였으니 이 어찌 자식 된 도립니까?"

모자가 눈물 섞인 이야기를 나누는 즈음에 밖에서 신발 끄는 소리가 들렸다. 모친은 안세가 들어오는 줄 알고 안국의 귀에다 대고 말했다.

"너희 아버지가 네가 온 줄 아시면 필시 너를 죽이려 하실 것이다. 네 동생도 보지 말아야겠다."

이에 안국을 방 한구석에 이불을 씌워놓았다. 안세가 방문을 열고 들어와서는 그것을 보고 물었다.

"저 이불을 덮어쓰고 누운 게 누구야?"

모친은 끝내 숨기기 어려울 줄 알고 안세를 불러 앉히고 나지막한 소리로 말했다.

"네 안동 형이 왔단다."

안세는 박수를 치고 하하 웃으며 말했다.

"옳지, 안동 형이 여기 와 있었구나. 아까 아버지께서 꿈에 안동 형을 보고 시방 두통이 대단하시기에 어머니께 말씀드리려고 들어오는데, 정말 안동 형이 여기 와 있었구먼."

모친이 손으로 입을 막고 말렸다.

"안세야, 아버지께서 만약 이 일을 아시면 큰 변이 난다. 사랑에 나가서 절대로 입 밖에 내지 마라."

안세도 원래 형 안국의 일을 알고 있던 까닭에 아버지가 아시면 형을 죽이고 말리라 생각하여 입을 다물었다. 안국은 모친께 하직하고 유모의 집으로 돌아갔다.

과거시험을 보는 날이 되었다. 안국은 과장을 찾아가자니 10여 년 집을 떠났다가 이제 서울에 와서 사방이 생소하여 어디로 가야 할지 몰랐다. 단신으로 올라왔으니 같이 들어갈 친구도 없었다. 바야흐로 서성이고 있을 즈음에 마침 한 소년이 여러가지 준비를 잘 차려가지고 과장을 향해 가고 있었다.

"저 서방님을 따라가셔요."

안국은 유모의 말대로 소년을 따라갔다. 그 소년은 다름 아닌 아우 안세였는데 그의 동접[14]들은 모두 재상가의 자제들이었다. 안세는 안동 형이 글도 못 하면서 따라온 줄로 알고 부끄럽게 여겨 혹 누구냐고 물으면 형이라 하지 않고 그냥 시골 사람이라고 대답하는 것이었다.

현제판[15]의 글제는 책문[16]이었다. 다들 지필묵을 들고 가서 요란을 떨며 다투어 글제를 베껴오는 것이었다. 안국은 빈손으로 나아가 잠깐 보고 글제를 외워 와서 등지고 앉아 조금 생각하더니 즉시 시권[17]을 펼쳐 들었다. 먹을 갈아서 일필휘지하고 나서 한번 읽어본 다음 맨 먼저 제출하였다. 안세는 속으로 경탄하지 않을 수 없었다.

'누가 우리 안동 형이 글을 못 한다 하였던고?'

안국은 과장을 나와서 유모의 집으로 돌아갔다.

시관이 방을 붙이면서 보니 장원은 다름 아닌 김숙의 아들 안국이었다. 친구의 자제가 장원한 것이 기뻐 축하하려고 달려가서는 문전에 당도하기도 전에 "신은[18] 나오라."라고 재촉하는 것이었다. 대감은 으레 안세가 합격한 것으로 생각하고 기쁨에 넘쳐 방목榜目을 보았더니 10년 전에 안동으로 쫓아낸 안국이 아닌가. 깜짝 놀라 노발대발해서 소리쳤다.

"이놈은 안동 구석에 엎드려 있는 것이 제 분수거늘 감히 아비의 명을 어기고 서울로 올라왔다니 그 죄 만번 죽어 마땅하다. 또 이놈이 급제를 하였다지만 필시 차작차필[19]이리라. 김숙의 집안에 차작 급제한

---

14 동접同接 서당에서 동문同門 수학한 친구를 가리키는 말. 과거시험장에 들어갈 때 글 잘 짓는 사람과 글씨 잘 쓰는 사람 등이 한 팀을 이루는 것을 동접이라 일컫기도 한다. 상호 협조해서 시험을 보기 때문에 동접이 필요했다.

15 현제판懸題板 과거시험장에 시험문제를 볼 수 있도록 내거는 판자. 반제판頒題板이라고도 한다.

16 책문策問 과거에 보이는 문체의 하나. 구체적으로 문제를 제시하여 제목 자체가 상당히 긴 글로 되어 있다.

17 시권試券 과거시험 답안 용지. 시지試紙.

18 신은新恩 과거에 새로 급제한 사람. 신래新來.

놈이 나오다니."

당장 박살을 하려고 종들을 호령했다.

"속히 안동놈을 잡아오너라."

안국이 황망히 달려와서 뜰아래 엎드렸다. 대감은 대로하여 말 한마디 묻지 않고 여러 종들을 호령하였다.

"중장重杖으로 매우 쳐라."

그때 시관이 들어와서 물었다.

"신은이 어디 있소?"

"지금 이놈을 때려죽이려 하는 중이오."

시관은 깜짝 놀라 물었다.

"그게 무슨 말씀이오?"

대감은 시관에서 이러저러한 사정을 이야기했다.

"내가 잠깐 차작인지 아닌지 시험해본 연후에 임의대로 처결해도 늦지 않으리다."

시관의 말에 대감은 냉소했다.

"원, 당치도 않은 말씀이오. 저놈이 나이 14세가 되도록 하늘 천, 따지 두 글자도 못 깨친 멍청이인데 10년 사이에 어떻게 문장을 성취해서 급제를 하겠소? 그럴 이치가 만무하니 시험해보고 말 것도 없소."

그러고는 얼른 매를 치라고 호령했다. 시관은 만류하다가 안 되자 직접 내려가 안국의 손을 붙들고 올라왔다. 대감은 시관에게 화를 냈다.

"내가 내 자식을 죽이려는데 당신이 왜 나서오? 또 나는 저놈을 보기만 해도 그만 두통이 크게 일어난다오. 아이구 골치야!"

---

19 **차작차필借作借筆** 과거시험에 남의 손을 빌려 글을 짓고 글씨를 쓰는 것을 가리키는 말.

그러고는 이불을 덮어쓰고 눕는 것이었다.

안국은 부친의 노여움이 풀리기 어려운 것을 보고 스스로 죽게 되리라 생각하여 숨을 죽이고 꿇어 엎드렸다. 시관이 안국 앞으로 다가가서 물었다.

"여보게, 잠깐 일어나서 나의 물음에 대답해보게. 이번 과거의 글제를 기억하겠는가?"

이에 안국은 일어나 앉아 글제를 한 자의 착오도 없이 외는 것이었다. 대감이 누워서 들어보니 하늘 천, 따 지 두 글자도 종내 못 깨치던 위인이 책문의 글제를 쭉 외다니 참으로 이상했다. 몹시 의아스러워하는 즈음에 시관이 다시 물었다.

"이번에 자네가 지은 글을 기억하겠는가?"

안국은 또 자기가 지은 책문을 줄줄 외는 것이었다. 그 글은 실로 무변대해無邊大海에 파도가 일고 천리장도千里長途에 준마가 내닫는 형세다.

대감은 다 듣고 나서 일어나 안국의 손을 붙잡고 부르짖는 것이었다.

"이게 꿈이냐 생시냐? 네가 이런 문장이 되어 돌아오다니. 10여 년 타관의 등불 밑에서 서울을 그리는 마음인들 오죽하였겠느냐? 아아! 우리 선조의 혁혁하신 명성이 너에 이르러 다시 떨치는구나. 이제까지 골머리 앓던 나의 증세가 지금 낭랑한 네 글 외는 소리에 가시고 말았다. 부자불책선[20]과 역자교지[21]는 옛 말씀이 오늘에 이르러 옳은 줄 알겠구나."

안국은 무릎을 꿇고 글을 잘하게 된 경위를 아뢰었다. 대감은 손뼉을 치며 기뻐했다.

---

20 부자불책선父子不責善 아버지와 아들 사이에는 직접 가르치려고 들지 않는다는 의미. 『맹자孟子·이루상離婁上』에 나온다.
21 역자교지易子敎之 자식을 바꾸어 가르친다는 말. 『맹자·이루 하』에 나온다.

"하인들은 얼른 가마를 준비하라. 내려가서 나의 안동 며느리를 맞아 오너라."

그리고 시관을 돌아보며 사례하였다.

"어진 벗이 아니었던들 우리 문장 아들을 죽일 뻔하였소."

김청이 밖에서 이 소식을 듣고 헐레벌떡 달려왔다. 안국의 글을 보니 희대의 문장이 아닌가.

"대체 누가 이렇게 만들었대요?"

"제 처가 가르쳤다는구나."

청이 대감을 바라보며 경탄하였다.

"형님, 우리 형제가 평생 가르치지 못한 것을 저의 처가 가르쳐놓았구려. 사내 대장부가 일개 아녀자에게 미치지 못하였소그려."

이씨의 신행이 올라오자 대감은 크게 잔치를 열어 일가친척과 빈객을 초청하였다.

"나의 큰자식이 문장이 되어 돌아와 선조의 유업을 빛내게 됐다오. 이 모두 신부의 공입니다."

모두들 칭찬하고 부러워했다. 안동에 이런 현부인이 있을 줄 누가 생각이나 했겠는가.

이씨는 시가에 와서도 시부모를 효도로 받들고 부인의 도리에 극진했다. 그리고 자신의 공치사를 하는 법이 없었다. 시부모의 두터운 사랑을 받았음이 물론이다.

안국의 문명과 명망이 날로 떨쳐서 처음에 한림翰林·옥당玉堂으로부터 마침내 대제학에 이르렀다.

특이하다, 안국의 재주여! 아버지가 가르칠 수 없었던 것을 아내가 능히 가르친 것이다. 지금 어떤 빈집이 여기 있어 대문이 안에서 잠겨 있고 옆으로 문 하나가 열려 있다고 치자. 그 집에 대문을 열고 들어가려 하는 사람이 옆에 문이 있는 것을 보지 못하고 하루 종일 대문 밖에 서 있으면서 무수히 문을 두드려도 끝내 들어갈 수 없었다. 여기에 한 사람이 그 집 대문 앞에 서서 두드려보고 대문이 닫힌 줄 알아 곧장 옆의 문이 열린 것을 발견하고 들어가 대문을 열었다.

처음에 안국의 재주는 텅 빈 큰 집인 셈인데, 하늘 천 따 지 두 글자도 해득하지 못했던 것은 그 대문이 닫혔기 때문이다. 한담설화를 들려주면 잊지 않았던 것은 즉 옆의 문이 열려 있어서였다. 그의 아버지는 대문을 열려고만 했지 옆의 문이 열려 있는 것을 보지 못했던 것이요, 그의 아내는 옆의 문으로 들어가서 대문을 열었던 것이다. 그렇다면 아버지가 가르치지 못했던 것과 아내가 가르칠 수 있었던 것이 어떤 다름이 있었다고 할까?

아! 이 어찌 안국의 재주만 그렇겠는가? 무릇 사람이 도덕에 밝지 못한 것과 문장이 통달하지 못한 것은 모두 빈집에 대문이 닫혀 있는 격이다. 세상에는 옆문을 통해서 대문을 열고 들어가는 자 아주 드물다. 그렇다. 문장과 도덕은 세상에서 만나기 어려우니, 나 또한 빈집에 대문을 닫아놓은 부류라. 이제 안국의 이야기를 듣고 적이 느낀 바 있어 드디어 기록하여 후일 옆문으로 들어가 대문을 열어줄 사람을 기다린다.

● **작품 해설**

백두용白斗鏞이 엮은 『동상기찬東廂紀纂』에서 뽑았다. 원제는 '김안국金安國'인데 '안동랑安東郎'으로 바꾸었다. 오랫동안 글을 깨치지 못해 집에서 쫓겨났던 재상가의 아들이 안동 좌수의 딸과 결혼하게 된다. 글 이야기만 들어도 두통을 일으키는 그의 심리적 장애를 제거하고 학습의욕을 유발시켜 학업에 정진케 한 신부 안동 좌수 딸의 사랑과 격려, 지성스런 보살핌이 흥미롭게 그려져 있다.

여기서 글공부가 완전히 영달을 위한 수단으로 속화되고, 특히 서울 양반들의 문벌주의·출세주의 때문에 그 자제들을 강압적으로 글공부에 골몰하도록 하던 양반사회의 풍조를 풍자한 점과, 다른 지방의 좌수와는 달리 그 지역의 명문 출신이 많이 역임했다는 안동 좌수의 딸을 결합시켜놓은 점이 흥미롭다.

작중 주인공은 중종 때 이름이 높았던 김안국과 동명으로 설정되어 있으나 역사상 김안국의 사적과는 전혀 다르다고 보아야 할 것이다. 한편, 작품의 내용이 성장소설적인 성격을 가지고 있는 점도 유의할 필요가 있다.

변사행邊士行

다음의 이야기는 모두 변사행[1]에게서 들은 것이다.

제1화

영남의 김숙천金肅川이라는 양반은 숙천[2] 고을의 원님 자리를 그만두고 향리로 돌아와서 다시는 벼슬을 구하지 않았다. 그는 가세가 매우 부유하여 두 젊은 첩을 거느리고 세마리 좋은 매를 길렀다. 풍악을 구비하고 술과 고기로 향락하며 10여 년을 지내노라니 나이가 어언 70세가 되었다.

하루는 가을바람이 소슬하게 불어오는데 횃대에 웅크리고 앉아 있는 매들을 보니 깃을 털면서 눈알을 굴리는 것이 높은 하늘로 훨훨 날아가고 싶은 뜻이 간절한 듯하였다. 그래서 김숙천은 사람을 시켜 매를 잡아맨 끈을 풀고 방울을 떼낸 다음 놓아주었다. 매들은 하늘 끝까지 날아올

---

1 **변사행邊士行** 작자인 안석경과 친교가 있던 인물인데 자세한 행적은 미상이다.
2 **숙천肅川** 평안도의 한 고을로 평안남도 평원군平原郡에 속해졌다. 주인공이 숙천 고을의 지방관을 지냈기 때문에 호칭을 삼은 것이다.

라서 아득히 간 곳이 보이지 않았다.

그러고 나서 안으로 들어가 여종을 시켜 두 첩의 장신구를 전부 뜰에 내다놓고 하인을 불러 두필 말을 준비시켜 장신구를 나누어 싣도록 했다. 또 수백냥의 돈을 각기 몫을 지어놓았다. 두 첩은 마주 앉아 바느질을 하다가 영문을 몰라서 어리둥절해하였다.

"너희들, 내 앞으로 와서 앉아라."

두 첩은 앞으로 나가서 공손히 무릎을 꿇고 앉았다.

"내가 아까 나의 좋은 매를 서릿바람에 놓아주었더니라. 그리고 들어와서 너희를 보니 어린 나이에 고운 용모로 깊숙이 규방에 틀어박혀 속절없이 늙은이에게 매여 사는 신세가 마치 바람을 타고 푸른 하늘을 훨훨 날고 싶은 매가 쇠사슬에 매여 괴로워하는 것과 무엇이 다르랴 싶었다. 그래서 내가 너희를 말에 태우고 따로 돈을 주어 족히 한 재산을 만들어 보내니, 너희 부모 형제에게로 돌아가거라. 이제 너희들은 나를 생각하지 말고 젊은 사람을 잘 택해 새로 시집을 가서 아들딸 낳고 인생의 낙을 누리며 살도록 하여라."

두 첩은 눈물을 흘리며 차마 떠나지 못했다. 김숙천은 비복들을 호령해서 빨리 짐을 싣고 떠나도록 했다. 그녀들이 각기 친정으로 돌아가자, 그 아버지나 오라비들이 놀라서 달려왔다. 김숙천은 그들에게 각각 서명한 문서를 주어 곧 다른 데로 시집을 보낼 수 있게 하였다.

김숙천은 친척이나 벗들과 더불어 술을 즐기며 여생을 보내다가 6, 7년 후에 세상을 떠났다.

제2화

평양성의 전장복田長福은 여러 만금을 지닌 부자이다. 그는 먹고 입는 것이 자못 호사스러웠거니와 남에게도 결코 인색하지 않았다. 돈을 빌려가는 사람을 장부에 기재하는 법도 없었으며, 기한 내에 갚건 못 갚건 빌려간 사람이 하는 대로 맡겨두었다.

"재물이라 하는 것이 어찌 한 사람이 자기 마음대로 할 수 있는 것이랴! 자기 마음대로 하고 싶다 해서 마음대로 되는 것이 아니니라. 내가 맨주먹으로 이만큼 치부를 하였는데, 일을 도모해서 실패도 없었지만 의외의 소득도 많았더니라. 요컨대 천행으로 재물이 많이 모이게 된 줄로 안다. 하늘이 기왕 나에게 재물을 모아주는 터에, 내가 내 것이라고 인정하여 내 마음대로 하려 들면 반드시 천벌이 내려 내 몸에 크게 불리할 것이다. 내 어찌 감히 그러겠느냐?"

전장복은 성격이 활달하고 후덕한 것이 대개 이와 같았다. 장복에게 돈을 빌려가서 갚지 않은 사람은 열에 두셋도 안 되었으며, 이자까지 쳐서 갚는 사람이 열에 예닐곱이었다. 그래서 장복의 재산은 날로 불어났다.

어느 추운 날 아침이었다. 장복이 대문을 나가다가 눈썹이 선명하고 눈동자가 또렷한 소년이 홑옷을 걸치고서 햇볕을 쬐고 앉아 있는 것을 보고 물었다.

"너는 웬 아이냐?"

"가난한 거지예요. 댁에서 아침밥을 얻어먹을까 하고 있어요."

"나를 따라오너라."

소년이 따라오자 방에 앉히고 밥을 주었다. 소년이 밥을 다 먹기를 기다려서 물었다.

"네 성이 무엇이냐?"

"오씨예요."

"너는 부모처자가 있느냐?"

"부모처자가 있는 놈이 이러구 다니겠어요?"

"그럼 나의 집에 와서 있는 것이 어떻겠느냐?"

"불감청不敢請이언정 고소원固所願입죠."

하인을 시켜 탕에 물을 데우도록 하여 목욕을 시키고 의복 일습을 갈아입혔다.

하루는 장복이 오씨 소년에게 물었다.

"너도 장사하는 묘리를 아느냐?"

"잘할 거예요."

"밑천이 얼마면 되겠느냐?"

"우선 시험 삼아 5천냥을 가지고 나서보겠어요."

장복은 드디어 은 5천냥을 소년에게 주었다. 소년은 행장을 꾸려가지고 길을 떠났다.

"내년 아무 달 아무 날에 돌아오겠어요."

과연 소년은 이듬해 약속한 날에 은 1만 5천냥을 싣고 돌아왔다.

"오늘이 바로 작년에 떠나면서 돌아오기로 기약한 날이에요."

"그렇던가? 나는 애당초 기억도 않고 있었다."

"제가 스스로 저의 능력을 시험해보니 2만냥은 쓸 수 있습니다. 2만냥을 주시면 다시 한번 나가볼 테예요."

장복은 소년의 말대로 돈을 내주었다.

"내년 아무 달 아무 날에 돌아오겠어요."

장복은 벽에 일자를 적어두었다. 과연 그날 소년이 돌아와서 6만냥을 바치는 것이었다.

"너 다시 나가보려느냐?"

"큰 이익은 자주 도모하기 어렵지요. 다시 또 나갔다간 재앙을 만날까 걱정됩니다."

장복은 "그래." 하였다. 그리고 자기 딸을 주어 사위로 삼고 6만냥을 그래도 내주어 앉아서 재물을 늘리도록 하였다. 소년은 전장복에 견줄 만큼 치부를 하였다. 장인과 사위 두 집의 부는 다 각기 자손으로 이어져서, 그 자손들 또한 번창했다고 한다.

제3화

간성의 한 과부가 시모를 봉양하기에 효성이 극진하였다. 나이 여덟살된 딸 하나를 두었으며, 집이 가난해서 기름을 팔아 겨우 살아갔다.

어느날 과부가 밖에 나가서 아직 돌아오지 않았는데, 그 시모가 늙고 눈이 멀어서 기름단지를 요강으로 잘못 알고 들고 나가서 마당가 잿더미에다 비우고 있었다. 기름을 미처 다 쏟기 전에 여덟살 손녀가 이 정경을 보았지만 입을 다물고 아무 말도 하지 않았다. 할머니는 기름을 다 쏟아버리고 안으로 들어갔다.

소녀는 어머니가 돌아오는 것을 대문 옆에서 지키고 섰다가 울면서 말했다.

"엄마, 할머니가 참 불쌍하셔. 기름과 오줌을 분간 못 하시고 요강인 줄 알고 기름단지를 내다 잿더미에 쏟아버렸어. 다 쏟기 전에 내가 보았어요. 기름단지라고 얼른 가르쳐드려서 더 못 쏟게 하고 싶었지만, 그럼 할머니는 얼마나 아깝고 무안해하실 거야. 그래서 말씀드리지 않았어요. 엄마도 할머니께 기름단지라고 말하지 마요."

어머니는 딸을 와락 끌어안고 등을 쓰다듬으며 대견해했다.

"아이고 내 딸아, 아이가 어쩜 이렇게 슬기로운 소견이 났을까."

그 집 이웃에 불효막심한 아낙이 있었다. 때마침 그 아낙이 울타리 사이로 전후의 일을 목격하고 크게 감동하였다. 자기 집으로 돌아와서 자기 시어머니에게 아뢰는 것이었다.

"어머님, 오늘부턴 편히 앉아 계셔요. 나무를 갖다 불을 때거나 재를 퍼내고 똥을 치는 거나 애기 보고 누에치기 다 그만두셔요. 사기그릇 씻기, 놋그릇 닦기, 부엌 치우기, 마당 쓸기, 삼 삼기, 목화 줍기 같은 일들도 이제 다 그만두시고 편히 앉아 노셔요. 이 못된 며느리가 무슨 말이 있을까 걱정 마시고."

그 집 시어머니는 눈물을 떨어뜨리고 파뿌리처럼 센 머리를 긁적이며 탄식하는 것이었다.

"내가 오늘 네 마음에 무엇을 잘못했다고 이런 이상한 말을 하느냐? 영감, 영감, 왜 나를 얼른 잡아가지 않고 허구한 날 며느리에게 이런 구박을 받게 놓아두오?"

그 아낙이 얼른 무릎을 꿇고 아뢰었다.

"이 못된 년이 이때까지 포악해서 며느리의 도리를 지키지 못했어요. 오늘 마침 깊이 뉘우쳐서 이렇게 말씀을 드리는 것입니다. 우선 마음을 놓으시고 과히 걱정 마셔요."

그날 저녁때 남편이 집으로 들어오자 아낙은 아까 시어머니에게 했던 그대로 다시 말했다. 남편이 불끈 화를 냈다.

"오늘도 필시 우리 어머니를 못살게 굴고 성깔을 부리던 끝이로구나. 네가 몇해를 두고 사나움을 부려 어머니를 한시도 편할 날이 없게 하더니 오늘은 갑자기 무슨 바람이 불어 그런 소리를 다 하느냐? 이게 필시 거꾸로 말해서 사나움을 더 부리려는 심사 아니냐?"

"오늘 우연히 이웃집 과부와 여덟살 여자아이가 하는 것을 보았습니다. 일이 이러이러하고 말이 이러이러합디다. 저들도 사람이고 나도 사람인데 저들은 시모에게 효성하고 할머니에게 효성하기에 지성을 다합디다. 내가 어머님을 대하는 것은 스스로 생각해도 못돼먹기 그지없어 그야말로 여덟살 아이에게도 죄인입니다. 어찌 부끄럽지 않겠습니까? 내 맹세코 허물을 고쳐 지난날의 흉악한 소행을 다시는 하지 않겠어요."

"글쎄, 그럴 수 있을까?"

그후 7, 8개월이 지나도록 그 아낙의 효심은 변함이 없어 시모를 공양하는 것이 극진하였다. 이제 시어머니도 아주 편안하게 되었다. 남편은 크게 기뻐 술을 빚고 소를 잡아서 크게 잔치를 벌였다. 인근 사람들을 모두 부르고, 그 이웃의 과부와 소녀를 특별 손님으로 초대했다. 여러 사람들 앞에다 큰 상을 놓고 음식을 차려놓은 다음 먼저 무릎을 꿇고 사연을 이야기했다.

"제가 장가를 들어 처음에는 아내가 성질이 사나운 줄 몰랐었지요. 자식 두셋을 낳아야 여자의 본성이 드러난다지 않습니까? 제 아내도 과연 자식 몇을 낳더니 그만 흉악한 버릇이 나와서 노모를 못살게 구는 것이었습니다. 어찌 이런 여편네를 쫓아버리고 노모를 편안케 하고 싶은 생각이 없었겠습니까마는, 자식이 여럿이고 또 제 딴에 치산은 잘하는 편이어서 차마 헤어지지 못하였지요. 마음속으로는 원수처럼 치부하여 부부의 즐거움이란 조금도 없이 항상 불효하는 부끄러움을 안고 살아왔습니다. 그러더니 저 어지신 모녀의 덕화에 힘입어 흉악한 성질이 감동을 받아 불효부를 면하게 되었고, 이제 노모의 여생이 다소나마 편안하게 되었습니다. 보잘것없는 음식이나마 감히 감사하는 마음으로 준비했습니다."

모두들 감탄하며 즐겁게 놀다가 돌아갔다.

제4화

한 가난한 선비가 호남의 해변으로 반노叛奴의 추심을 나갔다. 반노는 그 일족이 번성했으며 생계도 풍족하였다.

그들은 처음에 선비를 보고 더없이 반갑게 공대하는 것이었다. 더욱이 한 아리따운 처녀를 침실로 들여보내 수청을 들게 하니, 선비는 대단히 흡족하여 그들을 아주 믿어버렸다.

어느날 밤 그 처녀는 치마를 벗어서 방문을 가리더니, 자기 머리를 빗어서 남자처럼 상투를 틀어 올리고 선비의 머리는 풀어서 여자 머리를 만드는 것이었다. 이상해서 영문을 물으니 그 처녀가 울음을 삼키고 대답하는 말이 이러했다.

"오늘밤에 변을 일으키기로 했대요. 아비와 오라비가 소녀를 보고 살짝 빠져나오라고 하십니다. 서방님께서는 대신 소녀의 옷을 입고 변이 나는 것을 보아 방에서 빠져나가 울타리 구멍을 뚫고 달아나셔요. 달아나시면 필시 관가에 고발하실 테고, 관가에서는 반역이라고 잡아다 죽이겠지요. 비옵건대 소녀가 서방님을 대신하여 죽는 이 정상을 생각하시어 소녀의 아비를 죽이지 말고 살려주옵소서. 오라비와 일가 아저씨들까지 모두 용서받게 해주십사고 감히 바라지는 못하옵니다."

과연 밤중에 칼을 든 장정 10여 명이 방문을 박차고 달려들어 상투를 더듬어서 끌어냈다. 바깥마당에서 작두로 목을 잘라 섬에 담아가지고 바닷가로 달려가서 던져버렸다.

선비는 여복을 하고 있다가 안마당으로 빠져나가 뒤꼍 울타리 구멍으로 달아났다. 그리고 옷을 갈아입을 겨를도 없이 고을 현감에게 고변

告變을 하였다. 현감은 크게 놀라 즉시 이속과 사령을 풀어서 반노들을 잡아다가 문초하였다. 처녀의 아비와 오라비도 과연 음모에 가담한 자들이었다.

선비는 현감에게 청해서 그 아비만은 특별히 사면을 받도록 해주었다. 그 딸의 시체를 찾아 장사라도 지내주라고 하였더니, 아비는 땅을 치며 통곡하는 것이었다.

"칼로 짓이겨 흙덩이처럼 만들어서 섬에 담고 돌멩이를 채워서 새끼로 묶어 바닷속에 던져버린 걸 어디 가서 찾아냅니까?"

고을 원은 이 사실을 감사에게 보고했으며, 감사는 위에 장계[3]를 올려서 반역의 무리들이라 하여 사형에 처하였다. 처녀에게는 효녀·충비忠婢·열녀의 세가지 행실을 구비한 것으로 정려문旌閭門을 세워주었다 한다.

---

3 **장계狀啓** 지방에 파견된 관원이 왕이나 감사監司에게 올리는 서면 보고.

●작품 해설

안석경의『삽교별집』에서 뽑았다. 서로 다른 네가지 이야기가 엮인 것이기에 제보자의 이름을 따서 '변사행邊士行'이라 제목을 붙였다.

제1화는 벼슬에서 물러난 한 부옹이 어느 가을, 높은 하늘을 날고 싶어 하는 매의 모습을 보고 문득 느낀 바 있어 오락의 도구로 삼고 있던 매를 풀어주고, 이어서 자기가 거느리던 첩들도 다 돌려보냈다는 내용이다. 억압적인 제도로부터의 해방을 비유적으로 나타낸 것이라 생각된다.

제2화는 평양이 배경인데 돈놀이를 업으로 하는 부호가 후덕한 마음으로 어려운 소년을 도와서 다 같이 큰 부를 이루었다는 줄거리다.

제3화는 강원도 간성이 배경인데 어린 여자아이의 티없이 맑은 마음씨와 착한 행실이 불효막심한 이웃집 며느리를 감동시켰다는 줄거리다.

제4화는『청구야담』의「여종이 아비의 명을 빌어 세가지 절의를 온전히 하다 乞父命忠婢完三節」와 비슷한 내용이다. 궁한 선비가 추노를 나갔다가 겪은 일을 다룬 것으로, 부형의 명령을 거역할 수 없어 살인 음모에 가담하고 몸까지 바친 노비의 딸이 자신을 희생함으로써 상전인 그 선비의 목숨을 구했다는 것이다. 그 여인이 죽음을 택한 심리는 복잡할 텐데, 죄책감으로 인한 번민과 고통으로부터의 자기탈출이요, 더이상 죄악의 구렁텅이에 빠져들지 않으려는 몸부림이라 하겠다. 이런 심리의 바탕에는 남자에 대한 애정도 깃들어 있을 것이다. 이는 국문소설『김학공전金鶴公傳』에서 신분이 탄로난 학공이 죽음 직전에 아내의 희생으로 살아나오는 대목과도 비슷하다.

이 네편은 소재가 제각각이고 하나로 묶이는 의미를 찾기도 어렵지만 인간의 선심과 양심을 지향하는 면에서 공통성이 있다고 여겨진다.

정기룡鄭起龍

정기룡[1]은 본래 상주 사람인데 진주로 와서 병영의 관노안[2]에 이름이 올라 있었다. 어느날 병영 뜰에서 낮잠을 자다가 문득 고함을 빽 질렀다. 병사가 불러서 꾸중하였다.

"이놈, 너는 무슨 잠꼬대로 관정을 시끄럽게 하느냐?"

"소인이 몸은 비록 천하옵지만 포부는 웅대합지요. 대장부가 장성하여 아무 공을 세우지 못하오매 답답한 심사를 누르지 못해 잠결에 그만 고성을 지르고 말았습니다."

병사는 곧바로 그를 해방시켜서 양민이 되게 했다.

기룡은 이속들의 심부름꾼 노릇을 하며 지냈다. 의복은 누추했으나 기개나 신수가 자못 범상하지 않았다.

그때 전주에 가산이 아주 부유한 수리[3]가 있었는데, 혼기가 찬 외동

1 정기룡鄭起龍(1562~1622) 본관은 곤양昆陽. 임진왜란 때 왜적을 무찔러 많은 공을 세운 무장.

2 관노안官奴案 관에 예속된 노비의 장부.

3 수리首吏 지방 관아의 아전 중에 이방·호장·형방을 일컫는 말. 주리主吏.

딸이 있어 부모의 사랑을 독차지하고 있었다. 사위를 고르려 하자 그 딸이 말했다.

"여자의 일생은 오로지 지아비에게 달렸는데 한번 결혼을 잘못하고 보면 후회막급 아녜요? 어찌 부끄럽다고 가만히 앉아서 부모가 배필을 정해주기만 기다리고 있겠어요? 아버지는 전주 땅에서도 가장 명민하게 일을 처결하시는 분이라지만 무어 사람을 알아보는 지감知鑑이 있으신 건 아니잖아요? 제가 장차 제 눈으로 보고 택할까 합니다. 비록 과년해지더라도 반드시 합당한 사람을 얻고야 말겠습니다."

그 부모는 강요할 수가 없어 그렁저렁 세월을 보냈다. 아직도 혼처를 정하지 못하고 있는 것을 걱정하여 매양 딸을 책망하곤 하였다.

전주와 진주 두 고을의 수리는 서로 혼사를 맺는 사이였다. 진주의 수리가 마침 기룡을 시켜 전주 수리에게 편지 심부름을 보냈다. 기룡이 편지를 가지고 찾아갔을 때 마침 전주의 수리 부처는 친척집에 나들이를 가고 딸 혼자 집을 보고 있었다. 기룡이 대문을 두드리자 그녀가 문안에서 물었다.

"어디서 온 사람이오?"

기룡은 진주 이방의 심부름으로 편지를 전하러 왔노라고 대답했다. 그녀는 귀를 기울여 그의 말소리를 듣고 비범한 사람이라는 생각이 들었다. 나와서 대문에 기대어 내다보니 메추리를 달아맨 듯이 누더기를 걸친 총각이었다. 한참을 자세히 뜯어본 끝에 말했다.

"우리 아버지가 곧 돌아오실 테니 너는 사랑 앞에서 기다리고 있어."

그러다가 얼른 말을 바꾸었다.

"사랑 밖에 앉아 있을 것 없이 중문 안으로 들어와서 앉아 있어."

이윽고 이방의 처가 먼저 돌아왔다.

"저게 웬 아인데 중문간 안으로 들어오게 하였니?"

"엄마, 진주 이방댁에서 심부름 온 아이래요. 내가 저 사람을 배필로 작정했으니 안으로 들어와 있어도 괜찮죠, 뭘."

이방의 처는 화를 버럭 냈다.

"네가 부모가 택해주는 남자는 반대하고 내가 직접 고른다고 고집부릴 때 신통한 사람을 잘 찾아낼 줄 믿었다. 그래 한껏 누더기 걸친 상거지를 신랑감으로 정했느냐? 요년, 눈깔을 찔러버릴까보다."

"엄마, 괜한 잔소리 말아요."

모녀가 이리 다투고 있을 때 이방이 들어왔다. 이방의 처가 나서서 딸의 의향을 말하자 이방의 말 역시 그 처의 말과 같았다.

"아버지가 안목이 졸렬해서 저 아이를 알아보지 못하시는 거예요. 얼른 보기에는 누추하지만 이목구비를 따로 떼어서 자세히 보셔요. 어디 한군데 잘못 생긴 곳이 있는가?"

아버지도 기룡을 자세히 뜯어보니 딸의 말이 과연 그럴듯도 싶었다.

"네가 마음을 그렇게 굳게 정했다니 부득이 너의 소원을 따를밖에."

이방은 사랑으로 기룡을 불러들여 집의 형편이며 기타 갖가지 일을 자상히 물어보았다. 기룡도 물음에 자세히 대답했다.

"너를 내 사위로 삼을까 한다."

"시색이 시퍼런 형편에 어찌 거지 사위를 맞을 이치가 있습니까?"

"너는 여기 머물러 있고, 내 집으로 장가든다는 뜻의 편지를 너의 모친께 써라. 하인을 시켜 다녀오도록 하마."

"제가 비록 빈천한 사람이지만 혼인은 인륜의 대사인데 멀리 앉아서 편지로 아뢰다니 자식 된 도리가 아닙니다. 제가 직접 가서 여쭙고 돌아오겠습니다."

"네 말이 옳구나. 그럼 하인과 말을 준비시켜 보내주마."

"제가 본래 미천한 자로 튼튼한 두 다리가 있는 걸 말과 마부가 어디에 필요합니까?"

"이미 나의 사위로 정한 바에 걸어서 가게 하겠느냐?"

이방의 집에 성질 사나운 말이 한필 있었다. 생후 5, 6년 된 것인데 사람이 근접만 해도 이빨을 사납게 드러내고 네 발을 번쩍 쳐들며 곤추서는 것이었다. 꼴을 먹일 적에도 장대에다 꼴 삼태기를 매달아 멀리서 던져주었다. 차라리 없애려고 하면서도 차마 못 하고 있었다. 딸이 말하기를

"아버지, 기룡이 정말 비범한 사람인지 금방 시험할 수 있어요. 저 사나운 말이 실은 준마예요. 저 말은 기룡이 비범한 사람인 줄 알아볼 거예요. 기룡을 보고서 저 말을 타고 진주를 다녀오라 해보셔요."

하여, 이방이 기룡에게 물었다.

"너 저 말을 부릴 수 있겠느냐?"

"제가 아직 말을 타본 적은 없지만 어찌 남자 명색이 말 한필을 다루지 못하겠습니까?"

기룡이 말구유 앞으로 다가갔다. 말이 처음에는 입을 벌리고 곤추서려 했다. 기룡은 말의 볼때기를 한대 딱 갈기고 호통을 쳤다.

"이놈, 버릇없이."

말은 금방 머리를 숙였다. 기룡이 말을 긁어주고 쓰다듬었더니 한결같이 다소곳하였다.

"봐요, 말이 사람을 알아보죠."

처녀가 기뻐하며 말했다.

기룡은 그 말을 타고 돌아가 노모에게 고하고 이내 돌아와서 결혼식

을 올렸다. 이방이 기룡에게 일렀다.

"진주서 노모를 봉양할 도리가 없을 터이니 여기 와서 일생을 편히 지내는 것이 어떻겠느냐?"

그러나 그 처가 나서서 막았다.

"저 사람이 비록 진주의 주막집 문밖의 거지라지만 그래도 진주가 고향입니다. 여자는 시집가면 남편을 따라가 살라고 하였습니다. 아버지가 만금의 부자신데 이틀 걸리는 길에 실어다주어서 딸 하나 살리기가 무엇이 어렵겠어요?"

기룡 내외는 드디어 진주로 돌아갔다.

얼마 지나지 않아 임진왜란이 일어났다. 기룡은 난리가 났다는 소문을 듣고 일어나 덩실덩실 춤을 추는 것이었다. 그 처가 말했다.

"당신 뜻이 장하셔요. 공을 세우기로 하면 근왕勤王이 우선이지요. 속히 서울로 올라가보셔요."

"어머니와 당신을 두고 가기 어려운데, 어찌하면 좋소?"

"우리 고부를 산중으로 피난시켜주셔요. 제가 어머님을 잘 모셔서 당신에게 근심을 끼치지 않도록 하겠어요."

기룡은 처의 말을 따라서 노모와 아내를 피난시키고 드디어 전주서 타고 온 준마를 타고 출정하였다. 한강까지 올라가서 초토사⁴를 만나, 임금은 이미 북쪽으로 몽진蒙塵하였음을 알게 되었다. 초토사가 함께 남으로 가자고 청해서 동행하여 영남으로 내려왔다. 초토사를 위해 적정을 정탐하려고 나갔다가 돌아오는 중에 왜병이 초토사 휘하의 30인을 포로로 붙잡아가는 사건이 발생했다.

---

4 **초토사招討使** 역적을 토벌하는 임무를 맡은 관리. 당시 방어사防禦使는 조경趙儆이란 인물이었다.

"내 저들과 지금까지 일을 같이 하다가 어찌 혼자 살아서 가랴?"

기룡이 즉시 말을 달려 적진으로 뛰어드니, 왜놈들은 대항을 못 하고 무너졌다. 적진에 포로로 잡혀 있던 30인을 결박을 풀어 데리고 돌아왔다. 적군은 감히 가로막지를 못했다.

진주 목사를 만나 근왕병을 일으키자고 권했으나 끝내 응하지 않아서 기룡은 목사를 곧 베어죽이고 그 수하의 군졸을 거느렸다. 그리고 더 모병을 하여 왜적과 누차 싸워서 많은 적을 죽였다.

기룡이 잠깐 말미를 얻어 노모를 뵈러 갔더니 모두 무사히 지내고 있었다. 그 처가 기룡에게 말했다.

"청주는 요충지라 곤란하고 금산은 의병이 이미 크게 싸워 패한 곳이라 필시 적군이 다시 침범할 염려가 없을 것이에요. 우리 고부를 금산으로 데려다주셔요."

기룡은 그 말대로 가족을 금산에 옮겨놓고 다시 싸움터로 돌아갔다. 전후로 기룡이 세운 공적이 적지 않았다. 조정에서 이 사실을 보고받고 벼슬을 내렸으며 몇차례 영전을 하게 되었다.

난리가 평정된 후에 정기룡은 벼슬이 북병사[5]에 이르렀다.

---

5 북병사北兵使 함경도 경성의 북병영北兵營에 주재하던 병마절도사兵馬節度使.

●**작품 해설**

　『동패집東稗集』에서 뽑았다. 원래는 제목이 없는 것을 여기서는 주인공의 이름을 따서 '정기룡鄭起龍'으로 하였다.

　정기룡의 전기인『매헌실기梅軒實紀』의 내용과는 달리, 관노 출신 정기룡이 자신의 신분을 벗어나 출세를 하고 임진왜란을 배경으로 영웅적인 행동을 하게 되기까지의 과정을 생생하게 그리고 있다. 천민층의 신분해방이 활발히 진행되던 시대의 흐름을 잘 부각시켰을 뿐 아니라 정기룡의 과단성 있는 쾌남아적 성격과 그와 결혼한 이방 딸의 적극적이고 대담한 행동이 대단히 이채롭게 펼쳐지고 있다.

교생校生과 수재秀才

교생

곽천거郭天擧는 괴산의 교생[1]이었다. 어느날 밤에 한방에서 같이 잠을
자던 아내가 갑자기 아이고 하고 울음을 터트리는 것이었다. 천거가 영
문을 물었더니 아내의 대답이 이러했다.

"방금 꿈에 황룡이 하늘에서 내려와 당신을 물고 지붕을 뚫고 올라갑
디다. 그래서 울었어요."

"용꿈을 꾸는 사람은 과거에 합격한다지만 나같이 글도 못하는 사람
이야 무엇하겠소?"

천거는 아침에 일어나서 논에 물을 대러 들로 나갔다. 길가에 서 있는
데 옷깃을 풀어헤치고 급히 가는 사람이 있었다. 무슨 일로 가느냐고 물
어보았더니 조정에서 새로 별시를 보이기로 해서 시방 급히 경상도 어
느 고을 원님의 자제에게 알리러 간다는 것이었다. 천거가 집에 돌아와
서 아내에게 말했다.

---

1 **교생校生** 원래는 향교鄕校의 유생인데 이조 후기로 오면서 한낱 향교의 사역使役으
로 전락했다.

"간밤에 당신이 이상한 꿈을 꾸더니 오늘 아침에 나갔다가 뜻밖에 과거 보인다는 소식을 들었구려. 나야 글자도 모르는데 무엇하겠소?"

그러자 아내는 그래도 서울로 한번 가보라고 권하는 것이었다. 천거는 재삼 싫다고 했으나 아내가 극력 권하며 노자까지 마련해주었다.

천거는 길을 떠나 서울에 도착했다. 서울은 일찍이 발을 디뎌본 적도 없었기 때문에 어디로 갈지 알 수 없었다. 숭례문으로 들어가서 제일 첫 번째 동네가 창동[2]이다. 그 막다른 골목에서 걸음을 멈추고 어느 집 사랑 밖에서 잠깐 쉬고 있었다. 그 집에서 사람이 두세번 나와서 보고 들어가더니 이윽고 주인 샌님이 모셔오란다는 전갈이 나왔다.

천거는 그 사람을 따라서 들어갔다. 주인을 대하여 과거 보러 왔으나 서울이 처음 길이라서 투숙할 곳이 없는 자기의 형편을 말했다. 주인은 두말없이 그를 자기 집에 묵게 하고 과장에도 동행하여 들어가게 되었다.

대개 주인 이진사는 노숙한 선비로 과장에서 늙은 사람이었다. 과거 볼 기구 중에는 초고를 모아놓은 책자가 있었다. 입장할 때 이진사는 천거를 시켜 그것을 짊어지고 가게 하여 천거에게 과제科題와 같은 제목의 글을 그 책자 중에서 찾아보도록 했다. 천거는 교생으로서 근근이 글자를 읽을 수 있었기에 편편이 조사해보았다. 이진사가 자기 것을 다 지어 바치고 나서 비로소 훑어보니 제목이 같은 것이 여러편이었고 서로 비슷한 것도 많았다. 드디어 적당히 자르고 붙여서 한편을 베껴 천거의 몫으로 제출하게 했다. 그래서 함께 해액[3]에 참여할 수 있게 되었다. 천

---

2 **창동倉洞** 현재 북창동北倉洞에 속한 지명. 이곳에 원래 선혜청宣惠廳의 창고가 있어서 붙여진 지명이다.

3 **해액解額** 회시에 응시할 예비시험에 합격하는 것. 곧 과거 응시자가 되는 것을 말한다.

거는 뛸 듯이 기뻐 곧 돌아가려고 했다.

"저는 이제 군역軍役을 면할 수 있게 되었습니다. 급제한 것이나 무엇이 다르리까?"

이진사는 그를 만류해서 회시까지 보고 가도록 했다. 역시 먼저와 같은 방식으로 했더니 이진사는 낙방을 하고 천거가 붙었다.

천거는 소탈한 사람이라 자기가 과거에 합격하게 된 내력을 숨기지 않고 남들에게 털어놓곤 했다. 관직은 봉상시정⁴에 이르렀다.

수재

이일제⁵는 당시에 명성이 대단한 선비였다. 변려문⁶을 잘했으며, 일세에 안목이 도저하여 그가 인정하는 사람이 세상에 있지 않았다.

어느날 이일제가 과장에 들어가서 동접을 잃고 낭패하여 반제판 아래서 서성이고 있었다. 한 곳에 5, 6개의 우산을 한데 합쳐 둥그렇게 만들어놓고 등불이며 휘장이 극히 호사스러운 가운데 진기한 음식들을 잔뜩 벌여놓았다. 이일제가 그 휘장을 젖히고 들어가보았더니 한 젊은 수재가 좋은 모포단毛蒲團에 기대고 앉은 옆으로 10여 명의 서생들이 저마다 시권을 들고 둘러앉아, 모두들 수재가 입으로 부르는 것을 나는 듯이 받아쓰고 있지 않은가. 수재는 이쪽에 수작하고 저쪽에 응대하며 조금도 어려운 기색을 보이지 않았다. 이일제가 곁에 서서 보니 글을 전개해나가는 솜씨가 법도에 맞고 대우對偶를 써서 정교해서 편편이 놀라운

---

4 봉상시정奉常寺正 봉상시奉常寺의 정3품 벼슬.
5 이일제李日躋(1683~1753) 과문科文을 잘한 것으로 유명하며 벼슬은 참판에 이르렀다.
6 변려문駢儷文 한문 문체의 일종. 대구對句를 써서 구성된 문장.

문장이었다. 이일제는 크게 놀랐다.

"이 세상에 어떻게 저런 재주가 있단 말인가? 존명을 듣고자 합니다."

수재는 씩 한번 웃고 말 뿐이었다.

글이 완성되자 수재는 시종을 시켜서 정권[7]을 하게 했다. 시종이 이윽고 돌아와서 아뢰었다.

"시권이 이미 버려졌습니다."

수재는 다시 시권 하나를 내주면서 말했다.

"그럼 다음으로 이걸 바쳐보아라."

시종이 또 버려졌다고 아뢰었다. 수재는 계속 시권을 제출케 하는 것이었다. 이렇게 하기를 5, 6차례나 했는데도 궁정에 해가 아직 기울지 않았다. 수재는 껄껄 웃고 일어났다.

"몇편의 가작佳作이 한편도 뽑히지 못하다니 천운이로구나. 무엇하러 또 정권하리오."

우산을 다 치우게 하고 과장을 나가는 것이었다.

이일제가 종에게 물어서 그 수재가 북헌 김춘택[8]인 줄을 알았다.

7 정권呈券 과거에서 답안지를 제출하는 일.
8 김춘택金春澤(1670~1717) 자 백우伯雨, 북헌北軒은 그의 호. 광성부원군光城府院君 만기萬基의 손자. 벼슬은 못 했으나 당시 노론 대가 출신으로 정치적 역할이 컸다.

●작품 해설

『청구야담』에 각기 따로 실린 짧은 두편을 상통하는 주제여서 한데 묶었다. 제목이 하나는 '과거시험 소식을 듣고 용꿈을 징험하다聞科聲夢蝶可徵'이고 다른 하나는 '수재가 과장에 들어가 글재주를 뽐내다擅場屋秀才對策'로 되어 있었는데 '교생校生과 수재秀才'로 하였다.

전자는 시골의 무식한 교생이 과거에 응시하여 합격한 반면 후자는 글 잘하는 서울의 수재가 낙방하는 상반된 내용이다. 그것을 운명의 소관인 것처럼 처리하고 있으나, 실은 과거시험이 워낙 문란해서 공정하게 평가되지 못했기 때문이었다. 이 점은 여기 묘사된 과장의 분위기가 그대로 말해주고 있다. 즉 '교생'의 경우 응시할 때 과문을 베낀 책자를 짊어지고 들어갔다거나, '수재'의 경우 서생과 종을 다수 거느리고 들어가서 휘장을 치고 야단스럽게 음식까지 벌여놓고 시험을 치르는 광경에서 얼마나 문란했던가 하는 당시 실상을 여실히 보여준다. 그런 가운데 일개 교생이 과거에 급제하여 신분상승을 하게 되는 것도 주목되는 현상이며, 당쟁이 치열했던 17세기 말 정치상황에서 막후의 실력자였던 김춘택이 과장에 들어가 응시하는 설정 또한 흥미롭다.

역리驛吏와 통인通引

역리

송라역[1]의 역리로 있는 윤가들은 연산조에 황해도 감사를 지낸 윤상문[2]이라는 양반의 후손이다. 그 양반이 이곳으로 유배 온 이후로 자손들이 그곳의 역리 노릇을 하게 된 것이다.

감사가 순행巡行할 때를 맞으면 역리들은 마필을 맡아 먼지 사이를 뛰어다니다가 군뢰배[3]들에게 뺨을 얻어맞는 등 곤욕을 보기가 예사였다. 한번은 윤가 아전이 분통을 이기지 못해 그 일가 역리를 보고 눈물을 뿌리는 것이었다.

"우리가 감사공의 후손으로 한번 떨어져 역리가 된 이후 봄가을마다 이런 큰 욕을 당하다니, 혹시 우리 선조께서 그당시 순행하실 적에 역리를 가혹하게 다루어서 자손이 이런 응보를 받는 것은 아닐까?"

---

1 송라역松羅驛 경상북도 영일현에 있었던 큰 역. 지금은 송라란 지명으로 포항시 북구에 속해 있다.
2 윤상문尹尙文 자세한 사적은 알 수 없으나 황해도 감사로 있던 중에 을사사화를 만나 이곳으로 유배를 오게 되었다 한다.
3 군뢰배軍牢輩 양반이나 관원의 행차를 수행하는 하인배의 일종.

그때 장수[4] 역리 하씨가 곁에 있다가 듣고서 허허 웃는 것이었다.

"자네 선조가 황해도 감사셨으니 자네는 황해도에 가서 그런 억울하고 괴로운 사정을 호소하는 것이 옳겠네. 나의 억울함과 괴로움은 자네들보다 훨씬 더하다네. 나의 조상은 바로 경상도 감사를 지내신 하경재 상공[5]이신데 그 증손인 연정[6] 진사공이 장수역으로 귀양 오신 이후로 우리들이 이런 괴로움을 당하고 있다네. 자네가 눈물을 뿌린다면 우리는 통곡을 해야 할 노릇일세. 또한 귀 선조 해백공海伯公이 정사를 가혹하게 했는지 여부는 지금 알 도리가 없으되 우리 조상인 경재공의 후덕함과 어진 정사는 상하가 모두 그 은덕을 입은 터요, 연정공은 점필재의 문인이었기 때문에 죄적罪籍에 오르셨으니 하늘의 도움으로 죄적에서 풀려났다면 우리들이 응당 세상에 크게 울렸을 텐데, 답답하고 구차하게 이처럼 곤경을 다 겪고 있지 않은가. 이게 무슨 운수이고 무슨 이치인지?"

송라 역리는 장수 역리의 손을 붙잡고 "그렇군." 하고 머리를 숙였다.

통인

영조 기유년(1729)에 경상도 감사가 순행하여 순흥 고을에 당도했다. 부석사를 구경할 때 본읍과 안동·예천의 통인들이 각기 자기 고을 원님을 수행해 와서 한자리에서 만나게 되었다.

안동 통인은 자기 숙부가 배행영리陪行營吏여서 그 다과상의 남은 음

---

4 장수長水 현재 경상북도 영천시에 있었던 이조시대의 큰 역.
5 하경재河敬齋 상공相公 이조 초기의 명신 하연河演(1376~1453)이다.
6 연정蓮亭 하탄河灘(1465~1502)의 호. 점필재佔畢齋 김종직金宗直의 문인으로서 무오사화 때 붙잡혔다가 이곳으로 유배를 와서 죽음을 맞았다.

식을 받아들고는[7] 순흥 통인을 보고 뽐내었다.

"너희 고을은 이런 음식을 먹어보지 못한 지 오래됐을 것이다. 너는 맛이나 조금 보아라."

순흥 통인이 시시 않고 대꾸했다.

"네가 우리 고을이 명리名吏가 없다고 멸시하는 모양이로구나. 하나 너희 선대에는 우리 고을 향리 자손의 발 씻어주기를 면치 못했더니라."

안동 통인이 발끈해서 얼굴을 붉히고 따졌다.

"그게 무슨 소리냐? 어디 그럴 리가 있었겠느냐?"

"너는 듣지 못하였느냐? 고려 때 안 문성공[8]이 별성[9]으로 너희 고을을 지나가실 적에 통인을 시켜서 발을 씻겼다는 말이 『고려사』에 실려 있느니라. 너의 숙부에게 물어보면 아실 것이다."

이처럼 다투는 즈음에 예천 통인이 마침 옆에 있다가 순흥 통인을 보고 말했다.

"우리 고을로 말하면 고려 때 공훈을 세운 분으로 임대광[10]이 있으며, 본조에 통인 출신으로 윤별동[11] 선생이 문과에 급제하여 성균관 대사성, 예문관 제학에 박사[12]로 원손[13]께 예우를 받았으며, 황공黃公은 무과

---

7 당시 관례상 감사가 먹을 음식상을 똑같이 두 상을 차려서 한 상은 수행하는 비장이나 아전이 시식하였다.

8 안安 문성공文成公 고려 때 학자인 안향安珦(1243~1306)의 시호. 원래 순흥의 향리 출신이었다.

9 별성別星 왕명을 받아 지방에 내려온 관원을 가리킨다.

10 임대광林大匡 고려 말의 인물. 우왕 때 왜적이 침입하자 조전원수助戰元帥로 공을 세운 바 있다.

11 윤별동尹別洞 세종대의 학자인 윤상尹祥(1373~1455). 별동은 그의 호이며 『별동집別洞集』이 전한다.

12 박사博士 성균관에 속한 정7품 관직.

13 원손元孫 임금의 맏손자. 세손世孫.

에 올라 무예를 떨치고 공훈을 세운 것으로 두번이나 창원 대도호부사를 제수받았더니라. 안동과 순흥 다 이만은 못할 것이다."

안동 통인이 지지 않고 말했다.

"우리 고을은 본조로 와서는 비록 문과나 생원 진사를 한 분이 없었지만 무과로 말하면 대단하게 이어졌으니, 작년에 공훈을 세운 화원군[14]도 우리 부府의 통인 출신으로 나와는 일가란다. 어디 감히 우리 안동부를 당해낼 것이냐?"

한 비장이 이들의 말을 엿듣고서 감사께 전후의 말들을 아뢰었다. 감사는 다름 아닌 영성군靈城君 박문수朴文秀였다. 세 고을의 통인을 불러서 자세한 곡절을 물어보고 세 고을 원에게 말을 전하도록 했다.

"여기 세 고을에 큰 송사가 생겼으니 마땅히 한자리에 모여 판결을 지어야 할 것이오."

그리하여 마침내 예천이 제일 낫다는 판결이 내려졌는데, 순흥·안동의 통인들은 저마다 억울함을 호소했다고 한다.

---

14 화원군花原君 권희학權喜學(1672~1742)을 가리킴. 안동의 이속으로 영조 무신란戊申亂 때에 공을 세워 화원군에 봉해졌다. 화원花原은 안동의 별칭.

●**작품 해설**

　『청구야담』에서 뽑았다. 원래 '두 역리가 각기 문벌을 자랑하다兩驛吏各陳世閥'
와 '세 통인이 다투어 자기 고을을 자랑하다三知印競誇渠鄕'라는 제목으로, 앞뒤
에 실린 두 편을 하나로 묶고 제목은 '역리驛吏와 통인通引'이라 붙였다.

　전자는 지방 역참에 예속되어서 역을 지던 역리들의 신분상의 갈등을 표현
한 것이고, 후자는 지방 군현의 급사에 지나지 않는 통인들의 자기네 고장과 자
기 신분층에 대한 자부심을 나타낸 것이다. 해학적인 두 가지 에피소드에서 서
리층의 신분 동태를 엿볼 수 있다.

책주름 조생鬻書曺生

조생은 어떠한 사람인지 모른다. 다만 책장수로 세상에 뛰어다닌 지 오래였기 때문에 천하고 귀하고 잘나고 못나고를 막론하고 그를 보면 누구나 조생인 줄을 알아본다.

조생은 해가 뜨면 나와서 저잣거리로, 골목길로, 서당으로, 관청으로 달린다. 위로 양반대부로부터 밑으로 소학동자小學童子에 이르기까지 달려가서 만나지 않는 사람이 없다. 그가 달리는 것은 나는 것 같다. 그의 소매 속에 가득 찬 것은 책이다. 책을 팔아서 남은 돈을 가지고 술집으로 달려간다. 술을 사 마셔 취하고 날이 저물면 달려서 집으로 돌아간다. 아무도 그가 사는 집이 어딘지 모른다. 또한 아무도 그가 밥을 먹는 것을 보지 못했다. 베옷 한벌에 짚신 한켤레로 달리는데 철이 가고 해가 바뀌어도 변함이 없다.

영조 신묘년(1771)의 일이었다. 주린朱璘이 지은 『명기집략明紀輯略』에 우리 태조와 인조를 모독한 문구가 들어 있었다. 중국에 시정을 요청하는 한편 이 책을 세상에서 수집하여 소각하고, 책을 팔았던 자들까지 잡아 죽였다.[1] 당시에 나라 안의 책장수들이 많이 죽임을 당하였으나 조생은 미리 멀리 달아났기에 죽음을 면할 수 있었다. 그후 한해 남짓하여 조생은 다시 나타나 전에처럼 책을 들고 달렸다. 사람들이 자못 이상히 여겨서 물어보면 조생은 웃으며 대꾸했다.

"지금 내가 여기 있는 걸 어디로 달아났단 말이오?"

누군가 나이를 물으면 웃으며

"잊었소."

라고 했다. 뒷날 어느 누가 또 물으면 35세라고도 했다. 금년에 물었던 사람이 내년에 다시 물어보고 따졌다.

"어찌하여 또 35세라 하오?"

"허허, 사람 나이 35세가 좋은 때라 하길래 나는 35세로 내 나이를 마칠까 싶어서 나이를 더하지 않았거든."

한 호사가가 조생을 보고

"조생은 나이가 수백살이지!"

라고 하자, 조생은 눈을 둥그렇게 떴다.

"당신은 어떻게 수백년 전의 일을 아우?"

사람들은 그를 더이상 힐난할 수가 없었다. 그런데 술 마신 끝에 왕왕 자신이 견문한 바를 이야기하는 것을 듣고 가만히 생각해보면 대개 백수십년 전의 옛일이었다.

"괴롭게 뛰어다니며 책을 팔아서 무엇하우?"

"책을 팔아 술을 사 마시지."

---

1 영조 31년(1755) 5월에 전 교리校理 박필순朴弼淳의 상소로 청나라의 주린이 지은 『명기집략』이란 책의 잘못된 내용이 크게 물의가 일어났고, 이때 서울의 책장수들이 많이 처벌을 받았다. 이에 관한 사적을 서술한 기록으로 『신묘중광록辛卯重光錄』이 있다.

"책들은 다 당신 책이우? 책에 담긴 뜻은 이해하우?"

"내게 비록 책은 없지만 이를테면 모씨가 어떠어떠한 책들을 몇해 동안 간직하고 있는데 내가 그 책들 약간을 판 것이오. 이런 까닭에 내가 글 뜻은 모르지만 어떤 책은 누가 지었으며, 누가 주석註釋을 붙였고, 몇질 몇책인지 훤하다오. 그러니 천하의 책은 다 나의 책이요, 천하에 책을 아는 사람도 나만 한 사람이 없을 것이오. 천하에 책이 없어진다면 나는 달리지 않을 것이고, 천하의 사람들이 책을 사지 않는다면 나는 날마다 마시고 취할 수 없을 것이오. 이는 하늘이 천하의 책으로써 나에게 명한 바라, 나는 생애를 천하의 책으로 마칠까 하외다. 예전에 모씨의 할아버지와 아버지가 책을 사들이고 지위도 현달하더니 이제 그 자손이 책을 팔아먹고 집이 가난한 것을 보게 되오. 나는 책으로 사람을 많이 만나는데 보면 세상에는 슬기롭고 어리석고 어질고 못나고 한 사람들이 끼리끼리 어울려서 쉼 없이 나고 죽고 하지 않아요? 내 어찌 꼭 천하의 책에서만 그치겠소? 장차는 천하의 인간사도 자연 통하게 될 것이오."

경원자[2]는 이렇게 말한다.

내가 7, 8세 때에 제법 글을 지을 줄 알았다. 선친께서 어느날 조생을 불러와서 팔가문[3] 한질을 매입하여 내게 주시며 말씀하셨다.

"저이가 책장수 조생이란다. 우리 집의 장서는 모두 조생에게 사들인 것이다."

겉으로 보아 조생은 나이 마흔살 남짓해 보였다. 그때가 벌써 40년 전

---

2 경원자經畹子 작자인 조수삼趙秀三의 별호.
3 팔가문八家文 팔가는 당송시대를 대표하여 고문古文으로 손꼽히는 8인의 문장가. 여기서는 그들의 문장을 수록한 책을 가리킨다.

일이다. 그런데 조생은 아직도 늙지 않았으니 정말 보통 사람과 다른 것 같다. 예전에 나는 조생을 좋아했으며 조생 역시 나를 아주 귀여워해서 종종 나에게 들렀다. 나는 지금 머리칼이 희끗희끗해졌고 손주놈을 본 것도 벌써 몇해가 지났다. 그런데도 조생은 장대한 체구에 불그레한 뺨, 푸른 눈동자, 검은 수염이 옛날 그대로다. 참으로 신기한 일이다. 내가 한번은 조생에게 왜 밥을 자시지 않느냐고 물었더니,

"불결한 것이 싫어서……."

하고는 다시 말을 덧붙였다.

"사람들이 오래 살고 싶어 하지만 약물로 되는 것이 아닐세. 효도하며 우애를 돈독히 하는 것이 양덕[4]이라네. 자네가 나를 위해서 세상 사람들이 나에게 귀찮게 묻지 않도록 깨우쳐주게."

아! 조생은 참으로 도를 지니고 숨어서 완세玩世하는 사람이 아닐까. 조생이 내게 들려준 말은 일찍이 노자·장자가 터득했던 그 도가 아닐까 싶다.

---

4 양덕陽德 음덕의 반대말. 사람의 도리를 잘 실행하는 것을 가리킴.

●작품 해설

조수삼趙秀三의 『추재집秋齋集』에서 뽑은 것이다. 서두에 논설적인 글이 길게 실려 있으나 긴요치 않다고 보아 생략했다. 『이향견문록』에도 '조생趙生'이란 제목으로 실려 있는데 역시 앞의 부분은 수록하지 않았다.

서적의 상업적 출판이 발달하지 못했고 서점도 제대로 형성되지 않았던 시대 상황에서 조생과 같은 형태의 책장수가 활동할 수 있었다. 조생은 책을 팔려는 자와 사려는 자 사이를 매개하는 하찮은 거간꾼이지만 초탈하고 광달廣達한 삶의 모습을 보여주는 인물이다. 아웃사이더의 입장에서 세상을 보며, 책과 술을 벗 삼아 자유롭게 살아가는 한 시정인의 모습이 운치 있게 그려져 있다. 곧 '완세'라고 하는 생활태도이다. 기복이 무상한 양반 관인 사회의 상황을 책의 집산을 통해 설명하는 면도 흥미롭다.

가수재賈秀才

가수재는 어떠한 사람인지 모른다. 노상 적성현[1] 청원사[2]에 드나들었으며, 건어물 팔기를 업으로 하고 있었다. 키는 8척이 넘고 머리를 땋아 늘였으며 얼굴은 몹시 검었다. 누가 혹 성명이 무엇인가 물으면

"나의 성은 천天이요, 이름은 지地요, 자는 현황玄黃이라오."

하여, 묻던 사람이 허리를 잡았다. 두번 세번 꼬치꼬치 물으면

"나는 장사꾼이라, 성이 가[3]라우."

하여, 절집 사람들이 가수재라고 불렀다.

언제나 새벽이면 일어나서 건어물을 짊어지고 원근의 장터로 다녔다. 하루에 동전 50푼만 벌리면 술을 사 마시고 평소에 밥을 먹는 것 같지 않았다.

청원사는 적성현의 남쪽 외진 곳에 있었다. 지방의 유생들이 이 절을

---

1 적성현赤城縣 양성현陽城縣의 옛 이름. 현재의 경기도 안성시 양성면 지역이다.

2 청원사淸源寺 현재 경기도 안성시 원곡면 천덕산天德山에 있는 절.

3 '가賈'는 음이 상인을 가리킬 때는 '고', 성씨를 가리킬 때는 '가'이다. 여기서는 성으로 쓴 것이기 때문에 '가'를 취하였다.

찾아와서 글을 읽었다.

함박눈이 그친 어느날, 가수재가 눈 속에 빠져 흠뻑 젖은 발로 유생들이 모여 앉은 자리에 불쑥 들어가 앉았다. 유생들이 잔뜩 성을 내 꾸짖으니 가수재는 그들을 흘겨보며

"당신들 위세는 진시황을 뺨치겠는데 나의 장사는 여불위만 못하구먼.[4] 아이구 무서워라, 무서워!"

하고 벌떡 드러누워 코를 드르렁 고는 것이었다. 유생들은 더욱 노하여 중을 불러 끌어내게 했다. 그러나 무거워서 꿈쩍할 수가 없었다.

이튿날 들으니 불당에서 누군가가 이태백李太白의 시 「원별리遠別離」를 읊는데 목청이 아주 청아하였다. 유생들이 달려가 보니 가수재가 아닌가. 유생들은 비로소 이상하게 여기고 물었다.

"시를 지을 줄 아느냐?"

"짓지요."

"글씨는 쓸 줄 아느냐?"

"쓰지요."

유생들은 붓과 종이를 주고 시를 지어보라 했다. 가수재는 벼루맡에 앉아서 미친 듯이 먹을 갈더니 왼손으로 뭉뚝한 붓을 들어서 종이 위에다 어지럽게 초서로 갈겼다.

청산 좋고 녹수 좋다

---

4 여불위呂不韋는 대상인으로 진시황의 부친인 장양왕蔣襄王을 도와서 왕위에 오르도록 한 인물이다. 일찍이 여불위가 자기의 애첩을 장양왕에게 바쳤는데 바로 그 애첩이 진시황을 낳았다. 그래서 진시황이 여불위의 자식이라는 설이 있다. 가수재가 이 고사를 써서 유생들을 내 자식일지 모른다는 의미로 기롱한 것이다.

녹수청산 십리 길에

고기 팔아 술 마시고 귀거래歸去來여!

한 백년 길이길이 이 산중에서 늙으리라.

가수재는 붓을 던지고 껄껄 웃어 마지않았다. 그의 글씨는 고산 황기로[5]와 방불하였다.

이후로 유생들이 가수재를 달리 보게 되었다. 다시 시 한수를 청하자 벌컥 성을 내어 꾸짖고 끝내 응하지 않았다. 어느날 가수재가 대취해서 복어를 가져다 부처님 전에 공양하고 합장 배례하는 것이었다. 중들이 질색을 하자 이렇게 대꾸했다.

"당신들, 불경을 못 본 모양이구먼. 불경에 석가여래가 복어를 잡수셨다 하지 않았나?"

"무슨 불경에 그런 말이 있어?"

"『보리경』[6]에 있지. 내가 외워보지."

가수재는 문득 대불전 아래 가부좌를 하고 앉아서 이렇게 외우는 것이었다.

"여시아문如是我聞. 부처님이 일시 서양의 바다 가운데 계실 적에 대중을 향해서 파사국[7]에서 바친 큰 복어를 잡수시더라. 부처님 이마 위에서 천만길 무외광명無畏光明이 발하니, 비구 및 여러 대중들이 부처님께 예배하고 공손히 자비로운 뜻을 들었더라. 부처님이 대중에게 고하

5 황기로黃耆老(1521~?) 호는 고산孤山, 자는 태수鮐叟. 이조 중종 때 진사에 합격해 별좌別坐를 지냈고 명필로 유명한데, 특히 초서에 능했다.
6 『보리경菩提經』 불경의 하나. 『잡아함경雜阿含經』 제41권에 들어 있다.
7 파사국婆娑國 페르시아, 지금의 이란을 가리킨다.

시되 '이 복어는 대해 중에 놀아 청정한 물을 마시고 청정한 흙을 먹는 지라 여래에게 더없는 묘미니라.'"

이에 모두들 크게 웃었다. 가수재는 청원사에 머문 지 한해 남짓하여 어디론가 떠났다.

기이하도다, 가수재의 사람됨이여! 기특한 재주를 품고 탁월한 뜻을 지녔으되 어찌하여 제멋대로 광태를 부려 사람들로 하여금 자기의 참모습을 알지 못하게 하였을까? 옛날 이른바 은군자隱君子의 부류일 것이다.

구성⁸ 사시는 정씨 아저씨가 나를 여릉⁹으로 찾아와서 가수재 이야기를 아주 자세히 들려주셨다. 내가 그를 만나보고 싶어 청원사로 찾아갔더니 떠난 지 사흘이 지났다고 했다.

---

8 구성駒城 현재 경기도 용인시에 속한 지명.
9 여릉廬陵 어딘지 미상.

●**작품 해설**

김려金鑢가 지은 『담정유고潭庭遺藁』에서 뽑았다. 신원이 모호한 건어물장수 가수재의 담백하고 소탈한 생활을 그리고 있다. 남다른 인생관을 가진 그는 형식과 윤리를 중시하는 사대부들을 무시하고 불교와 승려들도 비웃는다. 이조 후기에 중하층에서 허다히 출현한 새로운 인간상의 하나로, 가수재는 연암의 「마장전馬駔傳」「민옹전閔翁傳」「김신선전金神仙傳」 등에 등장하는 인물들과 유사한 부류라고 하겠다.

박돌몽 朴突夢

  박돌몽은 기인공인[1] 김씨 집의 노속이었다. 말을 배우면서 글자를 익히는 데 마음을 두었으나 지체가 천하기 때문에 스승에게 나아가 글을 배울 도리가 없었다. 김씨 집 아이가 늘 사랑마루에 앉아서 글을 읽는데 돌몽은 토방에 서서 넘겨다보곤 하였다. 비록 글 뜻은 이해하지 못했지만 아이가 읽는 대목을 따라서 글자의 음을 터득할 수 있었다. 아이가 읽다가 음이 막히면 도리어 돌몽에게 묻곤 하는 것이었다.
  동네 이웃에 정선생이란 분이 집에서 아이들을 가르치고 있었다. 돌몽이 장가든 다음에 정선생을 찾아가 뵙고 글을 배우고 싶다는 소원을 말씀드렸더니 허락해주었다. 돌몽은 매일 새벽이면 일어나서 책을 끼고 정선생댁 문전으로 갔다. 문이 열리면 정선생이 주무시는 방문 앞으로 조심스럽게 다가가서 일어나시기만 기다렸다. 정선생은 돌몽이 와 있는 줄 알고 방문을 사이에 두고 말했다.
  "돌몽이 왔느냐?"

---

1 기인공인其人貢人 공조工曹에 소속되어 시탄柴炭이나 홰를 청부받아 납품하는 공인.

"예."

여러 학동들이 뒤미처 와서 마루 위로 다 올라가도 돌몽은 벙거지를 쓴 꼴로 양반 자제들 사이에[2] 앉기 어려워서 머뭇거렸다. 정선생은 임시방편으로 그에게 설풍건을 쓰고 와서 옆에 앉도록 했다. 강의를 듣고 나면 그는 집에 얼른 돌아와서 전처럼 일을 했으므로 김씨 집에서는 돌몽이 공부하러 다니는 줄 알지 못했다.

한해 남짓하여 돌몽은 『소학』 『논어』 『맹자』를 떼었고 문리文理가 날로 나아져서 정선생도 매우 기특하게 여겼다. 상전댁에서 그가 하는 일이 홰를 묶고 장작을 패는 것인데, 도끼질을 하고 다발을 묶는 동안에도 입으로 글을 외어 웅얼웅얼 소리가 그치질 않았다. 집안사람들은 그가 하는 양을 보고 어디가 모자란 아이라고 비웃었다.

어느날 돌몽이 학질에 걸려 몹시 앓아, 김씨 집에서 일을 면해주고 몸조리를 하도록 하였다.

"이제 모처럼 내가 글을 읽을 시간이 왔구려."

돌몽은 자기 처에게 이렇게 말하고 자기 방으로 들어가 갓 쓰고 단정히 앉아서 글을 읽는 것이었다. 학질 기운이 더해 소름이 돋고 이가 덜덜 떨려도 몸을 더욱 단정히 하고 앉아 입으로 외기를 그치지 않았다. 사흘이 지나자 학질은 저절로 떨어졌다.

그 얼마 후에 아내와 함께 탕춘천[3]으로 빨래를 하러 나갔다. 그 개천에는 널따란 바위가 많았다. 돌몽은 하던 빨래를 그만두고 바위 위로 올

---

2 양반 자제들 사이에 원문은 '衿觿間'으로 되어 있다. '금衿'은 선비가 입는 옷을 가리키고, '휴觿'는 뼈로 송곳처럼 만든 것으로 귀인들이 쓰던 것이다.
3 탕춘천蕩春川 지금 세검정洗劍亭에서 홍제동 쪽으로 흐르는 냇물. 옛날에는 물이 맑고 경치가 좋은 곳으로 유명했다.

라갔다. 갓도 쓰지 않은 채 잠방이를 걷어붙이고 맨 정강이로 널따란 바위에 앉아서 돌이 파인 곳에 먹을 갈아 큰 붓을 쥐고 『소학』의 제사題辭를 외워 썼다. 글씨가 돌바닥에 생동하였다. 해가 서쪽으로 기울자 나무 그늘에 누워서 소리를 뽑아 글을 길게 읊조리는 것이었다. 제법 유유자적한 모습이었다.

마침 조판서댁의 젊은 양반이 탕춘천에 봄놀이를 나왔다가 이 정경을 보게 되었다. 그가 하는 양을 이상하게 여기고 가까이 다가가서 물었다.

"너는 무엇을 하는 자이냐?"

돌몽은 천천히 일어나서 아뢰었다.

"남의 집 종이올시다."

"너의 주인은 사람도 아니로다. 이렇게나 경전을 공부했거늘 종노릇을 해서야 되겠느냐? 내가 너를 위해 네 주인을 책망해서 면천免賤시켜주겠노라."

"늙은 주인께 걱정을 끼쳐드리는 것은 제 도리가 아닙니다."

이런 대답을 듣고 그 양반은 돌몽을 더욱 대견하게 여겼다.

그 상전댁 아이는 자랄수록 버릇이 나빠져서 글공부에 힘쓰지 않았다. 그 아버지가 화가 나서 야단을 쳤다.

"너는 빈둥빈둥 놀기만 하며 교만을 부리니 금수와 다름없구나. 저 돌몽이만도 못한 놈이다."

그 아이는 이런 꾸지람을 자주 듣게 되자 화풀이할 곳이 없어 돌몽을 보기만 하면 바로 덤벼들어 매질과 주먹질을 해댔다.

'내가 차라리 어디로 피해서 상전의 부자간에 관계를 유지하도록 해야겠다.'

돌몽은 이렇게 생각하여 신병이 들었다는 핑계를 대고 일을 보지 않고 자기 아내의 상전 집으로 옮겨갔다. 그 아이는 돌몽에 대한 악감정이 풀리질 않아서 돌몽 처의 상전 집에다 몰래 다른 일로 해코지를 했다. 드디어 그 집에서 돌몽 내외를 의심하였다. 돌몽은 한숨을 쉬며 혼자 말했다.

"이게 나의 운명인 모양이다. 누구를 원망하랴!"

그리고 자기 처와 함께 뜨내기 신세가 되어 남양 땅으로 가서 몸을 붙였다. 고리를 짜서 생계를 이어갔는데, 한해 남짓 지났을 무렵 그곳 이정[4]이 고을에 보고하여 그를 속오군[5]에 편입시켰다.

"고리를 엮어 겨우 입에 풀칠이나 하는 처지에 군조軍租로 바칠 것을 어디서 마련한단 말인가?"

돌몽이 몹시 걱정을 하고 있는데, 마침 읍내서 향병[6]에게 취재[7]를 보았다. 돌몽은 포수로 초시에 합격이 되었는데 회시에서 떨어지고 말았다. 울울한 심정에 서울 생각이 나서 다시 김씨 집으로 돌아갔다.

그는 이윽고 전옥서典獄署의 아전이 되어 다녔으나 나이 40세 남짓해서 죽었다. 그가 전옥서의 아전으로 다닐 수 있었던 것은 조씨 양반이 힘을 써준 덕분이었다.

정선생은 성명이 정치후[8]인데 인품이 순수하고 학문에 독실했으며 풍수설에 조예가 있었다. 젊어서 운관[9] 소리小吏로 있다가 노년이 되기 전에 병으로 사직하고 들어앉아 학생들을 가르쳤던 것이다.

---

4 이정里正 지방의 향촌에서 마을 일을 맡아보는 사람.
5 속오군束伍軍 임진왜란 후에 생긴 새로운 군제로 지방에 거주하는 15세 이상의 남자를 군적軍籍에 편입시켜 평상시에는 군포軍布를 납입하게 하고 유사시에 군역을 치르게 했다.
6 향병鄕兵 시골의 군사를 가리키는 말.
7 취재取材 재능을 시험해본다는 뜻. 대개 하층민의 능력을 시험하는 데 쓰던 말.
8 정치후丁致厚 영조·정조 시기의 인물인데, 교서관校書館 서리를 지낸 것으로 확인된다.
9 운관芸館 교서관의 별칭. 주로 서책의 간행을 맡은 관청.

●작품 해설

　김낙서金洛瑞가 지은 것으로, 『이향견문록』에 『호고재고好古齋稿』를 인용해서
실려 있다. 한 노비가 천한 신분으로 글을 읽어 상당한 식견을 소유하게 되기까
지의 과정과 신분적 제약에서 오는 갈등을 묘사한 내용이다. 지식이 종래 양반
층의 특권이 되다시피 했던 데 비해 이조 후기로 들어오면 서민층으로 확대되
는 현상을 보였다. 박돌몽 같은 천인까지도 지식을 갈구해서 피나는 노력으로
공부를 했던 것이다. 또한 박돌몽에게 글을 가르친 정선생의 존재가 흥미롭다.
서리 출신 가운데서 서당을 차려놓고 서민층에 지식을 보급한 교육자들이 나
왔던 것 같다.

임준원林俊元

    서울의 습속은 남북이 다르다. 종가鍾街 이남에서 남산에 이르는 지역이 남부인데, 상인과 부호들이 많이 살아서 이익을 좋아하며 인색하고 말치장 집치레로 호사를 다투었다. 백련봉[1] 서쪽으로부터 필운대[2]에 이르는 지역이 북부인데, 대개 집이 가난하여 놀고먹는 부류들이 살았다. 그런 중에 협객 무리들이 왕왕 돌아다녀 의기로 교유하되 베풀기를 좋아하고 신의를 무겁게 여겨 남의 환난을 힘껏 도왔다. 또한 시인·문사들이 계절을 따라 어울려 놀며 산수자연의 낙을 추구했으니 곧잘 시편으로 다작을 자랑하고 아름다운 글귀로 겨루었다. 이 역시 한때의 풍조가 그러한 것일까.

    임준원은 자가 자소子昭인데 대대로 서울의 북부에 살았다. 사람됨이 준수하고 시원시원했으며 기이한 기질이 있었고, 풍채가 좋은데다

---

1 **백련봉白蓮峰** 북악산北岳山 기슭 삼청동에 있는 지명. 석벽에 월영암月影岩이라 새겨 있었으며, 이 지역을 백련사白蓮社라고도 불렀다.

2 **필운대弼雲臺** 인왕산仁王山 서쪽 기슭에 있는 지명. 꽃과 나무가 볼만하여 당시 서울 사람들이 봄놀이하는 곳으로 손꼽혔다. 이곳에서 시회가 자주 열려 이때 나온 시를 가리켜 '필운대 풍월風月'이라 불렸다.

언변도 능란했다. 젊어서 귀곡 최기남[3]의 문하에서 수학하여 자못 시를 잘한다는 말을 들었다.

그러나 임준원은 집이 빈한한데다 늙은 모친이 있어서 뜻을 굽혀 내수사[4]의 아전으로 근무했다. 그는 부지런하고 성실하며 사무에 밝아서 신임을 받고 중용이 되었던 까닭에 부를 일으켜서 가산이 여러 천냥에 이르렀다. 이에 탄식하였다.

"이만하면 나에게 족하다. 어찌 계속 일에 골몰하고 있을 것이랴?"

즉시 사임하고 집에 있으면서 스스로 문예를 즐기는 생활을 하였다. 매일 동류들과 더불어 모임을 가져서 방문 앞에 신발이 항상 그득했고 술상이 끊일 날이 없었다. 그의 동류로는 유찬홍[5]·홍세태[6]·최대립[7]·최승태[8]·김충열金忠烈·김부현金富賢 같은 이들이 있었다.

유찬홍은 호가 춘곡春谷으로 바둑을 잘 두었고, 홍세태는 호가 창랑滄浪으로 시를 잘해서 명성이 당시에 으뜸이었으며, 나머지 사람들도 모두 기개라든지 문예로 일컬음을 받았다. 유찬홍은 술을 좋아해서 능히 한번에 여러말을 마셨고, 홍세태는 모친이 연로했는데 곤궁해서 봉양

---

3 최기남崔奇男(1586~?) 자 영숙英叔, 호 귀곡龜谷 혹은 묵헌默軒. 시를 잘하여 시풍이 유아청신幽雅淸新했다.
4 내수사內需司 대궐에서 쓰는 쌀, 베, 잡물雜物 등속과 노비에 관한 사무를 맡아보던 관부.
5 유찬홍庾纘洪(1628~97) 자 술부述夫. 정두경鄭斗卿에게 수학한 바 있으며, 당시 바둑의 국수國手로 유명했다.
6 홍세태洪世泰(1653~1725) 자 도장道場, 호 창랑滄浪. 이문학관吏文學官·울산 감목관蔚山監牧官을 지낸 바 있고, 백련봉 아래 집을 짓고 유하정柳下亭이라 하여 조촐하게 살았다. 저술로는 『유하집柳下集』 14권이 있다.
7 최대립崔大立 자 수부秀夫, 호 창애蒼涯 혹은 균담筠潭. 여항시인으로 명성이 있었다.
8 최승태崔承太 자 자소子紹, 호 설초雪蕉. 본관은 전주. 여항시인으로 명성이 있었으며 『설초유집雪蕉遺集』을 남겼다.

할 도리가 없었다. 임준원은 유찬홍을 자기 집에 머물게 하고 맛 좋은 술로 그의 주량을 충족시켰으며, 자주 재물로 홍세태를 도와서 곤궁하지 않게 해주었다.

매양 좋은 계절에 아름다운 풍광을 만나면 여러 벗들을 불러 아무아무 곳에서 모이기를 기약했다. 언제고 임준원이 주관하여 술과 안주를 마련해와서 시를 읊으며 취하도록 마시고 실컷 놀다가 파하곤 했던 것이다. 이렇게 하는 것이 상례처럼 되었으나 오래가도록 귀찮게 여기는 법이 없었다. 서울에서 재주와 명성을 날리는 자들이라면 이 모임에 참여하지 못하는 것을 부끄러움으로 여겼다.

임준원은 재산이 풍족한데다가 의로운 일을 행하기 좋아하고 남에게 베풀기를 즐겨서 혹 도움이 미치지 못할까 항상 염려했다. 그래서 가난한 일가나 친구들이 혼사나 상례를 당해서 어려운 경우 으레 그에게 도움을 받았다. 이 때문에 평소 집에서나 밖에서나 그를 부형처럼 모시고 공대하는 사람이 늘 수십인이었다.

어느날 임준원이 육조 앞거리[9]를 걸어가는데 한 아낙네가 관청 사람에게 끌려가고 있었다. 못된 녀석들이 뒤를 따라가며 욕설을 퍼부어 그 아낙네는 몹시 섧게 우는 것이었다. 임준원은 왜 그런지 물어보고 그네들을 꾸짖었다.

"하찮은 빚 때문에 여자를 이렇게 욕보여서 되겠느냐?"

하고 임준원은 그 자리서 아낙네가 진 빚을 다 갚아준 다음 문서를 받아서 찢어버렸다. 그리고 발길을 돌리자 아낙네가 뒤를 따라오며 물었다.

---

9 육조六曹 앞거리 중앙정부의 이·호·예·병·형·공의 육조 관아가 있던 곳. 지금의 광화문로.

"은인은 어떤 분이시며, 어디 사시는지요?"

"예법에 남녀 간에는 서로 길을 비켜선다 하였소. 나의 성명을 물을 것이 있겠소?"

아낙네가 굳이 물었지만 그는 종내 말해주지 않았다. 이로부터 그의 이름이 여항에 더욱 떨쳤으니, 그를 사모해서 한번 보고 싶어 하는 사람들의 발길이 문전에 끊이지 않았다.

귀곡 최기남이 세상을 뜨매 초상을 치르기가 어려웠다. 그 문도들이 모여서 치상治喪을 하는데 관棺을 부조할 힘을 가진 사람이 없었다. 당시에 임준원은 사신을 따라서 북경에 가 있었다. 좌중의 사람들이 모두 탄식하였다.

"어허, 임자소가 지금 있었던들 우리 선생님이 돌아가셨는데 관도 없이 가시게 할 것이랴!"

이 말이 미처 끝나기도 전에 문밖에서 누군가 관목을 운반해왔다. 다름 아닌 임준원의 집 사람이었다. 대개 임준원이 북경길을 떠나면서 최공이 늙고 병든 것을 걱정해서 집안사람들에게 미리 일러두었던 것이다. 모두들 임준원의 높은 의기와 앞일을 내다볼 줄 아는 데 감복했음이 물론이다.

임준원이 세상을 떠나자 조객 중에는 친상을 당한 듯이 통곡하는 사람들이 많았다. 그의 도움을 늘 받았던 이들은 "우리는 어떻게 살아갈 것인가?" 하고 한숨들을 쉬었다. 한 늙은 여자가 자청해 와서 바느질을 돕다가 성복成服이 끝나서야 돌아갔다. 바로 육조 앞거리의 그 아낙네였던 것이다.

임준원은 비록 시를 전공으로 하지 않았으나 천기天機로 이루어서 맑고 고운 품이 당풍唐風을 느끼게 했다. 홍창랑 등 여러 시인들과 더불어 주고받은 작품이 많다. 임준원이 죽고 30여년 후에 홍창랑이 여항의 좋은 시를 찾아서 『해동유주』[10]란 이름을 붙여 간행하였다. 이 시집에는 유찬홍·임준원 양씨의 시편들도 많이 실려 있다.

10 『해동유주海東遊珠』 이조 전기의 박계강朴繼姜으로부터 숙종 연간에 이르기까지 여항시인 48명의 시 230여 수를 수록한 책으로 1권 1책.

● **작품 해설**

『완암집浣岩集』에서 뽑은 것으로, 『이향견문록』에도 옮겨져 있다. 작자 정래교鄭來僑 역시 여항시인으로 손꼽히던 인물이다. 작자는 자기가 속한 신분층 가운데 참으로 훌륭한 인물이 있다고 생각했으며, 그래서 자기 선배 중 한 사람의 생애를 구체적으로 그려 보였던 것이다.

여기 담긴 내용은 17세기 말 18세기 초의 상황이다. 작중에 나오는 창랑 홍세태는 여항문학의 초창기 건설자로서 중요한 역할을 했던 인물이며, 주인공 임준원은 그의 패트런이면서 동인이었다. 이러한 당시 서울 시정의 분위기와 여항인의 동향이 거울처럼 드러나 있다.

김낙서金洛瑞

호고재好古齋 김낙서는 자가 문초文初다. 젊어서 자유분방하여 늘 의협심 있는 패들과 어울려 놀고 신의를 중히 여겼다. 대개 그 당시 북사·서대[1]의 풍조가 그러했던 것이다.

하루는 그가 동구 앞을 거니는데 어떤 노인이 나귀를 타고 와서 묻는 것이었다.

"여기 김낙서란 분이 있는가요?"

"무엇하러 묻소? 내가 그 사람이오."

노인은 얼른 그의 손을 붙잡고 말했다.

"높은 이름을 함부로 불렀습니다."

"괜찮소. 나를 무엇하러 찾소?"

노인은 낮은 소리로 흐느끼며 말하는 것이었다.

"나는 중촌[2]의 사람이라오. 지극한 청이 있기로, 말씀드려서 한번 군

---

1 북사北社·서대西臺 북사는 서울의 북악산 밑. 서대는 인왕산 밑, 곧 필운대弼雲臺, 누상동樓上洞, 누하동樓下洞 부근. 중앙 각사의 서리층이 많이 거주하던 곳이다. 북사와 서대가 있는 지역은 북부에 속했다.

자의 대답을 얻고자 합니다."

"우선 말해보구려."

낙서가 이렇게 응답하자 노인은 조금 주저하다가 말을 꺼냈다.

"나에게 일찍 혼자된 여식이 하나 있는데 게다가 불행하게 단명하였다오. 눈을 감으면서 이 아비에게 부탁하는 말이, '사람을 보통 장사 지낼 적에 상여 메는 사람을 상두꾼³이라 하지요. 그런데 대개 추악하고 흉측한 사람들이에요. 제가 일평생 정숙하고 결백한 몸으로 마지막 가는 길을 어찌 그런 무리들에게 떠메져 가야겠어요? 들으니 북부에는 의기남아들이 많은데, 가까운 사람들을 위해서 직접 이런 일을 맡아 하는 것도 꺼리지 않는대요. 만약 그분들의 손을 빌려 갈 수 있게 된다면 저는 유감이 없겠어요.'라 합디다. 나는 여식의 말이 크게 불가한 줄 알면서도 그 정경이 슬프고 뜻이 가여운지라, 마침 높은 이름을 들었던 고로 이렇게 찾아뵙는 것입니다. 제 여식의 뜻을 살펴서 너그럽게 받아들여 주실는지요?"

그는 강개한 마음으로 응낙했다. 출상하는 날 자기 친구들 수십명을 데리고 갔다. 노인은 음식을 잘 차려놓고 기다리고 있었다.

"우리가 어찌 얻어먹기 위해서 온 것이겠습니까?"

그는 다 물리치고 받지 않고 다만 술 10여 병만 내놓게 했다. 시간을 맞추어 발인하여 산에 장사를 잘 지내고 내려왔다. 김낙서의 의기를 중히 여기는 것이 대개 이와 같았다.

---

2 **중촌中村** 서울의 중인들이 사는 지역을 칭하는 말로, 지금의 종로구 다동茶洞, 관철동貫鐵洞 일대.

3 **상두꾼〔香徒軍〕** 상여를 메는 사람을 일컫는 말. 서울에서는 이 일을 전문으로 하는 부류가 있었는데 대개 천인들이었다.

만년으로 와서 그는 허황하게 놀던 버릇을 고쳐 오로지 공부에 힘써서 경사經史에 두루 통하였다. 집에서는 검박하기로 힘쓰고 언행에도 법도를 지켰다. 누구와 이야기할 적이면 각각의 경위를 따라 혹 권장하기도 하고 혹 충고하기도 하는데, 아주 겸손한 태도로 마치 말을 잘 못하는 사람같이 했다. 그렇게 하지 않으면 사람의 기질을 변화시킬 수 없기 때문이었다. 그는 더욱이 시를 잘해서 자주 옥계玉溪의 송석원에서 모여 놀며 시를 읊곤 했다.[4] 사람들이 모두 그를 중후한 어른으로 일컫고 지난날 자유분방하게 놀았던 일은 알지 못했다.

노년에 이르러는 선대의 묘각墓閣을 수리하고 절구 다섯수를 읊었다.[5]

풍우를 가려주는 삼간 집,
소나무 사이로 오솔길 하나.
자손들에게 말을 붙여 전하노라.
이 삼간 집 부디 소중히 여기어라.

삼각산 아래 모신 산소
봄가을로 제사 지내 몇대일런가.
풍수의 말일랑 믿지를 마라.
이곳을 버리고 어디로 가겠느냐.

---

4 송석원松石園 여항시인이던 천수경千壽慶이 자기가 살던 인왕산 아래 옥류천玉流泉의 경치 좋은 곳에서 그의 동인들과 함께 자주 시주詩酒의 모임을 열었다. 이를 '옥계사玉溪社' 혹은 '송석원시사'라 칭했는데, 김낙서는 그 동인의 중요한 인물이었다.
5 원문에는 시 5수가 모두 실려 있으나 여기서는 제 3, 4수만을 소개하였다.

그의 벗들 중 글씨 잘 쓰는 친구들에게 부탁해서 각기 한수씩 써서 받았다.

●작품 해설

『이향견문록』에서 뽑았는데, 원출전은 여항인들에 대한 기록으로 보이는 『범곡기문凡谷記聞』이라는 책이다. 주인공 김낙서는 홍세태를 계승해서 여항문학의 발전에 공헌한 천수경千壽慶과 함께 송석원시사松石園詩社의 동인으로 활동하였다.

중촌의 한 여성이 죽으면서 북부의 의협남아들의 손에 자신의 상여가 운반되기를 소원했다는 이 작품의 내용은 매우 이색적인 이야기다. 중인 출신 여성의 고결성, 북부 서리 출신 사나이들의 의협심, 이 두 부류의 정감과 취향이 서로 접근하였던 것을 여기서 본다.

정수동鄭壽銅

정수동은 본명이 지윤芝潤이고 자는 경안景顏이며, 본관은 동래이다. 대대로 역관의 일을 하는 집안이었다. 그가 처음 세상에 태어날 때 손에 목숨 수壽 자가 새겨져 있었는데, 장성한 뒤 『한서』에서 지초가 동지에서 났다는 고사[1]를 취하여 수동으로 자호한 것이다. 그래서 신분의 귀천과 사귐의 친소를 막론하고 아는 이, 모르는 이 다들 '정수동'이라고 불렸다.

수동은 일찍 아버지를 잃어 어머니 최씨가 수절하면서 삯바느질로 공부를 시켰다. 그는 성격이 결벽하고도 분방하였다. 그래서 평생 어디에 구속받기를 싫어하고 스스로 규범 밖에서 놀았다. 그런 한편 순직하면서도 겸손하며 말수가 적었고, 자신을 내세우는 법이 없었다. 또한 총명이 문자에 모여서 아무리 궁벽하고 기괴난삽하거나 오묘하고 복잡해 문리를 통하기 어려운 글이라도 한번 보면 곧 문맥과 요지를 짚어서 골

---

1 지초芝草가 동지銅池에서 났다는 고사 『한서漢書·선제본기宣帝本記』에 나오는 말. 동지는 대궐의 건물 아래 빗물을 받는 그릇을 일컫는 말. 지초가 동지에서 났다는 것은 상서로운 징조로 풀이할 수 있는 일이었다.

자의 소재를 알아내는 것이었다. 특히 시를 잘해서 듣고 보는 모든 것을 다루지 않음이 없었고, 고금을 섭렵하여 고묘정확高妙精確한 것으로 마음에 합치되는 바가 있으면 도가니에 넣고 녹여내듯이 표현했다. 그런 한편으로 술 마시는 것은 천성이 되어서 슬픔과 기쁨, 눈물과 웃음의 구기고 펴지는 일체를 술에 부치고 시로 발산했던 것이다.

추사秋史 김정희金正喜가 그를 기특하게 여겨 불러다가 붙들어두고 소장한 서적들을 읽히면서 학문이 넉넉해지기를 기다려 세상에 내보내려 하였다. 수동이 몇달 동안은 접한 책을 읽는 데 몰두하여 문밖의 일에는 관심이 없는 사람 같더니, 홀연히 한번 나가서는 다시 돌아올 줄 몰랐다. 사람을 보내 찾다가 골방에 가두다시피 하고 의관까지 감추어두었으나 그래도 출입이 무상하였다.

유관 상공 김흥근²이 특히 그의 재주를 사랑해 마지않았다. 술동이와 안주로써 그를 붙잡아두려 했지만 수동은 별로 좋아하지 않았다. 김대감이 한번은 외출하면서 수동의 의관을 감추고 시종에게 달아나지 못하게 하라고 단단히 일러두었다. 그리고 나갔다가 돌아와보니 수동은 어디로 갔는지 종적이 없었다. 찾아보니 주막에 가 있는 것이었다. 남포홍대³에 상제의 방립方笠을 쓰고 거나히 취해서 누워 있지 않은가. 사람이 없는 틈을 타서 대감의 남포홍대를 슬쩍 걸친 다음 청지기의 방립을 훔쳐 쓰고 나갔던 것이다.

김대감이 수동이 궁하게 지내는 것을 딱하게 여겨서 돈 50관을 준 적이 있었다. 수동은 백목전白木廛으로 가서 삼승포⁴를 사가지고 집으로

---

2 김흥근金興根 19세기 중엽의 권문세가인 안동 김씨 가문의 인물로 영의정까지 지냈다. 유관游觀은 그의 호.
3 남포홍대藍袍紅帶 남색 옷에 붉은 띠. 벼슬아치의 복색이다.

돌아가서 온 가족들의 옷가지를 짓도록 하고 그 나머지 돈은 몽땅 외상 술값으로 들어가고 말았다.

또 섣달그믐에 김대감이 큰 술장군에 여러말 술을 담고 어물이며 생치[5] 등속과 함께 하인에게 지워서 수동을 따라 그의 집으로 보냈다. 눈이 펑펑 쏟아지는 밤이었다. 수표교[6] 위에 다다르자 수동은 하인에게 짐을 받쳐놓고 누구 집에 가서 주발을 빌려오라고 시켰다. 하인이 말을 들으려 하지 않았으나, 기어이 짐을 내려놓게 하고 하인과 술을 주거니 받거니 하여 술장군이 거덜이 나서야 일어섰다.

그의 처가 임신을 하여 산기가 있었다. 약국에 가서 불수산[7]을 지어 소매 속에 넣어가지고 집으로 돌아오다가 길에서 우연히 금강산 구경을 가는 친구를 만났다. 그는 집에 들르지도 않고 그길로 친구를 따라가서 몇달 동안 관동의 명승을 둘러보다가 돌아왔다. 그의 소탈하고 호방한 행동이 대개 이와 같았다.

그의 아내 김씨는 현숙한 여자였다. 집이라고 네 벽이 씻은 듯 말끔했는데 손수 자수를 놓아 팔아서 남편을 공대하면서도 짜증을 내거나 괴로워하는 기색을 전혀 보이지 않았다. 대개 남편이 사대부와 함께 지내며 문학으로 명성을 떨치는 것을 보람으로 여기고 그밖에는 마음을 쓰지 않았던 까닭이다.

---

4 삼승포三升布 '승'은 우리말로 '새'인데 올이 가는 정도를 표현하는 말로 포목의 등급을 가리켰다. 수치가 높을수록 좋은 등급이다. 삼승포는 곧 석새삼베로 아주 거친 것에 속한다.
5 생치生雉 익히거나 말리기 전의 꿩고기를 가리키는 말.
6 수표교水標橋 청계천에 있던 다리로 강우량을 재는 표시가 있었기 때문에 이런 이름이 붙었다. 현재는 장충단공원에 옮겨져 있다.
7 불수산佛手散 해산解産 전후에 흔히 쓰던 탕약.

수동이 묘향산에 두번째 놀러 갔을 때 머리 깎고 중이 되었다는 소문이 서울에 파다하게 돌았다. 수동이 돌아오자 김씨는 반갑게 맞으며 말했다.

"내 간장이 다 녹았다우."

"여자는 간이 작을수록 좋은 거라오."

수동은 언변이 어눌한 듯하면서도 손뼉을 치며 익살을 부리는데, 말이 한두번 구르면 벌써 듣는 이들이 허리를 꺾어 쥐었다. 대개 세상을 조롱하고 풍자하는 뜻이 담겨 있었다. 취하면 말이 끊어지고 그 자리에 쓰러져 자는 것이었다. 마작·골패·윷놀이·장기 등 잡기에도 끌리는 대로 마냥 놀았으며, 특히 술자리와 시회詩會에서는 솜씨가 단연 빼어났다. 세상에서 그를 인품은 진인晉人과 같고 시풍은 송인宋人과 같다고[8] 평하였다. 가고 싶은 곳이 있으면 문득 포의·대석[9]으로 천리도 지척처럼 단신으로 훌쩍 떠나곤 했다.

먼 곳의 일면식이 없는 사람까지도 본래 아는 듯 그를 칭찬하며 보고 싶어 하였고 부녀자와 어린아이들도 그를 만나면 주머니를 털어서 밥과 술을 대접하는 것이었다. 누군가 수동에 대해 해코지를 하여 말하는 사람이 있었다. 심암 조두순[10] 정승이 그에게 일렀다.

"자네가 지금 벼슬이 높다고 뽐내지만 백세후에는 정수동은 알아도 자네 이름을 알 사람이 없을 것일세. 그런 소리 말게."

---

8 원문은 '人如晉 詩如宋'이다. 사람됨은 진진晉나라 때의 죽림칠현竹林七賢과 같이 초탈한 자세를 취한다는 뜻이며 시는 송대宋代의 시풍, 특히 소식蘇軾과 육유陸游 등과 비등하다는 뜻이다.

9 포의褒衣·대석大舃 포의는 선비가 입는 소매가 넓은 옷이며 대석은 신발의 일종.

10 **조두순趙斗淳** 심암心菴은 호. 19세기 중엽 높은 지위에 올라 국정에 주요한 역할을 담당한 인물.

그 사람은 얼굴을 붉히고 물러갔다.

수동은 만년에 가서 더욱 술에 거리낌이 없어 열흘이 지나도록 밥솥에 불을 때지 못한 일도 있었으나 무사태평이었다.

조정승이 사역원 제조[11]로 있었는데 월급을 알아보니 제법 먹고살 만한 자리였다. 이에 수동을 불러 말했다.

"오언시五言詩 100운韻을 지어서 나에게 보여주게."

이에 수동은 하룻밤 사이에 전편을 완성하였다. 시구들이 그야말로 구슬을 꿰놓은 듯하였다.[12] 조정승은 찬탄해 마지않고 역과에 응시하도록 권했다.

시관이 역학서譯學書의 한 대목을 가리키며 읽어보라 하였다. 그는 눈을 부릅뜨고 좌우를 둘러보며 아무 소리도 안 내다가 퉁명스럽게 말했다.

"나 이것 모르겠소."

역관의 일을 대수롭게 여기지 않은 때문이었다.

드디어 사역원 참봉으로 임명되었다. 관청 관례에 임금이 거둥할 때에 낭관郎官으로 수행하지 않는 자는 소속 관청에서 고건[13]을 하고 수직守直을 하는 법이었다. 그런데 그는 이 규범을 지키지 않고 관악산으로 놀러 갔다가 파직되고 말았다.

일찍이 규재 남병철[14] 판서의 애호를 받았다. 수동이 찾아가면 술을

---

11 사역원司譯院 제조提調 영의정이 겸직하는 사역원의 최고책임자. 사역원은 번역 및 통역에 관한 사무를 관장하던 관청이다.
12 원래 오언시 100운이 소개되었으나 여기서는 생략하였다.
13 고건櫜鞬 활집과 화살통. 동개. 관인들에게 고건을 하도록 한 것은 임금이 거둥한 상태이기 때문에 비상대기하도록 하는 의미다.
14 남병철南秉哲 규재圭齋는 호. 19세기 중엽 이조판서 대제학까지 역임했던 학자.

잘 대접하였다. 어떤 때는 취중에 자리에다 술을 게워놓아서 코를 들지 못하게 만들었지만 남판서는 그를 반가이 대하고 상을 찌푸리는 일이 없었다. 남판서가 수동에게 지어준 시가 있다.

> 천하에 유정할손 왕장사요
> 강남에 낙백落魄하니 두목지로다.[15]

수동은 이 시구를 가장 자기를 알아주는 글로 생각하였다.

어느날 강가에 있는 남판서의 정자에서 잠을 자다가 새벽에 눈을 뜨자 몹시 갈증이 났다. 그는 상투바람에 주막을 찾아가 만취해서 일어섰다. 유유히 주막을 나서는데 주막 주인이 붙잡고 술값 독촉이 성화같았다. 이에 수동이 크게 소리쳤다.

"남판서 대감, 날 좀 구해주시오. 정수동이 잡혔다우."

주막 주인은 정수동이란 말을 듣고 얼른 놓아주었다.

어느 시회에서 술 두 동이를 준비해놓았다. 수동은 슬그머니 술을 감취둔 곳으로 가서 거푸 두 동이를 비우고 곯아떨어졌다. 이윽고 안주가 당도해서 술동이를 찾으니 술은 이미 바닥이 난 상태였다. 수동의 소행인 줄 알고 따져 물었다.

"한 동이라면 그럴 수도 있겠네. 두 동이를 다 거덜내놓다니, 염치없기는. 너무하지 않나?"

수동은 껄껄 웃으며

"오른손에 한 동이 술을 들고 마시면서 왼손에 한 동이를 안주 삼아

---

15 왕장사王長史는 육조시대 인물로 왕백여王伯興를 위해 통곡한 고사가 있음(『세설신어世說新語』). 두목지杜牧之는 만당晩唐의 유명한 시인.

다 먹었다네. 술을 안주 없이 어떻게 마시겠는가?"

하여, 좌중이 모두 폭소를 터뜨렸다.

조정승이 여러 재상들과 한담하는 중에 세상에 무엇이 제일 무서운가 하는 얘기가 나왔다. 어떤 이는 호랑이가 무섭다 하고, 어떤 이는 도둑이 무섭다 하고, 또 어떤 이는 양반이 무섭다 하는데, 수동이 맨 뒤에 말했다.

"나는 호랑이를 탄 양반도둑이 가장 무섭습디다."

이는 풍자의 말이다.

어느 대감댁 행랑에서 어린애가 동전 한닢을 가지고 놀다가 그만 삼켜서 그 어미가 한걱정을 하고 있었다. 수동이 마침 지나가다가 보고 그 어미에게 물었다.

"저 애가 삼킨 돈이 누구 돈이오?"

"애 것입죠."

"그럼 걱정 말고 배나 쓱쓱 문질러주우. 남의 돈 7만냥을 삼키고도 배만 쓱 문지르고 마는데 제 돈 한푼 삼킨 걸 가지고 무슨 탈이 나겠소?"

그 주인 대감이 그때 7만냥의 뇌물을 받았다는 말이 있었기 때문에 비웃은 것이다.

수동이 비록 술을 마시고 방탕하게 놀았지만 골계와 풍자가 이러했던 것이다. 그러나 물을 건널 적에 허술한 다리를 만나면 늘 다리를 피해서 옷을 걷어 올리고 물로 건넜다. 그의 돌다리도 두드려보는 조심성을 음미해봄직하다.

어느날 밤 갑작스런 병을 얻어 숨을 거두니 철종 무오년(1858), 나이 51세였다. 김흥근 대감이 초종범절[16]을 차려 장사를 지내주었고 조두순 정승은 그를 위해 전傳을 지었다. 일찍이 자호를 하원夏園이라 했던 고로 최성환[17]은 그의 시고를 수집해서 『하원시초夏園詩鈔』 한권을 간행해 주었다.

　외사씨外史氏는 논한다. "내 일찍이 『하원시초』 한부를 읽어보니 조졸하고 섬세하며 빼어나게 아름답고 원숙한 품이 결코 방종한 사람이 읊어낸 것이라 보기 어려웠다. 그러다가 심암 조정승에게 바친 100운시를 보니 그의 마음속을 숨김없이 털어놓았다. 비분강개한 소리는 실로 연가·초조[18]를 연상케 하여 사람으로 하여금 탄식과 슬픔을 참지 못하게 한다. 평생의 포부를 읊은 내용이다. 애석하도다. 마침내 낙백한 채 중년을 겨우 넘겨 죽었으니, 옛날 혜강·완적[19]·부혁[20]과 같은 부류라 하겠다."

---

16 초종범절初終凡節 초상이 난 뒤부터 졸곡까지 치르는 모든 절차.

17 최성환崔瑆煥 19세기 후반 중인 출신인데 실학자로 손꼽힘. 저술로『고문비략顧問備略』이 있음. 시에 있어서는 정수동과 함께 성령性靈을 중시한 것으로 알려진 인물이다.

18 연가燕歌·초조楚調 연의 노래, 초의 곡조. 연은 지금 북경 지역으로 노래가 강개했으며, 초는 지금의 호북성 지역으로 곡조가 비장하다는 말을 들었다.

19 혜강嵇康·완적阮籍 진나라 때 죽림칠현의 두 인물.

20 부혁傅奕 당나라 초기의 인물. 불교를 개척했으며, 저술로『노자주해老子註解』가 있다.

● **작품 해설**

　　장지연張志淵의 『일사유사逸士遺事』에서 뽑았다. 정수동(1808~58)은 일반적으
로 기인으로 알려졌으나 기인일 뿐 아니라 시인으로서 평가해야 할 인물이다.
그에 관한 일화를 통해서 그 인물 형상을 그린 내용이다. 그는 중인 출신으로
교양과 지식이 대단했으나 실무에 종사하지 않고 자유분방한 생활을 한다. 사
대부들 주변에서 놀며 그들의 아낌과 사랑을 받기도 하지만 그에 구애됨이 없
이 멋대로 행동하며 많은 사람들의 애호와 인기를 독차지한다. 남다른 개성을
지닌 정수동의 유머와 위트는 당시 사회의 부조리를 날카롭게 풍자하고 있다.

금강錦江

강릉 김씨 성의 한 선비가 집이 가난한데 모친이 연로하여 숙수지공[1]
도 어려운 형편이었다. 노모가 어느날 아들에게 일렀다.

"너의 집이 선대에는 부자로 유명하여 많은 노속들이 전라도의 섬에
흩어져 산다고 하더라. 네가 내려가서 추심해가지고 오너라."

그리고 상자에서 노비문서를 꺼내주는 것이었다.

김생은 그 문서를 들고 전라도의 어느 섬으로 찾아갔다. 백여 호나 되
는 마을에 노비의 자손들이 한마을을 이루어 살고 있었다. 그네들에게
문서를 보였더니 줄지어 절하고 수천금을 거둬서 몸값으로 바치는 것
이었다. 김생은 즉시 문서를 소각하고 돈을 말에 싣고서 귀로에 올랐다.

금강 나루를 지나는데 마침 달은 밝고 날이 몹시 추웠다. 어떤 할멈과
영감 그리고 젊은 부인 세 사람이 강변에서 서로 먼저 물에 빠지려고 다
투다가 극력 붙잡아서 끌어내고 하다가 끝내는 함께 끌어안고 통곡하
는 정경을 목도하게 되었다. 김생은 너무도 이상하여 무슨 영문인가 물

---

1 숙수지공菽水之供 콩과 물, 즉 변변치 못한 음식으로 가난한 중에 부모를 받든다는 뜻.

어보았다. 영감이 대답하는 말이었다.

"내가 독자를 하나 둔 것이 공주 감영에 아전으로 구실을 다니더니 포흠을 만석 가까이 져서 여러달 갇혀 있다오. 집의 논밭을 전부 내다 팔고 또 족징·인징²을 해서도 다 갚지 못해 아직 많이 남아 있습니다. 내일로 갚을 기한을 정해놓아, 내일까지 갚지 못하면 내 자식은 필경 곤장 아래 원귀가 되고 말 터인데, 한푼 돈도 한톨 쌀도 마련할 길이 없으니 외아들이 참형을 당하는 꼴을 볼 수밖에 없답니다. 차라리 물에나 빠져죽으면 이도 저도 다 모르게 될 것이라 노처와 젊은 며느리까지 여기서 다 함께 빠져죽자고 나왔지만 차마 물에 빠지는 것을 눈앞에서 보지 못해 서로 붙들다가 끌어안고 통곡하는 것입니다."

"돈을 얼마나 가져야 포흠진 것을 다 갚을 수 있소?"

"수천금이라야 겨우 채워놓을 수 있답니다."

"내게 노비를 추심한 돈 몇바리가 있으니 수천금이 충분히 될 것이오. 이것으로 갚으시오."

김생은 그 자리에서 돈을 전해주었다. 그들 일가는 다시 통곡하며 말했다.

"저희 네 식구의 목숨이 이제 두번 생을 얻게 되었으니 장차 어떻게 이 은공을 갚을지? 우선 저희 집에 가서 주무시고 가시지요."

"날이 이미 저물었고 갈 길이 급합니다. 노친께서 벌써부터 문전에서 기다리고 계실 것이라 한가하게 머물 수 없지요."

김생은 뒤도 돌아보지 않고 떠났다. 영감이 급히 쫓아오면서 소리쳐

---

2 족징族徵·인징隣徵 부세나 관에 결손 낸 것을 갚지 못하는 경우 그 일족이나 이웃에게 연대책임을 지워 추징하는 것. 일족에게 추징하는 것을 족징, 이웃에게 추징하는 것을 인징이라 한다.

물었다.

"행차의 사시는 곳과 성명이나 들려주고 가옵소서."

"그건 알아서 무엇하겠소?"

김생은 그 자리를 얼른 떠났다.

그녀들은 김생이 주고 간 돈으로 묵은 포흠을 전부 갚아서 그날로 옥중의 아들이 놓여나게 되었다. 일가족이 그 은혜에 감복했음이 물론이나, 김생의 주소 성명도 알 길이 없었다.

김생이 집으로 돌아가니 노모는 우선 아들이 무사히 돌아온 것을 보고 기뻐했다. 또한 노비를 추심한 일이 여의하게 되었다는 말을 듣고 더욱 기뻐하며, 속량贖良해준 대신 받은 재물을 어떻게 실어오는가 물었다. 김생은 금강 나루에서 사람을 구해준 일을 사실대로 아뢰었다. 노모는 아들의 등을 어루만지며 대견해했다.

"참으로 나의 자식이다."

훗날 그의 노모가 천수를 다하고 돌아가셨는데, 이때는 집안 형편이 한층 구차해서 초종범절에 모양을 차리지 못했다. 상주가 지관 한 사람을 데리고 적당한 장지를 찾아 이 산 저 산으로 답사를 다녔다. 한 곳에 이르러 지관이 말했다.

"저 산기슭에 반드시 대지大地가 있는 듯하오. 하나 그 산 아랫마을이 형세가 대단한데다 큰 집이 있으니 말을 꺼낼 수도 없겠구려."

"과연 대지가 있다면 비록 그곳에 쓰지는 못한다 할지라도 한번 올라가보는 거야 무어 상관이 있겠소?"

김생은 이렇게 말하고 지관과 함께 그 산으로 올라갔다. 지관이 마침내 용맥을 찾아 한 곳에 쇠를³ 띄워보았다.

"이곳이 명혈名穴이오. 장차 공명과 현달을 누려 부귀영화가 비할 바

없으며, 자손들도 번창하여 우리나라와 운명을 같이하리다. 참으로 더 없는 길지라 하겠지요. 하나 대촌의 뒤에 있으니 말해보았자 무슨 소용이 있겠소?"

그러면서 못내 안타까워하는 기색이었다.

"아무리 그렇더라도 날이 이미 저물었으니 저 집에 묵었다 가는 거야 무어 해로울 것이 있겠소?"

김생은 곧 지관과 함께 그 집을 찾아갔다. 그 집에서 한 젊은이가 사랑으로 손님을 맞아들여 저녁밥을 대접했다. 김생은 등불을 마주하고 앉았는데 비감이 일어나고 장지가 마음이 걸려 한숨이 푹 나왔다. 그때 돌연히 안에서 한 젊은 부인이 방문을 열고 뛰어들어와서 김생을 붙들고 크게 울면서 숨이 급해 말을 못 하는 것이었다. 젊은 주인도 영문을 몰라 어리둥절해하였다.

"이분이 바로 금강에서 만난 분이셔요."

이에 젊은 주인도 붙들고 함께 울었다. 영감과 할멈까지 달려나와서 울었다. 그네들은 울음을 그치고 김생 앞에 줄지어 절했다.

"저희를 낳아주신 분은 부모요, 저희를 살려주신 분은 손님이십니다. 낳아준 은혜와 생을 얻게 한 은혜에 무슨 차이가 있으리까?"

김생은 당초에 사정을 알지 못해 당황하여 어찌할 줄을 몰랐다. 주인 내외가 금강 나루에서 목숨을 살려준 일을 자세히 이야기하는데 하나도 어긋남이 없다. 이어서 꺼내는 말이었다.

"은인이 아니셨더라면 저희는 고기밥이 되었을 것입니다. 어찌 오늘이 있었겠습니까? 손님의 높으신 의기에 감복해서 마음 깊이 새겨, 매

---

3 용맥龍脈·쇠 풍수설에서 산의 기세를 용龍이라 하고 그 기세가 기복이 있는 것을 용맥이라 하니 곧 주맥을 뜻한다. 쇠란 묘지의 방위를 잡기 위해 쓰는 나침반.

양 사랑에 손님이 오시면 문틈으로 들여다보며 혹시 만에 하나 요행의 만남을 바랐었지요. 그렇긴 하지만 어찌 오늘 이렇게 은인을 만나뵈올 줄이야 생각이나 했겠습니까? 제가 그때 옥에서 풀려난 다음 바로 아전 구실을 그만두고 퇴촌[4]해 살았지요. 부지런히 치산을 해서 오늘날 이처럼 부자가 되었답니다. 집과 논밭을 두 곳에다 배치하였는데 한 곳은 저희 몫이요, 다른 한 곳은 은인을 기다린 지 벌써 오래입니다. 오늘 다행히 하늘이 좋은 기회를 주시어 만남을 얻었으니 은인께서 만약 뒷산에 산소를 쓰시고자 한다면 이 집을 제각으로 정하여 쓰십시오. 저희는 산 너머에 마련해둔 집에 살아도 좋으니 오직 은인 마음대로 하십시오."

김생은 더없이 고마워하며 길일을 택해 모친의 장사를 지냈다. 그리고 그 집으로 이사해서 자손들이 대대로 공경의 벼슬자리에 올라 부귀와 번영을 함께 누렸다 한다.

---

4 **퇴촌退村** 지방의 이속이 은퇴하여 향촌으로 가서 사는 것을 가리키는 말. 이속들은 대개 고을 읍내에 살았다.

●작품 해설

『청구야담』에서 뽑았다. 제목은 '금강을 지나다가 의기를 발하여 남의 어려움을 구해주다過錦江急難高義'인 것을 '금강錦江'으로 줄였다.

어떤 곤궁한 양반이 노비를 속량해주고 받아온 돈을 쾌척하여 포흠을 져서 죽음으로 몰린 공주 감영의 한 아전 일가의 생명을 구제하고, 후일 도와준 그 아전의 협조로 모친의 산소를 명당明堂에 쓰게 되는 줄거리이다. 다른 작품의 경우 대개 상전이 노비들을 추심하러 갔다가 봉변을 당하기 마련인데, 여기서는 공손한 태도를 보이며 속전을 바치는 것으로 되어 있다. 그런데 속전을 받고 양반은 그 자리서 노비문서를 파기하여, 이로부터 신분적인 예속관계가 끝나는 것이다. 한편으로 명당을 잡아주어 은혜를 갚는 것으로 서사가 종결되는데, 묘지를 중시하는 당시 사람들의 사고방식이 반영되어 있다. 한편 이속이 퇴촌해서 부자로 잘사는 대목도 주목할 점이다.

옛 종 막동舊僕莫同

사족인 송씨 가문은 오랫동안 벼슬길이 끊어져 종가와 함께 지손까지 거의 다 몰락하고 말았다. 청상의 과부와 혈혈단신의 아들이 처량하게 살아가는 형편이었다. 막동이란 젊은 종 하나가 집안 대소사를 맡아 처리하여 호주의 일을 보다시피 했다. 그러다가 이 막동이까지 몰래 도망쳐버려서 온 집안이 혀를 차고 한숨을 내쉬었으나, 종적을 찾을 길이 막연했다.

이러구러 3, 40년이 흘렀다. 송씨의 어린 아들 송생이 그사이에 장성했는데 빈궁은 날로 더 심해져 견디기 어려웠다. 송생은 친히 아는 강원도의 어느 원에게 의탁해볼까 하고 먼 길을 나섰다. 길이 고성 땅에 접어들어 날은 저물고 주막이 멀었다. 멀리 인가를 찾아서 고개를 넘어가니, 산 밑으로 집들이 정연하여 기와지붕이 물결처럼 벌여 있고 산수가 수려한 곳에 정자며 누대도 훌륭해 보였다.

그 마을로 들어가서 알아보니 동네에 유력한 최승지댁이라 하였다. 송생은 최승지댁으로 찾아가서 뵙기를 청했다. 한 소년이 송생을 영접했다. 방에 들어가 자리에 앉기도 전에 하인이 최승지의 말을 전했다.

"마침 무료하여 심회를 풀 곳이 없으니 손님과 이야기나 나누었으면 한다고 여쭈라 하십니다."

송생은 하인을 따라 들어갔다. 넓은 이마에 턱이 풍성하고 눈이 빛나는 노인이었다. 주인이 송생을 대하여 예를 표하는 태도가 아주 품위 있어 보였다. 촛불의 불똥을 튀기며 주객 간에 밤이 깊도록 한담을 나누었다. 그러다가 문득 주인은 좌우를 물리치고 문을 단단히 단속하더니 갓을 벗고 송생 앞에 꿇어 엎드려 절하고 눈물을 흘리며 죄를 청하는 것이었다. 송생은 어리둥절해서 더듬거리며 물었다.

"영감께서 이 웬 해괴한 일입니까?"

최승지는 차근차근 말을 시작했다.

"소인은 댁의 옛 종 막동이올시다. 상전의 두터운 은혜를 입고도 모르게 도주하였으니 첫째 죄요, 마님이 홀로 가문을 지키며 수족처럼 대하시던 터에 뜻을 받들지 못하고 영영 저버리고 말았으니 둘째 죄요, 성씨를 모칭冒稱하고 세상을 속여 외람되게 벼슬을 하였으니 셋째 죄요, 몸이 이미 영달하고서도 옛 상전댁에 소식을 통하지 않았으니 넷째 죄요, 이곳에 왕림하신 서방님을 감히 동등하게 대했으니 다섯째 죄입니다. 이런 다섯가지 죄목을 짊어지고 어떻게 세상에 얼굴을 들고 다니리까? 서방님이 소인을 질책하시고 매질하시어 쌓인 죄의 만에 하나라도 씻도록 하여주옵소서."

송생은 도리어 송구한 마음에 어쩔 줄 몰라 하는데 최승지가 말을 이어갔다.

"상전과 종의 의리는 부자·군신 사이나 다름이 없지요. 지금 저로 말하면 은정恩情을 저버렸고 체모도 잃었으니 차라리 목숨을 끊어 이 죄를 갚고 싶습니다."

송생이 비로소 입을 열었다.

"설사 영감 말씀대로라더라도 돌아보건대 이미 지나간 옛일 아니오? 물이 흘러갔고 구름이 흩어진 셈인 걸 구태여 끄집어내서 주객 간에 피차 거북하게 만들 것이 무어 있겠소? 조용히 앉아서 한가로운 이야기나 나눕시다."

최승지는 송씨 대소가의 안부를 두루 묻는 것이었다. 서로 옛날을 이야기하며 감회가 새로워 탄식을 금하지 못했다.

"영감이 젊어서도 국량이 크긴 했지만, 실로 미천한 필부로서 어떻게 이와 같이 문호를 일으키셨소?"

"참으로 경복난진[1]이지요. 소인이 젊어서 종노릇을 하면서 가만히 본바 상전댁은 가운이 막혀서 다시 일어날 가망이 없으니 평생토록 춥고 배고픈 날을 보내게 되리라 생각이 들었지요. 그때 대략 계획한 바가 있어 급작스레 도망했던 것입니다. 제 딴에 뜻이 높고 담을 웅대하게 가져서 결단코 남의 종노릇이나 하는 천한 신세로 늙지 않으리라 맹세하였지요. 우선 거짓으로 최씨라고 자처했는데, 최씨 문중은 한다하는 양반으로서 자손이 끊어진 집이었답니다. 처음에는 서울에 살면서 몰래 돈을 불려서 몇년 사이에 몇천냥을 모은 다음에 영평[2]으로 낙향하였습니다. 그때부터 두문불출하고 글을 읽으며 몸가짐을 조심해서 사부士夫의 행실이 분명하다는 평을 향리에서 얻었으며, 아울러 재물을 나누어 빈민들의 환심을 사고 접대를 후하게 해서 부호들의 입을 틀어막았지요. 한편으로 서울 장안의 협객들을 동원해서 말과 노복을 화려하게 꾸미

---

1 경복난진更僕難盡 주객 간에 이야기를 아주 오래 하는 경우를 표현하는 말. 시중드는 종을 번갈아 들여도 끝이 안 난다는 뜻이다.
2 영평永平 지금 경기도 포천시에 속한 고을 이름.

고 끊임없이 내왕케 하되 유명한 분들의 성함을 사칭해서 고을 사람들이 더욱 신뢰하도록 만들었지요. 다시 4, 5년 후에는 철원으로 이사를 하고 거기서도 영평에서처럼 행실을 닦아 철원 사람들로부터도 고을의 사족으로 대접을 받은 것입니다.

이때 와서야 한 무변의 딸을 아내로 맞아들였는데 재취라고 일컬었지요. 아들딸 낳고 잘 살았지만 또 혹 일이 발각될까 염려하여 다시 회양으로 이사를 했고, 얼마 후에는 또 회양에서 여기 고성으로 옮아온 것이지요. 회양 사람들은 철원 사람들에게 듣고 고성 사람들은 회양 사람들에게 들어 이런 식으로 말이 전해져서 그만 갑족甲族으로 추대된 것입니다. 그리고 소인이 명경과³에 요행으로 합격하여 승문원⁴에 들어갔다가 정언正言·지평을 거쳤는데 공방⁵의 힘을 빌려 대홍려⁶로서 통정대부通政大夫 병조참지⁷와 동부승지同副承旨에까지 이르렀습니다. 어느날 문득 사람이 이욕利慾은 절제하기 어렵고 달도 차면 곧 기울어지기 마련이라는 생각이 들었지요. 만약 벼슬자리에 연연하여 물러날 줄 모르다가는 귀신이 노하고 사람이 시기하여 낭패를 보게 될 것이 두려웠습니다. 그래서 급류용퇴⁸를 하였지요. 지금은 홍진紅塵에 일보도 내딛지 않고 전원에서 노닐며 성은을 노래하고 지내지요.

아들 오형제와 딸 형제도 좋은 가문과 혼인을 하여 집의 전후좌우에 모두 이들 인아姻婭친척이 산답니다. 큰아이는 문과에 급제하여 시방

---

3 명경과明經科 과거시험의 일종으로 경전을 외우는 것으로 평가하는 방식.
4 승문원承文院 주로 외교문서를 맡아보던 관청.
5 공방孔方 돈의 별칭.
6 대홍려大鴻臚 예조禮曹에 속한 관직을 이르는 말.
7 참지參知 병조兵曹에 속한 정3품 벼슬.
8 급류용퇴急流勇退 상승세에 있을 때 용기 있게 벼슬에서 물러나는 것을 가리키는 말.

은율 원으로 가 있고, 둘째는 학행學行으로 도천[9]을 받아 능참봉을 제수받고 행공[10]하지 않았으며, 셋째는 성균관에서 공부하고 있습니다. 소인은 이제 나이 칠순을 넘어 자손이 만당이고 해마다 받아들이는 곡식이 만섬이며 매일 쓰는 돈이 1천전이나 되지요. 자신의 분수를 생각하고 역량을 헤아려보매 어찌 스스로 만족하지 못하겠습니까마는, 아직 상전의 은혜를 갚지 못해 자나 깨나 마음에 걸렸습니다. 매양 한번 찾아가 뵙고 싶어도 종적이 탄로날까 두렵고, 어려운 형편을 좀 도와드리자 해도 길이 없어 탄식하던 차입니다. 이로 인해 항시 마음이 아프고 어찌할 바를 몰랐는데 오늘 이처럼 하늘이 기회를 주시어 서방님이 여기를 왕림하셨군요. 소인은 이제 죽어도 눈을 감을 수 있게 되었습니다.

제가 서방님을 몇달 여기 머물도록 하고 하찮은 정성이나마 표하고자 합니다. 그런데 보통 길손에게 의외의 후대를 하게 되면 주위의 의심을 사기 마련입니다. 그러니 황공하오나 낮에는 인척 사이로 행세하여 소인의 가문을 빛내주시고 밤에는 노주奴主 간으로 돌아가 명분을 바로함이 어떠하올지, 너그러이 들어주실는지요?"

송생은 선선히 응낙하였다.

이야기가 거의 끝나갈 즈음에 새벽이 되었다. 최승지의 자제와 문생들이 연이어 들어와 문안을 드리는 것이었다. 최승지가 말했다.

"간밤에 참으로 기이한 일이 일어났구나."

"무슨 말씀입니까?"

"간밤에 잠이 잘 오지 않아 송생의 집안 내력을 물어보았더니라. 바로 내 재종질이 아니겠느냐? 세계世系가 소상하여 의심할 바 없더구나.

---

9 도천道薦 지방의 감사가 학문이 있고 어진 사람을 나라에 추천하는 것.
10 행공行公 공무를 집행함. 나아가 벼슬함을 뜻한다.

내가 전에 서울 살 적에 저의 아버지와 함께 놀고 글을 같이 읽어 정이 동기간에 못지않았더니라. 그 이후 4, 50년 사이에 불행히도 세상을 떠나시고 겸하여 길도 멀어서 소식마저 끊어져서 하나 남은 아들이 어디 가서 사는지도 몰랐다. 이제 우연히 상봉하고 보니 감회가 실로 어떻겠느냐?"

그 아들들도 다 반가워하여 형님 동생 하게 되었다. 최승지는 송생을 이끌고 산기슭의 정자와 물가의 누대, 나무숲, 대밭 사이에서 풍악으로 날을 보내고 시와 술로 일과를 삼았다. 달포쯤 지나서 송생이 그만 돌아가겠다고 하자 최승지가 말했다.

"만냥의 돈을 드리겠으니 논밭과 주택을 마련하시고 가까운 일가와 나누어 쓰시기 바랍니다."

송생은 기쁘기 그지없었다. 수레와 말에 재물을 잔뜩 싣고 떠나니, 그의 돌아가는 길이 빛났음은 물론이다. 송생은 귀가하자 논밭을 사고 집을 장만하여 졸지에 큰 부자가 되었다.

송생의 주변에서 다들 이상한 일이라고 고개를 갸우뚱하는데, 그의 사촌동생 하나가 집요하게 부자가 된 내력을 캐묻는 것이었다. 이 사촌동생은 원래 부랑아였다. 송생은 찾아간 원님이 도와준 것이라고 대답했으나 부랑아는 곧이들으려 하지 않았다. 자꾸 채근하는 것을 견디다 못해 길에서 은단지를 얻었다고 말막음을 했지만 부랑아가 그런 말에 넘어갈 것인가. 어느날 부랑아가 송생을 자기 집으로 청해놓고 함께 술을 마셨다. 술이 거나해지자 소리소리 지르며 넋두리를 해대는 것이었다. 송생이 왜 그러느냐고 달래자 부랑아는 원망하는 말을 퍼부었다.

"내가 조실부모하고 다른 형제 없이 오직 형님만 믿고 여태까지 살아왔지 않소? 그런데 이제 형님이 나를 길가에 지나가는 사람 보듯 하다니, 어찌 슬프지 않습니까?"

"내가 너에게 무슨 박대를 했단 말이니?"

"진정이 통하지 않는데 이게 박대가 아니고 뭐요? 그 많은 재물이 어떻게 해서 생겼는지 끝내 바로 대지 않는 건 대체 무슨 까닭이우?"

"재물이 생긴 까닭을 감춘다 하여 네가 원한을 샀다니 내 사실대로 말하마."

송생은 전후 사연을 쭉 들려주었다. 부랑아는 말이 끝나기도 전에 불끈 화를 냈다.

"형님은 그런 치욕을 참고 반노의 뇌물을 받아 챙겼단 말이우? 아저씨 형님 하면서 강상의 윤리를 어지럽히다니 세상에 그런 수치가 어디 있우? 내 당장 고성으로 달려가서 그놈의 패륜상을 폭로하여 먼저 형님이 당한 치욕을 씻고, 다음에 말세의 기강을 바로잡아야겠소."

부랑아는 바쁘게 신발을 신고 동대문 밖으로 달려나갔다. 송생은 크게 걱정이 되어서 급히 걸음 잘 걷는 사람을 사서 최승지에게 기별을 보냈다. 일이 이렇게 된 사정을 자세히 적고 실언한 허물을 자책하는 내용을 담은 것이었다.

전인傳人이 걸음을 배나 빨리 걸어 최승지의 집에 당도했을 때 최승지는 마침 동네 사람들과 장기를 두며 술잔을 나누고 있었다. 최승지는 편지를 훑어보고 나서 조금도 두려워하는 빛이 없이 껄껄 웃으며 일어섰다.

"내 젊어서 하찮은 기술을 배워둔 게 후회막급인걸."

사람들이 무슨 일인가 묻자 이렇게 대답하는 것이었다.

"지난번 송씨 조카가 왔을 적에 이야기가 의술에 미쳐서 내가 약간 침술에 소양이 있노란 말을 하였지. 그러자 그 조카가 대단히 반겨 들고 저의 사촌동생이 광기가 있으니 내려보내서 치료를 받도록 하겠다고 하더군. 실은 내가 장난말로 한 것인데 지금 과연 보낸다고 하네. 오늘내일 사이에 이 사람이 도착할 모양이군. 여러분은 집에 돌아가서 문을 닫고 나다니지 말아서 광인으로 하여금 멋대로 행패를 부리지 못하게 해야겠네."

사람들은 두려워하며 각자 집으로 돌아갔다. 온 마을 사람들이 승지댁에 미치광이가 온다고 출입을 금하고 문을 닫아걸었다. 이윽고 부랑아가 소리소리 지르며 출현하여 고함을 질렀다.

"아무개는 우리 집 하인이라네. 아무개는 우리 집 하인이라네."

마을 사람들은 껄껄 웃으며 말했다.

"과연 대단한 미치광이가 내려왔구나."

최승지는 조금도 동요하는 기색이 없이 태연히 앉아서 건장한 하인 10여 명을 보내 부랑아를 잡아오도록 하였다. 꽁꽁 묶어 집 뒤 곳간에 가두는데, 침을 놓기 편하게 하기 위한 조처였다. 이윽고 마을 사람들이 하나둘 모여들었다. 최승지는 마을 사람들을 둘러보고 눈썹을 잔뜩 찌푸리며 중얼거렸다.

"저 조카놈이 미쳤다 해도 저 정도일 줄은 몰랐는걸."

"이미 고질이 되었군, 쯧쯧. 명가의 청년이 이런 증세가 있다니. 내가 미친 사람을 많이 보았지만 저렇게 심한 사람은 보기 첨이야."

밤이 깊어 사방이 고요해지자 최승지는 대침大針 하나를 들고 부랑아를 가두어둔 곳간으로 혼자 들어갔다. 부랑아가 처음에는 입을 놀려 마구 욕설을 퍼부었다. 최승지는 들은 척도 않고 다가가서 바늘로 온 몸을 사정없이 찔러댔다. 그자는 온통 살이 터져서 아픔을 견디지 못해 살려달라고 비는 것이었다. 그래도 아랑곳없이 푹푹 마구 대침을 찔러댔다.

부랑아가 애걸복걸해 마지않자 최승지는 비로소 정색을 하고 꾸짖었다.

"내가 너의 종형에게 본분을 지켜 먼저 나의 내력을 실토하였으니 너도 마땅히 나를 좋게 대해야 옳지 않으냐? 이제 군이 나의 비밀을 적발하여 나를 기어이 파멸시키려고 들다니. 내가 밑바닥에서 맨손으로 이만한 기틀을 세운 사람인데 너같이 용렬한 놈에게 낭패를 볼 성싶으냐? 당초에는 중도에 자객을 보내 너를 해치우려고 했다만 선대의 은정을 생각해서 우선 생명은 남겨둔 것이다. 만약에 네가 마음을 고치고 뜻을 달리 갖는다면 너를 부자가 되게 해줄 터이지만 불량한 심사를 끝내 고집한다면 너를 죽이고 말 것이다. 나야 기껏 실수해서 사람을 죽인 서투른 의원밖에 더 되겠느냐? 너 좋을 대로 택하여라."

부랑아는 그의 말이 진실함을 느끼고 이해를 헤아려서 대답하는 것이었다.

"만약에 개전改悛하지 않으면 내가 개자식이우."

"내일 아침부터 나를 아저씨라고 부르겠느냐? 그리고 사람들이 물으면 대답을 이리이리하겠느냐?"

"감히 명하시는 대로 좇지 않으리까? 아버지라 부르래도 감지덕지하지요."

이에 최승지가 밖으로 나와서 아들들에게 말했다.

"저 조카의 병줄이 다행히 고황膏肓에 들지는 않았구나. 정성껏 침을 놓았더니 신효를 본 것 같다. 이제는 아무쪼록 기름진 음식으로 허한 기운을 보충해야 하느니라."

이튿날 아침에 승지가 아들과 하인들을 데리고 들어가보았다. 부랑아는 반가운 기색으로 절을 하는 것이었다.

"아저씨께서 치료해주신 덕분에 정신이 맑아지고 병의 뿌리가 뽑힌

듯합니다. 며칠 조용한 방에 편히 누워 조섭하고 싶습니다."

최승지는 눈물을 흘리며 말했다.

"하늘이 장차 송씨의 귀신을 굶기지 않으시려는가. 내가 간밤에 차마 못할 노릇을 하였구나. 침으로 네 피부를 마구 찌르다니, 그야말로 골육상잔骨肉相殘이었다."

이에 새 옷으로 갈아입히고 데리고 같이 사랑으로 나왔다. 그리고 대접을 극진히 했다. 이윽고 마을 사람들은 모여들었다. 최승지가 오는 이마다 인사를 시키니 부랑아는 코가 땅에 닿도록 절하며 변명하는 것이었다.

"내가 어제는 병짓이 대발하여 무슨 해괴한 짓을 하였는지 모르겠소. 여러 어른들께 행패가 없었겠습니까?"

부랑아는 이렇게 고분고분해진 것이다. 그리고 5, 6개월 편히 지내다가 돌아갔다. 최승지는 떠날 때 돈 3천관을 주어 보냈다. 부랑아는 감격해서 평생토록 이 일을 발설하지 않았다 한다.

최승지는 임종에 다다라 자식들에게 이 내막을 말하고 "옛 상전을 몹시 괴롭혔으니 내가 죽거든 짧은 바지를 입혀서 죄과를 갚도록 하여라." 하고 일렀다 한다. 군자는 이르기를 "어질도다, 최승지여! 스스로 문호를 세웠으니 지혜롭고, 옛 상전을 잊지 않았으니 의롭고, 죽음에 임해서 과오를 생각했으니 어질다 하겠다. 지혜롭고 의롭고 어질면 어찌 훌륭한 사람이 아니랴!"라고 한다.

● **작품 해설**

『청구야담』에서 뽑았다. 원제는 '송씨 양반이 막다른 길에서 옛 하인을 만나다宋班窮途遇舊僕'인데 여기서는 출세한 종의 호칭을 따서 '옛 종 막동舊僕莫同'으로 바꾸었다. 이현기가 지은 『기리총화』에 실려 있는 「최승선전崔承宣傳」은 시대를 인조 때로 설정하고 결말에 평어에 해당하는 말이 들어가 있으며 표현이 약간 다른 곳도 있으나 전체적으로 큰 차이가 없다. 『기리총화』에서 『청구야담』으로 옮겨진 것으로 추정된다. 따라서 작자는 이현기로 보아야 할 것이다. 일단 『청구야담』을 대본으로 하면서 『기리총화』본을 부분적으로 취해 보완하였다. 특히 결말부는 『기리총화』본에서 옮겨놓았다. 『동야휘집』의 「옛 하인이 침으로 찔러 은정을 보존하다舊僕刺鐵保恩情」도 유사한 내용인데 여기서는 송씨가 성종 때의 공신 송문림宋文琳의 손자로 되어 있다.

몰락한 양반집 종 막동이 도망하여 재산을 모은 다음 사족의 칭호를 얻고 승지에 이르기까지 주도면밀한 '신분 세탁'의 과정이 생생하게 그려져 있다. 한편 옛 종의 달라진 지위를 그대로 인정하고 도움을 받아 부자가 된 송생과는 달리, 이를 불의라 규정하고 무너진 기강을 바로잡겠다고 덤벼들던 송생 집안의 아우는 최승지의 무서운 힘에 굴복하고 만다. 이는 명분을 벗어나 현실을 긍정하지 않을 수 없는 사회적 추세를 반영한 것으로 해석할 수 있다. 결말부에서 최승지를 훌륭한 인물로 평가한 것은 이런 관점을 대변하고 있다고 보겠다.

수원 이동지 水原 李同知

연천 사는 가난한 김생은 먼 지방으로 추노라도 나가볼 마음에 청탁 편지를 얻을 요량으로 나서서 서울 성중으로 들어가는 길이었다. 마침 날이 저물어가는데 우레가 치고 비가 쏟아졌다. 찾아가는 집에 당도하기 어려운 형편이어서 우선 급한 대로 길갓집에 투숙하려고 했다. 어떤 집 대문 밖에서 사람을 불렀으나 아무 기척이 없었다. 한참 만에 한 처녀가 중문간에 기대서 내다보다가 대답하는 말이었다.

"바깥사랑은 황폐해서 거처할 수 없으니 안으로 들어오셔요."

김생은 너무 뜻밖의 말에 기뻐서 안으로 들어갔다. 방 안 치레가 결코 가난한 집이 아니었다.

"손님은 어디 분이시며 여긴 무슨 연고로 오셨는지요?"

처녀가 묻는 말이다. 김생은 자기의 형편을 털어놓았다. 그녀는 부엌으로 나가 저녁상을 차려서 등불을 켜 들고 들어왔다. 김생은 저녁을 들고 나서 물었다.

"주인아씨는 어떤 분이기에 이처럼 혼자 빈집을 지키고 있으며, 생면부지의 남자를 대하여 부끄러워 않고 친절하게 맞아주셔서 저녁까지 대접해주시는지요?"

"제가 오늘 손님을 만난 것은 천운인가 합니다. 저의 부친은 부유한 역관인데, 불행히 아주 사악한 무당을 첩으로 들이셨답니다. 무당이 혹 저주도 하고 독약도 써서 저의 어머니와 오빠 언니들이 차례로 그 손에 죽고 말았답니다. 오직 저 한 몸만 남았어요. 저의 부친은 무당에게 현혹되어 깨닫질 못하시다가 연전에 세상을 뜨셔서 이제 막 삼년상을 치렀습니다. 이 무당이 집안을 제 손아귀에 넣고 마음대로 합니다. 눈치를 보니 조만간 저 한 몸까지 제거하려는 거예요. 제 목숨은 이제 조석간에 어찌 될지 모릅니다. 살아날 도리를 궁리해보지만 양가의 처자로서 어두운 밤에 담을 넘어 단신 도주한다는 것도 못 할 일이라, 어떻게 할까 주저하며 고민하는 중이에요. 무당은 형편이 넉넉한데도 구습을 못 버리고 오늘 남의 집 굿을 하러 갔는데 모레 돌아옵니다. 손님이 마침 이때에 오신 것은 하늘이 제게 몸을 의탁할 곳을 점지해주신 것인가 합니다. 시방 제 처지에 예법을 생각할 겨를이 있겠습니까?"

"나는 더없이 곤궁한 사람이라오. 그대는 나를 따라와서 어떻게 주림을 참고 살려 하오?"

"저의 부친이 남기신 재산이 아직도 여러 천금입니다. 제가 한푼 돈이나 한자 비단인들 남겨두어서 저 원수의 무당에게 덕을 보일 까닭이 있겠습니까? 집 안에 있는 것을 전부 가져가면 손님의 일가족과 더불어 한평생 군색하지 않게 지낼 수 있겠어요. 손님에게 무슨 근심을 끼치겠습니까?"

"그건 그렇다 쳐도 나에게는 엄연히 본처가 있는걸……. 그대만 한 인물에 재산을 가지고 남의 아랫사람 노릇을 하다니 어찌 달가울 일이겠소?"

"지금 제 처지는 그야말로 새벽 호랑이가 중이건 개건 안 가린다는 격이지요. 정실이 있고 없고 따질 경황이 아닙니다. 제가 도리를 다하여 성심으로 섬기면 서로 좋을 줄로 믿어요."

드디어 운우雲雨의 정을 맺었다. 그녀는 새벽에 일어나서 벽장에 올라가 궤와 농에 들어 있는 보물과 은화를 꺼냈다. 곳간에 쌓인 재물이며 전답문서까지 묶어서 행장 속에 넣었다. 삯말을 내어 5, 6바리에 짐을 나누어 실었다. 남자는 앞서고 여자가 뒤따라 동으로 연천을 향해 떠났다. 애초 청탁 편지로 추노하려던 계책은 이미 저 하늘 밖에 던져지고 말았다.

가난뱅이 김생은 갑자기 부자가 되었다. 본처는 그녀를 동기간보다 더 사랑했고 그녀도 본처를 공손히 섬겨 한 재산 지참한 것으로 낯을 내는 법이 없었다. 온 집안에 항상 화기가 돌았다.

어느날 그녀가 김생에게 말하기를

"이제 먹고살 걱정은 잊게 되었지만 인생이 초목이나 마찬가지로 명색 없이 썩고 말 것이라, 어찌 부끄럽지 않겠습니까? 왜 과거 보는 일에 유념하지 않으십니까?"

"나는 문무文武 간에 아무것도 이룬 것이 없는 사람이라네. 무엇으로 과장에 참여하여 관광[1]을 하겠나?"

"저의 본가의 충직한 하인이 천석꾼으로 수원에 살고 있답니다. 제 편지를 가지고 한번 찾아가 상의해보셔요. 필시 좋은 방도를 알려줄 것입니다."

그리고 한장의 편지를 써서 김생에게 주는 것이었다. 내용이 대강 이

---

1 관광觀光 『주역周易』의 '관국지광觀國之光'에서 유래한 말로, 선비들이 과거에 응시하는 것을 가리켜 관광이라고도 했다.

러했다.

　가화家禍 끝에 살아남은 모진 이 목숨이 천행으로 어진 분을 만나
몸이 화의 그물에서 벗어나 일생을 의탁할 곳을 얻었으며 부모의 향
화를 받들 수 있게 되었으니, 생각하면 이 몸의 만행萬幸인가 싶노라.
생원님이 상의하실 일이 있어 그대의 집을 들르시니 특출한 충정으
로 일이 쉽고 어렵고를 불문하고 기대에 부응할 줄로 믿노라.

　김생은 편지를 가지고 수원으로 내려갔다. 그 하인이란 사람의 집을
찾으니 큰 마을 가운데 자리한 기와집이었다. 뜰에서 수십명 장정들이
한창 벼타작을 하고 있었다. 마을 사람들이 주인을 이동지라 부르는데,
이마에 금관자를 달고 흰 수염을 나부끼는 품이 매우 점잖아 보였다.
　주인은 손님을 맞아서 대청으로 올라가 앉았다. 김생이 편지를 꺼내
서 전하자 주인은 미처 편지를 다 보기도 전에 황망히 뜰아래로 내려가
서 무릎을 꿇는 것이었다.
　"상전댁이 가화가 끊이지 않음에도 도리를 모르는 놈이라, 큰상전이
돌아가신 이후로는 가 뵙지 못하였지요. 상전의 혈육이라고는 단지 아
기씨 한분뿐이온데 근래 전연 안부를 모르고 있었습니다. 이제 언패[2]를
받고 비로소 샌님께 일신을 의탁하시어 위험을 벗어나 안온하게 되신
줄 알았습니다. 한편 슬프고 한편 기쁘옵니다. 샌님은 소인에게도 큰 은
인이신데 장차 무엇으로 보답하올지?"
　눈물을 글썽이며 말하고 자기의 처자식들을 불러 새 상전으로 뵙게

---

2 언패諺牌 한글 편지를 이르는 말.

하였다. 김생은 주인을 대청에 오르게 하여 신분의 구분을 짓지 않았다. 온 집안이 부산하게 마치 별성처럼 대접하는 것이었다.

"아기씨 편지에 샌님께오서 소인에게 상의하실 일이 있다 하였는데, 무슨 일이시온지?"

"나는 문무 간에 성취한 바가 없어 매양 과거만 당하면 그냥 주저앉아 있을 수밖에 없다오. 그대의 상전이 이를 딱하게 여겨 그대가 충직하고 부유한 고로 무슨 도리가 있을 것이라고 이번 걸음을 권했구려."

"소인이 이만한 재산을 지니고서 일찍이 신공[3]을 바친 바도 없고 속량도 아니 하고, 일생 남의 종인 까닭으로 해서 한푼 재물도 쓴 것이 없지요. 매양 재물을 들여 은혜를 갚고자 했으나 방도를 얻지 못했더니 이제 다행으로 성심을 보일 곳이 생겼군요. 집의 자식 둘이 글씨를 잘 쓰는데다 천금을 들이면 과장의 거벽[4]을 끌어올 수 있을 겁니다. 정시나 증별시[5]를 물론하고 10년 기한으로 힘을 다하면 샌님 발신이야 틀림없겠죠."

이후로 과거만 있으면 주인은 거벽을 부르고 서수[6] 아들을 데리고 김생의 뒤를 따라 입장하곤 하였다. 게다가 인정[7]을 충분히 베풀어서 몇 년이 지나지 않아 김생은 출세할 수 있었다. 그리하여 부귀를 아울러 누렸다 한다.

---

3 신공身貢 노비가 군역과 부역 대신 삼베나 무명, 모시, 쌀, 돈 따위로 납부하던 세.
4 거벽巨擘 원래 큰 선비라는 뜻인데, 여기서는 과거시험장에서 글을 대신 지어주는 일을 전문적으로 하는 사람을 일컫는다.
5 증별시增別試 정기로 보이는 과거 이외에 국가의 경사 및 특별 행사로 보이는 과거.
6 서수書手 글씨 쓰는 것을 업으로 하는 사람. 여기서는 과장에서 대필을 전문적으로 하는 사람을 가리킨다.
7 인정人情 뇌물을 바치거나 선사하는 것을 가리키는 말.

● **작품 해설**

『동패낙송』에서 뽑았다. 원래 제목이 달려 있지 않은 것을 '수원 이동지水原 李同知'라고 붙였다.

가난한 선비 김생이 뜻하지 않은 재물과 여자를 얻고, 그 여자 집의 종이었던 수원 이동지의 도움으로 벼슬까지 얻었다는 이야기다.

종의 신분으로 부자가 되어 동지의 칭호를 받았으며, 그의 아들들이 글씨를 잘 써서 서수 노릇을 한다든가, 주인공이 벼슬을 얻기 위해 종에게 도움을 청하는 점 등은 신분체제의 붕괴과정을 말해주는 사례이다. 그리고 거벽과 서수를 시켜 과문을 작성하고 뇌물을 써서 과거에 급제했다는 점 또한 과거제도가 문란했던 당시의 시대상을 잘 드러내고 있다. 작중에서 거벽과 서수를 동원하는 짓이 전혀 불법이라는 의식 없이 자행된다. 엄중한 불법행위가 마치 관행처럼 생각되고 있는 것이다.

휘흠돈徽欽頓

　서울 사는 한 양반이 먼 시골로 추노를 나갔다. 그 고을 원님과 절친한 사이라서 동헌에 앉아서 장적[1]을 조사해보니 노속들이 아주 번성하여 백여 호에 이르렀고 대개 다들 풍족하게 살고 있었다.

　양반은 관가의 위세를 빌려 노속들 가운데 유력한 자 10여 명을 잡아왔다. 남녀 도합 화명[2]에 오른 자에 대해 속량전을 천금으로 정하고 열흘의 기한을 주어 바치도록 명했다. 그들은 조금도 원망하는 기색을 드러내지 않고 상전에게 실정대로 토로하는 것이었다.

　"노비와 주인 사이는 부자와 마찬가집니다. 쇤네들의 선대가 감히 상전을 배반했던 것이 아니고 흉년에 유랑하여 떠돌다가 이곳에 정착했더랍니다. 그리하여 아들딸 낳고 손자·증손대로 내려와서 지금은 백여 호가 된 것입지요. 상전댁 덕분으로 장사를 해서 이득을 얻고 농사를 지어 축적을 해서 제법 풍족한 백성이 되었지요. 쇤네의 아비와 할아비로

---

1 장적帳籍　관에서 정리한 호적을 가리키는 말.
2 화명花名　노비의 이름을 일컫는 말. 노비문서를 가리키기도 한다. 안정복安順庵의 『상헌수필橡軒隨筆』에 보임.

부터 전해온 말을 어찌 잊었으리까? 아무 댁 교전비로서 타향살이하며 내외의 자손들이 이처럼 불었는데 상전댁에 문안드릴 길이 막힌 지 벌써 여러해 지났다는 이야기가 어제 들은 듯 소인들 귀에 역력하옵니다. 이세 샌님께옵서 몸소 왕림하셨으니 실로 부모를 대한 듯이 기쁩니다. 비록 관가에서 받는 대접이 좋다 하나, 소인들의 정리로 어찌 직접 공양하고 싶지 않으리까? 엎드려 비옵건대 소인들 처소에 왕림하시어 소인들의 정리를 풀게 해주옵시면 황감하겠나이다. 저희들 사는 곳이 여기서 30리에 불과하니 육족[3]의 수고로 반나절이면 당도할 것입니다."

양반은 그러려니 여기고 이튿날 드디어 행차를 하였다. 늙은 종 수십 명이 중간에 대기하고 있다가 말머리 앞에 줄지어 절하는 것이었다. 앞 뒤로 호위를 받으며 그 마을에 당도하였다. 안팎의 대문이며 집채들이 다 썩 훌륭하고, 큰 동네에 타성은 없이 노속들의 친족으로 한마을을 이루고 있었다.

양반을 대청마루에 모셔놓고 바로 떡 벌어진 다과상이 나왔다. 그리고 남녀 노속들이 일제히 현신하는 것이었다. 연계된 족속들이 무려 3, 4백 명을 헤아렸다. 그중에는 가난하여 속량전을 바치지 못해 따라가서 종노릇을 하겠다는 자도 수십호에 가까웠다.

양반은 매일 술과 고기로 포식하며 아주 마음 놓고 한가로이 10여 일을 보냈다. 내일이 속량전을 납부하기로 정한 날이다. 밤 삼경에 수백명의 노속들이 상전이 거처하는 방을 전후로 겹겹이 둘러쌌다. 장정 수십 명이 방 안으로 돌입해서 양반의 멱살을 쥐고 칼을 들이대며 협박하는 것이었다.

---

3 육족六足 말과 마부를 포함해서 이르는 말.

"얼른 관가에 편지를 쓰되 집에 긴급한 사정이 있어 몸소 가서 인사 드리지 못하고 여기서 바로 홀홀히 떠난다고 써라. 그러지 않으면 당장 네 목숨은 이 칼에 달려 있다."

그들 중에 약간 글을 아는 자가 편지를 쓰는 옆에 붙어 있어 달리 변통해볼 도리가 없다. 눈앞의 칼날을 거역하지 못하여 우선 죽음을 면키 위해 지시하는 대로 글을 만들어 쓰고 나서 말미에 당해 연월일 밑에다 '휘흠돈'[4]이라고 적어놓았다. 그네들은 그 양반의 본명을 몰랐던 것이다. 편지를 봉해서 그들에게 내주었다. 그들 중의 한 사람이 나는 듯이 달려가서 원님에게 편지를 올렸다.

원님은 편지를 뜯어 읽다가 연월 아래 '휘흠돈' 세 자에 이르러 크게 의아심이 일었다. 한동안 곰곰이 생각한 끝에 문득 깨달은 바가 있었다. '휘흠'은 북송北宋의 마지막 두 황제로서 오랑캐 땅에 억류된 이들이 아닌가. 아마도 그 양반이 노속들에게 붙잡혀 위험에 처한 것이리라 생각하고, 편지를 들고 온 자를 잡아 가두고 즉시 교졸들을 출동시켰다. 급히 그 마을로 가서 양반 행차를 동헌으로 모셔오는 한편 노비로 입적된 자들을 노소 막론하고 모두 결박해올 것을 엄히 일러 보냈다. 교졸들이 나는 듯이 그 마을로 달려갔더니 양반 행차는 과연 수노의 집에 묶여 있었으며, 한 떼의 장정들이 그 집을 포위하고 있었다. 교졸들은 급히 양반을 구출하여 말에 태워 관가로 호송하고 한편으로 그 노속들을 모조리 묶어서 관가로 끌고 갔다.

노속 중에 주모자들은 낱낱이 감영에 보고하여 처형을 받도록 했으

---

4 휘흠돈徽欽頓 '돈'은 편지 끝에 상대방에게 경의를 표시하기 위해 쓰는 말로 머리를 조아린다는 뜻이다. 북송의 마지막 두 황제 휘종徽宗과 흠종欽宗이 금나라에 포로가 되어 죽었기 때문에 자신이 처한 위험을 암시하여 '휘흠'이라 쓴 것이다.

며, 나머지 무리들은 일일이 경중을 따져서 엄하게 다스렸다.

양반은 관가의 말을 얻어 타고 서울로 돌아갔다. 아울러 노속들의 재산을 몰수하여 양반의 행차에 실어 보냈다.

●작품 해설

　『청구야담』에서 뽑은 것으로 원제는 '상전을 협박하여 반노가 형벌을 받다劫
舊主叛奴受刑'이나 여기서는 '휘흠돈'으로 바꾸었다.『선언편選言篇』에는 이와 비
슷한 이야기가 길고 복잡하게 부연되어 있다.

　「변사행」 제4화,「허풍동」, 뒤에 나오는 「새벽曉」과 함께 신분상의 약점을 잡
아서 돈을 취하려는 상전에게 대항하는 노비들의 적극적인 자세가 잘 그려져
있는데, 협박에 의해 작성하는 편지 끝에 '휘흠돈'이라 씀으로써 위기를 벗어
날 수 있었던 양반의 기지가 기발하다.

언양彦陽

조태억[1]이 경상 감사가 되어 관하의 군현을 순찰하였다. 언양[2]에 도착해서 객사客舍에 앉아 보고를 듣고 있는데 웬 사람이 담 밖에서 큰 소리로 다급하게 부르는 소리가 들렸다.

"대년이, 대년이, 내 지금 밖에서 혼금[3]에 걸려 들어가지 못하고 있네."

대년이란 감사 조태억의 자字였다. 조감사는 즉시 응답했다.

"어이 자네, 왜 이렇게 늦게 오나? 내가 지금 자넬 고대하는 중일세. 어서 들어오게."

그리고 즉시 예방禮房 비장을 보내 맞아들였다. 그 사람이 들어오자 옆에 앉히고서 팔을 잡고 정다운 듯이 말을 주고받는 것이었다. 그 손님은 조금도 주저하는 기색이 없이 감사와 농담을 하며 너나들이를 하였다. 감사는 아전들에게 명하여 성찬으로 대접했다.

---

1 조태억趙泰億(1675~1728) 숙종·영조 연간의 인물. 자는 대년大年이며, 좌의정에 이르렀다. 그가 경상도 관찰사에 부임한 것은 경종 1년(1721)의 일이다.
2 언양彦陽 경상도의 고을 이름으로 지금의 울산광역시 언양읍.
3 혼금閽禁 관청에서 출입을 통제하는 일.

그날 밤 시중도 옆에 두지 않고 단둘이 자리에 누웠다. 이때 감사가 조용히 그에게 묻는다.

"당신은 성명이 어떻게 되고 누구와 친척 간이며 전에 나를 어디서 본 일이 있소? 그리고 이 고을에서 무슨 일로 위기를 당해 상도常道에서 벗어난 행동을 하였소? 나는 당신의 목소리를 듣고 곧 친척도 아니요 친구도 아니며 대개 죽을 고비에서 낸 계책인 줄 짐작했던 고로, 나 역시 법도 밖의 처사로써 당신의 기략에 응했던 것이오. 이제 옆에 사람이 없이 고요하니 자세히 사정을 들어봅시다."

그 사람은 차근차근 자신이 처한 형편을 말하는 것이었다.

"저는 성명이 아무개이고 모씨의 친척입니다. 포의⁴로 가난한 터에 연거푸 상을 당하고 보니 빚이 산처럼 쌓였습니다. 이 고을에 예전부터 저희 노비가 살고 있는데, 중간에 신공도 받아가지 못하고 내버려둔 것이 어언 6, 70년이 되었답니다. 이번에 이 고을에 와서 추심하여 신공을 받아가려 한 것이지요. 모 대감의 서신을 얻어가지고 현감에게 부탁했지만 현감은 워낙 사리에 어둡고 나약한 사람이고 노비들 태반이 서리니 군교니 하여 번성하고 제법 유력해서 아주 권세를 씁니다. 바야흐로 저를 몰래 살해할 모의가 되었다 합니다. 의심할 여지 없이 그렇게 되고 말 것입니다. 제가 비록 빈손으로 돌아가려 해도 노속들은 반드시 중도에 길목을 지키고 있다가 저를 죽여 후환을 없애고야 말 것입니다. 그래서 궁여지책으로 이런 계교를 쓴 것이지요. 듣건대 영감께서는 굉장한 도량과 기민한 지혜가 있으시다기로 필시 법도 밖의 조치가 있을 수 있고, 또 척호⁵하는 것으로 처벌받지 않으리라 생각했고, 또한 생면부지라

---

4 포의布衣 베옷. 벼슬이 없는 선비의 비유.
5 척호斥呼 척호성명斥呼姓名의 준말. 윗사람의 이름을 함부로 부르는 것.

고 축객逐客하지 않으시고 반드시 저를 위험에서 건져 보호해주시리라 믿었습니다. 예법에 벗어나는 행동을 두려워할 겨를이 없었지요. 과연 요량했던 바와 같이 영감께서 응해주심이 이와 같았으니, 이제 저는 죽음에서 살아나게 되었고 일도 이루게 될 것 같습니다."

"내가 무슨 대단한 도량이나 지혜가 있겠소? 그보다는 당신에게 영웅다운 재주와 기상이 보이는구려. 필시 오래 곤궁할 사람은 아닐 것 같소. 내가 당신에게 이와 같이 대접하고 있으니 이곳 관장은 송구히 여길 터요, 강성한 노속들도 담력이 떨어져 별 꾀를 못 낼 것이며, 힘을 쓰려 해도 쓰지 못할 것이라. 당신의 계획대로 성사되리라는 것은 의심할 바가 없겠소. 그러나 일이란 대개 나의 욕심만 챙기면 누군가 손해를 보거나 하늘의 재앙이 따르는 법이라오. 당신은 아무쪼록 신공을 가볍게 해서 원한을 사지 않도록 하오. 더욱이 나에게까지 원한이 미쳐서야 되겠소? 무릇 일이 좋은 기회는 두번 오기 어려운 터이라. 당신이 나를 언제 다시 만나겠소? 모두 속량하여주고 노비문서는 태워버리구려. 후환을 남겨둘 것이 없소."

"저의 뜻도 바로 그러하옵니다."

이튿날 감사가 관장에게 신신당부하였다.

"이 사람은 나의 죽마고우요. 모든 일을 그가 원하는 대로 들어주오. 변방의 인심이 흉악하여 거센 노속들이 상전을 살해하기도 한다는데 반드시 신중하게 방지하여주오. 내가 비록 떠나서도 하루 걸러 안부를 묻겠으니 잘 부탁하오."

감사는 다른 고을에 가서도 과연 역졸을 보내 하루 건너로 서신을 띄우고 술과 안주를 보내는 것이었다. 이에 현감은 아주 송구해하였으며 노속 무리도 벌벌 떨었다.

그 사람은 현감에게 청하여 백년간의 호적을 꺼내어 노비의 숫자와 이름을 조사했다. 관가의 위엄을 빌려 노비들을 상세히 파악하니, 한명의 누락도 없이 대략 5, 6백명이 되었다. 이에 신공을 경하게 받고 나서 속량해주었다. 그리하여 돈 수십만전을 얻게 되었다.

감사는 또 감영의 장교를 보내 이 사람을 호송하여 서울까지 다녀오도록 했다.

●작품 해설

『삽교별집』에서 뽑았다. 원래 제목이 없는 것을 여기서는 '언양彦陽'이라 했다. 경상도 해안의 언양 지방으로 추노를 나갔던 한 가난한 선비가 강성한 노속들로부터 생명의 위협을 당했다. 마침 고을을 순찰 중인 감사를 만나 양쪽 기지로 목숨을 구하고 재물을 얻었다는 이야기다.

양반의 기지와 감사의 기지와 도량이 어울려서 재미나게 엮어졌다. 그런데 선비의 지혜와 감사의 권력으로도 노비들의 신공을 가볍게 하고 속량해주지 않을 수 없었던 점을 간과해서는 안 될 것이다. 노예해방은 무엇으로도 거역할 수 없었던 그 시대의 형세임을 보여준 것이라 하겠다.

황진기黃鎭基

　홍씨 집 과수댁이 꾀보와 힘센 장사와 문장에 능한 세 사람의 사위를 보았다.

　세 사위가 처가의 노비를 추심하여 신공을 받으려고 경상도 예천 땅으로 내려갔다. 노속들이 나와서 그 동네의 으슥한 밀실로 세 사람을 유인해 가서는 일제히 덤벼들어 결박을 지어 들보에다 매달았다. 그리고 보는 앞에서 칼을 쓱쓱 갈아 곧 죽이려 하는 것이 아닌가. 세 사위는 졸지에 당한 일이라 힘을 써볼 도리가 없었다. 들보에 매달려서 얼굴이 사뭇 흙빛으로 변했다.

　문장이 한숨을 푹 내쉬더니 헛웃음을 치는 것이었다. 다른 두 사람이 묻는다.

　"지금 우리 세 사람 목숨이 경각에 달렸는데 자네는 어느 겨를에 웃는가?"

　"내가 애초 어떻게든 살아보려고 과수댁 사위를 가장해서 종적을 숨겨보았는데 마침내 죽음을 못 면하는구먼. 이게 다 운명이지. 그래서 저절로 웃음이 나오네."

꾀보가 얼른 말을 받았다.

"우리가 죽기는 일반이지만 신체에 참혹한 형벌을 면하고 처자식도 몰살당하지 않겠으니 오히려 불행 중 다행이라 하겠네. 다만 항우가 여마동의 덕이 못 되는 일이 한스럽군."[1]

노속들은 이들의 말을 이상하게 듣고 까닭을 물었다. 꾀보가 말을 꾸며댔다.

"저 사람은 실은 망명 죄인 황진기[2]이고, 우리 둘도 같이 연루되어 있는 사람이다. 망명하여 나선 이후로 행색을 숨겨왔지만 이젠 죽음이 박두했으니 숨겨서 무엇에 유익하랴? 너희들은 얼른 우리를 죽여다오."

노속들은 방문 밖으로 나가서 저희끼리 의논하였다.

"요즘 관가에서 방방곡곡에 방을 붙여 진기란 자를 잡아오는 사람에게 큰 상을 내린다고 하지 않는가? 이제 만약에 우리가 이 세놈을 모조리 잡아다 관가에 바쳐보게. 조정에 보고가 되면 우리 귀밑에 금관자 옥관자는 말할 나위 없고 변방의 진장[3] 자리는 떼논 당상이지. 우리가 본디 미천한 사람들로 재산은 상당히 넉넉한데 공명까지 얻게 되다니, 이건 하늘이 주신 좋은 기회가 아니겠나?"

중론이 여기에 일치하였다. 세 사람을 풀어내려 다시 꽁꽁 결박을 지

---

1 항우가~한스럽군 여마동呂馬童은 한고조 휘하의 장수로서 항우項羽와 본래 아는 사이였다. 항우가 오강烏江에서 패전하고 추격을 받아 죽음에 당면했는데, 이때 항우는 여마동을 보고 "너는 나의 옛 친구가 아니냐. 나의 머리에 천금千金과 만호후萬戶侯가 걸렸으니 내가 너에게 덕을 보이겠노라." 하고 자결했다 한다. 여기서는 현상금이 걸린 자신의 목숨으로 누구에게 덕을 보일 수 없게 된 것이 한스럽다는 의미.

2 황진기黃鎭基 영조 무신란戊申亂 때 반역죄인으로 붙잡혀 문초받던 중 도주한 사람. 20여 년간 체포령이 해제되지 않았다. 『조선왕조실록』에는 '黃鎭紀'로 기재되어 있다.

3 진장鎭將 각 진영의 우두머리. 진영은 병영이나 수영에서 관할하는 지방 부대의 주둔소.

었다. 그리고 건장한 몇사람이 이들을 관가로 압송하였다.

뒤미처 그 노속들 중의 한 사람이 이 일을 듣고 깜짝 놀라 말했다.

"우리가 이곳에 살면서 명색 갓을 쓰고 글을 읽으며 양반으로 행세하는 터에, 이대로 몇대 지나가면 벼슬하는 것도 어려운 일이 아니라. 그런 걸 지금 공연히 통정[4]이니 가선이니 첨사·만호[5] 같은 이름을 탐하여 이 세 사람을 끌어다 관가에 바치고 보면, 문초 중에 우리 근본이 탄로 날 것은 정한 이치다. 이거 야단났구나. 얼른 쫓아가서 잡다가 우리 손으로 처치하여 말이 나지 않게 하는 것이 옳다."

즉시 사람을 호송하는 이들의 뒤를 쫓아 보냈다. 바로 관문 근처에서 그들을 만나 다시 돌아서려고 하자 이번엔 장사가 불끈 기운을 써서 결박을 끊었다. 끌고 온 노속들과 치고받다가 관문으로 달려가서 호소하였다.

사또가 이들 세 사람을 불러들여 사실을 조사했다. 이에 문장이 글로 전후의 사연을 써서 바쳤다.

저희 세 사람은 서울의 양반 홍모씨의 사위들이옵니다. 홍씨댁에 원래 노속들이 많아 안성·이천·예천 등지에 사는 수만도 천호가 됩니다. 장인 생시에는 그중에 부려먹을 만한 것들을 뽑아다가 사역을 시키고 나머지는 대개 신공을 받아서 가용家用을 삼았습니다. 그러더니 장인 사후에 한놈도 신공을 바치러 오는 일이 없어졌습니다. 저희가 홍씨댁에 췌객贅客이 된 후에 장모가 저희들로 하여금 노속들이 사는 곳을 찾아가서 신공을 바치지 않은 죄를 문책하고 아울러 몸값

---

4 통정通政 정3품 당상관의 품계. 통정대부通政大夫.
5 만호萬戶 각 도의 여러 진에 배치한 종4품의 무관.

을 받아오라 하였습니다.

세 사람이 동행하였지만 모두 연소한 책상물림의 서생들이라 중과부적衆寡不敵은 생각지 못하고 오로지 양반의 위세만 믿고 호령하면 만사 무난할 줄 믿었지, 어찌 노속들이 이처럼 완악할 줄 짐작이나 했겠습니까? 처음에 대여섯놈이 와서 술 취한 모양으로 행패를 부리더니 다음에 수십명의 건장한 것들이 새끼줄과 몽둥이를 들고 나타나서 "이놈들, 감히 양반을 협박하느냐?" 하는 고로, 속임수가 있는 줄은 모르고 도리어 그것들에게 구해달라고 청했습니다. 그들 역시 같은 흉악한 무리였습니다. 거짓 말리는 척하면서 곤경에 몰아넣은 것입니다. 저희 중의 한 사람은 힘깨나 쓰는 축이었지만 사세가 어찌할 도리가 없이 셋이 무수히 구타를 당하고 단단히 묶여서 들보에 매달렸습니다. 놈들이 면전에서 불을 지르고 칼을 가는데 목숨이 실로 경각에 달려 있었습니다. 그래서 사중구생지계를 내어본 것입니다. 거짓으로 눈물을 흘리다가 헛웃음을 지으며 성명을 바꾸어 망명 죄인 황진기를 자처해보았습니다. 그래서 노속들 스스로 저희들을 관청으로 끌고 오도록 만들었습니다.

이제 다행히 엄하고 밝고 자애로우신 사또님 앞에 이르러 엎드려 비옵나니 삶을 얻고 분을 씻도록 하여주소서.

본관은 이 글을 보고 대로해서 즉시 포교를 풀어 그 노속들을 잡아오게 했다. 일일이 심문하여 주동자는 즉각 때려죽이고 나머지 것들도 죄의 경중을 따라 벌책을 가하는 한편, 신공을 전부 받아서 세 사람에게 주어 보냈다 한다.

● 작품 해설

『어수신화』에서 뽑은 것이다. 원제는 '가칭진기假稱鎭基'인데 '황진기黃鎭基'로
바꾸었다.「변사행」제4화,「새벽」「휘흠돈」과 함께 가난한 양반이 추노를 나갔
다가 당한 일을 다루고 있는데, 꾀보·장사·문장 세 사람을 등장시켜 위기를 타
개해나가는 민담적 구성과 영조 때 역적으로 전국에 지명수배된 황진기란 사
람을 결부시킨 점이 기발하다.

이 이야기에는 죽음 직전에 위기에서 벗어나기 위한 세 사람의 슬기로운 행
동이 재미나게 꾸며진 한편, 자기들의 신분 탄로를 막고 어떻게 해서든지 벼슬
을 함으로써 신분의 향상을 도모하려는 노비들의 집념과 노력 또한 사실적으
로 그려져 있다.

바가지匏器

옛날 한 정승이 노모에게 효심이 지극했으나 공사 간에 일이 매일 분주하게 밀려 도무지 가까이 모실 겨를이 없었다. 집에 둔 한 여종이 나이가 스물에 가까운데, 자태도 고왔지만 천품이 총명하고 슬기로웠다. 그 여종이 노마님의 뜻을 잘 받들어 음식과 의복을 알맞게 보살피며 일상의 기거에도 간호를 잘 하였다. 그래서 노마님은 편안했고, 대감은 이에 자기 노모를 기쁘게 할 수 있었으며, 집안사람들도 이에 수고를 덜었던 것이다.

여종은 집안의 귀염을 독차지해서 상으로 받은 것만도 헤아리기 어려운 지경이었다. 행랑채에다 따로 방 하나를 치우고 그 방에 서화랑 세간, 기물 등속을 아주 보기 좋게 정돈해놓고 조금 짬이 생길 적에 쉬는 처소로 쓰고 있었다. 서울의 청루靑樓에 출입하는 부잣집 자제들이 다투어 천금으로 이 여종을 취하여 정승에게 은총을 사는 매개로 삼고자 했다. 그러나 여종은 사방에 다 거절하고 굳은 마음으로 맹세하는 것이었다.

'세상에 마음에 드는 사람이 없으면 차라리 독신으로 늙고 말겠다.'

어느날 여종이 노마님 심부름으로 일가댁에 문안을 드리러 갔다가 돌아오는 길에 갑자기 소나기를 만났다. 부리나케 집으로 돌아오는데, 더부룩한 머리에 때 묻은 얼굴의 거지가 혼자 대문 앞에서 비를 피해 서 있는 것을 보았다. 여종은 첫눈에 그가 보통 사람이 아닌 줄 알아보고 자기 방으로 데리고 들어갔다.

"잠깐 여기 있어요."

그에게 일러두고 나오면서 문의 빗장을 채우고 급히 안으로 들어갔다. 그 거지는 혼자 갖가지로 생각해보았지만 도무지 영문을 알 수 없어, 우선 하는 대로 맡겨두고 하회下回를 보기로 하였다.

여종은 이윽고 나와서 방문을 열고 들어와 거지를 다시 자세히 뜯어보더니 기쁨이 얼굴에 넘쳤다. 우선 땔감을 사다가 물을 데워서 목간통을 준비해놓고 몸을 씻게 하였다. 그리고 저녁밥을 차려주었다. 맛있는 음식들이 거지의 창자 속의 걸신을 때려눕히는데, 주홍 반상에 좋은 그릇들이 황홀해 신기루와 같았다. 이미 밤이 깊어져서 인정종이 울리자 드디어 금침 속으로 함께 들어가 춘몽春夢이 어우러지니 난새와 봉황새가 한데 어울렸다.

새벽녘에 여종은 거지에게 상투를 틀고 갓을 쓰도록 했다. 몸에 잘 맞는 산뜻한 옷을 입히고 나니 과연 외양도 훤칠하고 기상이 당당해 보였다. 전날의 초라했던 모습은 다시 찾아볼 길이 없었다.

"여보, 들어가서 노마님과 대감님을 뵈셔요. 만일 말씀이 있으시거든 꼭 이리이리 대답하셔요."

여종의 당부에 그는 시원스레 대답하고 곧 대감께 현신하였다.

"저것이 전부터 짝을 구하더니 오늘 졸지에 인연을 맺은 걸 보면 필시 아주 합당한 사내를 만난 모양이로구먼."

대감은 그를 가까이 나아오게 하여 물었다.

"너는 무슨 일을 하느냐?"

"소인은 약간의 전화錢貨를 가지고 사람을 시켜 팔도에 식리殖利를 하고, 물가의 변동을 따라 시기에 맞춰 이문을 얻지요."

대감은 대단히 기뻐하며 미더워하는 것이었다.

그날부터 그는 잘 입고 잘 먹으면서 아무 하는 일이 없었다. 여종이

"사람이 세상을 살아가는 데 저마다 해야 할 일이 있지 않아요? 당신은 일없이 밥만 배불리 먹고 장차 어떻게 살아갈 테요?"

라고 하자 그가 대답하는 말이다.

"계책을 세워 살 도리를 마련해보자면 필히 은자 10두斗는 있어야겠구려."

"내가 당신을 위해서 주선해보지요."

여종이 안에 들어가서 틈을 보아 노마님께 간청을 드렸더니 노마님은 대감에게 말하였다. 대감은 크게 생각해서 허락해주었다.

그는 그 은자를 가지고 서울의 저자로 나가 낡은 옷가지를 다량으로 구입하였다. 그 옷가지를 한길에다 쌓아놓고 먼저 평소에 같이 다니던 걸인 남녀들을 다 불러 나눠주더니, 또 경강[1]의 거지들도 불러 역시 그렇게 했다. 이어 원근의 지방으로 돌아다니며 유리걸식하는 무리들에게 두루 자비를 베풀었다. 그러고 나서도 옷가지를 말 등에 싣고 삯일꾼에게 지워 팔도를 돌아다니며 다 나누어주어서, 결국 말 한필에 몇벌의 옷이 남았을 뿐이었다.

이에 보따리 하나를 만들어 싣고 말 등에 기대어 길을 갔다. 때마침

---

1 **경강京江** 뚝섬부터 양화나루에 이르는 한강을 가리키는 말.

추석 명절을 맞아 둥근달이 떠오르자 안개 기운이 살짝 들에 펼쳐졌다. 평평한 교외로 길이 뻗어 있는데 사방에 행인은 하나도 없다. 채찍을 들어 길을 재촉하며 닿는 대로 아무데서나 하루 머물려 하였다. 큰 다리를 만났는데, 다리 밑에서 빨래하는 소리와 함께 사람의 두런거리는 소리가 들렸다. 깊은 밤 넓은 들에서 이게 도깨비가 아닐까 마음에 섬찟했다. 그가 말에서 내려 난간에 기대어 다리 아래를 굽어보니, 영감과 할멈이 빨래를 하는 중이었다. 그들은 옷을 벗고 맨몸을 드러낸 채 입었던 옷가지를 빨다가 사람이 내려다보는 기척에 깜짝 놀라는 것이었다. 맨몸이 부끄러워 손을 들어 피하며 몸 둘 곳을 몰라 했다. 그는 소리쳐 영감과 할멈을 다리 위로 올라오게 하여 마지막 남은 옷가지를 주어서 입도록 했다. 영감 할멈은 굽실굽실 감사하며 굳이 자기네 집으로 끌고 가서, 그 집에서 묵게 되었다 그 집은 서까래 서넛을 올린 달팽이집으로 간신히 비바람이나 가릴 정도였다.

그는 말을 밖에 매어두고 방으로 들어가 앉았다. 영감과 할멈이 부산히 서둘러서 거친 밥 쓴 나물로 저녁을 대접하는 것이었다. 그는 배불리 먹은 다음 잠을 자려고 침구를 청했다. 영감 할멈은 서까래 사이에서 바가지같이 생긴 것을 하나 꺼내주었다.

"이걸 베고 주무시지요."

그는 그걸 베고 자리에 누웠다. 어둡고 캄캄한 데서 손으로 바가지를 문질러보니 쇠붙이나 돌은 아니고 흙이나 나무와도 다른 것 같았다. 조심해서 살짝 긁어보았으나 무엇인지 알 도리가 없었다. 홀연 울타리 밖에서 와자지껄 부르는 소리가 들렸다. 매우 위엄을 차린 모양이 어떤 귀인이 문밖에 온 것 같았다. 이윽고 한 졸개가 명을 받고 방으로 들어오더니 그 바가지를 빼앗아가려는 것이 아닌가.

"이건 내가 베는 것이니 분명코 남에게 줄 물건이 아니다."

그가 이렇게 거절하자 졸개 몇이 잇달아 들어와서 빼앗으려 했지만 그는 한사코 거절하였다. 이윽고 귀인이 직접 들어와서 따져 묻는 것이었다.

"너는 어떻게 저 그릇의 용도를 안다고 보물로 여기느냐?"

"이미 나의 수중에 들어온 것이라 함부로 남에게 내줄 수 없거니와, 실은 나도 이걸 어디에 쓰는지 모릅니다."

"저건 돈을 낳는 보물이다. 금가루나 은 부스러기를 그 안에 넣고 흔들면 금방 속에 은이나 금이 가득 찰 것이다. 너는 꼭 3년을 한정하여 기한이 되면 저것을 동작나루²에다 던져버려 다른 사람이 혹시 엿보고 알지 못하도록 하여라. 조심하여 실수가 없게 해야 할 것이니라."

그가 너무도 기뻐서 소리를 지르니, 한바탕의 꿈이었다. 이때 하늘빛이 새벽을 향해 가는데 영감과 할멈은 벌써 일어나 있었다.

"원컨대 나의 말과 이 바가지를 바꿉시다."

영감은 펄쩍 뛰며 거절했다.

"이런 1전도 안 되는 걸 감히 남의 좋은 말과 바꾸다니요?"

그는 자신이 입고 있던 옷을 벗어서 벽에 걸어두고 말은 문설주에 매어놓은 다음, 영감의 누더기를 걸치고 거적으로 그 바가지를 싸서 등에 짊어지고 나섰다. 빌어먹으며 길을 가니 전과 다름이 없는 거지였다. 천리 길을 터덜터덜 걸어서 여러날 만에 서울에 당도했다. 그는 곧 대감댁 문전을 향해 혼자 걸으면서 마음과 입이 서로 말했다.

"전에 대문을 나설 때는 천만냥의 은전을 가졌더니 오늘 돌아가는데

2 동작銅雀나루 현재 동작대교 근방의 나루. 일명 '동적이'라고 불렸다.

다 해진 옷을 입은 거지꼴이로다. 남의 이목에 거리낄까 걱정되는구나. 아무래도 잠깐 밖에서 기다렸다가 봉홧불이 오르고 종이 울리기 직전에 문전이 고요한 틈을 보아서 들어가는 것이 좋겠지."

그는 술집에 몸을 숨기고 있다가 밤이 이슥해지기를 기다려 정승댁으로 절름거리며 들어갔다.

행랑의 문짝은 반쯤 기울어 있고 방문은 굳게 닫힌 상태였다. 그는 으슥한 곳의 캄캄한 가운데서 숨을 죽이고 기다렸다. 이윽고 여종이 안에서 나와 빗장을 뽑으면서 중얼거렸다.

"오늘도 인정종이 울리는구나. 내 이 두 눈깔이 삐어 사람을 옳게 보지 못했으니 이제 후회한들 돌이킬 수 없구나. 이 노릇을 어찌할거나?"

그는 가늘게 기침소리를 내서 자기가 온 것을 알렸다. 여종은 깜짝 놀라 소리쳤다.

"누구요?"

"나요."

"그사이에 어디를 갔다가 이제야 돌아오는 거요?"

"어서 방문을 열고 등불이나 켜요."

그는 바가지를 끌고 방에 들어가서 촛불 아래 아내와 마주 앉았다. 삐쩍 야위고 구질구질한 얼굴에 남루한 옷이 지난날에 비해서 배나 더 초라해 보였다. 여종은 눈물을 머금고 방문을 열고 나가서 저녁밥을 챙겨들어와서 한 그릇 밥을 나누어 먹었다.

이날 밤에 새벽종이 울리자 여종은 남자를 발로 차서 깨웠다. 가벼운 보화만 싸서 챙겨들고 몰래 도주하여 은전을 잃어버린 죄를 벗어나려는 생각이었다. 그는 눈을 부라리고 꽥 소리쳤다.

"차라리 사실대로 고백하여 죗값을 치를지언정 어찌 몰래 도망질을 하여 화망禍網에 걸려드는 걸 자초할 것인가?"

그녀도 성을 버럭 냈다.

"당신은 처자 하나도 건사하지 못하는 주제에, 어찌 자기로 인해서 남까지 곤경에 빠뜨려 날마다 매를 맞고 살라는 것이에요? 그게 무슨 장부의 말이오?"

"당신이 만약 미욱한 마음을 버리지 않고 고집한다면 내 응당 먼저 대감께 고해서 조금이나마 새사람이 될 길을 찾겠소."

그녀는 더 어찌할 도리가 없어 한이 맺히고 분이 차올라서 벌떡 일어나 안으로 들어갔다.

그는 싸들고 왔던 바가지를 내놓고 아내의 상자 속에서 은 약간을 꺼내 그 안에 집어넣었다. 마음으로 천지신명께 빌며 바가지를 힘껏 흔들었다. 뚜껑을 열고 들여다보니 눈처럼 하얀 말굽은이 바가지 속에 그득하지 않은가. 그것을 방구석의 움푹한 곳에다 쏟아부었다. 계속 바가지를 흔들어 붓고 또 부으니 금방 은이 쌓여 천장까지 닿았다. 넓은 보자기로 그것을 가려둔 다음 이내 베개를 높이 베고 잠이 들었다.

여종이 한참 후에 나와서 방구석에 무언가 쌓인 것을 보고 이상해서 보자기를 들춰보았다. 눈부시게 하얀 은이 산처럼 쌓여서 양이 얼마나 될지 헤아릴 수 없는 지경이었다. 처음에는 놀라움에 벙어리처럼 말이 막히고 눈이 휘둥그레졌다가 겨우 정신을 차려서 물었다.

"이게 다 어디서 났소? 이렇게 많다니……."

그는 웃으며 말했다.

"소견 좁은 아녀자가 장부의 일 도모하는 것을 어찌 알겠소?"

두 내외는 웃고 기뻐하며 앉아서 아침이 되기를 기다렸다.

그는 새 옷으로 갈아입고 대감께 인사를 드리려고 들어갔다. 대감은 당초에 집안의 온 재산을 기울여서 그에게 맡긴 터인데 한번 떠나더니 오래도록 그림자도 비치지 않아서 몹시 의심하고 걱정하던 차였다. 그런데 간밤에 갑자기 한 겸인傔人이 그가 낭패한 모습으로 돌아온 것을 발견하고 대감에게 본 대로 아뢰었던 것이다. 대감은 경악하여 정신을 잃고 밤새 잠도 자지 못했다. 그가 산뜻하게 의복을 차려입고 와서 절하는 것을 보고, 대감은 긴가민가하는 마음으로 얼른 장사가 어땠는지 물었다.

"대감댁에서 크게 도와주신 데 힘입어 돈을 많이 벌었지요. 20두의 은자를 바쳐 본전과 이자에 은공까지 함께 갚겠사옵니다."

"내가 너에게 어찌 이자를 받을 것이냐? 본전만 갚아라. 여러 말로 번거롭게 마라."

"소인은 죽어도 이자를 갚지 않고는 못 견디겠사옵니다."

그가 은자를 마당으로 가져다놓으니 마치 섣달에 눈이 쌓인 듯하였다. 적어도 3, 40두는 될 성싶었다. 대감은 본래 이익을 좋아하는 사람인지라 기쁘기 그지없었다. 여종은 10두를 노마님께 바쳐 정성을 표하고, 따로 10두를 여러 부인들에게 드렸으며, 나머지 겸인이며 비복들에게까지 모두 얼마간 나누어주었다. 온 집안사람들이 너나없이 감탄하고 부러워하며 혀를 찼다.

대감은 간밤에 겸인이 그가 남루한 형상으로 돌아오더라 한 것을 그를 모함하려는 말로 생각하여 노모에게 아뢰었다.

"겸인이 저 여종을 시기해서 얼토당토않은 말을 꾸며댔군요. 비단옷으로 차려입은 걸 거짓으로 누더기를 걸쳤다 하고 전대에 돈이 가득 찬 걸 거짓으로 빈손으로 돌아왔다고 하였으니 그놈 심보가 실로 고얗습니다."

그리고 그 겸인을 모질게 책망했다. 겸인이 계속 억울함을 아뢰었으나 믿지 않고 곧 내쫓도록 했다.

이후에 그는 부가 날로 늘고 달로 불어서 여종은 속량하여 함께 백년 향락을 누렸으며, 자손도 번창하여 벼슬에 오르기까지 했다.

3년 기한이 되자 그는 제를 올리고 바가지를 동작나루로 나가서 던졌다 한다.

●작품 해설

『파수편』에서 뽑은 것이다. 이 작품이 『기리총화』『청구야담』에도 수록되어 있다. 『기리총화』에는 제목이 '천한 여종이 사람을 알아보다賤婢識人'로, 『파수편』과 『청구야담』에는 '지혜로운 여종이 남편을 택하는데 사람을 알아보다擇夫婿慧婢識人'로 되어 있는데, 서사의 전개에 바가지가 중요한 의미를 갖기 때문에 본문에서 취하여 '바가지[匏器]'라고 달았다. 다른 경우와 마찬가지로 『기리총화』에서 전재된 것으로 보이며, 따라서 작자 역시 이현기로 비정이 된다.

제1권 제1부에 실린 「비부婢夫」와 유형이 동일하다. 그런데 이것은 「비부」에 비해 민담적인 색채가 농후한 편이다. 「비부」의 경우 대추와 면화를 매점하는 등 장사하는 내용을 다소 구체적으로 제시했으며, 끝에 산삼의 군락을 발견하여 소원을 달성함으로써 치부의 방법이 완전히 비현실적이지는 않다. 「바가지」는 주인공이 착한 마음씨로 헐벗고 굶주린 자기 동류들을 구제한 덕분에 마치 도깨비의 요술방망이 같은 바가지를 획득하는 것으로 전개되고 있다. 박 속에서 보물이 나온다는 착상은 『흥부전』과도 통하며, 그 보물 바가지를 동작나루에 버리는 것으로 끝맺는 결말도 재미있다. 이 작품의 경우 여종 자신이 직접 자기 배우자를 선택하고 경제적 상승을 통해서 신분적 상승을 꾀하는 데 역점을 두어 제3부 '세태 I: 신분 동향'에 편입시켰다.

교전비轎前婢

한 양반이 아내를 맞을 때 따라온 교전비가 나이 15, 6세쯤으로 용모도 단정하고 사람됨이 민첩하였다. 그래서 양반은 매양 그녀를 가까이 하려고 했다. 언어와 태도에 그것이 드러나 교전비도 눈치를 채고 혼자 생각하였다.

'나와 우리 아씨 사이에 명분으로 말하면 하인과 상전의 구분이 있다지만 기저귀를 벗어나서 지금까지 이불을 함께 덮고 있으니 정의는 형제와 마찬가지다. 지금 와서 아씨와 맞서는 사람이 되고 보면 보이지 않는 가운데 하늘의 재앙인들 어찌 없으랴! 이 댁에서 오래 살다가는 필경 갖은 협박에 못 이겨 언젠가는 면치 못하리라. 그때 가서 지금까지 의복과 음식을 같이하고 서로 사랑하며 지내온 아씨와의 두터운 정의를 어찌하리오. 미리 도망을 쳐서 스스로 피함만 못하겠다. 그런데 만약 아씨께 아뢰면 반드시 승낙하지 않으시겠지.'

드디어 남복으로 갈아입은 다음 아무에게도 말하지 않고 몰래 그 집을 빠져나왔다.

그녀는 길을 가다가 어떤 주막에서 술어미를 만났다. 술어미 집에 사내가 없는 것을 알고 그 집의 머슴으로 들어갔다. 온갖 일에 영민한 것이 이루 형언할 수 없었다. 술어미는 네댓달 지나 비로소 그녀가 여자인 줄 알고 여복으로 갈아입히고 자기 딸처럼 애지중지하였다.

다시 또 몇달이 지났다. 과거 보러 가는 한 선비가 그녀의 자태가 아름다운 것을 보고 술어미에게 딸을 자기에게 달라고 간청했다. 술어미가 그녀의 의향을 물었다.

"제가 비록 떠돌이로 와서 여기 있지만 본래 양반의 여자입니다. 가난한 선비의 처가 될지언정 부귀가의 첩은 안 되렵니다."

그녀가 대답하였다. 그 선비는 장가든 사람이 아니어서 이내 성혼이 되었다. 그 선비가 다행히도 과거에 합격하여 그녀를 데리고 돌아갔다. 선비는 벼슬을 높이 하였는데 아들 셋을 두고 세상을 떠났다.

후에 세 아들도 연이어 등과를 하여 모두 명관이 되었다. 어느날 그 형제들이 말을 주거니 받거니 하는 것이었다.

"아무개가 어떻게 당록[1]에 들 수 있으며, 아무개가 어떻게 지평·장령이 될 수 있느냐? 그리고 아무개가 홍문관[2]·이조吏曹에 들어가다니?"

그녀가 조용히 입을 열었다.

"너희 집 지체로 어찌 남을 논란하고 있으랴! 내가 집안의 이목이 번다한 데 구애되어 아직 너희에게 이르지 못하였다. 오늘 마침 며느리들도 자리에 없으니 이야기하겠다. 나는 아무 고을 이생원댁 마님의 교전비였더란다. 이름은 무엇이라 하는데, 그걸 이생원의 누이라고 꾸몄더니라."

---

1 당록堂錄 홍문관 교리·수찬修撰 등의 임명 기록. 도당록都堂錄.
2 홍문관弘文館 경적經籍·문한文翰·경연經筵 등을 맡아보던 관청. 청환으로 가장 손꼽히던 곳이다. 옥당玉堂, 옥서玉署.

그리고 지나간 일을 쭉 들려주며 상전을 생각하여 눈물을 흘리는 것이었다. 때마침 공교롭게도 도둑놈이 대청마루 아래 숨어 있다가 전후의 이야기를 다 엿들었다.

"내가 노상 위험을 무릅쓰고 남의 재물을 훔쳐다가 겨우 배나 채우는데, 차라리 이 비밀을 이생원에게 고해바치고 속량전이나 나누어 먹는 것이 묘수가 아니겠나."

도둑놈은 이렇게 혼잣말을 하고 즉시 자기 집으로 가서 노자를 넉넉히 챙기고 말을 세내어 타고 이생원댁을 찾아갔다. 이생원을 만나서 용건을 말하자 이생원은 흔연히 대하였다. 기쁨을 이기지 못하는 듯했다.

"누설하여 남이 알지 못하도록 절대 입조심하여라."

이생원은 곧 날을 잡아서 서울길을 떠났다. 그 도둑놈에게 견마牽馬를 잡히고 아들을 짐짓 배행하는 모양으로 따르게 했다. 가는 길이 큰 강변에 당도하자 아무도 모르게 그 도둑놈을 밀어 강물 속에 빠뜨려서 영영 입을 막아버렸다. 그리고 서울로 올라가서 그 댁을 찾아갔다. 그 집 비복에게 이르기를

"나는 너희 댁 대부인의 오라비다."

라고 하였다.

하인이 들어가서 아뢰자 즉시 손님을 안으로 모시고 들어오게 했다. 남매처럼 대면하여 통곡하며 오래 막혔던 회포를 나누었다. 그 아들들이며 며느리들과도 초견례初見禮를 행하였다. 몇달 묵는 사이에 그녀의 아들들이 전관에게 청을 넣어서 이생원은 감역[3]을 제수받았다.

이생원은 며칠 벼슬을 하다가 그만두고 고향으로 돌아갔다. 그녀의

---

3 감역監役 선공감繕工監에 속해 토목과 건축 공사를 감독하는 종9품직 벼슬.

세 아들 중의 하나는 벌써 재상의 지위에 올라 있었다. 이들이 이생원댁에 땅과 집을 많이 사주고 그 고을 원님과 도백道伯에게 잘 보아주도록 부탁했다. 생색이 났음은 물론 영예가 도내에 울렸다.

대개 이생원은 옛 교전비를 누이로 불러 벼슬을 얻고 부자가 된 것이다. 교전비에게 은혜를 베풀어 천한 이름을 벗겨주어 쾌히 양반이 되게 해줌으로써 얻어진 것임이 물론이다. 이 또한 행운이라 하겠다.

●**작품 해설**

『어수신화』에서 뽑은 것으로 원제는 '의로운 여종이 복을 누리다義婢享福'인데 여기서는 '교전비轎前婢'로 바꾸었다. 교전비가 상전의 집을 빠져나와 신분을 감춘 채 선비와 결혼하여, 후일에 높이 출세한 아들로 하여금 상전댁을 도와주게 했다는 이야기다. 이 작품이나 「옛 종 막동」 등 갖가지 수단으로 신분을 세탁해 출세를 도모하는 이야기가 다양하게 만들어진 현상을 통해 신분제 사회가 해체과정으로 들어간 단면을 생생하게 엿볼 수 있다.

새벽曙

　어떤 재상 내외가 해로하는데, 어린 여종 하나가 있었다. 여종은 나이 17세로 외양이 밉지 않게 생긴데다가 성질도 온순하여 마님이 애지중지하였다. 대감이 그녀를 가까이하려고 하자, 여종은 한사코 순종하지 않고 마님께 울며 호소하는 것이었다.

　"쉰네는 차라리 죽으렵니다. 대감께서 자꾸 수청을 들라 하셔요. 명령을 기어이 따르지 않다가는 필경 매를 맞아 죽을 판이고, 명하신 대로 따르면 쉰네가 마님이 어여삐 키워주신 은공을 입고서 도리어 마님의 눈엣가시가 되겠으니 차마 못할 노릇입니다. 제 한 몸 죽어버리는 것 외에 다른 도리가 없습니다. 나가서 강물에나 빠져죽으렵니다."

　마님은 그 뜻이 측은해서 은전과 동전, 비녀 등속에 입던 옷가지들을 보자기에 싸주면서 말했다.

　"네가 여기를 떠나거라. 사람으로 태어나서 허무하게 죽고 말겠느냐? 이걸 가지고 아무 데나 네가 가고 싶은 곳으로 가서 잘 살아라."

　그리고 새벽종 소리가 울리자 가만히 대문을 열고 그녀를 빠져나가도록 했다.

그녀는 재상집 안에서 성장했고 대문 밖은 큰길도 나가본 적이 없었다. 보따리 하나를 들고 어디로 가야 할지 막막했다. 큰길만 따라서 정처 없이 걸어가다보니 남대문을 나와서 한강 나루에 가까워가고 있었다.

하늘은 동이 트고 있었다. 그때 말방울 소리가 그녀의 뒤를 따라왔다. 사내 하나가 가까이 다가서더니 말을 건네는 것이었다.

"너는 집이 어딘데, 이런 꼭두새벽에 혼자 어디로 가느냐?"

"저는 절박한 사연이 있어 강물에 빠져죽으러 가는 길입니다."

"사람이 헛되이 죽어서야 되느냐? 나는 아직 장가를 못 든 사람이야. 나와 같이 살아보는 것이 어떨까?"

그녀는 고개를 숙였다. 사내는 그녀를 말에 태우고 함께 길을 갔다.

그후 몇몇해가 지났다. 대감 내외는 벌써 다 세상을 떠났고 대감의 아들도 이미 죽었으며, 손자가 어른이 되었다. 그사이에 가세는 여지없이 기울어 살아가기도 매우 어려운 처지에 놓이게 되었다. 손자는 선대의 노비로 각처에 산재해 있는 자들이 많으니 추노를 나가면 한 재산을 얻으리라 생각하고 단신으로 집을 나섰다.

먼저 한 고장으로 가서 여러 사람들을 불러다놓고 호적단자를 들이밀며 말했다.

"너희들은 다 우리 집 선대의 노속들이다. 내가 이번에 신공을 받으러 몸소 내려왔다. 모름지기 남녀 머릿수에 따라서 빠짐없이 일일이 신공을 바쳐라."

그들은 입으로는 "예예." 하면서 내심으로는 흉측한 생각을 품고 있었다. 방 하나를 정해 그를 거처케 하고 저녁상을 준비하여 대령했다. 그리고 밤에 작당해서 그 양반을 살해하기로 작정하고 있었다.

양반은 천지 모르고 곤히 자다가 밤중에 문득 방문 밖에서 사람들이 웅성웅성하는 소리를 듣고 잠이 깼다. 의심쩍은 생각에 가만히 귀를 기울여 들으니 노속들이 서로 네가 먼저 들어가라느니 하며 다투는 것이 아닌가. 양반은 비로소 사태를 깨닫고 크게 겁이 났다. 살그머니 몸을 일으켜 뒷문을 박차고 뛰쳐나갔다. 노속들이 더러는 칼이나 낫, 더러는 몽둥이나 작대기를 들고서 혹은 방에서, 혹은 부엌으로 돌아서 도주하는 양반의 뒤를 쫓았다. 거의 살아날 도리가 없었다. 드디어 나지막한 울타리를 뛰어넘자, 홀연히 호랑이 한마리가 덤벼들어 그를 물고 가는 것이었다. 노속들은 양반이 호랑이에게 물려가는 것을 보고 자기들끼리 돌아보며 좋아했다.

"우리들이 수고롭게 손을 댈 필요가 없게 되었네. 호랑님이 물어갔으니 이야말로 하늘이 하신 일이지. 한근심 덜었구면."

호랑이가 양반을 물어갔지만 실은 옷의 뒷단을 물고 몸뚱이를 뒤쳐 등에 업었던 것이다. 반야 사이에 호랑이는 얼마를 갔다.

한 곳에 다다르자 호랑이는 등 위의 양반을 몸을 뒤척여 땅으로 떨어뜨렸다. 양반은 몸에 아무 상처가 없었지만 기절하여 정신을 못 차리고 있었다. 이윽고 놀란 혼이 어렴풋이 돌아와 눈을 뜨고 둘러보니, 어느 큰 마을의 우물 옆집 대문 밖이었다. 호랑이가 곁에 쭈그려 앉아 있는데 새벽하늘이 동터오고 있었다.

우물 옆집 사람이 물을 길러 대문을 밀고 나왔다. 웬 사람이 땅바닥에 쓰러져 있고 곁에 호랑이가 쭈그리고 앉아 있지 않은가. 그는 기겁을 하여 도망치며 외쳤다.

"범이야!"

집 안에서 노소 없이 우르르 몽둥이를 들고 쫓아나왔다. 호랑이는 사람들이 나오는 것을 보자 일어나 기지개를 켜고 어슬렁어슬렁 가버렸다.

땅바닥에 쓰러진 사람을 보고들 물었다.

"당신은 웬 사람이오? 여길 어떻게 와 있소? 아까 얼룩이가 무슨 영문에 당신을 지키고 있었더란 말이오?"

그가 자초지종을 이야기하자 모두들 혀를 차며 기이하게 여겼다. 그 집 노모가 나와 보더니 그 용모를 알아보고 안으로 맞아들이는 것이었다. 노모는 다름 아닌 그 양반집 하녀였던 것이다.

"손님 아명이 아무개 아니신가요?"

양반은 깜짝 놀랐다.

"아, 그런데 할멈이 어떻게 아시나요?"

할멈은 어렸을 적에 마님이 도망시켜주었던 자신의 본색을 숨김없이 토로하였다.

"마님께 은혜를 입어 오늘날 이만큼 살게 되었으니 다 마님의 덕택이지요. 저는 금년에 나이 일흔이오나 어느날인들 잊으리까? 서울과 시골 사이의 거리가 아득하여 문안을 사뢸지 못하옵더니, 오늘 서방님이 천만뜻밖에 여길 오셨으니 다 하느님이 제게 은공을 갚을 기회를 주신 것이지요."

그리고는 여러 아들 손자들을 불러 이르는 것이었다.

"이 어른은 나의 상전이시니라. 너희들도 일일이 현신하여라."

또 북쪽 창문을 열고 여러 며느리들까지 불러 현신을 시키고, 성찬을 장만해서 대접하고 새 옷을 마련해서 대령했다. 이렇게 여러날이 지났다.

할멈의 여러 아들들은 모두 건장하고 특출할뿐더러 영향력도 있고 재산도 부유하여 한 고을을 호령하고 지내는 사람들이다. 이제 뜻밖에 그 어머니가 일개 비렁뱅이 같은 것을 상전이라고 일컬으면서 자기들도 다 그의 하인이라 하니, 마음속에 분노가 끓어오르지 않을 수 없었다. 향중에 이런 수치가 있는가. 그러나 그 어머니의 성품이 엄하여 자식들은 감히 뜻을 거역하지 못하고 마지못해 명령대로 하였다.

그 양반이 할멈에게 사정을 했다.

"내가 집을 나온 지 여러날 되었으니 속히 돌아가봐야겠네. 얼른 떠나게 해주게."

"며칠 더 묵으신다고 무어 방해될 일이 있겠어요?"

할멈은 말하더니, 밤이 깊어지기를 기다려서 아들들이 깊이 잠든 것을 보고 양반 귀에 대고 말하는 것이었다.

"서방님, 제 자식들의 기색을 살피지 못하셨습니까? 저 아이들이 어미의 명이라 부득이 보는 앞에서는 순종하지만 속셈을 측량할 수 없습니다. 만약 단신으로 돌아가시다간 중도에 어떤 화를 당하실지 모릅니다. 저에게 한가지 계책이 있는데, 서방님 의향이 어떠실지?"

"무슨 계책인가?"

"제게 손녀 하나가 있삽는데 나이는 이팔이 가깝고 자색도 볼만하지요. 아직 정혼하지 않았으니 이 아이를 서방님께 바치면 어떠하올지?"

양반은 너무도 의외의 말에 당황하여 어떻게 대답할지 몰랐다.

"제 말을 들으시면 살아가실 수 있고, 제 말을 안 들으시다간 필시 비명의 화를 보시고 맙니다. 제가 옛 상전의 은덕을 잊지 못하여 이런 계책을 낸 것이랍니다. 서방님은 어찌 따르지 않으십니까?"

이에 비로소 양반은 할멈의 말을 따르기로 하였다. 이튿날 할멈은 아들들을 불러서 분부하였다.

"내가 손녀 아무개를 상전께 바치려 한다. 너희는 오늘밤에 초례 치를 준비를 하여라. 나의 말을 어기지 마라."

여러 자식들은 말대답을 못 하고 물러나왔다. 그날 밤에 방 하나를 치위 신방으로 꾸몄다. 양반을 모셔 앉히고 손녀를 곱게 치장하여 들여보내 드디어 성혼을 시킨 것이다. 이튿날 아침에 할멈이 들어와서 문안을 드리고 다시 아들들을 불러 지시하는 말이다.

"샌님이 내일 댁으로 돌아가신단다. 아무개도 응당 데려가셔야지 않겠느냐? 안장말 한필과 교자말 한필에 짐말 몇필을 속히 준비하고 교자도 빌려오너라. 그리고 너희들 중에 누구누구는 모시고 서울을 다녀오너라. 귀로에 상전의 서찰을 받아와서 나로 하여금 평안히 올라가신 사실을 분명히 알게 하여라."

여러 자제들은 명을 좇아 분주히 신행길 채비를 하였다.

드디어 서울길을 출발했다. 금침과 의복이며 약간의 전냥錢兩까지 짐바리에 싣고 평안무사히 상경하였다. 양반은 돌아가는 편에 편지를 써서 주었음이 물론이다.

그로부터 매년 시골에서 하인 한명이 올라왔다. 할멈이 세상을 뜨기까지 계속되었다 한다.

『청구야담』에서 뽑은 것으로, 원제는 '할멈이 환난을 우려하여 손녀를 소실로 바치다老嫗慮患納小室'이다. 여기서는 상전의 집을 떠난 여종의 운명과, 추노를 나갔다가 죽음의 위기에서 호랑이의 도움으로 살아난 젊은 선비의 운명을 뒤바꾼 새벽이 인상적이면서도 상징적이기에 '새벽[曙]'으로 제목을 삼았다.

추노를 다룬 일련의 작품군에 속하는 것으로 특히 바로 앞의 「교전비」와는 사건의 발단이 유사하다. 여기서는 노파가 나름으로 수를 써서 옛 상전의 손자를 자기 손녀와 결합시켜 위기를 모면케 하고 물질적인 도움을 주는 점이 특이하다. 호랑이가 위기에 처한 사람을 구한다거나, 할멈이 위기에 처한 상전을 구하기 위해 손녀를 바치는 서사는 불합리하고 상식으로 납득하기 어렵다. 신분제 사회가 급전하는 시대로 오면서 서사가 엉뚱하게 진행되기도 한 것으로 해석된다.

해방解放

    합천 해인사의 중 지성至誠은 젊어서 사부의 명령을 받들어 돈 1,500푼[1]을 가지고 평해[2]로 미역을 사러 갔다.

    평해에 도착하여 우연히 한 양반이 어린 남자애와 여자애를 붙잡아 가는 것을 눈앞에서 보았다. 남자애와 여자애 둘이 엉엉 울면서 끌려가는 중이었다. 지성은 안타까운 마음이 들어서 양반에게 말을 걸었다.

    "저 남자애와 여자애는 어떠한 애들입니까?"

    "내가 서울에서 평해로 노비들 신공을 받으러 왔더니 노비들은 모두 죽고 저 아이 둘만 남았네. 그래서 부려먹을까 하고 서울로 끌고 가는 길이라네."

    "해변가의 어린것들이 갑자기 서울로 가면, 사고무친에 의복과 음식을 상전댁에만 의존하자니 서울의 배고픔과 추위를 어찌 견디오리까? 소승이 돈을 드릴 테니 저 두 아이를 소승에게 팔고 가십시오."

---

1 원문이 '錢千五百'이라고만 나와 있어 단위가 무엇인지 애매하다. 추정컨대 엽전 1,500개를 지칭한 것으로 보인다. 엽전 100개가 1냥兩이므로 이는 15냥에 해당한다.
2 평해平海 지금의 경상북도 울진군에 속하는 고을 이름.

"스님은 두 어린애를 사서 장차 어디에 쓰려는가?"

"소승은 애들을 사서 놓아주려 하옵니다. 저희들 좋을 대로 일가친척이 사는 고향에서 품이라도 팔면서 살아갈 터이지요."

"스님, 돈은 얼마나 가졌는가?"

"1천 5백푼이옵니다."

"돈은 약소하나 뜻이 갸륵하므로 거절하지 못하겠네."

양반은 돈을 받고 문서를 작성한 다음 두 아이를 넘겨주었다. 지성은 곧 속량한다는 증서를 써서 두 아이에게 주고 놓아주었다. 남자애와 여자애는 좋아서 춤을 추며 돌아갔다. 지성은 빈손으로 절에 가서는 사부님을 보고 "중도에 돈을 잃어버리고 왔습니다."라고 말했다.

그로부터 10여 년이 흘렀다. 두 아이는 장성하여 시집가고 장가가서 살림을 차렸다.

"우리가 스님의 은혜는 꼭 갚아야 할 일이다."

두 사람은 이렇게 의논하고 여장을 꾸려가지고 함께 해인사길을 떠났다. 여자는 남복을 하였다. 말 탄 걸음으로 이틀을 가서 새벽길을 걷는데 발에 걸리는 것이 있었다. 보니 자물쇠가 채워진 궤였다.

"우리가 스님께 은혜를 갚으러 가는 길에 이걸 얻었으니, 궤 속에 든 물건이 무엇인지 모르겠으나 아마도 하늘이 우리에게 내려주셔서 은혜를 갚으라는 것임에 틀림없다."

그러고는 궤를 열어보지 않고 말 등에 싣고서 가던 길을 계속 갔다. 해인사에 당도해서 지성을 찾아갔더니 이들을 알아보지 못했다.

"웬 사람인데 무슨 일로 날 찾소?"

"저희는 평해 사람입니다. 스님께서 사서 해방시킨 그애들입니다."

"너희들이 벌써 이렇게 장성하였느냐?"

지성의 사부는 비로소 그 일을 알고서 지성의 마음씨가 착한 데 기뻐하고 놀라 마지않았다. 그들은 여장을 풀고 지성에게 싸가지고 온 음식 가지를 올린 다음 아울러 궤를 바치는 것이었다.

"이것은 이번 길에서 주운 물건이올시다. 속에 무엇이 들었는지 모르오나, 생각건대 하늘이 스님께 특별히 내리신 것이라 자물쇠를 따보지도 않고 삼가 스님께 바치옵니다."

"너희가 길에서 주운 것이니 너희 재물이다. 나와 무슨 상관이 있겠느냐?"

"스님께 은혜를 갚고자 나선 길에 이틀째 되는 날 이 궤를 얻었으니 하늘의 뜻을 가히 알 수 있습니다. 원컨대 스님은 거절하지 마옵소서."

절간의 사람들도 모두 말했다.

"저이들 말이 이치에 맞구려. 스님이 받아야 되겠네."

하여 지성은 받아서 궤를 열어보았다. 그 속엔 황금이 가득 담겨 있었다. 지성은 반으로 나누어 절반은 옥토를 사서 그 두 사람에게 주어 부자로 살도록 하고 나머지 절반은 자신이 가졌다. 드디어 지성은 해인사 내의 갑부가 되었다.

●작품 해설

안석경의 『삽교별집』에서 뽑았다. 원문에 제목이 없는 것을 여기서 '해방解放'으로 붙였다. 가난한 양반에게 끌려가는 남녀 두 어린 노복의 처지를 불쌍히 여긴 한 중이 가지고 있던 돈을 털어서 이들에게 신분상의 자유를 얻게 해주었다는 줄거리다.

이조 후기로 오면 노비들의 동향을 파악하기가 곤란한데다 병역의무자 확보 등의 문제가 겹쳐 국가가 공노비를 혁파하기에 이르렀고, 사노비들도 이런저런 방식으로 신분적 속박에서 벗어나기 시작했다. 이러한 사회의 일면을 구체적으로 보여주고 있다.

끌려가는 노비를 사서 해방시킨 중에게 하늘이 황금궤를 내렸다는 민담적인 발상이 나타나기는 하지만, 노예를 부릴 만한 능력이 없으면서도 양반이란 이름만 가지고 신분제를 고수하려는 몰락 양반들의 낡은 사고와 이에 맞서 노비의 해방을 지원하는 민중의 의지와 노력을 간접적으로 드러낸 점이 특색이라 하겠다.

제4부

●

세태 II · · 시정 주변

작자 미상 「태평성시도太平城市圖」(국립중앙박물관 소장)

소나기 驟雨

장동¹의 약주름² 노인은 홀아비로 늙어 자식도 집도 없이 약국을 돌아다니며 숙식하였다.

4월 어느날 영조가 육상궁³에 거둥을 하는데 마침 소나기가 퍼부어 개천물이 넘쳐흘렀다. 구경 나온 사람들이 약국 앞으로 비를 피해 몰려들어 마루 쪽 처마 밑에 사람들이 빽빽하게 서 있었다.

약주름 노인이 방 안에 있다가 문득 말머리를 꺼내는 것이었다.

"오늘 비가 내 소싯적 새재를 넘을 때 비 같구려."

옆에 앉은 사람이 말을 받았다.

"아니, 비도 고금古今이 있나요?"

"그때 내가 좀 우스운 일이 있어서 아직까지 잊히질 않네그려."

"그 이야기나 좀 들어봅시다."

---

1 **장동**壯洞 현재의 서울 종로구 청운동 근방에 있던 지명.
2 **약주름** 약재를 사고파는 일에 거간 역할을 하는 사람.
3 **육상궁**毓祥宮 영조가 자기 생모인 숙빈淑嬪 최씨를 위해 세운 사당. 현 청와대 서편
  에 있는 칠궁七宮의 하나.

약주름 노인이 이야기를 시작했다.

"아무 해 여름이었겠다. 그때 왜황련[4]이 서울의 약국에 동이 났던 고로 동래東萊에 가서 사오려고 급한 걸음을 하지 않았겠나? 낮참에 새재를 넘는데 겨우 진점鎭店을 지나 무인지경에서 오늘 같은 소나기를 만났지. 지척도 분간할 수 없어 허둥지둥 비 피할 곳을 찾다가 마침 산기슭에 초막이 있는 것을 보구 그리로 뛰어들었다네. 초막에는 웬 과년한 처녀가 있는데. 우선 후줄근한 옷을 벗어서 물을 짜는데, 처녀가 곁에 있으면서 피하지 않더군. 홀연 마음이 동해 상관을 하였는데 처녀도 별로 어려워하는 기색을 안 보이데. 이윽고 비가 멎어서 나는 그 처녀가 사는 곳도 미처 물어보지 못하고 그만 훌쩍 나와버렸다네. 오늘 비가 꼭 그날의 비 같아서 그리 말한 것이었네."

이때 갑자기 처마 밑에서 총각머리를 한 젊은이 하나가 마루로 올라서더니

"방금 새재 비 말씀한 양반이 뉘신가요?"

하고 묻는 것이었다. 곁의 사람이 약주름 노인을 가리키자 총각은 그 노인 앞에 넙죽 절을 하며 말했다.

"오늘 천행으로 부친을 상봉합니다."

곁의 허다한 사람들이 모두 어리둥절하지 않을 수 없었다. 약주름 노인 역시 영문을 몰라서 물었다.

"무슨 말인가?"

"저의 부친은 몸에 표가 있다구 합디다. 잠깐 옷을 좀 벗어보셔요."

약주름 노인이 옷을 벗었다. 총각이 허리 아래를 보더니 자신 있게 말

---

4 왜황련倭黃連 황련은 깽깽이풀의 뿌리로 한약재에 쓰임. 왜황련이란 일본산 황련을 뜻함.

했다.

"저의 부친이 틀림없으십니다."

좌중의 사람들이 또 까닭을 몰라서 물었다.

"무슨 사연인지 들어보세."

"저의 모친이 처녀 적에 초막을 지키고 계시다가 우연히 우중의 행인을 보신 이후로 태기가 있어 저를 낳았더랍니다. 소자가 자라서 말을 배우매 다른 아이들은 아비가 있어 부르는데 소자는 부를 아버지가 안 계신 것을 이상히 여기고 모친께 여쭈어보았지요. 모친 말씀이 아까 부친의 말씀과 같았습니다. 그리고 인연을 맺을 적에 얼핏 보니 부친의 왼편 볼기에 검정 사마귀가 하나 있더랍니다. 소자는 모친의 말씀을 듣고 열두 살 때부터 부친을 찾으러 집을 떠나 팔도를 돌아다녔습니다. 서울만도 세 차례 들렀지요. 지금 6년 만에 요행히 부친을 뵈오니 막비천운莫非天運이라, 어찌 기쁘지 않겠습니까?"

그리고 자기 부친을 향해 아뢰는 것이었다.

"아버지, 서울에 계속 머물러 계실 필요가 없으시지요? 소자와 함께 시골로 가십시다. 소자가 힘껏 농사를 지어 봉양하겠습니다. 모친은 수절하고 외갓집도 가난하지 않아서 조석 걱정은 없을 것이옵니다."

좌중 사람들은 더없이 기특한 일이라고 모두 혀를 찼다. 약국 주인도 마침 안에 있다가 말을 전해 듣고 나와서

"아무개가 아들을 얻었다지. 세상에 이런 희한하고 경사스런 일이 다 있나. 친지들의 마음도 기쁨이 솟는데 당자의 심정이야 오죽할까."

하며, 아들과 함께 하향할 것을 권하는 것이었다. 약주름 노인은 물론 기쁘기 한량없었지만, 오래 살아온 서울을 졸지에 떠나자니 서운한 마음도 없지 않거니와 당장 노자가 걱정되었다.

"걱정 마십시오. 소자의 수중에 약간의 돈이 있습니다."

좌중의 사람들도 모두 자제를 따라갈 것을 권하면서 저마다 주머니를 털어서 도와주는데 5, 6냥 정도 되었다. 이에 약국 주인은 10여 냥을 내놓았다.

비가 개자 곧 약주름 노인은 여러 사람들과 작별하고 아들과 함께 길을 떠났다.

약주름 노인은 뜻밖에 집이 생기고 아내가 생기고 자식도 생기고 먹을 것도 생겨, 편안하고 한가롭게 여생을 보냈다고 한다.

『청구야담』에서 뽑은 것으로, 『해동야서』에도 실려 있다. 원래 '소나기 소리를 듣고 약주름이 아들을 얻다聽驟雨藥商得子'라고 되어 있는 데서 '소나기[驟雨]'를 제목으로 삼았다.

약재 중개상으로 늙은 노인은 집도 없고 처자도 없이 외로운 신세였다. 이 노인이 젊은 시절 동래로 왜황련을 사러 내려가던 중도에 어떤 여자와 우연히 맺은 인연으로 태어난 아들을 뜻밖에 상봉하는 이야기이다. 비로 해서 맺어진 인연을 다시 비를 인연해서 만나게 되는 것이 이색적인데, 20년에 걸친 시간과 서울에서 문경으로 펼쳐진 공간을 약국의 한때로 압축하는 구성 수법에서 단편 문학의 묘미를 맛보게 된다.

서울의 약국은 약주름이 드나들 뿐 아니라 시정 사람들이 출입하여 자연스럽게 이야기가 꽃피던 장소였다. 이곳을 배경으로 이야기가 발달했으며, 이 이야기들이 한문단편의 모태가 되기도 하였다. 여기 장동 약주름 노인이 비 오는 날 약국에 앉아서 자기의 지나간 시절 어느 비 오는 날에 문경 새재를 넘다가 맺어진 한 처녀와의 로맨스를 추억하여 화두를 꺼내는 장면에서, 우리는 이야기가 행해지던 당시의 분위기를 여실히 그려볼 수가 있다.

동현 약국銅峴藥局

구리개의 한 약국에 어느날 웬 노老학구가 불쑥 들어왔다. 허름한 옷
에 짚신을 신고 용모가 향원¹ 같아 보이는 사람이었다. 한구석에 앉아
서 한마디 말도 없이, 한참이 지나도록 일어나지도 않았다. 약국 주인이
이상해서 물었다.

"어디서 온 손님이신지, 무슨 일로 오셨소?"

"내가 시방 누구와 여기서 만나기로 약조가 되어 이렇게 귀포貴鋪에
앉아서 고대하는 중이라오. 적이 불안하구려."

"무어 불안하실 게 있겠소?"

밥때가 되어서 주인이 밥을 같이 들자고 청하자 사양하고 핑 밖으로
나가 자기 주머닛돈으로 밥집에 가서 사 먹고 돌아오는 것이었다. 그러
고는 또 꼼짝 않고 종일토록 앉아 있었다. 며칠이 지났지만 기다린다는
사람은 종내 오지 않았다. 주인은 의아해하면서도 사절하지 못하였다.

문득 한 사람이 약국을 찾아와서 사정하였다.

---

1 **향원鄕愿** 시골 사람으로 흠잡을 곳 없이 원만하기만 한 인간형을 가리킴.

"제 집사람이 해산을 하다가 갑자기 기절을 해서 인사불성이에요. 아무거나 좋은 약을 지어서 죽는 목숨 좀 살려줍쇼."

"자네들 무식한 사람들은 매양 약 파는 사람이 의술도 있는 줄 알고 이렇게 찾아오데만, 나는 의원이 아니라네. 어떻게 증세에 맞춰 약을 지을 줄 알겠나? 의원에게 가서 처방전을 내어 오면 약을 지어줌세."

"우리야 본디 의원 문전두 모르구 사는뎁쇼. 제발 약을 좀 지어줘 사람 살립쇼."

이때 노학구가 불쑥 나서서 말했다.

"곽향정기산² 세첩만 쓰면 즉효할 것일세."

약국 주인이 웃으며 말했다.

"곽향정기산은 비울증³에 쓰는 약인데 산병産病에 쓰다니, 빙탄⁴이지. 당신은 그저 입에 붙은 소리로 하는 말이구려!"

학구는 그래도 곽향정기산을 고집하였다. 그 사람은

"시방 사람이 위급하니 그 약을 부디 지어줍쇼."

하고 사정하며 약값을 묻고 돈을 던지는 것이었다. 약국 주인은 곽향정기산 세첩을 지어주지 않을 수 없었다.

그날 석양에 또 한 사람이 찾아왔다.

"나는 모갑이⁵와 이웃에 사는뎁쇼. 모갑이 처가 애를 낳다가 기진을 했는데 이 약국에서 좋은 약을 지어다 쓰고 회생했다면서요. 필시 명의가 계신 줄 알구 찾아왔습죠. 내 자식이 시방 세살인데 마마로 위독하니

---

2 곽향정기산藿香正氣散 곽향을 주 재료로 달여 만드는 약. 여름감기와 식체 증상에 씀.
3 비울증痞鬱症 가슴과 배가 몹시 답답한 증세. 비민痞悶.
4 빙탄氷炭 얼음과 숯. 서로 정반대라 전혀 맞지 않는 관계를 가리킨다.
5 모갑某甲이 여기서는 아무개란 뜻의 말.

다요. 내게두 좋은 약을 지어줘 자식을 살려줍쇼."

"곽향정기산 세첩을 쓰게."

학구가 또 이렇게 말하여 약국 주인이 말했다.

"상사람들이란 워낙 약을 써보지 않아서 성인은 혹 곽향정기산으로 효험을 볼지도 모르지요. 하나 강보에 싸인 아기에게 곽향정기산은 당치도 않아요. 하물며 두증痘症에는 천리나 먼 약을 가지구……."

그 사람이 그래도 그 약을 지어달라고 떼를 써서 또 마지못해 곽향정기산 세첩을 지어주었다. 얼마 후에 그 상민이 다시 들러 과연 즉효를 보았다고 했다.

그로부터 이 소문을 들은 사람들이 구리개의 약국으로 연이어 밀려들었는데, 학구는 누구에게나 어떤 증세에나 곽향정기산이었고, 모두 씻은 듯 부신 듯 신효를 보았다는 것이었다. 여러달이 지나도록 학구는 약국을 떠나지 않았으며 기다린다는 사람은 영 나타나지 않았다.

하루는 어느 재상가의 자제가 좋은 나귀를 타고 구리개 약국에 들렀다. 약국 주인은 나아가 영접을 하고 물을 뿌린다, 비질을 한다, 온통 부산했으나 학구는 궤짝 위에 떡 앉아서 까딱도 않고 있었다.

"부친의 병환이 위중하여 이미 수개월이 지났는데 백약이 무효하고 원기가 점차 떨어지셨네. 어제 영남서 모셔온 유의[6]가 보약의 처방을 내놓고 진근부초陳根腐草로는 약력을 얻기가 어렵다고 몸소 약국에 나가 새 약재를 특별히 가려서 정히 법대로 지어야 효험을 볼 수 있다 하네. 그래서 내 직접 찾아온 것일세."

---

6 유의儒醫 당시 의술은 전문으로 하는 의관이 맡았는데 이들은 기술직 중인이었다. 선비로 의술에 고명한 사람이 임금의 병을 치료하는 사례가 있는데 이들을 '유의'라고 일컬었다.

약국 주인은 특품으로만 뽑아서 처방대로 약을 지었다. 재상가의 자제가 낮은 소리로 물었다.

"저기 궤짝 위에 앉아 있는 분은 뉘신가?"

약국 주인은 그사이에 일어났던 기이한 일을 대충 이야기했다. 재상가의 자제는 의관을 정제하고 학구 앞으로 나아가 부친의 병환의 증상을 쭉 설명하고 좋은 처방을 간청하는 것이었다. 학구는 앉은 채로 듣고 있다가 다만 "곽향정기산이 가장 좋지요."라고 말했다. 재상가 자제는 속으로 웃으며 일어나서 약첩을 들고 돌아갔다.

청지기에게 그 약을 달이라 하고 들어가서 부친을 뵈었다. 말끝에 학구의 일을 듣고 본 대로 아뢰고 나서 비웃었다. 재상이 말하기를

"그 약이 반드시 닿지 않는 것도 아니니 시험 삼아 복용해보는 것이 어떻겠느냐?"

하여 자제는 물론 문객이나 청지기들이 극구 만류하였다.

"원기가 탈진하신 터에 소산제消散劑를 쓰다니요? 안 될 말씀입니다."

재상은 더 말을 못 하였다. 이윽고 그 보약을 달여 내오자,

"먹은 것이 아직 내리지 않았으니 우선 머리맡에 두어라."

하고 재상은 아무도 모르게 달여온 약을 쏟아버렸다. 그리고 좌우에 친히 부리는 사람을 시켜서 가만히 곽향정기산 세첩을 지어오게 했다. 세첩을 솥에다 한데 끓여서 세 차례에 나누어 마셨다.

다음날 아침에 일어나니 재상은 정신이 개운하고 기운이 돋아나 정말 병근病根이 말끔히 가셨다. 자제가 아침에 문안을 드리러 들어오자 재상이 말했다.

"병줄이 몸에서 떨어진 듯싶구나."

"아무 의원은 참으로 편작·화타[7]로군요."

"아니다. 구리개 약국의 학구가 어디 사람인지 모르지만 참으로 신의로구나."

재상은 약사발을 비워버리고 곽향정기산을 달여 먹은 일을 털어놓았다.

"여러달 된 고질이 하루아침에 얼음 녹듯 하였으니 은혜가 더없이 크구나. 네가 직접 가서 모셔와야지 않겠느냐?"

자제는 부친의 명을 받고 구리개 약국으로 가서 학구에게 곡진히 감사의 뜻을 표하고 자기 집에 왕림해줄 것을 간청했다. 학구는 옷자락을 떨치고 일어나더니 혼잣말로

"내 서울 성중에 발을 잘못 디뎌서 이런 귀찮은 일을 당하는구먼. 내어찌 막객幕客이 될까보냐."

하고는 표연히 나가버렸다. 재상가의 자제는 무안해서 물러났다. 그리고 집으로 돌아와 이러한 사연을 아뢰자, 재상은 탈속한 선비라고 찬탄해 마지않았다.

얼마 지나지 않아 임금이 몸조리를 잘못하여 병이 깊어졌는데, 유명한 의원도 병맥을 짚어내지 못했다. 온 조정이 초조하고 경황이 없는 가운데 그 재상이 마침 약원제조[8]로 있었다. 학구의 일을 신이하게 생각하고 있던 차라 임금 앞에 들어간 길에 직접 아뢰었다.

임금께서도

"곽향정기산이 반드시 이로울 바는 아니나 해야 보겠느냐?"

하시며 그 약을 달여오게 했다. 임금도 곽향정기산을 복용한 이튿날

---

7 편작扁鵲·화타華陀 편작은 중국 전국시대의 명의. 화타는 동한東漢 말의 명의. 보통 의술이 높은 사람을 칭하는 말로 쓰였다.
8 약원제조藥院提調 궁중 내의 의료를 담당한 약원의 책임자. 재상급에서 겸직했다.

로 쾌차하였다. 임금은 탄복한 나머지 그 학구의 종적을 탐문하라고 명하였으나 끝내 찾아내지 못하였다 한다.

　식자들의 말은 이러했다. "그는 이인이다. 대개 의서에 의하면 시운時運이 순환하는 고로 동일한 시기에 온갖 병이 발생하여 증세가 상이하더라도 그 근원은 연운年運에 의함이라 하였다. 참으로 연운을 잘 알아서 거기에 맞는 약을 쓰면 맞지 않는 증세에 대해서도 모두 효험을 보는 법이다. 근래 의업을 하는 자들은 이러한 이치는 통 모르고 단순히 증세만 좇아서 약을 쓰려고 하니, 지엽을 다스리느라 근본을 잃는 격이다. 이리하여 맹랑하게 사람을 죽이는 것이다. 그 학구는 임금이 실섭失攝하실 것을 예견하고 또 곽향정기산이 아니면 치병할 수 없겠기에, 짐짓 일을 꾸몄던 것이리라."

●작품 해설

『청구야담』『해동야서』『파수편』에 다 같이 '질병도 연운이 있어 좋은 약제를 쓰다投良劑病有年運'라는 제목으로 수록되어 있다. 『동야휘집』의 「약포에서 이야기를 주고받아 비방을 쓰다投神訣藥鋪對話」도 줄거리는 비슷한데, 약국 주인을 허준許浚으로 꾸며놓았다.

지금의 서울 구리개에 있는 약국에 누군지 전혀 모르는 노학구가 찾아온다. 이 노학구가 수개월 동안 약국에 앉아서 어떤 환자, 어떤 병에 대해서나 곽향정기산 세첩을 쓰도록 했는데 그때마다 예외 없이 신기한 효험을 보았다는 것이다. 이야기는 재상을 통해서 임금의 병까지 치료하게 되는 것으로 구성되었다. 작자는 에필로그에서 병에 시운이 작용하는데, 노학구는 바로 당시의 시운을 잘 알아서 그에 맞는 약을 쓰도록 했기 때문에 그토록 효험을 보았던 것이라고, 신이한 내용에다 그 나름으로 합리성을 부여하였다. 작자의 의도가 일견 이 점을 강조하는 데 있는 것처럼 되어 있으나, 이는 표면적으로 설정된 말에 불과하다. 경쾌한 필치로 그려진 약국을 무대로 펼쳐지는 시정세태의 묘사가 독자의 흥미를 끄는 것이다.

무기당無棄堂

   유상柳相 지사知事는 젊은 시절부터 의술로 세상에 이름을 얻었고 재능도 있었지만 아직 묘경을 터득하지는 못하였다.

   마침 경상 감사의 책객冊客으로 내려가 있었는데 여러달 일없이 무료하였다. 감사에게 돌아가겠다고 아뢰어 허락을 받았다. 감사는 자기가 타던 노새를 견마 하인까지 붙여서 내주었다.

   유상이 길을 떠나 금호강[1]을 건넌 다음 미처 우암창[2]에 당도하지 못해서다. 노새를 끌던 하인이 소변을 보고 오겠노라고 말고삐를 유상에게 맡기면서 말했다.

   "이놈이 놀라기를 잘합니다. 조심해서 꼭 앉아 계십쇼."

   유상이 엉겁결에 채찍을 들어서 노새를 한번 갈겨보았다. 노새가 풀쩍 뛰어 내닫는데, 산을 치오르고 냇물을 건너뛰어 형세가 도저히 제어할 도리가 없었다. 정신을 바짝 차리고 안장을 꽉 붙들고 있어서 다행히 땅에 떨어지지는 않았다. 하지만 노새가 잠시도 다리를 멈추지 않고 종

---

1 금호강琴湖江 대구 부근에 있는 낙동강의 지류.
2 우암창牛岩倉 지금의 경상북도 칠곡 지방에 있던 창倉.

일 치닫는 곳이 줄곧 험악한 산길이었다. 날이 저물어서 고개를 넘어 문득 어느 집 앞에서 멈추었다.

그 집 안에서 노인이 아들을 부르는 소리가 들렸다.

"손님이 노새를 타고 오셨구나. 노새는 마구간에 끌어다 잘 먹이고 손님 저녁을 준비해라."

유상은 종일 어지러웠던 끝에 다행히 노새가 발을 멈추어서 정신을 수습할 수 있었다. 노새에서 내려 마루로 올라갔다. 주인과 인사를 나누고 이어서 노새가 내닫던 경과를 이야기했다.

이내 저녁상이 나왔다. 상을 물리자 곧 피곤해서 졸음이 왔다. 주인은 문지방 안에, 손님은 문지방 밖에 앉아서 호롱불을 사이에 두고 침묵이 흘렀다. 이윽고 창문 밖에서 발걸음 소리가 들려왔다.

주인은 창문을 열고 소리쳤다.

"왔는가?"

"왔네!"

그러자 주인은 장검長劍을 들고서

"주인이 없다고 하여 어른의 서책을 함부로 꺼내보지 말게."

하고는 훌쩍 밖으로 나가는 것이었다.

유상은 내심 괴이한 생각이 들었다. 눈을 돌려서 아랫방을 살펴보니 벽에 붙여서 친 휘장이 바람에 나부껴 들춰지는데 무언가 볼만한 것이 있는가 싶었다. 주인이 주의한 말이 비록 근엄했지만 한번 훑어볼 수야 없겠나 하는 생각이 들어서 일어나 휘장을 들춰보았다. 서가에 가득히 놓인 것이 모두 의서가 아닌가. 이 책 저 책 뽑아서 훑어보는 즈음에 밖에서 사람의 발자국 소리가 들렸다. 얼른 책을 제자리에 갖다놓고 물러나서 제자리에 앉았다.

얼마 지나지 않아 주인이 방 안으로 들어서더니 둘러보고는 입을 열었다.

"젊은 사람이 너무 무례하구먼. 어른의 서책을 함부로 들춰보다니."

유상은 얼른 "제가 크게 잘못했습니다."라고 하고 이어 주인에게 칼을 들고 나갔다가 돌아온 일에 대해 물어보았다.

"마침 강릉에서 친구가 나와 함께 원수를 갚으러 가자 하는 고로 아까 잠깐 나갔다가 돌아온 것이네."

이내 잠자리에 들었다. 첫닭이 울자 주인은 자기 아들을 불렀다.

"손님 노새를 먹였느냐?"

유상도 일어나 앉았다. 곧 아침상이 나와서 새벽밥을 들었다.

"얼른 떠나게, 머뭇거리지 말고."

유상은 몸을 일으켜 노새를 탔다. 그러자 주인의 아들이 채찍을 들어 노새를 내리치는 것이었다. 노새는 어제와 마찬가지로 내닫기 시작했다. 정오쯤 해서 광주 땅의 판교에 도착했다.

액정서[3] 하인 10여 명이 길목에 대기해 있다가 소리치는 것이었다.

"유서방 오시오?"

유상은 연일 노새 등에 얹혀 시달렸고 또 간밤에는 눈을 제대로 붙이지 못했던 까닭으로, 정신이 혼미해서 술에 취한 듯 얼이 빠진 듯 노새를 탄 일개 인형이었다. 홍의紅衣의 무리들이 노새 앞으로 다가섰다.

"행차가 유서방님 아니온지요?"

"무엇 때문에 묻소?"

"임금님 환후가 극중極重하온데 유서방님을 불러 진찰을 받고자 하시

---

3 액정서掖庭署 궁정 내에서 임금의 명령을 전달하거나 문방구·열쇠 관리 등을 담당하는 관서.

는지라, 소인들이 명하심을 받잡고 강을 건너와 이렇게 기다리고 있습니다. 상감마마께옵서 환후 중에 신인이 현몽하여 '의원으로 유상이라는 이가 방금 영남에서 노새를 타고 올라오고 있으니 얼른 사람을 강변으로 보내서 맞아오면 성상의 환후는 만에 하나도 근심할 것이 없사옵니다.' 하고 일러주었던 까닭입니다."

"내가 바로 유상이오."

홍의의 무리들은 크게 기뻐하며 유상을 호위하여 모시고 가는 것이었다. 유상이 노새 위에서 환후를 물어보니 대전마마의 증세는 바야흐로 흑함[4]의 상태에 있었다.

유상은 먼저 집으로 돌아가서 공복公服으로 갈아입고 입궐하는 길에 구리개를 지나게 되었다. 어떤 할멈이 새로 마마를 치른 아이를 업고 길에 나와 서 있는데, 옆의 사람이 보고 묻는 것이었다.

"애가 손님이 들어 심하다더니 어떻게 아무 탈 없이 고비를 넘겼나요?"

"애가 흑함으로 일곱 구멍이 죄다 한 껍질이 되어서 호흡이 통하지 않아 속수무책 숨넘어가기만 기다렸지요. 그런데 천행으로 지나가는 스님을 만나 시체탕[5]을 쓰게 되었답니다. 그래서 일곱 구멍이 모두 통하여 지금 완쾌해서 어제 마마를 배송하였답니다."

유상은 말을 멈추고 그네들이 하는 말을 귀담아듣게 되었는데, 지난밤에 펼쳐보았던 의서에서 시체탕을 본 기억이 떠올랐다.

유상이 입시入侍하여 환후를 살펴보니 아까 길에서 노파가 업고 있는 아이를 두고 하던 말과 같은 상태였다. 그래서 시체탕 처방을 내었다.

---

4 흑함黑陷 천연두가 곪을 때 그 내부에서 출혈이 일어나 빛깔이 검어지는 증세.
5 시체탕柿蒂湯 감꼭지를 약재로 써서 지은 탕약.

때가 4월이라, 감꼭지는 내국[6]에서도 구할 수 없는 것이었다. 당시 남촌에 사는 어떤 선비가 집 한 칸을 따로 세우고 '무기당無棄堂'이라 현판을 걸고서 천하의 무용지물, 심지어 닳아진 빗자루, 쪼개진 바가지까지 모두 수집해서 보관해두었다. 감꼭지 한말을 무기당에서 구할 수 있었다. 과연 시체탕 한첩이 즉시 주효해서 임금의 환후가 나아 건강이 회복되었다. 유상은 드디어 명의로 이름을 날리게 되었다.

이 이야기로 보건대 산중의 노인이나 구리개의 노파는 모두 이인에 속할 터인데, 노새가 달리던 일, 신인이 현몽한 일 모두 하늘이 그렇게 시킨 일이었다. 기이한 일이다.

---

6 내국內局 대궐 내의 의약을 맡은 관청. 내의원內醫院.

●작품 해설

　'길거리에서 말을 듣고 유의가 명성을 얻다聽街語柳醫得名'란 제목으로『청구
야담』과『해동야서』에 함께 수록되어 있다.『동야휘집』에 보이는「길거리의 말
을 듣고 감꼭지 처방을 내리다聽街語柿蔕奏功」도 같은 내용이나, 시대 배경을 숙
종 때로 뚜렷이 잡았고 사건이 좀더 부연되어 있다.

　이 역시 앞의「동현약국」처럼 치병에 관계된 신이담神異譚으로 되어 있다. 천
연두 같은 무서운 전염병은 당시의 의료 수준으로는 발병 원인이나 그 치료법
을 과학적으로 해결할 도리가 없었다. 비과학의 영역인 신비에 많이 의존하게
된 것이다. 그래서 자연스럽게 이 천연두에 결부되어서 신이담이 허다히 형성
되었던 것 같다.

　유상柳相(숙종 연간의 실제 인물로 실록에는 그의 이름이 柳瑺으로 나옴)이라는 의
원이 이상한 계도를 받아 임금의 천연두를 치료했다는 이 줄거리도 원래 이런
데서 발상이 된 것이다. 그런데 이 이야기의 초점은 소위 '시체탕'의 재료인 감
꼭지에 있고, 그것을 많이 수장하고 있던 '무기당無棄堂'에 시선이 쏠리게 된다.
그래서 제목을 '무기당'으로 삼았거니와, 서울 남촌에 살던 무기당 주인의 수
집 취미가 나름으로 재미를 느끼게 한다.

남산南山

약국의 여러 친구들이 술과 안주를 싸들고 남산으로 탁족을 갔다. 그 중 한 친구가 갑자기 물건이 일어나서 난감하였다. 음침한 곳을 찾아가서 한창 손장난을 하고 있을 즈음에 금송군[1]이 뒤에서 다가와 버럭 소리를 질렀다.

"에끼, 이 양반! 남산같이 중요한 곳에서 이게 무슨 짓이람!"

그가 당황하여 돌아보니 금송군이 서 있었다. 얼굴이 벌겋게 달아올라가지고 금송군의 소매를 붙잡아 가까이 앉히고 사정하였다.

"이 일을 제발 좀 덮어주우."

"남산은 나라의 중요한 곳이라, 이런 일은 크게 법으로 다스릴 일이야. 가만둘 수 없지. 잡아가야 할 것이야!"

"노형, 무슨 말씀을 그럭허우? 상말에 죽을 병에도 살아날 약이 있다는데, 나의 일시 무안한 일을 가지고⋯⋯. 노형이 좀 너그러이 봐줄 수 없우?"

---

1 **금송군禁松軍** 산림 보호를 위한 금송禁松 지역에서 소나무숲을 관리하고 벌목을 감시하던 군사.

그는 애걸하며 얼른 주머니를 털어서 돈을 금송군 손에 쥐여주었다.

"이거 약소하오만 약주나 받아 자시고 덮어주구려. 일간 나를 찾아오면 잘 대접하리다."

"노형 집이 어디유?"

"우리 집은 구리개 어느 골목 몇번째 집이라우."

"남산은 바로 서울의 안산[2]이라 중요한 곳 아니오? 만약 이런 일로 붙잡혀가면 단단히 벌을 받을 것이오. 하나 노형이 간절히 사정하기로 내 특별히 봐주리다. 담부턴 그런 짓 마우."

그는 고맙게 여겼다. 금송군은 돈을 받아들고 내심 하도 우스워서 뒤도 안 돌아보고 가버렸다.

이튿날 금송군이 그의 집에 들렀다. 그는 방 안에 앉았다가 금송군이 들어오는 것을 보고 부리나케 돈 한움큼을 쥐고 나갔다. 금송군은 돈을 손에 쥐자 뒤도 돌아보지 않고 돌아갔다. 또 며칠이 지나서 금송군이 다시 나타났으며, 그는 먼저처럼 얼른 돈을 집어주었음이 물론이다.

이런 일이 몇차례 거듭되었다. 어떤 사람이 궁금하여 영문을 물었으나 그는 우물쭈물 숨기고 털어놓으려 하지 않았다. 그후 또 금송군이 다녀가는 것을 보고 그 사람이 기어이 캐물어서 마지못해 그의 귀에다 입을 대고 조심스럽게 말했다.

"내가 일전에 남산에 놀러 갔을 때에 이러이러한 일이 있었는데 그 사람이 너그러이 용서해주었다네. 그 은혜가 감사해서……."

이 말을 듣고 그 사람은 어처구니없는 일이라 웃으며 책망하였다.

"사내가 그런 일쯤 하기로 예사 아닌가? 남산이 아니라 대궐 안에서

---

2 안산案山 집터나 묏자리에 있어 맞은편의 산을 가리키는 말. 앞산과 같은 의미.

그런 짓을 하더라도 무슨 죄가 되겠나? 다음에 또 오거든 단단히 야단 쳐 보내게."

며칠 후에 금송군이 또 어슬렁어슬렁 나타나자 대뜸 그를 꾸짖었다.

"내가 한 짓이 너하구 무슨 상관이냐?"

"당초부터 그렇게 말했으면 누가 당신을 찾아오겠우?"

하며 금송군은 달아나버렸다.

●작품 해설

『성수패설醒睡稗說』에서 뽑았다. 원제는 '약점을 잡혀 돈을 바치다失妙貢物'인
데 '남산南山'으로 바꾸었다.

약국의 여러 친구들이 함께 남산으로 놀이를 갔다가 그중 한 사람이 금송군
에게 약점을 잡혀서 종종 돈을 뜯기는 이야기. 관청 주변 말단 부류의 생태나
시정 사람의 성性에 대한 긍정적인 사고방식이 가벼운 터치로 유머러스하게 그
려져 있다.

풍류風流

　심용沈鏞 심합천陜川은 재물에 대범하고 의를 좋아하며 스스로 풍류를 즐기는 사람이었다. 일세의 가희歌姬·금객琴客과 술꾼이며 시인들이 밀려들어 문전성시를 이루어 연일 손님들이 집 안에 북적거렸다. 장안의 잔치와 놀이가 심공을 청하지 않고는 벌일 수 없을 지경이었다.

　당시 한 부마가 압구정[1]에서 연회를 베푸는데 심공과 상의 없이 거문고와 노래를 다 동원하고 빈객을 크게 모아서 호탕하게 논 적이 있다. 이름난 정자의 가을밤, 달빛은 물결에 부서지는데 흥겨운 기분이 넘쳐흘렀다. 그때 문득 강 위편에서 퉁소 소리가 청아하게 울려오지 않는가. 멀리 바라보니 조그만 배가 둥실둥실 떠오르는데, 한 노옹이 머리에 화양건華陽巾을 쓰고 몸에 학창의鶴氅衣를 걸치고 손에는 백우선白羽扇을 쥐고, 백발을 표표히 날리며 오롯이 앉아 있는 것이었다. 옆에 푸른 옷을 입은 두 동자가 좌우로 시립하여 옥퉁소를 비껴 불고 있었고, 배에 실린 한 쌍의 학은 너울너울 춤을 추었다. 신선 중의 한분임이 분명했다.

---

1 압구정狎鷗亭　한명회韓明澮가 한강변에 세운 정자. 지금 압구정동이라는 동명이 여기서 유래했다.

정자 위의 노래와 풍악은 저절로 그치고 모두들 난간으로 몰려 바라
보고 서 있었다. 혀들을 차며 선망의 눈길을 강에다 쏟아서 연회석에는
한명도 남지 않아 텅 비고 말았다. 부마는 흥이 깨짐을 분히 여기고 몸
소 작은 배를 타고 가까이 가보니 다름 아닌 심공이었다. 서로 바라보고
껄껄 웃었다.

"공이 나의 좋은 놀이를 압도하시는구려."

그리고 심공을 맞아서 함께 실컷 놀다가 자리를 파했던 것이다.

어느 재상이 평양 감사를 제수받고 떠나게 되었다. 감사의 형님이 영
의정 자리에 있어 홍제교[2]에서 전별연을 벌이고 보내는데, 도성 문밖으
로 수십량의 수레와 인마가 길을 메웠다. 구경꾼들은 모두 입을 모아 대
단히 복 있는 분이라고 그를 칭송하였다.

"당체지화여! 악불위위[3]로다."

그때 문득 소나무숲 사이로 한필의 말이 달려나왔다. 말 등의 인물이
몸에 자줏빛 누빈 갖옷을 입고 머리에 칠색 촉묘피 남바위[4]를 쓰고 손
에 채찍을 쥐고서 안장에 버티고 앉아 좌우를 돌아보는 풍채는 보는 사
람들을 감탄케 하고야 말았다. 미인 3, 4명이 머리에 전립을 얹고 몸에
짧은 소매의 전복[5]을 걸치고 허리에 수록남전대[6]를 띠고 발에 꽃무늬
수놓은 운혜[7]를 신고, 쌍쌍이 뒤를 따르고 있었다. 그 뒤로 또 5, 6명의

---

2 홍제교弘濟橋 서울 무악재 너머 홍제원弘濟院에 있던 다리. 서북쪽으로 가는 사람을
  위해서는 주로 여기서 전별연을 벌였다.
3 당체지화棠棣之華 악불위위 鄂不韡韡 '당체꽃이여! 환히 빛나지 아니한가'라는 말로
  형제간에 우애함을 비유하여 쓴다. 당체는 산앵도나무로 '常棣'라고도 함(『시경詩
  經·소아小雅 상체편常棣篇』).
4 칠색 촉묘피蜀猫皮 남바위 검정 촉묘피로 만든 방한용 모자.
5 전복戰服 군복의 일종으로, 다른 옷 위에 받쳐입는다.
6 수록남전대水綠藍纏帶 푸른 색깔의 띠.

동자가 청삼자대青衫紫帶를 하고 제각기 악기를 들고서 마상 연주를 하는 것이었으며, 사냥꾼이 매를 팔목에 받치고 사냥개를 부르며 숲 사이에서 나왔다. 담을 쌓은 구경꾼들이 부르짖었다.

"저 양반 심합천이지!"

과연 그이였다. 구경꾼들이 다들 탄성을 발했다.

"세상에서 우리네 인생은 백마가 문틈을 지나가는 것이나 다름없거늘, 진정 마음대로 즐거움을 실컷 누려야 할 것이라. 아까 그 전별연도 성대하지 않은 바 아니로되, 자고로 공명을 추구하면 실패가 많고 성공이 적다 하였지. 게다가 참소를 살까 근심하고 시기를 받을까 두려워하여 가슴을 졸이는데야 어찌 마음을 유쾌히 하여 뜻에 맞고 호탕하게 즐기며 바깥의 근심을 잊는 것만 같겠느냐."

드디어 서울 사람들 간에 우스갯말로

"전별연이냐, 사냥이냐? 사냥을 나갈 일이지 전별연을 바라지 않으리라."

하였으니, 심공이 선망의 대상이 되었음을 알 것이다.

후에 어느날 심공이 가객 이세춘[8]과 금객 김철석[9], 기생 추월秋月·매월梅月·계섬桂蟾 등과 초당에 앉아서 거문고와 노래로 밤이 깊어갔다. 심공이 물었다.

"너희들 평양에 가보고 싶지 않으냐?"

---

7 운혜雲鞋 여자의 마른신의 한가지. 앞코에 구름 모양의 무늬가 있다.

8 이세춘李世春 당시의 명창으로, 신광수申光洙의 『관서악부關西樂府』에 '보통 시조를 장단에 맞추고 있으니 장안에서 온 이세춘이로다一般時調排長短 來自長安李世春'라는 구절이 있다.

9 김철석金哲石 유명한 거문고 연주자. 다음의 「유우춘柳遇春」에 나오는 '철鐵의 거문고'와 동일인인 듯하다.

"가보고 싶은 마음이야 간절하오나 아직 못 가보았사옵니다."

"평양은 단군·기자 이래로 5천년의 문물이 번화한 고도이다. 그림 가운데 강산이요 거울 속의 누대라, 가위 국중 제일이니라. 나 역시 아직 가보지 못했구나. 내가 들으니 평양 감사가 대동강 위에서 회갑 잔치를 벌인다는구나. 평안도의 여러 고을 수령들이 모두 모이고 명기·가객이 다 뽑혀와서 고기와 술이 넘쳐난다고 벌써부터 명성이 대단하다. 아무 날이 바로 잔칫날이라는구나. 한번 걸음에 마음을 크게 열어놓을뿐더러 전두[10]로 돈과 비단을 후히 받아오게 될 것이다. 이 어찌 양주학[11]이 아니겠느냐?"

모두 손뼉을 치며 기뻐하고 즉시 길채비를 해서 떠났다.

그들은 금강산 유람을 간다고 소문을 내고 종적을 감추었다. 그리고 딴 길로 평양 성내에 잠입하여, 외성의 조용한 곳에 처소를 정했다.

다음날 바로 잔치가 열렸다. 심공은 작은 배 한 척을 세내어 배 위에 청포 차일을 치고 좌우에 주렴을 드리우고 배 안에다가 기생과 가객, 악기들을 실었다. 그리고 배를 능라도와 부벽루 사이에 숨겨두었다.

이윽고 풍악이 하늘을 울리면서 선박들이 강을 덮었다. 감사는 누선樓船에 높이 앉고 여러 수령들도 모두 모여서 잔치가 성대하게 벌어졌다. 맑은 노래와 묘한 춤에 그림자는 물결 위에서 너울거리고 성머리와 강둑은 인산인해를 이루었다.

이에 심공은 노를 저어 나아가서 누선이 마주 바라보이는 곳에 배를

---

10 전두纏頭 비단을 머리에 감아준다는 말로 요즘의 팁과 같은 뜻.

11 양주학楊州鶴 신선이 되어 학을 타고 양주 자사楊洲刺使가 되어 간다는 말로, 둘 이상의 욕망을 동시에 달성하는 것. 지나치게 욕망을 부리는 태도를 비웃는 뜻으로도 쓰임.

멈추었다. 저쪽 배에서 검무를 추면 이쪽 배에서도 검무를 추고, 저쪽에서 노래를 부르면 이쪽에서도 노래를 불렀다. 마치 흉내를 내는 것 같았다. 저쪽 배의 사람들이 괴이하게 여기고 즉시 비선飛船을 내어 잡아오게 하였다. 이쪽에서는 노를 빨리 저어서 달아나 종적을 감추었다. 비선은 더 쫓지 못하고 뱃머리를 돌리고 말았다. 그러면 다시 노를 저어 나와 아까같이 하는 것이었다. 이렇게 몇번 거듭되자 아무래도 심상치 않게 보였다. 감사가 매우 괴이하게 여겨 말했다.

"저 배를 멀리 바라다보니 검광이 번쩍이고 춤과 노랫소리가 구름을 가로막는구나. 결코 먼 시골의 사람들이 아니겠다. 그리고 주렴 가운데 학창의를 입고 화양건을 쓰고 백우선을 든 저 노옹은 의젓이 앉아서 태연자약하게 담소하는 품이 어떤 이인이 아닐까?"

드디어 비밀히 영을 내려 10여 척 작은 배들이 나가 일제히 포위해서 끌고 오도록 하였다.

심공의 배가 끌려서 누선樓船 머리에 이르자 주렴을 걷고 바라보며 껄껄 웃었다. 감사는 본래 심공과 친분이 깊은 터라 심공을 보더니 넘어질 듯 놀라며 반가워했다. 그리고 서로 노는 재미를 비교해 묻는 것이었다.

배에 있던 여러 수령과 비장, 감사의 자제·조카·사위 등등이 모두 서울 사람들이다. 뜻밖에 서울의 기생과 풍악을 대하자 너나없이 기뻐하는 것이었다. 또한 서로 익은 얼굴들도 많아서 손을 잡고 정회를 나누었다. 가기歌妓와 금객들이 저마다 평생의 재주를 다해서 진종일 놀았다. 이에 서도의 가무와 기생들은 무색하게 되었다.

그날 당장 감사는 서울 기생들에게 천금을 내렸으며, 여러 수령들도 저마다 힘에 따라 상금을 내놓았다. 거의 만금에 가까운 돈이 들어왔다.

심공은 10여일 함께 실컷 놀다가 서울로 돌아왔다. 이 이야기는 지금까지 풍류미담으로 전해온다.

심공이 서거하자 파주의 시곡[12]에 장사 지냈다. 여러 노래와 거문고
의 벗들이 모여서 눈물을 뿌렸다.

"우리는 평생 심공의 풍류 가운데 사람들이었고, 심공은 우리의 지기
知己이며 지음知音이었다. 이제 노랫소리 그치고 거문고 줄은 끊어졌도
다. 우리들은 장차 어디로 갈 것인가?"

그들은 시곡에 모여 심공을 장사 지내고 한바탕 노래와 한바탕 거문
고로 무덤 앞에서 마지막 통곡을 하고 각기 집으로 흩어져 돌아갔다.

계섬만은 홀로 무덤을 지키며 떠나지 않고 쓸쓸한 머리카락과 애수
에 젖은 눈동자로 사람들을 향해 심공의 이야기를 이와 같이 들려주곤
하였다.

---

12 **시곡柴谷** 지금의 경기도 파주시 광탄면 신산리 소재 속칭 '시궁굴'로서 심씨의 여
러 대 선영이 있는 곳이다.

●작품 해설

　『청구야담』에 실린 것으로, 제목은 '평양으로 놀러 가 풍류성사를 이루다遊浿營風流盛事'인데 줄여서 '풍류風流'라 하였다.『동야휘집』의「평양으로 놀러 가서 풍류흥취를 이루다遊浿營風流乘興」도 대개 비슷한 줄거리다.

　심용沈鏞(1711~88)이란 인물이 풍류생활로 일세를 놀라게 한 이야기. 그는 세속에 팔리지 않고 고상한 취미와 멋을 추구해서, 이러한 그의 풍류생활이 당시 고관대작으로 부귀영화를 누리는 것보다도 선망의 대상이 되었다는 것이다.

　그의 풍류 중에서도 우리의 주목을 끄는 것은 그가 남달리 예술을 애호했던 점이다. 가객 이세춘, 금객 김철석, 가기 추월·매월·계섬 등 연예인들이 그의 비호를 받고 활동하여, 일종의 연예인 그룹을 형성하고 있었던 것을 보여준다. 심용의 장례 마당에 그들 거문고와 노래의 벗들이 모여서 "우리는 평생 심공의 풍류 가운데 사람들이었고, 심공은 우리의 지기이며 지음이었다."라고 슬퍼하다가 흩어지는 것으로 작품이 끝난다. 자기네 예술을 깊이 이해하고 후원해주던 훌륭한 패트런을 잃어버린 슬픔이었을 것이다. 심용은 물론이고 이세춘·김철석 등도 18세기 말엽에 서울에서 활약하던 실재 인물이었다. 이들의 활동이 하나의 미담으로 되어서 이런 작품으로 전하게 된 것이겠거니와, 심용 같은 패트런의 비호 아래 음악예술이 성장하고 있었음을 증언한 것이다. 심용의 풍류는 음풍농월吟風弄月을 일삼던 종래 사대부들의 그것과 달리 새로운 감각과 취향이 느껴지기도 한다.

회상回想

추월秋月은 공주 기생이다. 가무와 미모로 뽑혀 상방[1]에 들어가서 명성이 높았다. 풍류남아들이 다투어 좋아하는 기생으로, 번화한 곳에서 이름을 날려 수십년이 흘렀다. 늘그막에 이르러 자기 평생에 세가지 우스운 일이 있었노라면서 들려주는 이야기가 있었다.

이판서댁에 풍류와 함께 노래가 요란하게 울렸다. 잡가를 부르매 줄은 급히 구르고 소리는 정히 고조된 즈음, 어떤 대감이 들어섰다. 용모가 단정하고 눈을 옆으로 굴리지 않는 품이 한번 보아 정인군자正人君子인 줄을 알 수 있었다. 주인 대감과 인사를 나누더니 이어 노래를 시키는 것이었다. 이날 실컷 즐겁게 놀다가 파했다. 그 자리에는 금객 김철석, 가객 이세춘, 기생 계섬·매월 등이 함께 있었다.

그로부터 며칠 후였다. 어떤 하인이 와서 모 대감이 여러 사람을 부르시니 서둘러 와서 대기하라는 것이었다. 가객, 금객 및 기생들이 하인을 따라갔더니 전에 이판서댁에서 보았던 그 대감이다.

대감은 자리를 벌이고 단정히 앉아 있었다. 그들 일행이 문안을 드리자 대감은 대청으로 올라오라 하더니 한마디 부드러운 언사로 대해주는 법도 없이 대뜸 "노래를 불러라." 하여, 도무지 흥이 일어나지 않았다. 마지못해 노래를 불러 초장初章에서 다음 장으로 넘어가서 곡이 미처 끝나기도 전인데 대감이 노여움을 발동했다. 모두 아래로 끌어내리라고 호령하더니 거친 음성으로 꾸짖었다.

"너희들, 전에 이판서댁 연회에선 노래며 풍악이 시원해서 썩 들을 만하더구나. 한데 오늘은 소리가 낮고 가는데다 늘어져서 싫어하는 기색이 역력하구나. 흥취라고는 도무지 없다. 내가 음률을 모른다고 해서 이러는 것이냐?"

추월은 영리한 사람이다. 얼른 눈치를 채고서 발명을 했다.

"연회가 이제 시작된 참이라서 소리가 우연히 낮게 나왔사옵니다. 죄송하오이다. 다시 한번 기회를 주옵시면 들보를 뒤흔들고 구름을 뚫는 소리가 울려나도록 해보겠습니다."

대감은 특별히 너그럽게 용서를 베풀어 다시 부르도록 했다. 기생과 악사들은 서로 눈짓을 하고 각자 제자리로 돌아가서 대뜸 우조² 잡사雜詞를 불렀다. 고음으로 크게 소리쳐 어지럽게 불러대고 잡되게 화답하니 도무지 음악이라 할 것이 없었다. 대감은 대단히 흥겨워서 부채로 책상을 두드리며 부르짖는 것이었다.

"좋다, 좋아! 노래란 마땅히 이래야 될 게 아니냐."

노랫소리가 조금 주춤해졌다. 잠깐 숨을 돌릴 때에 술과 안주가 나

---

2 우조羽調 계면조界面調와 함께 악조의 하나로 웅장한 것이 특징이다.

왔다. 박주에 말라비틀어진 육포가 전부였다. 술잔을 내려놓자 "그만 가거라." 해서 하직하고 물러나왔다.

한 하인이 찾아와서 "우리 댁 나리께서 불러오랍신다." 하고 성화를 대서 금객, 가객들이 따라나섰다. 동대문 밖 연미동[3]의 초가집이었다. 사립문을 밀치고 들어가니 단칸방에 바깥으로 마루도 없고 토방 위에는 겨우 짚자리 한닢이 깔려 있다. 짚자리에 둘러앉아 줄을 고르고 노래를 뽑았다.

주인은 남루한 옷차림에 가증스러워 보이는 용모였다. 탕건을 쓰고 시골 손님 몇과 방 안에 마주 앉아 있는데, 기껏 음관[4] 따위였다. 노래 몇곡을 부르자 주인은 손을 저으며 "별로 들을 것이 없구나." 하고서, 탁주 한 잔씩 돌리더니 이제 가보라는 것이었다. 그래서 인사를 꾸벅하고 돌아왔다.

여름날 세검정에서 벌인 연회에 참석했다. 재자와 명사들이 운집하고 맑은 물 닦인 돌 사이에서 잔치가 벌어져 구경꾼으로 담을 쌓았다. 그때 의복이 깨끗지 않고 생김새도 삐쩍 말라 거지 행색으로 보이는 사람이 멀찍이 연융대[5] 아래서 추월을 뚫어져라 바라보고 있었다. 추월도 이상하게 여기고 있는데 그 사람이 손짓해 불렀다. 추월이 그에게 다가갔더니 그 사람은 꽁무니에서 돈 한 꿰미를 꺼내 굳이 추월

---

3 연미동燕尾洞 서울 동대문 밖 관왕묘關王廟(동묘) 부근 동망봉東望峰 밑에 있던 마을. 연미정동燕尾亭洞.
4 음관蔭官 과거에 통과하지 않고 조상의 공으로 벼슬을 하는 것. 남행南行.
5 연융대鍊戎臺 서울 도성의 북문인 창의문彰義門 밖의 탕춘대蕩春臺에 총융청摠戎廳이 설치되어 있었는데, 이곳을 가리킨다.

에게 받으라고 내미는 것이었다.

"나는 창원의 상납리上納吏라네. 자네의 향기로운 이름을 배불리 듣고 오늘 다행으로 만나보니 명불허전인 줄 알겠네."

추월이 속마음으로는 '천하의 바보 사내가 너로구나.' 하고 비웃으면서도 부드러운 낯으로 거절했다.

"명분 없는 물건을 제가 어찌 받겠습니까? 특별히 주시는 뜻이 감사하오니 받지 않아도 받으나 다름없습니다."

추월은 기어이 주겠다는 것을 뿌리치며 손으로 입을 가리고 돌아섰다.

추월은 "대감의 몰풍류와 음관의 무취미와 상납리의 어리석음, 이 세가지는 내가 평생 잊지 못하는 일이라오."라고 말했다.

●작품 해설

『해동야서』와 『청구야담』에 '추월이 늘그막에 지난 일을 이야기하다秋妓臨老說故事'란 제목으로 실린 것이다. 『동야휘집』의 「성산월이 매양 세가지 우스운 일을 말하다星山月每道三可事」도 유사한 줄거리이나 일화의 내용이 다소 다르다. 여기서는 『해동야서』와 『청구야담』을 대조해서 원문을 정리했다.

추월이라는 명기가 늘그막에 자기의 과거를 회상해서 잊지 못할 일화 셋을 들려주는 형식으로 꾸며진 작품이다. 여기 주인공 추월은 앞의 「풍류」에 나오는 심용의 주변에서 놀던 가기였거니와, 이세춘·김철석과 계섬·매월 같은 예인들이 다 등장하여 그네들이 하나의 그룹을 형성해서 활동하고 있는 정황이 드러난다. 이들 그룹이 연예활동을 벌이던 과정에서 발생한 우스운 일화 세가지가 내용을 이루고 있는 것이다. 여기서 우리는 그 시대 예인들의 생활의 단면을 보게 된다. 심용과 같이 예술을 애호하는 사람도 있었지만 아직 몰풍류 무취미한 분위기 속에서 예술이 예술로서 이해되지 못했고, 따라서 예인들도 제대로 대접을 받지 못했던 사정을 유추해볼 수 있다.

김성기金聖基

금사琴師 김성기金聖基는 처음에 상방궁인[1]이었다. 성격이 음률을 좋아하여 작업장에 나가 공인의 일은 하지 않고 사람을 따라서 현악을 배웠다. 그 정교한 기법을 터득하고 나서 드디어 활을 버리고 음악을 전공하였다. 후일 솜씨 좋은 악공樂工들은 다 그 밑에서 나오게 되었다. 한편으로 퉁소와 비파도 다루었는데 오묘함이 극치에 이르렀다. 또한 직접 신곡을 만들어서, 그의 악보를 익혀 이름을 얻은 이들도 많았다. 그래서 서울에 '김성기의 새 악보'가 유행했던 것이다.

당시 서울에서 손님들을 초대하여 잔치하는 집에서는 아무리 예인을 많이 불러도 김성기가 빠지면 큰 흠으로 여겼다. 그러나 그는 집이 가난함에도 허랑하게 놀아서 처자식들이 굶주림을 면치 못했다.

만년에는 서강[2] 쪽에 집을 얻어 살았다. 작은 배를 사서 삿갓 도롱이에 낚싯대를 하나 쥐고 강물에 떠다니며 고기를 낚아 살아가면서 자호를 조은釣隱이라 했다. 매양 밤에 바람이 자고 달빛이 맑으면 노를 저어

---

1 상방궁인尙方弓人 상의원 소속의 활 만드는 공인.
2 서강西江 한강 아래쪽을 가리키는 말. 원문은 '西湖'로 되어 있는데, 서강의 별칭이다.

중류로 나가 퉁소를 꺼내어 몇곡조 뽑는데, 애원哀怨하고도 청량한 소리가 밤하늘의 구름까지 닿았다. 강변에 지나가던 이들이 듣고 허다히 서성거리며 떠날 줄을 몰랐다.

궁노 목호룡[3]이란 자가 위에 고변을 해서 옥사를 일으켰다. 사대부들을 도륙 내어 공신이 되고 군君에 봉해졌다. 일시에 기세가 등등하여 사람들을 놀라게 했다. 한번은 그 패거리들이 모여 술을 마실 적에 안장말을 구비하고 김금사를 청하였다. 김성기는 병을 핑계하여 거절하고 가지 않았다. 심부름하는 자들이 여러번 다녀갔지만 그래도 꿈쩍 않고 누워 있었다. 목호룡이 화를 내어 "오지 않으면 내가 너를 크게 욕보일 테다."라고 말을 전하도록 했다. 김성기는 마침 손과 더불어 비파를 뜯고 있다가 이 말을 듣고 노하여 심부름 온 자에게 비파를 던지며 꾸짖었다.

"가서 목호룡에게 이렇게 말하여라. 내 나이 일흔이다. 어찌 너를 두렵게 여기겠느냐? 네가 고변을 잘한다 하니 나를 고변해서 죽여보아라."

목호룡은 기가 죽어서 모임을 파하고 말았다 한다.

그후 김성기는 서울 도성 안에 발걸음을 딱 끊고 연회석에 나가 연주하는 일도 아주 드물었다. 그러나 혹 마음에 맞는 사람이 있어 서강으로 찾아오면 퉁소를 불어 즐기되 이 또한 몇곡에 그칠 따름이었고 한번도 흥청거리며 노는 일이 없었다.

나는 어린 시절부터 김금사의 이름을 귀에 익게 들었다. 일찍이 친구

---

3 목호룡睦虎龍(1684~1724) 경종 2년에 역옥逆獄을 고발하여 신임옥사를 일으킨 장본인. 그 공으로 동성군東城君에 봉해졌다. 그를 궁노宮奴라고 칭한 것은 왕족인 청릉군靑陵君의 종이라 해서 붙인 것인데, 실제로 종 신분은 아니며 겸인이었을 것으로 추정된다.

의 집에서 그를 본 적이 있는데, 수염과 머리가 하얗고 두 어깨가 솟아서 뼈가 불거져 보였으며 숨을 헐떡이고 기침이 끊이질 않았다. 그래도 비파를 한 곡조 들려달라고 굳이 청했더니 「영산곡」[4]을 변조變調로 타는데[5] 그 자리에 있던 사람들이 모두 슬퍼 눈물을 떨어뜨렸다. 비록 노쇠하여 죽음에 가까웠으되 손끝의 묘기는 사람을 감동시킴이 이와 같았으니 그의 한창 시절은 짐작할 만하다.

김성기는 인품이 정결하고 말수가 적었으며 술도 별로 좋아하지 않았다. 서강에서 궁하게 살아 일생을 마쳤으니, 이 어찌 스스로 지키는 바가 없이 그럴 수 있었겠는가. 더욱이 그는 목호룡을 꾸짖으매 늠름하여 감히 범하지 못할 기개가 있었다. 이 또한 뇌해청[6]의 부류가 아닐런가.

세상에 사대부로 분개없이 쫓아다니며 옳지 못한 데 붙어 자신의 자취를 더럽힌 자들은 김금사를 보고 또한 부끄러운 줄 알아야 할 것이다.

---

4 「영산곡靈山曲」 국악의 일종으로 석가여래가 설법하던 '영산회상靈山會上 불보살佛菩薩'에서 유래한 곡조. 연회곡으로 많이 쓰였다. 영산회상靈山會上.

5 원문에 '變徵之音'이라고 되어 있는데, 『사기史記·형가전荊軻傳』에 "고점리가 축을 타자 형가가 거기에 화답하여 노래를 부르는데 변치變徵의 소리로 했다高漸離擊筑, 荊軻和而歌, 爲變徵之聲"고 하였다.

6 뇌해청雷海靑 중국 당나라 현종 때의 악사. 반란을 일으킨 안녹산安祿山에게 잡혀 낙양洛陽으로 끌려가 연주할 것을 강요당했으나 끝까지 굴복하지 않아 처참한 죽음을 맞았다.

● 작품 해설

정래교鄭來僑의 『완암집浣岩集』에서 뽑은 것으로, 『이향견문록』에도 옮겨져
있다.

한 음악인의 전기다. 주인공 김성기는 자기의 취미에 따라 음악을 전공해서
'김성기의 신곡'이란 말이 생겨날 만큼 연주자로서뿐 아니라 작곡가로서도 대
성하게 된다. 그는 일개 악공에 머물지 않고 자기의 예술정신으로 음악적 삶을
살았던 것 같다. 서울의 서강에서 고기를 잡아 생계를 잇는 고달픈 생활을 감내
하면서도 세속에 타협하지 않고 끝내 고상한 자세를 지켰던 것이다.

김성기라는 인물을 전하는 이야기가 여러 종이 있는데, 특히 임형택 편역 『한
문서사의 영토』 1(태학사 2012)에 실린 「남원공자 금보南原公子琴譜」와 「악공 김
성기 이야기記樂工金聖基事」를 함께 읽어보기를 독자에게 권한다.

유우춘柳遇春

서기공[1]은 음악에 이해가 깊었다. 손님을 좋아해서 누가 찾아오면 술 상을 벌이고 거문고를 타거나 피리를 불어 주흥을 돋우는 것이었다.

나는 서기공을 따라 놀며 즐겼다. 해금을 구해가지고 가서 소리를 머 금고 손을 이끌어 벌레와 새들의 울음소리를 흉내내보았다. 서기공은 귀를 기울여 듣다가 버럭 소리쳤다.

"좁쌀이나 한 그릇 퍼주어라. 이건 비렁뱅이 깡깡이다."

나는 영문을 몰라서 물었다.

"무슨 말씀이오?

"너무하군. 자넨 도무지 음악을 모르는구먼. 우리나라에는 두 갈래의 음악이 있으니, 하나는 아악雅樂이고 다른 하나는 속악俗樂이라네. 아악 은 옛날 음악이고 속악은 후대의 음악일세. 사직[2]·문묘[3]는 아악을 쓰고

---

1 서기공徐旂公 서상수徐常修(1735~93)를 가리킴. 자가 여오汝五 혹은 백오伯五이며 기공旂公 역시 그의 다른 자. 호를 관헌觀軒이라 했고 서울에서 유명한 서화·골동의 수장가이자 감상가였다. 연암 그룹과 가깝게 지냈던 인물이다.
2 사직社稷 나라에서 단壇을 세워 제사를 지내는 토지의 신과 곡식의 신. 원래 대궐의 동쪽에 종묘, 서쪽에 사직을 두도록 되어 있으며, 지금 종로구 사직동에 사직단이 남

종묘宗廟는 속악을 섞어 쓰는 법인데 이게 이원의 법부[4]거든. 군문에서 쓰는 것은 세악[5]이니, 용맹을 돋우고 개가를 울리기에 좋은데다 완만하고 미묘한 소리까지 두루 구비하여 연회에서 이것이 쓰인다네. 여기에 철鐵의 거문고,[6] 안安의 젓대, 동東의 장구, 복卜의 피리[7]가 있으며, 유우춘·호궁기[8]는 나란히 해금으로 유명하지 않던가. 자넨 어찌 이들을 찾아가서 배우려 않고 그따위 거지의 깡깡이를 배워왔는가? 대개 거지들은 깡깡이를 들고 남의 집 문전에서 영감, 할멈, 어린애, 온갖 짐승, 닭, 오리, 풀벌레 소리를 내서 곡식 몇줌을 빌어가지 않던가. 자네의 해금은 바로 이런 따윌세."

나는 기공의 말을 듣고서 크게 부끄러웠다. 그래서 해금을 싸서 치워버리고 여러달 풀어보지도 않았다.

나의 종씨인 금대거사琴臺居士가 나를 찾아왔다. 작고한 유운경柳雲卿 현감의 아들이다. 운경이란 분은 젊어서부터 협기가 있어 말달리기와 활쏘기를 좋아했다. 영조 무신년 충청도의 역적을 토벌하는 데 공이 있었다.[9] 그분이 이장군 집의 여종을 가까이해서 아들 둘을 낳은 것을 알

아 있다.

3 문묘文廟 공자孔子 이하 유학의 성현들을 모신 곳. 서울의 성균관에 앞쪽으로 문묘가 있고 뒤쪽으로 대학에 해당하는 명륜당과 동재·서재가 남아 있다.

4 이원梨園의 법부法府 장악원掌樂院의 별칭.

5 세악細樂 취타吹打를 제외하고 장구·북·피리·저·해금으로 연주하는 군악. 연회에는 주로 이 세악이 쓰였다.

6 철鐵의 거문고 '철'은 당시 거문고의 명수에 대한 칭호인데, 앞의 「회상」과 「풍류」에 나오는 김철석이 바로 이 사람인 듯하다.

7 안安·동東·복卜 등은 각기 당시 젓대·장구·피리의 명수이겠으나 구체적인 인적사항은 미상.

8 호궁기扈宮其 유우춘과 함께 해금의 명수이겠으나 역시 미상.

9 영조 4년(1728)에 충청도에서 이인좌李麟佐 등이 반란을 일으켰다.

고 있었기에 나는 조용히 거사의 두 아우가 어떻게 됐나 물어보았다.

"마음이 아프오. 둘 다 살아 있다오. 나의 친구가 변방의 원으로 나가 있기에 감발을 하고 2천리 길을 달려가서 돈 5천푼을 얻어다가 이장군댁 두 아우의 몸값을 치르고 속량을 시켰지요. 그래서 큰 아우는 남대문 밖에서 망건을 팔고 있으며, 작은 아우는 용호영에 구실을 다니는데, 해금을 잘 켜서 요즘 세상에서 유명한 '유우춘의 해금'이 바로 이 아우라오."

나는 기공의 말을 기억하고 깜짝 놀랐다. 명가의 후예로서 군졸로 떨어져 있음이 슬펐지만 한편으로는 하나의 기예로 일가를 이루어 살아가는 것이 기뻤다.

나는 금대거사를 따라서 십자교[10] 서편으로 우춘의 집을 찾아갔다. 초옥이 썩 정결했다. 우춘의 노모가 혼자 눈물을 지으며 옛일을 이야기하는 것이었다. 그리고 여종을 불러 우춘을 찾아 손님이 오신 것을 알리게 했다.

이윽고 우춘이 나타났다. 말을 붙여보니 순박하고 참된 무인이었다. 그뒤 달이 밝은 어느 밤이었다. 내가 구등[11]을 돋우고 글을 읽고 있는데 검정 조갑[12]을 걸친 사람 넷이 기침을 하며 들어섰다. 그중의 한 사람이 우춘이었다. 커다란 술방구리에 돼지다리 한짝, 남색 전대에 우린 감 5, 60개를 담아 세 사람이 나누어 들었다. 우춘은 옷소매를 걷어붙이고 껄껄 웃었다.

"오늘밤 글방 샌님을 좀 놀라게 해드려야지."

---

10 **십자교十字橋** 경복궁 동쪽 동십자각 가까이에 있던 다리.
11 **구등篝燈** 불우리를 씌워 바람을 막는 등.
12 **조갑罩甲** 외투와 같은 옷.

그러고는 한 사람을 시켜 무릎을 꿇고 술을 따르게 했다. 술이 반쯤 취했을 즈음에 우춘은 좌중을 둘러보며 말했다.

"잘들 해보라구."

세 사람은 제각기 품속에서 젓대 하나, 해금 하나, 피리 하나를 꺼내어서 합주로 가락을 뽑는다. 우춘은 해금을 타는 옆으로 다가앉았더니 해금을 빼앗아 들고

"'유우춘 해금'을 안 들을 수 있겠소?"

하더니, 능란한 솜씨로 서서히 켜기 시작했다. 그 처절하고 강개한 곡조는 이루 말로 그려낼 수 없었다. 우춘은 해금을 팽개치고 껄껄 웃으며 돌아갔다.

금대거사가 고향으로 돌아갈 적에 우춘의 집에서 행장을 꾸렸다. 우춘은 술상을 차리고 나를 청하였다. 자리에 큰 청동 동이가 놓였기에 무엇인가 물었더니,

"술이 취해 토할 때를 대비한 것이라오."

했다. 술을 따르는데 술잔은 사발이었다. 딴 방에서 소의 염통을 구워 가지고 술이 한 순배 돌면 고기를 베어서 바로 드는 것이 아니고 소반에다 받쳐 젓가락 한벌을 놓고 여종으로 하여금 무릎을 꿇고 올리게 하는 것이었다. 범절이 사대부들이 보통 모여 술 마시는 것과 다른 데가 있었다.

그때 나는 자루 속에 넣어둔 해금을 가지고 갔다. 해금을 꺼내 들고 물었다.

"이 해금이 어떤가? 전에 나도 자네가 잘하는 해금에 뜻을 가져보았는데, 무턱대고 벌레·새 울음소리를 내다가 남들에게 '비렁뱅이의 깡깡이'라는 비웃음을 샀다네. 마음에 겸연쩍데. 어떻게 하면 비렁뱅이의 깡

깡이를 면할 수 있을까?"

우춘은 박장대소하면서 말했다.

"오활하다, 선생의 말씀이여! 모기의 앵앵대는 소리, 파리의 윙윙거리는 소리, 장인들이 내는 뚝딱뚝딱 소리, 선비들의 개굴개굴 글 읽는 소리, 천하의 소리는 모두 다 밥을 구하는 데 뜻이 있지 않소? 내가 타는 해금이나 비렁뱅이의 해금이 무엇이 다르리까? 내가 이 해금 공부를 한 것은 노모가 계시기 때문이었지요. 신통치 못하면 어떻게 노모를 봉양할 수 있겠습니까? 비록 그렇지만 저의 해금 솜씨는 비렁뱅이의 묘하지 않은 듯하면서 묘한 해금만 못하답니다. 무릇 저의 해금이나 비렁뱅이의 해금이나 재료는 매한가지라오. 말총으로 활을 매고 송진을 칠해서 비사비죽[13]으로 타는 것도 아니고 부는 것도 아니지요. 내가 처음 해금 공부를 시작한 지 3년 만에 성취하였는데 다섯 손가락에 못이 다 박였다오. 기술이 더욱 높아갈수록 수입은 늘지 않고 세상 사람들이 몰라주는 것은 더욱 심하답니다. 저 비렁뱅이는 허름한 해금 한벌을 가지고 몇달 만져본 것으로 듣는 사람이 겹겹이 둘러서고 켜기를 마치고 돌아가면 따라붙는 사람도 수십명이라, 하루의 벌이가 말곡식에 돈이 한움큼 모인다오. 이는 다름이 아니올시다. 좋아하는 사람이 많기 때문이지요. 지금 유우춘의 해금을 온 나라가 알고 있다지만 이름만 듣고 아는 따름이요, 정작 해금을 듣고 아는 자 몇이나 되겠습니까? 종친이나 대신이 밤에 악공을 부르면 저마다 악기 하나씩을 안고 가서 허리를 굽히고 대청마루로 올라가 앉지요. 촛불이 휘황히 밝은데 시중드는 자가 '잘하면 상이 있을 거네.' 합니다. 우리들은 그만 황공해서 '예이.' 하고 연주를

---

13 비사비죽非絲非竹 현악기도 관악기도 아니라는 말로, 해금은 정식 악기로 대접받지 못하였음을 뜻하는 말이다.

시작하지요. 이에 현악기가 관악기와 의논하지 않고 관악기가 현악기와 의논하지 않고도 길고 짧고 빠르고 느린 것이 저절로 맞아 돌아가는데, 숨소리나 잔기침 하나도 문밖으로 새나가지 않을 즈음에 곁눈으로 슬쩍 보면 다들 잠자코 안석에 기대어 기껏 졸음을 청하고 있습니다. 이윽고 기지개를 켜면서 '그만두어라.' 합니다. 우리는 즉시 '예이.' 하고 물러나는 것이지요. 집에 돌아와서 생각해보면 제가 타는 것을 제가 듣다가 돌아왔을 뿐이라. 저 귀한 공자님들이나 우쭐대는 명사들의 맑은 담론, 고상한 모임에는 해금을 안고 끼이지 않은 적이 없다오. 저분들이 문장을 논평하기도 하고 과명[14]을 비교하기도 하다가 술이 거나해지고 등잔에 불똥이 앉을 무렵, 뜻이 높아서 심드렁한 표정을 지으며 붓을 놀려 종이를 날리다가 문득 돌아보고

'너는 해금의 시초를 아느냐?'

하고 물어 저는 황망히 몸을 굽히고 대답합니다.

'모르옵니다.'

'옛적 혜강[15]이 처음 만들었더니라.'

저는 또 얼른 몸을 굽신하고

'예에, 그렇습니까?'

하면, 어느 분이 웃으며 이의를 달 테지요.

'아닐세. 해부족奚部族의 금이란 뜻이지. 혜강의 혜嵇 자가 당키나 한가?'

이렇게 좌중이 분분하지만, 도대체 나의 해금과 무슨 상관이 있습니까? 또 가령 봄바람이 따뜻하고 복사꽃 버들개지가 난만한 날 시종별

---

14 과명科名 과거시험에 합격한 것. 이를 가지고 자기 가문의 자랑을 삼았다.
15 혜강嵇康 진晉의 유명한 시인으로 금을 잘 탔다 한다. 죽림칠현의 한 사람이다.

감[16]이며 장안의 오입쟁이 한량들이 무계[17]의 물가에서 노닐 적에, 침기
針妓며 의녀醫女들이 높이 틀어올린 머리에 기름을 자르르 바르고 날씬
한 말에 홍담요를 깔고 앉아 줄을 지어 나타납니다. 놀이와 풍악이 벌어
지는 한편에 이야기꾼이 섞여 앉아서 재담을 늘어놓지요. 처음에 「요취
곡」[18]을 타다가 가락이 바뀌어 '영산회상'이 울립니다. 이때에 손을 재
게 놀려 새로운 곡조를 켜면 엉겼다가 다시 사르르 녹고, 목이 메었다가
다시 트이지요. 쑥대머리에 밤송이 수염으로 갓이 쭈그러지고 옷이 찢
어진 꼬락서니들이 머리를 끄덕끄덕, 눈을 까막까막하다가 부채로 땅
을 치며 '좋다, 좋아!' 하며 그 곡이 가장 호탕한 양 여기고 오히려 하잘
것없는 것임을 알지 못합니다.

저의 동무 호궁기와 한가한 날에 만나 같이 자루에서 해금을 꺼내 어
루만지는데, 두 눈을 하늘에 팔고 마음을 손가락 끝에 두어 털끝만 한
잘못을 범해도 크게 웃으며 한푼을 상대에게 바칩니다. 어느 쪽도 돈을
많이 잃어본 적은 없지요. 그러니 저의 해금을 알아주는 사람은 호궁기
그 친구뿐입니다. 그러나 호궁기가 저의 해금을 아는 것이 제가 제 해금
을 아는 만큼 정묘하지는 못하지요.

지금 선생이 공력을 적게 들이고도 세상 사람들이 쉽게 알아주는 것
을 버리고, 공력은 많이 들지만 세상 사람들이 알아주지 못하는 것을 구
태여 배우려 들다니, 이 어찌 딱하지 않습니까?"

그후에 우춘은 노모가 세상을 떠나자 자기 업을 버렸고, 나에게도 다

---

16 시종별감侍從別監 궁정에서 임금이나 세자 또는 중궁을 호위하는 일을 맡은 직책.
　 임금을 모시는 자들을 대전별감이라 함.
17 무계武溪 인왕산 북쪽 기슭으로 지금의 서울 종로구 부암동에 있는 지명.
18 「요취곡鐃吹曲」 군악 계통의 곡조.

시 들르지 않았다.

　우춘이란 사람은 대개 효자로서 악공들 사이의 은자隱子라 할 것이다. 우춘은 기술이 더욱 높아갈수록 세상 사람들은 더 알아주지 못한다고 했는데, 이 어찌 해금에서만 그칠 것이랴!

●작품 해설

유득공柳得恭(1749~1807)의 작으로, 『영재집洽齋集』에서 뽑았다.

해금의 명수 유우춘을 그린 작품이다. 유우춘은 천첩 소생인데, 속량을 한 다음에 용호영에 일을 다니며 해금을 연마해서 일세를 독보한 악사가 되었다. 당시는 음악에 대한 사회적 수요가 높아져서 연예활동이 다소 활기를 띠었다. 유우춘이 직접 술회한바 예인들은 양반이나 대갓집들, 그리고 시정인들의 모임에 초청을 받아서 연주하고 노래 부르는 것으로 살아갔다. 여기 작중에 언급된 '철鐵의 거문고' '안安의 젓대' '동東의 장구' '복卜의 피리' '해금의 호궁기扈宮其'와 같은 직업적 연예인들이 성장했으니, 유우춘은 그런 이들 중의 하나였다.

그들 예인 중에서 예술에 대한 자각이 싹트기도 하였다. 그러나 당시는 청중들의 음악예술에 대한 인식이 제대로 형성되지 않은 상태였으므로, 예인의 사회적 지위는 별로 향상되지 못하였다. 예인의 의식은 이러한 현실로부터 소외감을 느끼지 않을 수 없었을 것이다. 유우춘이 "기술이 더욱 높아갈수록 세상 사람들은 더 알아주지 못한다."고 탄식한 발언은 그들의 갈등을 단적으로 표현한 말이다. 곧 예술에 대한 자각이 싹트자, 청중의 천박한 기호에 영합함으로써 예술을 속화시키느냐, 자기를 지키고 예술을 심화함으로써 고독을 감수하느냐로 고민하지 않을 수 없었던 것이다. 이는 불우한 처지로 빼어난 지성을 소유했던 작자 유득공 자신의 고민에 그대로 통하는 문제이기도 했다.

송실솔宋蟋蟀

송실솔은 서울의 가객이다. 노래를 잘하는데, 특히 「실솔곡」을 잘 부르기 때문에 '실솔'이란 별호가 붙게 되었다.

실솔은 젊어서부터 노래 공부를 해서 이미 득음한 이후 거센 폭포가 사납게 부딪치고 방아를 찧는 물가로 가서 매일 노래를 불렀다. 한해 남짓 계속하자 오직 노랫소리만 들리고 폭포 소리는 없었다. 다시 북악산 꼭대기로 올라가 아득한 공중에 기대어 넋 나간 듯 노래를 불렀다. 처음에는 소리가 흩어져서 모이지 않던 것이 한해 남짓 지나자 사나운 바람도 그의 소리를 흩어지게 하지 못했다. 이때부터 실솔이 방에서 노래하면 소리는 들보를 울리고, 마루에서 노래하면 소리는 창문을 울리고, 선상에서 노래하면 소리는 돛대 끝에서 울리고, 산골짝에서 노래하면 소리는 구름 사이에 울리는 것이었다. 노래가 씩씩하기는 징소리와 같고, 맑기는 옥돌 같고, 섬세하기는 연기가 가볍게 날리는 것 같고, 서성거리는 것은 구름이 감도는 듯했으며, 구를 때엔 꾀꼬리 울음 같고, 떨쳐 나올 때엔 용의 울음 같았다. 또한 거문고와도 잘 어울리고, 생황에도 잘 어울리고, 퉁소에도 잘 어울리고, 쟁箏과도 잘 어울려, 그 묘함이 극치에 다다랐다. 그제야 옷을 차려입고 갓을 바로 쓰고는 여러 사람이 모인 자리에 나아가 노래를 부르니, 청중들은 모두 귀를 기울이고 공중을 바라보되 노래 부르는 사람이 누군 줄 알지 못하였다.

당시 서평군[1] 공자 이표李檦는 부자로 호협했으며 성품이 음악을 애호하는 사람이었다. 실솔의 노래를 듣고 좋아하여 날마다 데리고 놀았다. 매양 실솔이 노래하면 공자는 으레 거문고를 끌어당겨 몸소 반주를 하는 것이었다. 공자의 거문고 솜씨 또한 일세에 빼어났으니 서로 만남이 더없이 즐거웠다. 공자가 일찍이 실솔에게 묻기를

"네가 능히 부르는 노래에 내가 따라서 반주하다가 못하게 할 수 있겠느냐?"

했다. 이에 실솔은 만조曼調로 「후정화」[2]의 가락에다 「취승곡」[3]을 불렀다.

장삼을 잘라내어
님의 속옷 지어주고
염주를 끊어내어
나귀 후걸이 만들거나.
십년 공부 나무아미타불
어디 가서 살꼬
이리로 가보세.

---

1 서평군西平君 이씨 왕족으로 영조 때 외교에 공로가 컸던 사람이다. 『왕조실록王朝實錄』에는 그의 이름이 '요橈'로 나와 있다.
2 「후정화後庭花」 악곡의 명칭. 중국 진陳 후주後主가 지었다는 것으로 가락이 애상을 띠고 있다.
3 「취승곡醉僧曲」 파계승을 풍자한 내용의 노래인 듯하나 자세한 것은 미상.

창이 막 제3장을 넘어가자 문득 쨍하고 중의 바라 소리를 내었다. 공자는 얼른 술대를 들어서 거문고의 배를 두들겨 거기에 맞췄다. 실솔은 또 낙시조[4]로 바꿔서 「황계곡」[5]을 노래하는 것이었다. 아랫장에 이르러,

벽상에다 그린 황계
모가지 길게 뽑아
두 나래 탁탁 치며
꼬끼오시—유

하더니 수탉이 꼬리 치는 소리를 내면서 껄껄 웃는 것이었다. 공자는 바야흐로 궁성宮聲을 울리고 각성角聲을 쳐서 여음을 내다가 끝대목에 가서 맞추지 못하고 자기도 모르게 손에 든 술대를 떨어뜨렸다.

"내가 잘못했다. 한데 네가 먼저는 중의 바라 소리를 내더니 뒤에 한 번 크게 웃은 것은 무슨 뜻이냐?"

"중이 염불을 하고 마칠 적에 반드시 바라를 쳐서 막음을 지으며, 장닭 울음이 끝날 때는 꼭 웃는 것 같지 않아요? 그래서 그랬지요."

공자와 좌중의 사람들이 모두 크게 웃었다. 실솔은 익살도 이처럼 잘했던 것이다.

공자가 음악을 좋아하여 일시의 가객들로 이세춘·조욱자趙檍子·지봉서池鳳瑞·박세첨朴世瞻 같은 사람들이 동무로 매일 공자의 문하에서 놀

---

4 낙시조樂時調 악조 명칭의 하나. 우조의 대칭이 되는 가락.
5 「황계곡黃鷄曲」 남편이 돌아오기를 기다리는 내용의 노래로 12가사十二歌詞의 하나. 『청구영언』 등에 실려 있으며, 원명은 황계사黃鷄詞.

아, 실솔과는 친구로 사이가 좋았다. 이세춘이 모친상을 당했을 때 실솔과 그의 여러 동류들이 몰려가서 조문을 했다. 문에 들어가서 효자[6]의 곡성을 듣고 실솔이 이르기를

"저건 계면조[7]이니 법이 마땅히 평우조[8]로 받아야겠는걸."

하고 영전에 나아가 곡을 하는데, 곡하는 소리가 꼭 노래처럼 들렸다. 들은 사람들이 전하여 웃음거리로 삼았다.

공자는 집에 악노樂奴 10여 명을 기르고 있었으며 첩들도 모두 가무에 능했다. 악기를 만지며 마음대로 즐거움을 누린 지 20여 년에 세상을 떴다. 실솔의 동무들도 역시 모두 다 흩어져서 늙어 죽었다. 유독 박세첨이 그의 처 매월과 함께 지금까지 북산[9] 밑에 살고 있다. 종종 술이 거나해지고 노래가 그치면 사람들을 향해서 지난날 공자와 놀던 일을 회상하며 한숨을 쉬곤 했다.

---

6 효자孝子 여기서는 상주를 이르는 말. 『예기禮記·문상聞喪』에서 유래하였다.

7 계면조界面調 슬프고 처절한 가락.

8 평우조平羽調 부드럽게 내는 우조羽調라는 뜻인 듯하다. 우조는 원래 높은 소리의 가락.

9 북산北山 서울의 북악산.

●작품 해설

이옥李鈺의 작으로,『담정총서薄庭叢書』중의『문무자문초文無子文鈔』에서 뽑았다. 제목은 '가자 송실솔전歌者宋蟋蟀傳'이라 되어 있는 것을 '송실솔'로 줄였다.

실솔이란 별호의 주인공은 앞에 나온 이세춘과 같은 시대의 가객이었다. 그리고 음악을 깊이 이해하고 애호하는 서평군 역시 이세춘 그룹의 패트런이었던「풍류」의 심용과 같은 역할을 했던 것 같다. 송실솔이 명창이 되기까지 어려운 성악 수업의 과정이 잘 그려져 있으며, 송실솔과 서평군 사이에 음악으로 교환하는 유머가 썩 높은 격조를 보이고 있다.

유송년柳松年

유송년은 자가 기경耆卿인데 노래를 잘하여 서울 장안에서 이름을 얻었다.

송년이 어느날 밤들어 노래를 부르며 종로 거리를 거니는데 한 거지가 거적 속에 누워서 말을 건넸다.

"지물전紙物廛 나羅행수¹ 어른이슈?"

"아닐세."

"그럼, 중부 조趙부장²님 아니슈?"

"그도 아닐세."

"옳지, 반송방³ 유수재 양반이로구먼."

송년의 노래는 대개 서울에서 셋째로 꼽혔으니, 그 거지 또한 노래를 썩 잘하는 자였던 모양이다.

송년의 집안은 대대로 유학을 하여 여러 형제들도 문학으로 세상에

1 행수行首 어떤 집단의 우두머리.
2 부장部將 포도청捕盜廳의 군관.
3 반송방盤松坊 서대문 밖 모화관慕華館 북쪽에 있던 지명.

이름이 있었다. 송년은 유독 한량으로 놀이판에서 놀았으므로, 형제들까지 모두 아예 버린 놈으로 치고 말았다. 그럴수록 송년은 더욱 경박하게 놀아서 집이 원래 부유했으나 날로 영락해갔다.

성천成川의 기악妓樂은 관서 일대에서도 으뜸이었다. 그곳의 법에 쌀 40석을 바치면 마음대로 기생 한명을 골라서 데리고 놀 수가 있었으며, 기한이 지나도 용인해주었다.

송년에게는 황해도 재령 땅에 값이 천여 냥 되는 전장이 있었다. 송년은 그것을 처분해 성천의 법대로 쌀을 실어 보낸 다음 날짜를 잡아서 그 고을로 들어갔다. 여러 기생들이 술과 풍악을 벌이고 손님을 맞는 것이었다. 노기老妓가 주인이 되고 젊은 기생들은 곱게 단장하고서 손님 앞에 늘어섰다.

대청에 투호投壺를 설치하고 좌우에 의자를 벌여놓았다. 송년은 경쾌한 복장으로 차려입고 사람들을 따라서 들어갔다. 기생들은 저마다 송년에게 추파를 보내어 그의 마음을 사려고 했다. 송년은 오른편 의자에 앉아서 붉은 화살을 손에 쥐고 좌우를 둘러보며 자못 우쭐했다. 마음에 드는 기생을 골라서 지정하자 그 기생은 사뿐히 일어나 송년과 함께 투호놀이를 했다.

술이 반쯤 올랐을 때 송년은 소매를 떨치고 노래 한 가락을 뽑았다. 소리가 높아감에 따라서 기생들은 풍악을 멈추고 귀를 기울이다가 감탄하여 처음 들어보는 절창이라고 칭송하였다. 그리고 송년에게 점찍힌 기생을 선녀가 되어 하늘로 올라간 만큼이나 여겼다. 송년은 그 기생의 의복 치장에 수백냥을 들였고 말과 하인, 오고 가는 데 든 주식의 비용까지 무려 수백냥이었다.

선천宣川의 가객 계함장桂含章은 노래의 명인이었다. 송년은 계함장까지 끌어들여 함께 관서 일대를 유람하였다. 산수가 좋은 곳을 만났다 하면 기생은 가야금을 뜯고 송년과 계함장은 함께 노래를 불렀다. 몇년 사이에 송년의 노래는 원숙하여 스스로 국중에 무적이라 자부하였고, 관서의 젊은이들은 모두 송년을 흠모해 마지않았다.

이윽고 돈이 떨어지자 기생과 가객들도 다 흩어졌다. 그때야 송년은 자기 집으로 돌아갔다. 집은 이미 주인이 바뀌었으며 처자식은 굶주리고 있는 형상이었다. 게다가 술기운에 사람까지 때려서 노모와 처자를 이끌고 포천으로 도망쳐 내려갔다.

이로부터 송년은 청오술[4]을 팔아 겨우 입에 풀칠을 하였다. 포천은 문사가 많은 고장이다. 송년의 노래를 좋아하는 사람들이 더러 술자리에 그를 초청하곤 하였다.

송년은 이미 곤궁하게 늙어서 몸 붙일 곳조차 없는 신세가 되었다. 이에 노래는 더욱 비장했으니, 매양 늦가을 깊은 밤이면 목을 놓아 노래를 불렀다. 듣는 이들은 모두 다 한숨을 쉬고 눈물을 훔쳤다.

---

4 청오술靑烏術 풍수설을 가리킨다.

● **작품 해설**

『해총海叢』에서 뽑은 것으로, 성대중成大中의 작이다.

서울에서 노래로 유명했던 유송년이란 사람의 생애를 그린 내용이다. 글하는
가문에서 태어나 상당한 재산도 있었던 송년이 한량으로 호탕하게 놀아 재산을
전부 탕진한 대신 노래의 높은 경지를 이루었다는 이 이야기에, 예속禮俗의 질
곡으로부터 감정을 해방시켜 자아를 찾으려는 예술인의 갈등이 투영되어 있다.

시간기市奸記

서울에는 세 곳에 큰 시장이 있다. 동쪽으로는 배오개,[1] 서쪽으로는 소의문昭義門, 중앙으로는 운종가雲從街가 그곳이다. 모두 좌우 양편으로 온통 점포가 늘어서 은하수처럼 벌여 있다. 온갖 공인이며 상인들이 저마다 가지고 있는 물화를 들고나와서 벌여놓아 사방으로 쌓인 상품이 구름처럼 밀려들고 물처럼 쏟아진다. 시민들은 이곳에서 의관, 옷가지, 신발이나 식료품 등속을 구입하게 된다. 이에 만 사람의 눈이 쏠려서 오직 이익, 그것을 바라고, 만 사람의 입이 지껄여대며 오직 이익, 그것을 도모하는 것이다. 한 사람이 팔고 한 사람이 사려는데 한 사람은 거간을 서서, 해가 뜨면 모이고 해가 지면 흩어진다.

시장판에 다니면 어깨와 등이 서로 부딪히고, 서 있어도 갓을 반듯하게 쓰지 못한다. 간교한 무리들이 연못을 이루고 새떼를 지어 그곳에 출몰하여 사람을 현혹시키는 것이다. 심한 놈은 남의 주머니를 슬쩍해서 돈을 훔치고, 그다음은 사기를 쳐서 유리하게 팔아넘긴다.『서경書經·

---

1 배오개[梨峴] 지금의 서울 종로4가 부근에 있던 지명.

『주서周書·여형呂刑』편에 이른바 '치의간궤 탈양교건'[2]이 이런 따위가 아 닐까.

김경화金景華는 동래부 사람이다. 칼을 애호하는 취미가 있어서 일본 단도 한 자루를 순금 30냥을 치르고 3년 만에 어렵게 구입하였다. 털을 칼 서슬에다 놓고 입으로 불면 털이 두 동강 났다. 이에 그 보검을 속향[3] 으로 집을 만들고 주석으로 장식을 한 다음 차고서 서울로 올라왔다.

경화는 새문안의 박씨 집에 사관舍館을 정했는데, 박씨 또한 칼을 몹 시 좋아했다. 그 칼을 보더니 욕심을 내서 1만 2천전으로 바꾸자고 청하 였다. 경화가 승낙을 하지 않자 박씨는 넌지시 말했다.

"서울에는 주머니를 채가는 도둑놈도 많다오. 조심하지 않으면 누군 가 1만 2천전을 채가리다. 나에게 일찍이 덕을 보이느니만 못할 것이오."

경화는 웃으며 대답했다.

"내 팔뚝을 떼갈지언정 나의 칼을 훔쳐가진 못할 거요."

"당신 내게 기어이 팔지 않겠소? 내 만약 누굴 통해서든 그 칼을 얻고 말리다. 그러면 당신 어쩔 테요?"

"포기하기로 약속하지."

박씨는 이에 곧 소매치기 셋을 불러들였다. 술을 먹이고 사람과 칼을 보인 다음 사흘 내로 칼을 가져오면 너희에게 상금을 두둑이 주겠노라 고 다짐했다. 소매치기는 어렵게 생각하는 기색도 없이 그러겠다고 나 서는 것이었다.

---

2 치의간궤鴟義奸宄 탈양교건奪攘矯虔 『서경·주서·여형』편에 나오는 말로, 쥐나 잡아먹 는 올빼미 종류의 새를 의롭게 여기는 간악한 자들이 도둑질하고 빼앗으며 속이고 죽 인다는 뜻. 민간의 나쁜 자들이 횡포한 행동으로 남을 속이고 해치는 것을 비유한다.
3 속향速香 향목의 일종으로 황숙향黃熟香.『본초강목本草綱目』에 의하면 향이 가볍 게 날아가기에 속향이라 부른다고 했다.

경화는 그래도 곧이듣지 않았으나, 걱정이 되어서 세발짝에 한번씩 칼을 내려다보고 앉으나 서나 걸으나 누우나 그의 오른손은 칼에서 떨어질 때가 없었다. 이튿날까지 칼은 무사하였다. 사흘째 되는 날 소광통교小廣通橋를 지나갈 때 마주친 사람이 있었다. 외양이 아주 조심성 있어 보였고 의관도 으젓하고 산뜻했다. 경화를 보고 혀를 차고 지나가면서 말했다.

"쯧쯧, 점잖은 분이 옷에 이虱를 붙이고 다니다니……."

경화가 자기 옷을 둘러보니 왼쪽 어깨에 이란 놈이 바야흐로 굼실굼실 기어가고 있지 않은가. 경화는 창피해서 얼른 오른손을 들어 이를 잡아뗐다. 그리고 몇걸음 걷다가 칼을 내려다보니 칼은 이미 없어졌고, 칼을 매단 곳의 옷이 반이나 잘려나가 있었다. 아까 그 사람이 훔친 것으로 생각되었으나 또한 분명히 단정할 수도 없었다.

사관에 돌아와서 박씨에게 말하자 박씨는 웃으며 말했다.

"누가 감히 당신 칼을 도모하였겠소?"

그리고 상자를 열어 꺼내 보이는데, 매달린 옷조각도 풀지 않은 상태였다.

그 칼은 마침내 박씨의 소유가 되었다.

백통은 천은天銀 같고, 염소뿔은 화대모[4] 같고, 붉은 점토는 한중향[5] 같고, 조서피臊鼠皮는 회서피[6] 같고, 황구의 꼬리는 이리 꼬리 같다. 장터

---

4 화대모花玳瑁 대모는 열대·아열대 지방의 바다에서 서식하는 거북의 일종으로, 그 등껍데기는 대모 또는 대모갑玳瑁甲이라 하여 공예품이나 장식품으로 귀중하게 쓰임. 화대모는 꽃무늬가 있는 대모를 지칭하는 듯하다.
5 한중향漢中香 중국의 한중 지방에서 산출되는 향을 가리킨다. 금향옥金香玉.
6 조서피臊鼠皮·회서피灰鼠皮 회서피는 담비의 일종으로 진귀한 모피로 취급되는 데

에서 속이기에 간교한 무리들이 이런 가짜 물건을 가지고 시골 사람들을 홀린다. 술수가 아주 묘한 데 이르러는 아무리 눈 밝은 경아리[7]라도 그 술수에 빠지게 된다.

조애[8] 이생李生은 서울 성서城西에서 태어나 서울 성서에서 자란 사람으로, 그 자신 서울의 장사치라 자기를 속일 자가 없다고 자부하는 터였다. 하루는 서문시장을 지나가는데 한 아이와 중늙은이가 서로 다투고 있었다. 가만히 엿들으니 중늙은이가 말하기를

"네게 10푼을 줄 것이니 네 물건을 내게 다오."

"이 어른이 눈이 있소? 내 물건이 어찌 겨우 10푼밖에 안 된단 말이오?"

아이의 말이었다.

"너 이거 어디서 났니? 네가 틀림없이 권자전[9]에서 훔쳐왔겠다. 10푼도 오히려 공돈인 걸 값을 따지고 말고 할 것이 있느냐?"

"내가 훔쳐오는 것을 영감이 언제 보았단 말요? 이 영감 내 욕받이 되기 꼭 알맞겠군."

"쥐새끼 녀석이 버르장머리 없이……."

중늙은이가 소리를 빽 지르자 아이도 등을 돌리고 으르릉댔다.

"강도 늙은이!"

중늙은이가 한대 쥐어박으려고 덤벼들자 아이는 달아나며 욕설이 입에서 떠나지를 않았다.

이생이 가만히 그 물건을 보니 황대모였다. 유리처럼 맑고, 순금처럼

반해서 조서피는 족제비 가죽으로 낮게 평가되었다.
7 경아리 세련되고 약삭빠른 서울 사람을 가리키는 말.
8 조애照涯 서울 서대문 밖에 있었던 지명.
9 권자전圈子廛 관자 종류를 파는 상점.

빛이 나고, 조과[10]처럼 단단하고, 닭 눈깔처럼 동그랗고, 고리 위에 오화
烏花 둘이 영락없이 제자리에 박혀 있다. 사정해서 12푼에 그것을 샀다.

그 물건을 사들고 오는 길에 권자전 주인에게 보였더니 염소뿔이라
하는 것이었다. 이생은 몹시 부끄러웠다. 아까 그 사람들 뒤를 몰래 밟
아보니 아이는 중늙은이의 아들이고, 중늙은이는 장터에서 위조품 만
들기를 업으로 하는 자였다.

---

10 조과雕瓜 오이과에 속하는 과일의 일종이겠으나 미상.

●작품 해설

　이옥의 작으로, 『도화유수관소고桃花流水館小藁』에서 뽑은 것이다.

　17세기 이후 서울은 난전이나 사상도고私商都賈와 같은 자유상인들의 활동이 활발해져서, 종래의 육의전六矣廛 중심의 어용적 상업체계가 무너지고 있었다. 이에 따라 운종가의 시전도 변모되고 있었으며, 배오개 일대와 서소문 밖으로 장시가 제법 번창하였다. 군소 상인과 소상품 생산자들로 북적대는 가운데 온갖 무뢰·협잡이 성행하는 것도 불가피한 추세였다. 이 작품은 바로 이런 분위기에서 서식하던 시정의 교활한 무리들의 생태의 일면을 잘 묘파하였다.

상련賞蓮

　연안 부사는 황해도 감사가 순시하러 들렀을 때에 기생이 없어 대신 여종을 곱게 단장시켜가지고 수청을 들게 하였다. 또한 대부인 성품이 연꽃을 사랑하는지라, 연꽃이 처음 피는 날부터 지는 날까지 날마다 남대지[1]로 대부인의 연꽃 구경[賞蓮] 행차가 있었다. 관속들에게 괴로운 일이었고 민폐도 적지 않아 원성이 들끓었다.

　서울의 사대부들 사이에 연안 부사의 이러한 두가지 일이 구설에 올라 누구 할 것 없이 해괴하게 여기며 비웃었다. 대간[2]이 소疏를 올려 탄핵할 판이었다. 연안 부사는 이 기별을 듣고 급히 편지 한장을 써서 자기 아들을 시켜 어느 재상댁으로 품고 가도록 했다. 그 재상은 대간과 세의世誼가 자별할뿐더러 이웃에 살면서 가까이 지내 매사를 상의하는 처지였다.

　연안 부사의 아들이 그 재상을 찾아가 뵙고 편지를 전했다.

　"나도 이 일을 들어서 알고 있네. 무릇 상련이 잦은 것은 민폐가 되긴

1 남대지南大池　황해도 연안읍 남쪽에 있는 큰 연못.
2 대간臺諫　사헌부司憲府와 사간원司諫院. 관리들을 탄핵하는 권한이 있었음.

하였지만, 부모 위한 일이라 괴이치 않게 볼 수도 있네. 그러나 여종을 기생 대신 내세워 감사를 접대케 한 데 이르러는 그 모양이 뭔가? 감사에게 아첨을 바친 꼴이라. 남의 시비에 오른 것이 당연하다 하겠지. 자네 어르신은 아무럼 이런 체모도 모르신단 말인가? 내가 모 대감과 정분이 과연 범연치 않으니 초청하여 상소를 중지시켜는 보겠네. 하나 이미 소초疏草를 내돌려 사람들이 많이 알고 있으니, 그 사람이 내 말을 들을지 기약할 수 없구먼."

하고 재상은 대간에게 사람을 보냈다. 이윽고 문지기가 대간이 오신다고 아뢰었다. 재상은 부사의 아들을 병풍 뒤에 은신시키고 대간과 수작을 하였다. 대간의 말이 이렇게 나왔다.

"연안 부사는 본시 남행이라 문사文士와는 다름이 있다지만, 그 가문을 가지고 어찌 한 읍의 수령 한자리 보존하지 못하리까? 그런데 관찰사 영접에 기생이 없으면 통인通引 수청도 예사거늘 아비[3]로 기생 대신 수청을 들인단 말이오? 그 심사를 들여다볼 양이면 극히 교사한 짓입니다. 또 그 대부인이 상련을 좋아해도, 한두번 행차야 과히 허물할 것이 없겠으나 허구한 날 허다한 인원이 동원되어 메고 지고 행차하니 각양각색의 공급이 도로를 연하여 관민의 원성이 일어나지 않을 수 없겠지요. 연안 부사가 알고도 간하지 않은 것을 보면 그 사람 우둔함은 알 만합니다. 근래 수령들이 백성을 잘 다스리기에 힘쓰지 않고 오로지 감영에 잘 보이는 것만 능사로 삼고 있으니 이 아니 한심합니까? 그래서 제가 장차 상소하려고 이미 소초를 내놓았습니다."

재상이 변명하여 말했다.

---

3 아비衙婢 수령이 사사로이 부리던 여종.

"연안 부사는 고故 재상, 시호가 아무개인 어른의 몇대 손이며, 우리 집과는 세의가 자별한 터이지요. 그 사람 천성이 효성이 지극해서 여든 당년의 노모를 모시고 한결같이 순종하기로 마음을 쓰고 사소한 예의 범절에 구애되지 않는답니다. 금번 구차한 일로써 감사에게 잘 보여 연안 원의 자리를 보전하려 한 것도 따지고 보면 노모를 영화롭게 모시자는 효심이었겠지요. 또한 귀댁과는 원래 아무런 묵은 혐의가 없으니 부디 용서해주시기를 바라오."

이윽고 주안상이 나왔다. 술은 소주요 안주는 마른 홍합 등속이니, 모두 연안에서 올라온 물건이었다. 주객이 만취해서 혹 옛일을 한담하고 혹 시사를 토론하다가 날이 저물어 대간이 일어섰다. 재상이 대간의 소매를 잡고 허허 웃으며 물었다.

"장차 어떻게 조처하시려오? 연안 원이 어미를 손님 접대에 내세웠다면 망측한 일이겠으나 '아비'로써 접대시킨 것쯤 그리 욕될 것이 무엇이며, 대부인이 만약 상놈을 좋아했다면 해괴한 일이겠으나 '상련' 좀 했기로 무얼 그리 탓하겠소?"

"대감께서 이토록 누누이 만류하시는데 소생이 어찌 감히 중지하지 않으리까?"

대간도 껄껄 웃으며 흔연히 응낙하였다.

대간이 돌아간 다음 연안 부사의 아들이 병풍 뒤에서 나와 재상 앞에 꿇어앉아 아뢰었다.

"다행히 주선하옵신 은덕에 힘입어 별 탈은 없을 듯하옵니다. 비록 일은 잘되었사오나, 어찌 아들 된 자를 바로 병풍 뒤에 세워두고 욕설을 그토록 하시는지요?"

재상은 또 하하 웃었다. 대개 '아비'의 음이 '부父'의 새김과 같고 '상련'의 음이 '상년'과 같은 까닭에 이렇게 말한 것이었다.

이 이야기를 들은 이들 모두 허리를 꺾어쥐었다 한다.

●**작품 해설**

　『어수신화』에 '관아의 여종을 시켜 손님을 수청 들게 하다衙婢待客'란 제목으로 실려 있다. 그것을 '상련賞蓮'으로 바꾸었다.

　황해도 연안 부사가 여종에게 상관의 수청을 들게 한 일과 그의 모친이 남대지에 매일 연꽃 구경 나다닌 일이 물의를 일으켜 탄핵을 받기에 이르자, 모 재상에게 청을 넣어서 탄핵을 중지시키도록 했다는 줄거리다. 여기에 이조 관료 사회의 생리와 양반 관료들의 사고방식이 희화적으로 그려져 있다.

　『이순록二旬錄』에서 이와 유사한 내용을 읽을 수 있다. 그런데『이순록』에는 여종에게 수청을 들게 한 일과 연꽃 구경 행차가 각각 다른 수령의 일이고, 청을 넣었던 재상이 남노성南老星(1603~67)으로 되어 있다.『이순록』의 기록은 거의 실화에 가까우며, 그것이 이와 같이 부연, 각색된 듯 보인다.

상련賞蓮　**333**

추리秋吏

식년시[1]를 보일 때에 훈련원 봉사[2]가 한 시골 한량으로부터 돈 5백냥을 받아먹었다. 과녁에 명중이 되든지 안 되든지 간에 깃발을 들어주기로 약속했던 것이다. 그런데 당일 과장에서 단속이 워낙 엄한 때문에 봉사는 미처 손을 쓰지 못했다. 무슨 변통을 내어볼 도리가 없었던 것이다.

이튿날 그 한량이 봉사의 집 문전으로 찾아와서 크게 성을 내 책망하며 준 돈을 도로 내놓으라고 소리쳤다. 봉사는 심히 난처해서 부드러운 말로 타일렀다.

"홍패[3]만 얻어다 드리면 될 것 아니오? 여러 말 마시구려."

방이 나온 다음에 봉사는 과연 어디서 홍패를 얻어다 주었다. 그것은 어보御寶를 위조하여 찍은 것이다. 한량은 좋아라고 위조 홍패를 받아들었다. 그리고 고향으로 내려가서 도내를 자랑하고 돌아다니다가 마

---

1 **식년시式年試** 식년式年에 보이던 과거시험. 식년은 3년마다 돌아오는데 자子·묘卯·오午·유酉의 해가 해당한다.
2 **봉사奉事** 종8품 벼슬. 관상감·군기시·사역원·훈련원 등 여러 관청에 두었음.
3 **홍패紅牌** 과거시험의 합격증. 붉은 장지에 썼기 때문에 유래한 말.

침내 경상도 감영에 적발이 되었다. 그리하여 형조로 압송을 당했다. 형조에서 홍패의 출처를 캐물어서 한량은 훈련원 봉사와의 일을 실토하고 말았다. 봉사가 붙잡힌 직후에 한량은 형장을 맞아 죽었다.

봉사는 누차 형벌을 받고 마침내 장기간 수감되었다. 봉사의 집에서 식사를 차입할 때에 딸아이가 울며 따라다녔다. 나이가 겨우 열살 남짓했지만 용모가 썩 단정해서 귀여워 보였다.

서리書吏 정씨가 감옥으로 들어와서 봉사를 보고 넌지시 말했다.

"내게 아들이 하나 있는데, 따님과 혼인하게 해주신다면 내 극력 주선하여 당신을 구출해보리다."

봉사가 크게 기뻐서 즉시 사람을 시켜 자기 처에게 말을 전했더니, 그의 딸이 옆에 있다가 듣고서 "우리 지체로 보아 이서배吏胥輩와 혼인하는 것은 불가하지만 어찌 내 한 몸을 아껴 부친을 구하지 않으랴!" 하고 모친에게 가만히 아뢰었다. 이에 옥중으로 혼인을 시키겠다는 뜻의 기별을 했고, 봉사는 정서리를 불러 허혼하게 되었다. 정서리는 좋아서 즉시 택일을 하고 성혼을 시켰다. 그런 다음 정서리가 봉사에게 "좌기[4]가 열릴 적에 이러이러하게 공초[5]하시오." 하고 지시하였다.

당상관이 대좌기大座起를 할 때가 되자 봉사는 다음과 같이 공초하였다.

"당초 활쏘기에 농간을 부리기로 꾀한 죄는 제가 받아 지당하옵니다. 다만 홍패를 가짜로 써서 위조 어보를 찍은 것은 그때 이미 한량이 가져온 것입니다. 제가 듣기로 안동 쌍계사雙溪寺의 중 아무개가 위조한 것이라 하였습니다."

---

4 좌기座起 관청의 장이 자리해 사무를 처리하는 것을 가리키는 말.
5 공초供招 죄인이 죄지은 사실을 진술하는 것.

형조에서 경상 감영에 이첩移牒하고 안동으로 공문을 내렸더니 안동부가 보고하기를, 쌍계사의 중 아무개는 서울의 북한산 태고사太古寺로 올라간 것이 몇년 전이라 하였다. 형조에서 다시 관리를 태고사로 보내 그 중을 잡아오게 했더니, 태고사 중들이 아뢰기를 쌍계사의 중 아무개가 과연 2년간 와서 여기 있다가 석달 전에 죽어 이미 화장까지 했다는 것이었다.

여러 당상관들이 보매 경상 감영과 안동부의 문서만 가지고는 무빙가고[6]라 할 수밖에 없었다. 그리하여 봉사는 법률 조문에 비추어 귀양을 가게 되었는데, 게다가 특사를 만나 방면이 되었다.

정서리가 봉사와 사돈이 된 다음에 사람을 시켜 절간에 탐문하여 근간에 죽은 중의 이름과 거주하던 사찰을 알아가지고 공초하게 하여 봉사를 구출했던 것이다.

이서배의 농간이 공교하기가 대개 이와 같았다.

---

6 무빙가고無憑可考 판정할 수 있는 증거가 없다는 의미.

역시 『어수신화』에서 뽑았다. 원제목은 형조의 아전이 법을 농간한다는 뜻의 '추리롱법秋吏弄法'인데 '추리'로 줄였다.

훈련원 봉사로 있던 자가 시골 한량에게 무과 합격증을 위조해준 것이 탄로가 나서 형조에 구속되어 장차 중벌을 받게 되었는데, 형조의 한 아전이 교묘하게 농간을 부려서 훈련원 봉사를 무사하도록 만드는 이야기다. 이조 관료사회 말단의 부패상과 이서배의 생태가 꾸밈없이 그려져 있다.

상납리 上納吏

전라도 담양 고을에 성이 시柴가인 사람이 살고 있었다. 그는 대동색[1]이 되어 상납목[2] 20동[3]을 가지고 상경하게 되었다.

그때 원님이 편지 한통과 붓 석 자루, 장지壯紙 세 묶음을 색리[4]에게 주면서 일렀다.

"이것을 서울 가서 남촌 김생원댁에 전하여라."

색리는 명을 받들고 상경했다. 먼저 포목을 선혜청에 납품하러 갔는데, 포목의 질이 차하[5]로 판정받아 전부 퇴짜를 맞았다. 담양 온 고을이 대단히 낭패를 보게 된 것이다.

색리는 즉시 담양으로 보고를 했다. 그리고 허리에 돈푼이나 차고 남대문으로 가서 거리를 따라 편지를 들고 남촌 김생원댁을 물었다.

---

1 대동색大同色 대동법大同法에 의한 공납의 일을 맡은 아전.
2 상납목上納木 국가에 조세로 바치는 면포를 가리킨다.
3 동 묶어서 한 덩어리로 만든 묶음. 포목의 종류는 50필이 1동임. 감과 같은 과일류는 100개가 1접, 100접이 1동이다.
4 색리色吏 지방 관청의 아전을 가리키는 말.
5 차하次下 등급 구분에서 차상次上의 다음.

김생원댁을 찾아가서 보니 창문과 벽이 비틀리고 떨어져 빈궁한 생활은 묻지 않아도 알 만하였다. 원래 김생원은 도덕이 고매하고 학식이 굉장해서 부귀영화를 가소롭게 여기고 안빈낙도安貧樂道하는 선비라, 조정의 벼슬아치들도 공경하는 터였다. 방백 수령들 중에 혹시 값진 물건을 선사하면 물건을 물리고 절교까지 하는 것이었다. 이런 까닭으로 겨우 종이나 붓을 보낼 뿐이었다.

색리는 이런 곡절은 모르고 편지를 올린 다음 마루 앞에서 샌님을 바라보니 굶은 기색이 역력했다. 물러나와서 서성거리다가, 머리를 떨구고 한숨을 푹 쉬며 안에서 나오는 그 댁 하인과 마주쳤다. 색리가 그 하인을 붙들고 까닭을 물었다.

"이틀이나 굶었다우. 오늘도 아침을 못 먹어 한숨이 나오지요."

"그럼 너의 노상전老上典 샌님은 어떡하셨느냐?"

"이 댁 가풍은 상하 구분 없이 굶으면 같이 굶고 먹으면 같이 먹고 합죠."

색리는 즉시 자기가 차고 있던 돈을 내놓고 말했다.

"이게 약소하다만, 샌님의 조반이나 지어드려라."

"명색 없는 물건을 내 마음대로 받았다가 샌님이 아시면 어떡합죠?"

하인이 받아들고서 말하니, 색리가 일렀다.

"걱정 마라. 내가 차마 보기에 딱해서 진정으로 드리는 것이니라."

하인은 그 돈을 가지고 가서 마님에게 바쳤다.

그날 아침에 생원댁은 조반상이 잘 차려져 나왔다. 생원이 뜻밖의 일에 놀라 출처를 물었다. 하인이 사실대로 아뢰자, 김생원은 물건을 좋아해서가 아니라 진심에서 나온 것임을 아름답게 여겼다.

이튿날 색리가 두 꿰미의 돈을 들고 다시 김생원댁을 찾아갔다. 가만히 그 하인을 불러 말했다.

"이 돈으로 식량을 구하여 샌님께서 일시 기갈이나 면하시도록 해라. 나 역시 객지에 나온 사람이라 주머니가 여유가 없어 이것뿐이로구나."

하인은 크게 감격해서 들어가 샌님에게 아뢰었다. 김생원은 즉시 색리를 불러서 가까이 오게 하여 물었다.

"네가 이게 무슨 뜻이냐?"

"소인은 샌님댁이 청빈하여 조석을 이어가지 못하심을 뵙고 애오라지 하정下情을 표한 것뿐입니다. 달리 무슨 뜻이 있겠사옵니까?"

색리의 대답을 듣고 샌님이 물었다.

"너는 무슨 일로 상경하였느냐?"

"선혜청에 포목을 상납키 위해서 상경하였사옵니다."

"무사히 납부하였느냐?"

색리는 물건이 퇴짜 맞은 경위를 아뢰었다. 김생원은 즉시 벽에서 낡은 종이를 쭉 찢어 몇자 써주며 일렀다.

"너는 이 편지를 황산대감댁[6]에 갖다가 올려라. 효험이 있을 것이다."

색리는 영문도 모르고 즉시 황산대감댁으로 가서 편지를 올렸다. 대감이 색리를 불러 물었다.

"네가 본래부터 김생원 어른을 아느냐?"

"아니올시다."

"그 양반은 평생 청탁하는 법이 없었다. 너는 그 어른과 무슨 긴밀한 연이라도 있느냐?"

색리는 전후로 있었던 일을 다 아뢰었다. 대감은 칭찬해 마지않더니

---

6 황산대감댁黃山大監宅 당시 선혜청 당상堂上으로 있던 벼슬아치로 김유근金逌根으로 추정됨. 김유근은 당대 세도를 부리던 대신으로 호가 황산黃山이었다.

곧 선혜청 서리書吏를 불러 분부했다.

"담양의 상납목은 품질의 고하를 논하지 말고 받아들인 다음에 척문[7]을 주어 보내어라."

서리는 감히 다른 말을 못 하고 물러났다.

색리는 이미 퇴짜 맞은 상납목을 다시 바치고 척문을 지급받은 것이다. 이로써 담양 고을이 받은 이득은 5, 6백냥에 그치는 정도가 아니었다. 색리는 김생원댁에 가서 청탁을 해준 은혜에 감사를 올렸다.

"나는 너의 몇꿰미 돈에 끌려서가 아니라 네가 진정을 베풀어 남을 도와주는 뜻이 갸륵했기 때문이란다."

하고 김생원은 답장에 이 사연을 써서 주었다.

색리가 본 고을로 돌아가서 답장을 원님에게 바쳤다. 원님은 편지를 뜯어 보더니 크게 기뻐했다.

"네가 의를 중히 여기고 재물을 가벼이 봄이 없었던들 김생원 같은 어른이 어찌 그런 청을 하셨겠느냐? 만약 끝내 퇴짜를 받았더라면 우리 고을은 결딴이 나서 어느 지경에 갔을지 모르겠구나. 너의 공이 대단히 크다."

원님은 즉시 감영에 아뢰어 시아무개의 자자손손이 대동색을 이어서 하도록 했다. 그리고 이 사적을 판에 새겨 작청[8]에 달았으며, 비록 과실이 있더라도 삭탈되지 않도록 하였다.

그 자손이 번성해서 지금 담양에 시 성姓이 많이 살고 있다 한다.

---

7 척문尺文 자문. 인수증과 같은 서류. 지방에서 중앙 관청에 조세 등을 납부하고 받는 문서.

8 작청作廳 지방 관아의 아전들이 근무하는 처소. 원문은 '廳椽'인데 '椽'은 아전을 가리키는 말이어서 곧 아전의 청사를 뜻한다. 이곳을 우리말로 작청 혹은 질청秩廳이라고 불렀다.

●**작품 해설**

　『기문奇聞』에서 뽑았다. 제목이 '퇴짜 맞은 포목을 다시 납입하다還納退木'인 것을 '상납리上納吏'로 바꾸었다. 담양 고을의 대동색으로 공물 상납차 상경한 시 성의 아전과 청렴한 선비인 서울 남촌의 김생원, 이 두 인물로 이야기가 구성되어 있다. 굶주리면서도 결코 지조를 굽히지 않는 딸깍발이를 감동시켜서 자기 고장 백성들의 부담을 덜게 한 아전의 의로운 행동을 그린 내용에서 지방 아전 가운데 한 훌륭한 인간 유형의 소식을 듣게 되는 것이다.

금주禁酒

갑자년(1864)에 나라에서 금주령을 내렸다.

안성의 선비 아무개가 자기 아버지의 생신을 당해서 술을 한말가량 빚었다. 아버지의 친구 노인들에게 대접하기 위해서였다. 그날 노인들이 다들 와서 유쾌히 노는데 한 사람이 아직 나타나지를 않았다.

"날마다 빠지지 않던 조생원이 오늘은 여태 안 오다니, 그 친구가 없으니 서운한 감이 드는걸."

말이 채 끝나기도 전에 조생원이 들어왔다.

"왜 이리 늦었나? 오래 기다렸다네."

손님들과 주인의 아들이 나서서 반가이 맞아들여서 술잔에 술을 따랐다.

"후래삼배後來三杯는 시골의 술자리에서 관례라. 어서 들게."

조생원은 옷깃을 바로하고 엄숙히 앉더니 주인의 아들들을 돌아보고 책망하는 것이었다.

"자네들은 양반의 아들로 나라의 금령이 지엄한 터에, 이와 같이 방자하고 거리낌이 없단 말인가? 여러분이 모두 함께 마시고 즐기더라도 나는 도저히 그리 못 하겠네."

조생원은 소매를 뿌리치고 일어서 뒤도 돌아보지 않고 나갔다. 손님들이 주인 아들에게 말했다.

"조생원은 천성이 충직한 듯하지만 시기심이 많은 사람일세. 관가에 고발할까 걱정이네. 자네가 얼른 따라가서 애걸해서라도 다시 끌고 들어오는 것이 좋겠네."

주인의 아들이 뒤쫓아가서 그를 붙들고 사정했다.

"근래 들으니 서울서는 혼례나 상례, 기타 잔치에 술을 조금 쓰는 것은 금하지 않는다 합디다. 그래서 저희도 마침 가친의 생신에 술을 좀 빚어본 것입니다. 어르신께서 만약 함께 드시지 않으시면 저희 가친께서 얼마나 서운해하시겠습니까?"

조생원은 사리를 들어서 책망하고 여러가지로 공갈을 늘어놓더니 이어서 엉뚱한 말을 꺼냈다.

"자네 집 몇섬지기 땅을 내게 넘기게. 금년부터 내가 지어보겠네."

"저희 집에 가진 것이라고는 그게 전부 아닙니까? 부모를 모시는 처지에 있는 사람의 일로 그것을 내놓고 어찌합니까?"

조생원은 이를 갈고 주먹을 휘두르며 가버렸다. 주인의 아들이 돌아와서 여러 어른들에게 사실대로 고했다.

"오늘 일은 자네가 부친을 위해 헌수연(獻壽宴)으로 마련한 것 아닌가. 조생원도 함께 마셨으면 좋았겠지만, 그 사람이 기어이 안 마시고 가버렸으니 필시 관가에 고발하고 말 것이네. 그러니 자네가 아예 술항아리를 들고 관가로 가서 자수하는 것이 좋겠네."

그래서 주인의 아들이 술항아리를 들고 관가로 갔다. 길에서 마침 관차[1]들을 만나 함께 관가로 들어가 술항아리를 바쳤다. 조생원이 먼저

와서 동헌 마루에 앉아 있었다. 군수가 분부하는 말이었다.

"금주령이 내려 있는데 어찌 감히 술을 빚었으며, 이미 술을 빚어놓고 관가에 술항아리를 들고 오는 것은 무슨 뜻인고?"

"민의 집에 노친이 계시온데 문밖출입을 못 하시는 고로 매양 동네 어른들이 찾아와 장기바둑을 두며 소일하다가 술잔이나 드시고 흩어지셨습니다. 주금령酒禁令이 내려진 이후로는 어른들이 놀다 가실 적에 온수로 술을 대신해서 마시고 파하곤 했습니다. 마침 가친의 생신을 맞아 서울서는 연회에 혹 더러 술을 쓴다는 말을 듣고 이 항아리에 술을 좀 담갔다가 어른들을 대접해본 것입니다. 여러 어른들은 모두 흔쾌히 술을 드시는데 유독 조생원만은 마시지 않고 가셨습니다. 민이 따라가서 다시 들어가시자고 간곡히 만류하자 조생원은 뇌물을 바치라는 의미로 민의 전토를 요구하는데, 사세가 도저히 내줄 수 없는 일이었습니다. 조생원이 관가에 고발할 것은 틀림없는 일이고, 앉아서 관차가 나오기를 기다리다가는 가친의 헌수연이 도리어 우환을 자초하겠기에 가친께 아뢰지도 않고 가만히 술항아리를 가지고 죄를 청하러 왔습니다."

군수는 짐짓 노하여 꾸짖었다.

"이미 술을 빚었으니 용서할 수 없느니라. 곧장 석대를 맞아야겠다. 또한 술항아리는 이미 관가에 바쳤으니 과도히 마시진 못할 것이라. 오늘이 너희 집의 송수연날이라 하니 특별히 문서를 써서 돌려주겠노라."

이어서 조생원을 보고 말했다.

"당신은 날마다 상종하는 친숙한 안면을 돌아보지 않고 의리와 인정도 끊고서 금주령을 밝혔으니 과연 충성스럽다 하겠소. 내 마땅히 당신

---

1 관차官差 관가에서 백성에게 내보내는 아전·군뢰·사령 등을 가리키는 말.

을 금도감관禁都監官에 차출하려 하오. 경내의 금주는 오늘부터 근심할
바 없으리라."

조생원은 굳이 사양하였다.

"늙은것이 무력하여 능히 감당키 어렵소이다."

원님은 들은 척도 않고 이방을 불러 첩지[2]를 발급하여 보냈다.

고을 백성들은 조생원이 악독을 부릴 것을 두려워해 감히 술을 담글
생각도 못 하였다. 조생원은 단 한건도 적발하지 못했다. 그리하여 사흘
후에 조생원은 군수 앞에 잡혀가서 곤장 10대를 맞고 다시 사흘 후에는
30대를, 또다시 사흘 후에는 40대를, 또 그 사흘 후에는 80대를 얻어맞
았다. 어언 보름 사이에 3백대를 맞은 것이다.

안성 군수의 처결은 매우 잘한 일이라 하겠으니, 이 아니 상쾌한가.

2 첩지帖紙 관가에서 아전이나 관속을 고용하는 문서.

●**작품 해설**

『어수신화』에 실린 것으로 원제는 '금주금독禁酒監督'('監督'은 원래 '禁督'으로 되어 있는 것을 바꿈)인데 여기서 '금주'로 줄였다.

　그당시에는 흉년의 대책으로 쌀의 소비를 줄이기 위해 금주령이 내려지는 일이 종종 있었다. 19세기 초 안성 지방에서 금주령 때문에 발생한 이야기. 부친의 생신을 맞아 동리의 부로들을 초대해서 술을 대접하는 장면에서 향촌사회의 후덕한 인정미가 느껴지지만, 충직함을 가장하여 금주령을 위반했다고 관에 고발하는 조생원의 행동에서 그러한 분위기가 지켜지지 못함을 볼 수 있다. 또 금주령을 범한 쪽을 두둔하고 조생원에게 곤욕을 치르도록 하는 원님의 판결에서 양반 관인들이 향촌사회의 전통적인 분위기를 유지하려 함을 보는 것이다.

깻자루 茬子袋

한 양반이 장터에 나갔다가 인근에 사는 상사람을 만났다. 상사람은
깨를 팔아가지고 오는 길이었다. 양반을 보고 상사람이 문안을 드렸다.

"샌님, 어디 가십니까?"

"장구경이나 하러 나왔는데 별로 일이 없구나."

상사람이 술 한잔을 양반에게 대접하고서 부탁하는 말이었다.

"샌님, 어디 가실 곳이 없으시다면, 쉰네가 볼일이 좀 있으니 잠깐 갔
다 오는 동안에 이 깻자루를 지키고 계시다가 쉰네가 돌아오기를 기다
려서 동행하시는 것이 어떠실지요?"

"그럼 술이나 더 받아라."

"그야 여부 있습니까?"

상사람은 허리춤에 차고 있던 4, 5냥의 엽전 꾸러미를 풀어서 깻자루
속에 함께 집어넣고 주둥이를 꽁꽁 묶어 양반 옆에 두었다. 그리고 따로
두어 잔 술값을 내놓고 핑 일을 보러 갔다.

상사람이 일을 보고 돌아와서 깻자루를 열고 돈을 꺼내보니 한냥 넘
는 돈이 축났다.

"이게 어찌 된 일이람! 아까 넣을 때 몇냥 몇전이던 돈이 이제 보니 몇냥 몇전이 비네. 이상도 하다."

양반이 발끈 성을 내었다.

"이런 흉악한 놈을 봤나? 어디다 대고 함부로 입을 놀려! 양반이 너를 사랑하는 까닭에 너의 깻자루를 지켜주었으니 응당 감지덕지해야 할 일이거늘, 도리어 양반에게 도둑의 누명을 덮어씌우다니. 이런 의리 없는 불량한 놈은 심상하게 두어선 안 돼. 양반을 능욕하는 자는 법에 따라 벌을 받아야 해. 내 관가에 고하겠다."

양반이 상사람을 끌고 관가를 향해 갔다. 양반이 길에서 만나는 상민들에게 이만저만했다고 그 사연을 떠들어 말하면, 상민들은 비실비실 피하면서 "저 사람이 좀 과했어." 하며 비위를 맞춰주는 것이었고, 양반을 만나서 그 일을 말하면 너나없이 상놈을 질책하고 가는 것이었다.

그 양반은 더욱 의기양양해서 팔을 휘두르며 곧장 관가에 다다라서 전후 사실을 아뢰었다. 원님은 상사람을 크게 꾸짖었다.

"무지한 상놈의 흉악함이 이러하다니, 너 같은 놈은 마땅히 법조문에 비추어 엄히 다스려야 할 일이다."

그리고 즉시 칼을 씌워 하옥하였다. 그리고 양반을 대하여 다정한 어조로 위로했다.

"근래 명분이 해이해져서 상놈들이 돈푼이나 손에 쥐면 일쑤 이런 변을 내는구려. 내 마땅히 엄히 다스리겠소. 너무 상심 마시고 그만 분을 푸시오."

원님은 그 양반의 성명, 관향, 서울에 가까운 친족이 있는가 여부 등을 묻고 동헌으로 맞아 술잔을 권하는 것이었다. 그런 한편 통인에게 가만히 지시하여 백지 한장을 가져오도록 했다. 원님은 양반의 면전에 백지를 펼치더니 귀에 대고 말했다.

"차고 계시는 주머니를 끌러놓으시오. 내가 살펴볼 문서가 있소."

양반은 얼굴을 붉히며 무릎을 꿇고 아뢰었다.

"주머니 속에 아무 문서도 없소이다. 성주께오서 조사해보셨자 득될 것이 없으리다."

원님이 엄숙한 태도로 아무 대꾸도 않고 외면하자, 통인들의 재촉이 성화같았다.

양반은 마지못해 주머니를 풀어서 백지 위에 내려놓았다. 원님은 정색을 하고 통인으로 하여금 주머니를 거꾸로 털어 보이게 했다. 주머니 속에서 돈냥이 떨어지고, 그 엽전에 붙은 깨알이 종이 위에 여러 낱 굴렀다. 돈을 셈해보니 상사람이 잃어버렸다는 숫자와 다소 차이가 있었다. 다시 양반의 몸을 수색했더니 새로 산 베 몇자치를 바지 속에 감추고 있었다. 베값을 셈해보니 과연 모자라는 액수와 일치했다.

원님은 양반을 크게 질책하였다.

"당신의 문벌이 과연 어떠한지 모르겠으나, 명색 양반이라 자칭하는 사람으로 감히 이런 행실을 한단 말이오? 다음부터 이러지 말 것이오."

그리고 관에서 상사람의 부족한 돈을 채워주어 보냈다.

양반은 코를 싸쥐고 기어서 돌아갔다.

●**작품 해설**

역시 『어수신화』에서 뽑았다. 원제목은 '돈주머니에서 깨가 떨어지다囊錢落荏'였다. 깻자루가 이 이야기에서 주요한 역할을 하고 있어 제목을 '깻자루[荏子袋]'라고 바꾸었다.

별 볼일도 없이 장구경을 나와서 술잔이나 얻어먹고 상민의 깻자루를 지켜주는 양반의 꾀죄죄한 모습, 그리고 깻자루에 넣어둔 상민의 돈을 훔치고 도리어 양반을 능욕했다고 그 상민을 관가로 끌고 가는 양반의 파렴치한 모습이 자못 풍자적으로 묘사되어 있다. 한편 양반에게 끌려가는 상민에 대한 길 가던 사람들의 시선, 이를 맞이한 원님의 태도에서 양반이란 존재의 권위가 손상된 대로나마 유지되고 있는 정경을 보게 된다.

원님 놀이官員戱

연원 이광정[1]이 양주 목사로 있을 때의 일이다.

공이 매사냥꾼을 시켜 사냥을 내보내면 사냥꾼은 매양 석양이면 돌아왔다. 사냥꾼이 하루는 밤이 늦도록 돌아오지 않아서 괴이하게 생각하였다. 이튿날 매사냥꾼이 다리를 절름거리며 돌아왔다. 어쩌다가 밤을 새웠으며 다리를 절름거리는가 묻자 사냥꾼은 웃으며 아뢰는 말이었다.

그의 이야기는 대략 이러하다.

그는 어제 매를 날리다가 놓쳤다. 어둠이 내릴 무렵까지 매를 뒤쫓아 간신히 아무 면의 이좌수 집 문전에 선 나무에 매가 앉은 것을 불러서 받을 수 있었다. 그가 막 발길을 돌리려던 참인데 문득 어둠 속에 사람 한 떼가 몰려오는 소리를 들었다. 자세히 보니 다섯명의 말만 한 처자들이었다. 우르르 몰려오는 형세가 마치 자기를 잡으러 오는가 싶었다. 놀

---

1 이광정李光庭(1552~1627) 호는 해고海皐, 본관은 연안延安. 연원은 연안의 별칭으로, 연원부원군에 봉해짐. 선조 때에 등과하여 이조판서에 이르렀다.

라 도랑을 건너뛰다가 실족하여 발을 다쳤던 것이다.

그는 울타리 밖 풀섶에 숨어서 다섯 처자들이 주고받는 말을 엿듣게 되었다.

"오늘밤도 원님 놀이[官員戲]를 하는 것이 어떠니?"

"그래, 그게 좋겠어."

처녀들이 모두 입을 모았다. 마당에 평상을 갖다놓더니 큰 처녀가 위에 앉아 원님이 되고, 나머지 네 처녀는 각기 좌수·별감·형방·사령 따위를 맡는 것이었다. 이와 같이 소임을 정하고 나자 평상 위에서 호령이 떨어졌다.

"이좌수를 잡아오너라."

막내 처녀가 사령으로서 '예이——' 하고 쑥 나서더니 둘째 처녀를 끌어다가 평상 앞에 꿇려놓는 것이었다.

"대령하였소."

원님 처녀가 좌수의 죄를 논하기 시작했다. 넷째 처녀는 형방이 되어서 분부를 전갈한다.

"혼인이란 어떤 인륜의 대사이냐? 너의 막내딸도 이미 과년하였으니 그 언니들이 실기失期한 것이야 말할 나위도 없겠구나. 그렇거늘 우유부단하여 장차 인륜을 저버리려 하다니……."

좌수 처녀가 아뢰었다.

"성주님의 하교가 지당하오나 가세가 적빈하여 혼사에 범절을 차릴 마련이 전혀 없삽기로 자연히 이에 이르렀사옵니다."

"혼상婚喪의 범절이란 자고로 집안 형편에 맞추는 법이다. 작수성례[2]

---

2 작수성례酌水成禮 물 한 그릇만 떠놓고 혼례를 치른다는 뜻으로 가난한 집안의 혼례를 가리키는 말.

도 가하거니와 어찌 꼭 금침이며 제반 혼구를 갖춰야 하느냐? 너의 말이 오활하니라."

좌수 처녀가 또 아뢰었다.

"신랑감 역시 구하기 어렵습니다."

원님 처녀가 분부하는 말이다.

"널리 구혼한다면 어찌 사람이 없겠느냐? 내가 들은 바로 말하더라도 이 고을의 송좌수·김별감·오별감·최별감·정좌수의 집에 다 신랑감이 있다 하니, 이만 해도 다섯이다. 모두 한결같이 향임을 지낸 터이니 반벌도 너의 집과 상적하거늘 이들과 통혼할 생각은 왜 못 하느냐?"

"삼가 분부하심을 좇아 중매를 넣어 혼담을 꺼내겠사옵니다."

"네 죄는 마땅히 벌을 받아야 할 것이로되 참작해서 방면하노라. 만약 속히 혼사를 서두르지 않으면 뒤에 죄를 면키 어려우리라."

이에 호령하여 좌수 처녀를 끌어내도록 하는 것이었다. 그러고 나서 다섯 처녀들은 일시에 흩어졌다.

"참으로 우스운 일이었습니다."

하고 사냥꾼은 이야기를 끝냈다. 원님은 듣고 포복절도하며, 즉시 시임 향소[3]를 불러서 물었다.

"아무 면에 이좌수라는 이가 사는가?"

"있습지요."

"그의 사는 형편은 어떠하며 자녀는 몇이나 두었는고?"

"집은 매우 가난하다 하오며, 자녀는 자상히는 모르오나 딸이 많은

---

3 시임時任 향소鄕所　시임은 현임과 같은 말. 향소는 좌수·별감 등 향청의 책임자들. 그 지방 출신으로 수령의 행정을 보좌하는 역할을 맡았다.

모양입니다."

즉시 예방을 보내 이좌수를 불렀다. 원님은 이좌수를 따뜻하게 대하고 말을 붙였다.

"자네가 전에 향임을 역임하였다기에 벌써부터 고을 일을 의논하고 싶었는데 미처 틈을 못 얻었네. 자녀는 몇이나 두었는고?"

"소인은 운이 기박하여 아들은 못 두고 딸만 다섯이 있사옵니다."

"몇이나 성혼시켰는고?"

"아직 하나도 출가시키지 못하였지요."

"나이가 모두 어리던가?"

"막내것도 이미 과년하였사옵니다."

이 대목에서 원님은 원님 처녀의 말을 들은 그대로 써서 말하였으며, 이좌수의 대답 또한 좌수 처녀가 대답하던 바와 같이 나왔다. 신랑감을 구하기 어렵다는 대답이 떨어지자 원님은 원님 처녀의 입에서 나왔던 다섯 남자를 쭉 거론했다. 이에 이좌수가 아뢰었다.

"저들이 필시 소인이 빈궁함을 꺼려 허혼하지 않으리다."

원님은 이좌수를 보낸 다음에 신랑감을 가진 다섯 향소를 불러들였다. 다섯이 당도해서 이런저런 이야기를 나누다가 말이 자녀들 혼사 문제에 대해 나왔고, 다섯에게서 모두 당혼한 자식이 있다는 말이 나왔다.

"내가 자네들을 위해서 중매를 서보는 것이 어떤가?"

"게서 더 좋은 일이 있겠습니까?"

"아무 면 이좌수의 딸들이 당혼했다는데, 자네들 다섯 집에서 각기 하나씩 맞아들이는 것이 좋겠네."

그들은 우물쭈물 곧 대답을 못 하고 있었다. 원님은 언성을 높였다.

"저기도 향소요 여기도 향소라 피차 지추덕제[4]이거늘, 자네들이 합당하게 여기지 아니하는 것은 전혀 저 집 가세가 빈한한 때문이렷다. 그래, 가난한 집 처자는 끝내 시집도 못 간단 말인가? 내가 연치로 보나 지위로 보나 자네들 보기 어떻기에 일껏 발설한 연후에 나를 무안케 만들다니, 자네들 사리와 체면에 대단히 잘못일세."

즉시 다섯장의 간지簡紙를 뽑아서 다섯 사람 앞으로 던졌다.

"제잡담하고 각기 자네들 자제의 사주를 쓰게."

그들은 황공하여 복종하는 것이었다. 원님은 즉시 자신이 길일을 택하여 다섯 사람에게 말했다.

"저 집의 가난한 형편으로 어떻게 전후해서 다섯 차례나 혼사를 치를 것인가? 다섯 쌍의 신랑 신부가 일시에 나란히 절하는 것도 희한한 성사盛事라. 내가 먼저 이좌수의 집에 가서 대강 범절을 차리도록 할 것이니 자네들도 이에 따라 거행하기 바라네."

그러고서 술과 안주를 내어 대접하고 또 도포감 한벌씩을 주었다. 그날로 이좌수의 집에 아전을 보내 정해진 혼인 날짜를 알리고 당부하였다.

"다섯 신부의 치장과 초례 당일의 제반 마련을 관가에서 도울 것이니 신부의 집에서는 염려할 것 없다."

이좌수 집에서는 감격해 마지않았음이 물론이다.

원님은 혼인날을 이틀 앞두고 직접 이좌수의 마을로 나갔다. 관가에서 큰 소를 구해 잡았고 차일과 자리도 모두 관가에서 가져갔다. 차일을 높게 치고 바닥에 화문석을 깔고서 초례상 다섯을 차려놓았다. 다섯 쌍의 신랑 신부가 정해진 자리에 두 줄로 서서 절하는 그림자가 마당에서

---

4 지추덕제地醜德齊 서로 문벌이 비등함을 가리키는 말.

움직이매 구경꾼들이 담을 쌓고서 입에 침이 마르도록 칭송하며 다 같이 기뻐했다. 빈한한 집에 화기가 감돌았다.

이 일이 오늘에 이르도록 크게 의로운 일을 행한 것으로 전해지고 있거니와, 이광정의 후예가 현달하고 번창하게 된 것은 기실 여기에 기인했다고 한다.

●작품 해설

『동패낙송』에서 뽑았다. 작중의 사건을 따라 '원님 놀이[官員戲]'로 제목을 삼았다. 『청구야담』의 「사또가 인연을 맺어주어 좋은 일을 행하다作善事繡衣繫紅繩」와 『동야휘집』의 「다섯 딸이 태수 놀이로 해서 시집을 가다五女嫁因太守戲」도 대동소이하다.

양주 목사가 그 고을의 이좌수가 딸 다섯을 두고 형편이 어려워 모두 과년하도록 혼인을 시키지 못하고 있는 것을 알고, 직접 중매를 서고 주선을 해서 향임을 역임한 사람들의 자식들과 합동혼인식을 거행한 이야기. 다섯 노처녀들이 자기들의 딱한 처지를 연극으로 꾸며 놀이를 벌이는 것을 매사냥꾼으로 하여금 엿보게 하여, 원님이 이를 전해 듣고 처녀들이 연극놀이에서 하던 그대로 현실에서 재현하는 방식으로 꾸민 구성법이 재미있다. 한편 연극적인 놀이가 민간에서 행해졌음도 보게 된다.

과장科場

영성군 박문수[1] 형제는 글과 글씨가 다 부족한 사람들이었다. 요행으로 감시해액[2]에 나란히 참여했다. 박문수의 형이 근심하여 말했다.

"우리 형제 다 무문무필無文無筆하고 게다가 매문매필買文買筆할 자금도 없는 터에 회시가 가까워오니, 장차 어떻게 관광을 하겠느냐?"

"과장의 문필이 모두 우리 형제의 것이지요. 당일 누구 솜씨를 빌리든 시지를 제출하는 일이야 무슨 근심이 있겠습니까?"

이렇게 말하고 박문수는 매일 밖에 나가서 두루 서울 성내를 돌아다니며, 어느 고장의 어떤 선비가 거벽이고 어느 고장의 어떤 유생이 서수인가를 탐문하였다. 이들은 모두 초시를 못 하고 모입[3]하려는 자들이었다. 이리저리 어렵게 길을 통해 거벽이며 서수들을 만나보아 일면식을 가져두었다.

---

1 박문수朴文秀(1691~1756) 경종 3년 문과에 급제, 병조판서, 우참찬右參贊에 이르렀다. 이인좌의 난을 평정한 공으로 영성군靈城君의 칭호를 받았으며, 암행어사로서 많은 일화를 남긴 것으로 유명하다.
2 감시해액監試解額 생원과 진사를 뽑는 예비시험. 감해監解.
3 모입冒入 과거장 등에 입장할 자격이 없는 사람이 속이고 들어가는 것.

과시날을 맞아 그 형제는 각기 시지試紙 한장씩을 들고 남 먼저 입장하였다. 길옆에 앉았다가 모입하려는 자가 들어오는 것을 보고 얼른 일어나서 시비를 건다.

"국금國禁을 범하고 모입하다니 미안치 아니하오?"

이러기를 무릇 네 차례 거듭했다. 그 주인과 모입자는 얼굴이 화끈 달아올라 앞뒤가 두려워서 제발 관에 고발하지 말도록 애걸하는 것이었다.

"우리 형제의 시지에 글을 지어서 써주면 무사하게 해드리리다."

박문수는 이렇게 말하고, 이어서

"이분은 우리 형님의 거벽이고, 저분은 우리 형님의 서수요."

하며 각기 배정하는 것이었다. 그들 거벽과 서수들은 아무 소리 못 하고 각기 시지를 펼친 다음, 거벽은 부르고 서수는 받아썼다. 금방 써냈는데, 글은 한 자도 고칠 것이 없고 글씨는 한 획도 서운한 곳이 없었다. 드디어 형제가 나란히 회시의 방에 성명이 올랐던 것이다.

그후 증광시[4]에서도 박문수는 어떻게 초시는 했으나 회시를 볼 일이 난감하였다. 충청도의 한 선비가 책문의 접장[5]으로서 향시[6]를 하고 상경해서 여관에 유숙하고 있다는 소문을 들었다. 박문수는 그 선비를 찾아갔다.

"회시에 대비해서 불가불 서로 모여서 글을 지어보아야 할 것인데, 저는 동접 중에서 상장지익[7]을 못 얻어 고민이라우. 노형이 책문을 잘하신다니 함께 수련 삼아 몇편 지어봄이 어떠하실는지?"

---

4 증광시增廣試 나라의 경사가 있을 때 특별히 보이는 과거.
5 접장接長 접接의 우두머리. '접'은 글방 학생이나 과거에 응시하는 유생들이 모여 이룬 동아리를 가리킨다.
6 향시鄕試 지방 군현에서 실시하는 시험.
7 상장지익相長之益 친구 간에 서로 학업에 도움을 줌.

선비는 쾌히 응낙하였다. 박문수가 글 짓는 데는 서툴렀지만 외우는 재주가 비상해서 눈에 스치면 곧 욀 수 있었다. 그는 친한 사람에게 가서 책제[8]를 받았다. 책제를 마음속에 새겨두고 이튿날 그 선비를 찾아갔다.

"시일이 다가옵니다. 오늘부터 지어봅시다. 어디 책제를 하나 내어보구려."

"내가 책문을 대강 읽을 줄은 알지만 책제는 아무래도 서울 사람의 안목이 나을 터이지요. 노형이 내어보구려."

박문수는 재삼 사양하다가 이 책 저 책 뒤적이며 생각을 짜내는 듯이 반 식경이나 깊이 생각하더니 비로소 책제를 불렀다. 선비가 책제를 다 쓰고 나자 박문수는 일어섰다.

"오늘은 늦었구려. 내일부터 짓기 시작하는 것이 어떻겠소?"

그리고 다시 친한 사람에게 부탁해서 중두[9] 이상을 받아 외워두었다.

이튿날 가서 함께 글을 짓는데, 잠깐 구상을 하더니 즉시 줄줄 써내려가는 것이었다. 이와 같이 4, 5일을 계속했다. 그 선비가 처음에는 서울 소년이라고 내심 얕잡아 보았는데, 출제하는 것하며 글 짓는 솜씨를 보니 글도 화려하고 내용도 풍부했다. 실로 웅문거필雄文巨筆임을 의심할 여지가 없었다. 그 자신 망양지탄[10]을 금치 못하였다. 하루는 출제를 해 놓고 서로 한참 생각을 얽고 있는데, 벙거지를 쓴 하인이 힐레벌떡 달려왔다.

---

8 책제策題 책문의 제목. 묻는 내용이 아주 구체적이어서 책제가 상당히 길었다.

9 중두中頭 책문 구성에 있어서의 한 부분. 허두虛頭·중두·축조逐條·설폐說弊·구폐求弊·편종篇終으로 나뉘었다.

10 망양지탄望洋之歎 워낙 훌륭해서 자기의 힘이 미치지 못함을 가리키는 말.

"박서방님 어디 계신가요?"

내다보니 박문수의 집 하인이었다. 하인이 숨을 몰아쉬며 다급히 아뢰는 말이었다.

"마님이 갑자기 가슴이 틀어올라서 시방 시각을 보전키 어렵습니다. 서방님을 모시러 왔으니 얼른 가셔야 합니다."

"처의 이 증세는 아주 고질이라오. 한번 발병하면 꼭 10여 일은 가요. 불가불 급히 가서 보고 의원과 상의해서 약을 써야 할 듯하오. 우선 가서 증세를 보고 다시 와서 지읍시다."

박문수는 시골 선비에게 이렇게 말하고 일어섰다. 이는 꾸며낸 일임이 물론이다. 그리고 10여 일이 지나서 다시 들렀다.

"처의 우환이 이제 좀 차도가 있으나 아직도 마음을 놓을 수 없구려. 시험 볼 날이 며칠 남지 않아 다시 지어보지 못하겠고, 매우 안타깝군요. 당일 과장 밖에서 약속했다가 자리나 함께하는 것이 어떻겠소?"

시골 선비는 박문수를 고수高手로 우러러보는 터라 한자리에 앉으면 반드시 이익이 있으리라 생각하고 흔쾌히 응낙했다.

박문수는 시험 당일에 공석[11] 하나와 정초지[12] 한장을 가지고 과장에 들어가 자리를 잡았다. 입구에서 그 시골 선비가 서성이는 것을 보고서도 본척만척하는 것이었다. 혹 얼굴이 마주쳐도 다른 사람들과 이야기를 하며 말을 걸지 않았다. 선비는 이런 태도를 보고 속으로 탄식하였다.

'서울의 사대부라는 것들은 정말 믿을 것이 못 되누나. 기왕에 분명

---

11 공석空石 곡식을 담는 섬이 비어 있는 것을 가리키는 말. 여기서는 자리로 이용하기 위한 것이다.
12 정초지正草紙 과거시험 답안지로 쓰던 크고 좋은 종이.

히 언약을 해놓고 이 자리에 와서 저렇게 안면을 싹 바꾸다니. 아마 자신의 과거시험에 손해가 있을까 싶어서 저러는 것이겠지.'

선비가 박문수의 옆으로 다가가서 먼저 말을 붙였다.

"사람을 보고도 외면을 하시다니 이게 서울 법절인가요? 일껏 같이 입장하여 자리를 함께하자고 약속하시고서 이제 와서 쌀쌀하게 따돌리는 것이 무슨 경우요?"

박문수는 내심으로는 이 선비와 같이 입장하지 못할까봐서 걱정이면서도 외면으로는 마지못해 허락하는 듯한 표정을 지었다. 드디어 같이 입장하여 한자리에 앉았다.

이윽고 제목이 나와서 서로 초를 잡는데, 반쯤 가서 시골 선비에게 물었다.

"얼마나 지으셨소?"

"중두까지 지어놓았지요."

이내 시골 선비가 지은 글을 내밀었다.

"보시고 잘못이 있으면 좀 가르쳐주시구려."

박문수가 자기 초고는 먼저 접어서 방석 밑에 두었는데 글을 한 자 한 자 먹으로 뭉개서 다른 사람이 알아보지 못하게 해놓았던 것이다. 그 선비의 초고를 받아서 대강 읽어보다가는 반쯤 이르러 말아들고 일어섰다.

"소변이 급하구려. 잠깐 기다리우. 내가 초한 것은 방석 밑에 있으니 꺼내보우."

하고 소변보러 가는 양으로 자리에서 나가서는 아는 사람이 펼쳐놓은 일산 밑으로 숨어버렸다. 휘장이 내려진 속에서 그 초고를 펼쳐놓고 자신이 베껴 썼다. 대개 증광시에는 글씨는 비록 졸렬하고 거친 필치라도 구애를 받지 않았던 것이다. 축조[13] 이하는 또 남이 지은 것을 슬쩍 따다 써서 정권을 했다. 이리하여 높은 성적으로 급제할 수 있었다.

  무신란 때 박문수는 종사관從事官으로서 무공을 세워 영성군의 봉을 받았고, 벼슬도 판서에 이르렀다. 일생 동안 권모술수가 많았고 익살을 좋아했으며, 특히 어사 임무를 잘 수행한 것으로 오늘에까지 이름을 얻고 있다.

---

13 **축조逐條** 책문 구성상의 한 부분으로 중두의 바로 다음이다.

●작품 해설

『청구야담』에 '영성군이 시골 선비를 속여서 과거에 오르다騙鄕儒朴靈城登科'라 하여 실린 것을 뽑아 제목을 '과장科場'이라 바꾸었다.

문필이 별로 신통치 못한 사람이 부정행위를 교묘하게 자행해서 어려운 과거시험의 관문을 통과하는 줄거리. 실력이 전혀 미치지 못하는 자들이 매문매필을 해서 과거 합격증을 따내는 것이 이조 후기에 일종의 관례처럼 행해지고 있었다. 그래서 자작자필自作自筆로 급제하는 너무도 당연한 일을 가지고 자랑으로 삼을 정도였다. 여기 주인공은 대작代作을 시킬 거벽이나 대필을 시킬 서수를 살 만한 경제력이 없어, 남을 협박하고 속이는 간교한 술수를 써서 소과를 거쳐 문과에 급제하는 영예를 누리고 당당히 출세의 길로 나아간다. 과거제도의 문란상에 대해서 당시 국정을 우려하는 학자들이 허다히 거론하고 그 개선책을 강구하기도 하였거니와, 이 작품에서 다른 어떤 사료나 논설보다도 과장의 분위기가 구체적으로 묘사되어 그 문제성을 실감케 하는 것이다.

여기 주인공은 다름 아닌 박문수로 되어 있다. 박문수가 어사로 유명한 행적을 남겨, 그의 활약상을 전하는 이야기들이 널리 유포되어 있는 것을 본다. 이 작품은 박문수를 주인공으로 등장시켰으나 소재가 전혀 특이한데다 그를 술수가 비상한 인간, 달리 표현하자면 교활한 인간으로 만든 것이 이색적이다. 『파수록破睡錄』에도 박문수가 여러 친구들의 글을 따다 써서 급제한 것으로 나와 있다.

제문祭文

어떤 양반이 글도 못하고 글씨도 시원치 못한데다 집안 형편도 구차했다. 더러 과거시험을 치러보지만 동접 하나를 갖출 형편이 못 되어서 기껏 친우들의 뒤를 쫓아가서 여문여필餘文餘筆을 얻어다가 시권을 바치곤 하였다. 그러다가 요행으로 감해는 하고 이제 회시가 임박했다.

처음부터 글과 글씨 다 부족한 사람이라 응시할 용맹이 없었지만 앉아서 그만두기 어려워서 정초지 한장을 들고 단신으로 입장을 하였다. 사고무친한 터에 차작차필은 꿈도 못 꿀 일이었다. 한참을 서성거리다가 온 나라에서 유명한 평안도 거벽을 만났다. 누구의 대작을 해주려고 과장에 모입한 것이었다.

그는 전에 그 거벽과 남의 좌석에서 한번 안면이 있었다. 즉시 그 일행 앞으로 다가갔다. 서로 인사를 나눈 다음 정색을 하고 말했다.

"엄숙한 과장에 어려움 없이 모입을 하시다니, 내가 만약 한마디 하고 보면 일이 어떻게 되지요?"

거벽과 과거 보는 당자는 대번에 얼굴이 붉어져서 당황하여 벌벌 떨었다. 이에 그가

"나에게 먼저 과시科詩 한수를 성의껏 잘 지어주면 입을 닫으리다."

하니, 거벽은 두말없이 종이를 펼치고 붓을 들어 선뜻 한수를 지어서 던지는 것이었다.

글은 요행히 수단을 부려 얻었지만 다음에 글씨를 얻을 일이 난감했다. 초고를 들고 한참 두리번거릴 때 또 글씨는 잘 쓰지만 글이 짧은 사람을 만났다. 그 사람은 누구와 서로 글과 글씨를 교환하기로 약조를 하였는데 갑자기 어긋나서 낭패를 볼 지경이었다.

붓을 들고 끙끙대는 선비의 자리 앞으로 나아갔다. 먼저 전일에 한번도 인사가 없었다는 의미로 말을 붙인 다음 동접에게 낭패를 보게 된 일에 대해 위로를 했다. 그리고 자기는 글은 있지만 필재가 없으니 손을 바꾸어 유무상통有無相通을 하자고 청하면서 들고 있던 초고를 보였다. 그 선비는 글을 잘하지는 못하지만 과문의 격식 정도는 알아볼 수 있었다. 그 과시를 보니 과연 잘하는 솜씨였다. 심히 곤란한 즈음에 그렇게 다행일 수 없었다. 당장 두 사람 사이에 합의가 이루어졌음이 물론이다.

선비는 그의 정초지를 펼쳐놓고 먹을 갈아 붓을 들어 써내려가면서 자주 머리를 돌려 다짐하는 것이었다.

"내가 시방 공력을 들여 쓴다우. 형장兄丈도 내가 다 쓸 동안에 성심껏 시 한수를 지어놓고 기다려야 하우."

"그야 염려 마우."

그는 종이를 펼치고 글을 지어가는 척했다. 쓱쓱 글을 써서는 다시 글자 위에 동그라미를 그려 다른 사람이 알아보지 못하도록 해놓았다. 선비가 정초지에 다 쓰기를 기다려서 곧 그는 먹칠한 초고를 말아서 선비에게 던지며

"정권을 하고 내 곧 돌아오리다. 잠깐 기다리우."

하고 시지를 안고 대상臺上으로 갔다.

시지를 제출한 다음 그는 일부러 그물을 쳐놓은 안으로 뛰어들었다. 시관과 군졸들이 그를 보고 법령을 범했다 하여 시장 밖으로 몰아내려 했다. 그는 얼른 돈푼이나 집어서 군졸에게 찔러주고 부탁하는 말이었다.

"내가 한사코 동접에게 돌아가야 한다고 사정할 터이니 결코 들어주지 말고 한시도 장내에 못 붙어 있게 내쫓아다오."

그 군졸은 뇌물까지 받아먹고 시관의 분부도 지엄한 터에 어찌 잠시나마 머물게 둘 것인가. 앞에서 잡아끌고 뒤에서 밀어서 기어이 몰아냈다. 그는 짐짓 군졸에게 애원하는 모양을 꾸몄다.

"내가 시방 대단히 긴한 볼 일이 있다. 잠깐 놓아주어서 나의 동접에게 가도록 해다오."

군졸들이 그 말을 들어줄 리가 있겠는가. 네번 다섯번 간청했지만 막무가내로 끌어내는 것이었다. 그는 끌려가다가 글씨 잘 쓰는 선비가 앉아 있는 곳을 지나갈 적에 먼발치에서 소리쳤다.

"일이 이렇게 되어서 어찌할 도리가 없구려!"

그러고는 과장 밖으로 떠밀려 나갔다. 방이 나붙는데 그는 과연 높이 합격이 되었다.

이렇게 소과小科를 하고 보니 이번엔 벼슬할 마음이 간절해졌다. 그러나 무세무력無勢無力하여 이끌어줄 사람이 없으니 도리 없는 노릇이었다. 때마침 이조판서가 나이 근 서른이 된 외아들의 상을 당하고서 그만 바보도 같고 실성한 사람도 같이 되어서 세상사에는 전혀 뜻을 잃고 마지못해 행공하고 있었다. 그는 마음속으로 한 꾀를 생각해냈다.

이조판서 대감 아들의 나이와 성격, 사람됨과 문식文識이 어떻고, 평소에 사귄 친구는 누구누구이며, 글은 어느 곳에서 읽었고, 유람은 어디

로 다녔던가 등등을 자세히 탐문하여 일일이 알아냈다. 그리고 남산골
의 글 잘하는 친구를 찾아가서 간청하여 극히 애통해하는 내용으로 한
편의 제문을 받아냈다. 대개 모처에서 서로 알게 되었고, 어느 집에서
함께 시를 수창하였으며, 어느 절에서 글을 읽었고, 연령은 몇년의 차이
가 있지만 우정은 무한히 깊었다는 등 운운하고, 또 세의를 말하며 자기
집의 세덕世德을 갖추어 써서 보는 이로 하여금 이쪽의 나이는 몇이고
누구의 자손인지 알 수 있도록 하였다.

그러고서 닭고기와 술병을 준비해가지고 이판대감이 출근한 틈을 보
아 문상을 갔다. 하인을 시켜 상청喪廳을 열게 한 다음 제수를 차리고 술
을 따르더니 꿇어앉아서 제문을 읽는데, 슬픔으로 읽는 소리가 제대로
나오지 못했다. 이어 목을 놓아 통곡을 하며 한바탕 애통해하더니 이윽
고 일어나서 돌아갔다.

그날 저녁에 이판대감이 들어오자 부인이 말했다.

"아까 웬 선비가 모 동洞의 모 진사인데 죽은 아이와 절친한 사이라고
찾아와서 제수와 제문을 갖추어 반 식경이나 통곡을 하고 갑디다."

이판대감은 대단히 기특하게 여기고 즉시 제문을 가져오라 해서 읽
어보았다. 제문이 여러 폭에 걸쳐서 수백 행이 넘는데 글이며 글씨가 함
께 주옥珠玉이 아닌가. 이판대감은 크게 감격하였음이 물론이다.

"아들의 친구로 이렇게 절친하고 준수한 선비가 있었다니⋯⋯. 내
가 왜 아직까지 모르고 있었을까? 문벌을 보건대 뿌리가 있는 사족이로
군! 나이도 마흔 가까웠으니 꼭 벼슬할 나이로다! 또한 재상이 집에 없
는 틈을 보아서 상청을 다녀가다니 그 지조 역시 아름답구나."

이판대감은 도정都政에서 모든 난관을 물리치고 그를 천거하여 벼슬
길로 나아가게 해주었다.

●**작품 해설**

『청구야담』의 '궁한 선비가 속임수를 써서 과거에 합격하고 벼슬을 얻다窮儒譎計得科宦'란 제목의 것이다.

이 역시 앞의 「과장」과 소재 및 주제가 통하는 작품이다. 다른 사람이 대작을 시키려고 과장에 끌고 들어온 평안도 거벽을 협박해서 글을 받아내고, 다시 속임수를 써서 글씨 잘 쓰는 이에게 대필을 시켜 궁한 선비가 소과에 합격하는 것이 전반부의 줄거리이다. 이 대목은 앞의 「과장」과 비슷하다. 후반부는 그가 벼슬을 한자리 얻기 위해 공작을 벌이는 이야기로, 이 대목이 특히 이색적이다. 주인공이 마침 자제를 잃고 슬픔에 잠겨 있는 이조판서의 마음을 사서 벼슬에 오르는데, 이조판서가 죽은 아들의 가짜 친구의 가짜 제문에 그만 감동해버리는 대목은 풍자적인 의미를 담고 있다.

전주 정승全州政丞

　전동흘[1] 통사統使는 전주 읍내 사람이다. 풍골風骨이 준수하고 지략도 깊었으며 사람을 보는 눈이 있었다.

　이상진[2] 정승이 그 인근에 살았는데, 홀로 편모를 모시고 고단한 처지로 집안이 가을에도 거두어들일 것이 없는 형편이었다. 가난이 극에 달해서 노모를 공양하기도 어려웠던 것이다. 그래도 언변이나 외모가 초라하지 않았으며 학업에 근면해서 주야로 열심히 책을 놓지 않았다.

　동흘은 비록 나이가 적었으나 항시 이공의 사람됨을 갸륵하게 생각하고 몸과 마음을 기울여서 문경지교[3]를 맺었다. 그리하여 늘 돈이나 곡식을 나누어 어려움을 도왔으며, 이공 또한 마음 깊이 동흘에게 감사하였다.

---

1 **전동흘全東屹**(?~1705) 본관은 천안. 효종 2년(1651) 무과에 급제, 숙종 연간에 포도대장, 통제사 등을 역임한 무장. 통제영에 생사당生祠堂이 있었다 함. 그의 성이 본문에는 '田'으로 나와 있으나 실존 인물로서 '全'으로 확인된다.
2 **이상진李尙眞**(1614~90) 본관은 전의全義. 호 만암晚菴. 인조 때 등과하여 한림을 거쳐 숙종 연간에 우의정에 올랐다.
3 **문경지교刎頸之交** 생사를 같이할 만큼 친한 사이를 이름.

어느 해 10월 말에 동흘이 이공을 보고 말했다.

"형은 외모로 보아 언젠가 필히 부귀를 누릴 터이나, 시운이 이르지 않아서 이와 같이 빈곤한가 싶네. 위로 어른을 봉양하고 밑으로 식솔을 거느리자면 가난을 벗어날 날이 없을 것일세. 내게 한 계교가 있으니 나의 지시를 따르지 않으려나?"

그리고 자기 집으로 돌아가서 다섯말의 쌀과 누룩 몇장을 가져와서 이공에게 건네며 이르는 말이었다.

"이것으로 술을 빚어 다 되거든 나에게 알려주게."

이공은 술이 다 익자 그에게 통보했다. 동흘은 인근 사람들을 두루 불러놓고 다음과 같이 당부했다.

"이 선비님이 지금은 가난하지만 후일 재상에 오를 인물이라오. 집에 편모를 모시고 조석을 잇지 못해 살아가기 어려운 형편인데, 이번에 영농을 시도해서 생계를 차려보기로 하신다오. 그런데 지금 필요로 하는 것은 버드나무·가죽나무 말뚝이라. 그대들 이 술을 자시고 각기 길이 한자 반쯤 되는 버드나무나 가죽나무 말뚝 50개씩을 만들어서 도와주기 바라오."

여러 사람들은 어디에 쓰려는 것인지 알 수 없었지만, 평소에 동흘을 신뢰하고 이공을 존경하던 터라 모두 한소리로 응낙하였다. 이에 술을 내다 2백여 명에게 대접했다.

그들은 며칠 후에 모두 버드나무나 가죽나무 말뚝을 부탁한 개수대로 해와서 수만여 개의 말뚝이 쌓였다. 동흘은 마소를 내어 말뚝을 전부 싣고 이공과 함께 건지산[4] 기슭의 땔나무 시장柴場으로 갔다. 그곳은 동

---

4 건지산乾芝山 전주 동쪽에 있는 산.

흘의 땅이었다. 동흘은 이공과 더불어 하인들과 함께 풀을 말끔히 제거한 다음에 총총히 말뚝을 한자 남짓의 깊이로 꽂았다.

"내년 봄에는 여기에 조를 파종하세."

동흘의 말이었다.

이듬해 봄 해동한 다음에 동흘은 조씨 몇말을 구해가지고 이공과 함께 건지산 기슭으로 갔다. 말뚝을 뽑아내고 구멍마다 조씨 7, 8낱을 집어넣고 새 흙을 그 구멍에 채워 넣었다. 여름에 조 싹이 구멍마다 뚫고 나오는데 아주 탐스러웠다. 그중에 연약해 보이는 싹은 솎아버리고 한 구멍에 3, 4그루만 남겼다. 풀이 나면 뽑아주고 잘 가꾸었더니 결실한 모가지가 방망이만큼 컸다. 타작을 해서 얻은 곡식이 50여 섬을 넘는 양이었다. 이공은 기쁘기 그지없었다. 졸지에 부자가 된 것이다.

대개 버드나무나 가죽나무의 진액은 본래 비옥한 것이고, 한자 깊이의 땅속은 흙의 기운이 온전하고 새롭다. 겨울을 지나면서 눈과 빗물이 구멍 속에 스며들어 나무의 진액과 융합해 충분히 적셔지면 저절로 곡식의 싹이 무성하게 자랄 수 있다. 종자가 땅속 깊이 묻히므로 항상 윤택한 기운을 타서 바람과 추위에도 끄떡없고, 또 종자가 밑으로 들어가기 때문에 풀뿌리가 미치지 않아 지력을 빼앗기지 않는다. 조의 결실이 충실할 것은 당연한 이치이다. 동흘은 깊이 농리農理를 터득한 사람이라 하겠다.

이공은 살림이 피게 되어 더없이 기뻤으니, 노모를 봉양하는 데 한시름 놓았던 것이다. 그런데 하루는 홀연 부엌에서 불이 일어나 집채에 번졌다. 마침 바람까지 불어서 불길이 치솟고 바람이 맹렬하여 손도 못 쓰고 쌓아둔 조섬도 함께 불길 속으로 들어가 한 뒷박도 안 남고 다 타버리고 말았다. 이공은 자신이 복이 없음을 탄식하며 하늘의 도움이 없으면 거두어들인 조도 먹지를 못하는구나 하였다. 모자가 붙들고 일장통곡할 따름이었다.

'천도天道는 미묘하여 헤아릴 수 없다더니……. 이공은 기상이나 국량, 외모로 보아서 결코 궁하게 죽을 사람은 아닌데 이번에 뜻밖의 혹심한 재앙을 만나 곡식 한 낱도 남은 것이 없이 되다니, 이게 웬 까닭일까? 혹시 내가 눈은 있어도 동자가 없는 탓일까?'

동흘도 마음속으로 탄식해 마지않았다.

때마침 나라에 경사가 있어 특별히 과거를 보였다. 이에 동흘은 이공에게 권하였다.

"이번 과거에 응시하는 것이 좋겠소. 말과 노비와 길양식은 내가 마련할 터이니 걱정 마시고."

이공은 동흘의 주선으로 상경했다. 이공의 친척아저씨 중에 유명한 벼슬아치가 있어 찾아갔다. 친척아저씨는 이공을 후하게 대접하며 지은 공령문자[5]를 내보이도록 했다.

"이만큼 체제가 갖춰지고 구법句法이 참신한데 아직 초시도 못 하였다니 늦었구나. 이번에 노력해보아라."

하며 기대를 크게 하였다. 그리고 과거에 필요한 제반 도구들을 도와주었다. 이공은 과장에 들어가서 자작自作의 글, 자필의 글씨로 남 먼저 제출하고 나왔다. 과연 장원으로 뽑혔다. 아저씨는 응방[6]을 할 제반 마련도 다 갖추어주었다.

아저씨는 조정의 신하들 앞에서 이공을 자랑했다. 그리하여 이공은

---

5 공령문자功令文字 과거 응시에 소용되는 글.
6 응방應榜 과거시험 합격자는 그 영예를 자랑하여 풍악을 울리며 시가 행진을 하고 광대를 불러 잔치를 벌이는 풍속이 있었는데 이를 응방이라고 일컬었다.

청직淸職으로 뽑혀 한림·옥당을 거쳐 명성이 높이 떨치게 되었다. 이에 노모를 서울로 모셔와서 비로소 집 모양을 갖출 수 있었다.

이 무렵 동흘 역시 무과에 합격하였다. 이공은 동흘을 자기 사랑에 와서 지내게 하여 기거를 같이했다.

"군과 나는 신교神交라 할 것이네. 문벌을 가지고는 애당초 논하지 않았거니와 문무 간에 체모에 구애되지 말도록 하세. 비록 여러 사람과 자리를 같이하는 경우에도 공대하지 말고 평교로 대하여 피차 간격이 없도록 하세."

이윽고 옥당의 동료들이 놀러 와서 이야기를 나누었다. 동흘은 일어나 자리를 피하려 했다. 이공은 동흘의 소매를 붙잡아 앉히고 두루 인사를 시키면서 좌중에 동석하게 했다. 이공이 여러 동료들에게

"이 사람은 나의 지기라오. 지모와 역량이 빼어나 요즘 사람들과는 비교할 수 없으니, 뒷날에 나라에 힘이 될 것이오. 장차 크게 쓰일 사람이니 심상한 무관으로 보지 마시고 깊이 사귀었으면 합니다. 제가 그를 붙잡아둔 것은 여러분이 반목지선용[7]이 되어주시길 바라섭니다."

하였다. 여러 동료들도 동흘이 신수가 훤칠하고 용모가 당당한 무인인 것을 보고 칭찬들을 하면서 자기들에게 찾아오라고 하였다. 동흘은 그들을 두루 방문했는데, 똑똑한 언변이 사람들을 놀라게 했다. 여러 사람들이 다투어 칭찬해서 조정에까지 그의 이름이 알려졌다. 드디어 서반西班의 정직正職으로 나아가 선전관을 거쳐 여러 곳의 진장을 역임하였다. 백성 다스리기에 성실하고 군사를 잘 통솔하여 혁혁한 명성이 있

---

7 반목지선용蟠木之先容 반목은 울퉁불퉁한 나무를 가리킨다. 이런 못생긴 나무가 나라에 큰 재목이 될 수 있는 것은 좌우에서 먼저 제왕에게 용납될 수 있도록 힘을 써준 덕분이라는 말이 있다(추양鄒陽의 「옥중상양왕서獄中上梁王書」).

었으며 온 조정의 찬양을 받았다. 병사, 수사를 거쳐 통제사에 이르렀으며 80세의 수를 누렸다. 그의 자손들이 번성하여 계속 무과에 올라, 드디어 우리나라 무반의 한 빛나는 가문이 되었다.

역시『청구야담』에서 뽑았다. 신돈복辛敦復의『학산한언鶴山閑言』에도 실려 있
는데, 이것이 원작인 것 같다. 제목은『학산한언』에는 없고『청구야담』에 '전통
사가 출세하기 전에 재상이 될 인물을 알아보다田統使微時識宰相'라 한 것을 알기
쉽게 '전주 정승全州政丞'으로 붙였다.

여기 등장하는 이상진은 숙종 연간의 명신이고, 전동흘은 당시 훌륭한 무인
이었다.『장화홍련전薔花紅蓮傳』에서 철산 부사로 자원해 가서 원통하게 죽은 두
자매의 원한을 풀어주었다는 인물이 곧 이 전동흘로 되어 있다.

동향 출신으로서 후일에 명신이 되고 명장이 된 두 사람 사이에 우의를 그리
고 있다. 지혜롭고 사려 깊은 전동흘의 도움을 받아 곤궁한 처지의 이상진이 과
거에 급제하여 후일 정승으로까지 올라갔으며, 이상진의 추천으로 전동흘도
출세할 수 있었다. 문인들이 무인을 멸시해서 사이가 좋을 수 없었던 당시 분위
기에서 이 두 사람의 우의는 하나의 아름다운 이야기로 전해졌다. 한편 전동흘
이 이상진을 위해 산지를 개간해서 조를 많이 수확하는 대목은 새로운 농법의
시도로서 주의해 볼 대목이다.

한가지 첨부해둘 사실은, 전동흘의 성이 '田'으로 표기되어 있으나 실제는
'全'이라는 것이다. 원제와 원문은 원표기대로 했지만 번역문에서는 '全'으로
밝혀놓았다. 당시 전주 지역에서 전동흘, 이상진과 소두산蘇斗山이 3절三絶로 손
꼽혔다 한다.

쟁춘爭春

이익보[1] 판서는 모 대감과 동갑으로 한동네에 살아, 어려서는 함께 글방에 다녔고 커서는 학업을 같이하였다. 생원도 같은 해에, 문과급제도 같은 해에 하여 한림·옥당까지 나란히 뽑혔다. 그뿐 아니라 문벌이나 외양에서 문필이며 명망에 이르도록 사람들이 갑을을 정하기 어려웠다.

익보와 그 친구가 함께 옥당에서 입직을 하던 중 말끝에 서로 자기가 낫다고 다투어 한치도 굽히려 하지 않았다. 드디어 입씨름이 내기로 발전하였다.

"우리가 어려서부터 어른이 되어서까지 서로 비등하지 않은 것이 하나도 없으니 도무지 우열을 가늠할 수가 없네. 남원의 기생 아무개가 국중 일색이라지. 우리 둘 중에 누구든 그 기생을 먼저 차지하는 사람이 승자가 되는 것으로 정하세."

오래지 않아 그 친구가 전라좌도[2] 경시관[3]이 되었다. 다른 사람이 탈

---

1 이익보李益輔(1708~67) 연안 이씨로 영조 연간에 정언, 교리 등을 거쳐 이조판서를 역임한 인물.

이 생겨 대신 나가게 된 것이었다. 시험날이 촉박해서 내일 바로 떠나는데, 시험을 보이는 곳이 곧 남원이었다.

익보는 마침 입직 중에 이 소식을 듣고는 놀라서 탄식하였다. 당장 날아가고 싶었지만 어찌할 것인가. 개탄해 마지않으며 '이제 꼼짝없이 그 친구에게 일두지一頭地를 양보하게 되었으니 이를 어떻게 한담.' 하고 혀를 차며 통분하였다. 그날 밤을 뜬눈으로 밝혔다.

다음날 새벽에 그 친구가 시관으로 나가면서 임금께 하직하러 들어왔다가 익보가 당직하고 있는 곳에 들렀는데, 의기양양하여 자기를 압도하는 기색이 현저했다. 큰 소리로 자랑하기를

"이제야말로 정녕 내가 자네를 이겼네."

하였다. 익보는 지기 싫어서 마주 큰소리를 쳤지만 저절로 머리가 숙어지고 기가 죽어서 마음이 위축되는 것을 어찌할 도리가 없었다.

조금 지나서 문득 입직 옥당 이모는 입시하라는 어명이 내렸다. 부름에 응하여 달려갔더니 임금으로부터 봉서封書 한 통과 유척[4]·마패馬牌 등이 내려졌다. 익보는 대단히 기뻤다. 반드시 호남 암행어사 특지特旨일 것으로 생각한 것이다.

즉각 남대문 밖으로 나가서 봉서를 뜯어보았다. 과연 호남좌도 암행어사가 틀림없었다. 날짜를 꼽아보니 그 친구는 아무 날 남원읍에 당도할 것이었다. 당일 안에 길을 떠나도 배도[5]로 달려가야만 그 친구보다 한발 앞서 닿을 수 있었다.

---

2 전라좌도 전라도 지방 전체를 좌우로 양분해서 그 동부 지대를 좌도라 함. 남원은 좌도의 중심 지역이다.

3 경시관京試官 각 지방 군현에서 보이는 향시에 중앙에서 파견하는 시험관.

4 유척鍮尺 놋쇠로 만든 자. 지방관이나 암행어사가 검시檢屍 때에 사용하였다.

5 배도倍道 하루에 보통 속도의 배를 걷는 것을 이르는 말.

종자從者와 비장을 불러 분부할 겨를도 없이, 집에 급히 알리고 먼저 약간의 노자를 가지고서 반당[6]과 하인 한 사람씩만 거느리고 길을 떠났다. 종자·비장 및 부비浮費나 의복 등속은 뒤따라 남원으로 보내달라는 뜻으로 집에 알렸던 것이다.

길을 배나 빨리 달려 모일 정오에 남원 읍내를 당도하였다. 경시관의 동정을 탐문해보니 그 역시 바로 이날 아침에 도착해 있었다. 드디어 황급히 염문[7]을 해서 몇건을 잡아내가지고 바로 객사로 가서 어사출또를 했다. 이때 위로 부사나 시관에서 밑으로 이속배나 읍민들에 이르기까지 어사의 선성先聲을 전혀 듣지 못했다가 졸지에 출또가 나왔던 것이다. 모두들 당황하여 어찌할 바를 몰랐고 읍내가 벌컥 뒤집혔다.

드디어 이방과 좌수 그리고 각 창색[8]들을 잡아들여서 대강대강 치죄를 마쳤다. 본읍으로부터 수청기생 몇명을 정해 들여보내는데, 좌목[9]을 보니 그 기생의 이름은 오르지 않았다. 호장을 잡아들여 야단을 쳤다.

"남원은 국중의 색향이다. 어사가 제일 별성이 아니냐? 지금 수청기생이라고 들여보낸 것들은 전혀 꼴이 아니로구나. 속히 바꿔서 들여보내도록 하여라."

어사또의 분부를 누가 감히 거역할 것인가. 이에 기생들을 계속 바꿔서 들여보내는데 역시 그 기생의 이름은 없었다. 어사는 대로해서 호장 및 수노와 행수기생을 함께 잡아들이게 하여 호통을 쳤다.

"내가 너희 고을에 기생 아무개가 있는 줄 알고 있거니와 수청기생을

---

6 반당伴倘 관원이 지방으로 내려갈 때 데리고 가는 인원.
7 염문廉問 남모르게 탐문함.
8 창색倉色 창고를 담당한 아전.
9 좌목座目 순서를 적은 목록.

바꿔도 들어오지 않는구나. 너희 고을 거행이 대단히 소홀하다. 아무 기생을 속히 현신시켜라."

호장 등이 아뢰었다.

"아무 기생은 경시관 사또께서 이미 수청으로 정하시고 잠시도 곁을 떠나지 못하게 하십니다. 그런 고로 현신시키지 못하였습니다."

어사또는 더욱 진노하여 큰일을 낼 기세로 삼우장[10]을 차렸다. 호장과 수노, 행수기생 등을 형틀에 올려 묶고 호령이 떨어졌다.

"너희들, 그년을 어디에 빼돌리고서 경시관 수청이라 핑계 대고 현신을 시키지 아니하느냐? 천만 해괴하고 만만 무엄하구나. 만약에 즉각 대령치 않으면 너희들은 장차 곤장에 죽음을 면치 못하리라."

그리고 곤장질을 잘하는 사령을 뽑아서 10대 이내에 장살杖殺하라고 엄명하는 것이었다. 위풍이 늠름하고 호령이 추상같아 온 읍내가 벌벌 떨었다. 호장과 수노, 행수기생의 가족 및 삼반관속[11]들이 모두 경시관의 사처로 가서 눈물로 호소하였다.

"세 사람의 생명이 시방 경각에 달려 있습니다. 경시관 사또께오서는 제발 가련히 여기셔서 목숨을 건지는 큰 덕을 베풀어주옵소서. 기생 아무개를 잠시만 내주옵시면 어사또께 현신을 시켜서 죄책을 면하고 어사또의 진노가 풀어지기를 기다려서 바로 곧 데리고 와서 수청을 들도록 하옵겠습니다. 사또께오서 잠깐 내줍시와 죽게 된 세 사람의 목숨을 구해주사이다. 비나이다, 비나이다."

경시관은 그들이 죄 없이 죽음을 당하는 것을 차마 그냥 볼 수 없었을 뿐더러, 만약 그 기생을 내주지 않다가 어사가 참으로 세 사람을 장살한

---

10 삼우장三隅杖 세 모서리가 진 매.
11 삼반관속三班官屬 지방 각 고을에 있는 이속·장교·관노를 통칭하는 말.

다면 자기 때문에 죽는 셈이라 원한을 살 일이기도 하였다. 또한 어사로 내려온 사람이 누구인지 전혀 모르는 터에 만약 기생 하나로 해서 평생 척을 진다면 역시 불미한 일이 아닐 수 없었다. 그래서 그 기생을 보내면서 당부하였다.

"내 너희들 중에 죽게 될 사람이 있다기로 잠시 내준다. 현신한 후에 속히 데려오너라."

그들은 천지에 그렇게 기쁠 데가 없어 백배사례하였다.

"하늘 같은 은덕으로 죽어가는 목숨이 살아납니다. 한번 현신을 드린 후에 어찌 곧 데려오지 않겠습니까?"

드디어 그 기생을 데리고 가서 어사또에게 현신을 시켰다. 어사가 기뻐 바라보니 과연 절대가인이다. 즉시 호장 등을 방면한 다음, 좌우의 사람을 물리고 대청에다 큰 병풍을 둘러쳤다. 그 기생을 끌고 병풍 안으로 들어가서 마음껏 희롱하였음이 물론이다.

운우의 즐거움을 다 마친 후에 가마를 들여오라 하여 그 기생을 뒤따르게 하고 곧장 경시관의 사처로 향했다. 부채로 얼굴을 가리고 바로 대청마루로 올라가 가마에서 내리며 그 친구의 자字를 부르면서 쾌재를 불렀다.

"이제 과연 어떤가? 내가 이겼지."

경시관은 어사의 출또를 들었으나 어사가 누구인 줄 전혀 몰랐거니와, 자기가 내려올 당시 옥당에서 입직을 하던 사람이 여기에 출현하다니 천만의외의 일이었다. 뜻밖의 상봉에 깜짝 놀라고 또 그만 그 기생에 대해 선수를 놓쳐 내기에 진 것을 깨닫고 분통을 터뜨렸다. 얼굴이 흙빛으로 변하여 거의 기절할 정도였다.

대개 임금이 이익보와 그 친구가 서로 내기를 걸었다는 이야기를 들

고 경시관이 하직하던 날 익보를 동시에 어사로 특파하여 쟁춘爭春하도
록 했던 것이다.

● **작품 해설**

　역시『청구야담』에 실린 것이다. 원제의 '사명을 받들어 이상서가 봄을 다투다唧使命李尙書爭春'에서 '쟁춘爭春' 두 자를 뽑아 제목을 삼았다.

　비등한 문벌로 동갑에다 동창으로 과거도 같이 해서 청화淸華의 관직을 나란히 거친 두 친구가 서로 우열을 다투던 끝에 남원의 한 이름난 기생을 누가 먼저 차지하느냐로 내기를 건다. 한 친구가 남원의 경시관으로 파견되자 뒤미처 다른 친구도 그 지방 어사의 명을 받아 한 여성을 두고 시각을 다투어 경쟁을 벌이는 이야기.

　양반 관인들의 문벌의식 및 그 분위기의 일면이 긴박한 진행으로 그려져 있을뿐더러, 남원의 기생을 두고 두 남자가 다투는 것은『춘향전』과 통하는 일면이다. 그러나 여성 쪽의 의사가 애초에 배제된 것이어서『춘향전』의 주제의식을 따를 수 없게 되어 있다.

노진재 상후서露眞齋上候書

광주廣州의 한 선비가 글도 못하고 무예도 없고 지체도 낮고 가세까지 빈한했으나, 힘써 농사도 짓지 아니하고 근근이 처의 내조로 지탱하였다. 약간의 세의와 척의戚誼가 있는 집들이 서울에 더러 있어 30년이나 서울 출입을 했으나, 본래 인망이나 재주 어느 하나 취할 만한 것이 없는 터여서 한 사람의 벼슬아치와도 교분을 맺지 못하였다.

그 부인이 푸념을 하였다.

"선비가 서울 출입을 하면 대개는 착실히 학업을 닦아서 과거에 급제하여 벼슬을 하게 됩니다. 아니면 시색이 좋은 대갓집과 교분을 맺어서 장차 의탁할 곳이라도 마련하지요. 그래 당신 같은 이는 남처럼 글이 없으니 과거는 논할 처지도 못 되지만, 30년 서울 출입에 응당 한 사람의 친교쯤 있을 법한데 일찍이 한장의 서간도 오는 것을 보지 못하였으니, 여자의 소견에도 적잖이 의아스럽군요. 혹 주색에 빠졌거나 아니면 오입 잡기에 빠지셨소?"

그는 부인의 말이 실은 사리에 그름이 없는데다 변명할 말도 궁하여 한동안 묵묵히 있다가, 거짓부렁으로 꾸며댔다.

"내가 병풍지인[1]이 아닌 담에야 30년 서울 출입을 어찌 공연히 하였겠소? 과연 아무 댁의 아무개와 소싯적부터 절친한 사인데, 내 형편이 곤란한 것을 노상 민망히 여겨 '내가 만약 평양 감사를 하면 자네에게 재산 한몫을 마련해주겠네.'라고 언약하였다오. 이 사람이 재작년에 등과를 하였지. 시방 응교[2]로 있어 나는 상경하면 으레 그 친구 집에서 유숙한다오. 필시 조만간에 이 사람 힘을 보게 될 것이오."

그의 부인은 이 말을 듣고부터 매달 초하루와 보름에 시루떡을 해놓고 신명께 비는 말이, '아무개를 평양 감사가 되게 하여주소서.' 하는 것이었다. 그리고 종종 아무개의 승진 여부를 물었고, 그는 그때마다 아직 멀었다고 핑계를 대곤 했다.

6, 7년이 흘렀다. 그의 부인이 친정 식구가 내왕하는 편에 아무개가 평양 감사로 나간 사실을 듣게 되었다. 이때 그는 서울에 가 있었다. 부인은 그가 집에 돌아오자 버선발로 달려가 맞으면서 말했다.

"아무 어른이 평양 감사가 되셨다지요. 왜 얼른 가서 만나지 않아요? 내일 바로 떠나십시오."

그는 매우 난처해져서 우물쭈물 둘러댔다.

"부임 초두인걸. 좀 기다려야지 그렇게 성급히 굴 일이 아니오."

부인은 그대로 곧이들었다. 석달이 지나서 다시 재촉을 한다.

"왜 안 가구 계셔요?"

"타고 갈 말이 없는걸."

부인은 삯말을 얻어 대령했다. 이번에는 신병을 핑계 댔다.

---

1 **병풍지인**病風之人 원래 '풍병이 든 사람'이란 뜻. 신실하지 못하고 병통이 많은 사람을 일컫는 말.
2 **응교**應敎 홍문관 정4품 벼슬. 지체와 명망이 높은 문관이 하는 벼슬이다.

"그럼 사람을 대신 보냅시다."

"누가 나를 위해 천리 행보를 해준단 말이오?"

"벌써 이웃의 아무개를 보내기로 맞춰놓았다우. 노자도 벌써 마련해두었고요."

그는 매우 민망하여 어찌할 바를 모르다가 편지 쓸 종이가 없는 것으로 핑계를 대었다. 부인은 당장 한장의 큰 간폭簡幅을 내밀었다.

이리 핑계하고 저리 둘러대어 백방으로 회피하려 했으나 어찌할 도리가 없이 되었다. 그래서 밤을 새워 궁리한 끝에 눈을 딱 감고 한 폭 편지를 초하였다.

겉봉에 '기영절하 하집사 입납'[3] '노진재 상후서'[4]라고 하고 그 안에 이렇게 썼다.

소생은 오활하고 괴팍한 유생으로, 사세 궁박하여 운니雲泥가 현격함을 분변치 않고 감히 일면식도 없는 대감께 편지를 올리나이다. 아지 못게라, 대감의 의혹하심이 어떠하실지? 구구한 사정은 태지[5]에 기재하였사오니 굽어살펴주시기 엎드려 바라나이다.

별지의 내용인즉 이러했다.

---

3 기영절하 하집사 입납箕營節下下執事入納 '기영'은 평양 감영을 말하며, '절하'는 휘하麾下와 같은 뜻이고, '하집사'란 편지 겉봉 밑에 쓰는 말로 일을 맡아보는 아랫사람을 통해 편지를 올린다는 의미이다. '입납'은 삼가 드린다는 뜻으로 이 역시 봉투에 쓰는 말이다.

4 노진재 상후서露眞齋上候書 '노진재'는 작중 주인공 자신의 거처를 지칭하는데 당호라 하는 것이다. '상후서'는 '올리는 편지'라는 뜻.

5 태지胎紙 편지 속에 따로 넣는 종이. 별지別紙.

소생은 세상에 오활한 사람으로 마음가짐이 산만하여 일찍이 학업을 성취하지 못하였고 가산도 넉넉지 못한 터에, 겸하여 소생이 긴치 않게 서울 출입을 자주 하여 노닐며 잔배냉반殘盃冷飯의 구차함을 불고하고 한해 두해 이러구러 허송하였습니다. 그러느라 처자식이 초라해도 강 건너 불구경으로 버려두었고, 약간의 논밭도 이미 남의 손에 넘어갔습니다. 향당[6]의 손가락질을 받고 친척의 지청구가 되는 가운데 오로지 처의 현철함에 힘입어 봉제사며 자녀 양육에 과히 모양을 잃지 않았으니, 소위 가장이란 있으나 마나입니다. 이렇게 30년을 살아 오늘에 이르렀습니다.

어느날 처가 소생이 다년간 서울 출입에도 이렇다 할 점잖은 교유가 없음을 따져 묻는데, 비록 아녀자의 말이지만 대답이 궁해질 수밖에 없었습니다. 대감이 포의布衣 시절에도 지체며 문망文望으로 미루어 장차 크게 진출하실 것으로 여겨져 대감의 함자를 빌려 말을 꾸며 처를 위로하되 허언을 하였던 것입니다.

"모某가 나와 가장 자별한 처지인데, 이분이 평양 감사가 되면 한 재산을 마련해주겠노라 재삼 언약하였다오."

이렇게 입막음한 것이 대개 6, 7년 전 일입니다. 실로 일시 미봉하는 계책에서 나온 것입니다. 그런데도 처는 아주 진담으로 믿어 전혀 의심을 두지 않았습니다. 그로부터 처는 꼭 떡시루를 해놓고 축원하며 목욕재계하고 기도하는 말이 오직 '모를 평양 감사가 되게 하여주옵소서.' 하는 소원이었습니다. 대감이 등과하신 이후로 정성은 훨씬

---

6 향당鄕黨 자기가 태어났거나 사는 시골 마을 또는 그 마을 사람들. 5백 집이 '당'이되고 1만 2천 5백 집이 '향'이 되었다.

독실해지고 기대가 더욱 간절하여 매양 모 어른이 시방 무슨 벼슬에 계신가를 묻는 것이었습니다. 소생이 대감과 실로 반분의 안면이 있어서가 아니라 다만 전일의 말이 일시 허언으로 돌아가는 것이 난처하여 작년에는 무슨 직위에 있다가 무슨 품계로 올랐다는 둥 일일이 처에게 대꾸하니, 마치 대단한 친분이 있는 사이처럼 되고 말았지요.

지난번에 처가 자기 친족을 통해 대감이 평양 감사로 나가신 사실을 알고 소생에게 평양행을 조르는 것입니다. 소생의 번뇌가 어떠하였겠습니까? 타고 갈 말이 없다고 핑계하니 삯말을 대령하고, 신병을 칭탁하니 대신 갈 사람을 구해놓고 보내자는 것입니다. 심지어 편지 쓸 종이가 없다고 미적거렸더니 큰 간지 한 폭을 구해옵니다. 여기에 이르러 사정이 민망하고 답답하기란 이를 데 없습니다. 중지하자하니 전에 한 말들이 백지 거짓임이 탄로날 것이요, 내처 편지를 쓰자하니 일면식도 없는 대감께 어떻게 하리오. 소생은 이제 궁지에 몰리다 못해 골머리를 싸매고 누웠다가 만부득이 전말을 솔직하게 토로하옵니다. 측은히 여기시어 너그러이 용서하여주옵소서.

그는 편지를 다 써가지고 부인에게 주었다. 부인은 즉시 이웃의 상민을 불러서 노자를 셈해주고 그길로 떠나보내는 것이었다.

그 사내는 평양에 당도해서 영문營門이 열리기를 기다려 서신을 바쳤다. 감사는 편지를 펼쳐서 두번 세번 읽어보았다.

평양 감사는 전에 옥당을 한 이후부터 매달 초하루와 보름날 밤이면 이상한 꿈을 꾸곤 했던 것이다. 꿈에 꼭 어느 반가班家로 가서 보면 어떤 부인이 목욕재계를 하고서 맑은 물과 시루떡을 차려놓고 두 손을 모아 신명께 비는데, '아무 어른 평양 감사가 되게 하여주옵소서.' 운운하는 것이었다. 아무개란 곧 자기의 성명이었다. 내심 적잖이 괴이하게 생각해왔으나 그 연유를 알 수 없었다. 이제 그 서신의 내용이 몽조와 부합함을 보고 비로소 크게 깨달았다. 한편으로 그 사정이 가련하고, 다른 한편으론 그 정성이 감동을 받을 만하였다.

감사가 그 사내를 불러 그 댁의 근래 형편은 어떠하며 두루 무병하고 자녀들은 잘 자라는가 등등을 낱낱이 묻고 일일이 자상하게도 알아보는 것이 참으로 죽마고우竹馬故友의 모양이었다. 사내는 속으로 '샌님이 서울에 정말 저런 굉장한 친구가 있었다니, 비록 시골구석에서 궁하게 살아가고 계시지만 두려운 양반이로구나.' 하고 생각하였다.

감사는 그 사내를 사처에 머물게 하고 성찬까지 내려주었다. 이틀 후에 그를 불러 분부하기를

"너의 댁 생원님은 과연 나와 총죽지교[7]가 있느니라. 마땅히 재물로 도울 처지인데, 네가 짐이 버거워지겠기에 송부하지 않는다. 나중에 감영에서 실어 보내겠다. 너의 샌님께서 약과를 퍽 좋아하시기로 한 궤짝을 지금 보내니 네 눈으로 보아라."

하고, 궤짝의 뚜껑을 열어 보였다. 과연 유밀과였다. 뚜껑을 다시 덮고 기름종이로 싸서 노끈으로 묶었다. 그리고 봉인을 찍는 것이었다. 다시 사내에게 부모가 있는지 묻고, 따로 25개의 큰 약과를 싸서 주며 돌아가서 부모에게 드리라고 일렀다. 노자도 후히 내려주고 회답을 가지고 속히 돌아가도록 하였다.

사내가 돌아올 날짜가 임박하자 부인은 눈이 빠지도록 기다리는데, 그는 스스로 허무맹랑한 짓을 해놓고 근심걱정이 끓어넘쳐 완전히 병

---

7 **총죽지교葱竹之交** 파피리를 불고 죽마竹馬를 타면서 같이 놀던 어린 시절의 교분.

없는 병자가 되고 말았다.

어느날 부인이 부리나케 고하는 것이었다.

"아무개가 돌아오네요."

과연 사내가 바로 사립문 밖에서 들어서고 있었다. 부인이 마루 끝에 나가 섰는데 그는 방문을 열어젖히지도 못하고 문구멍을 통해 내다봤다. 사내가 마당으로 들어오는데 등에 웬 봉물이 얹혀 있지 않은가. 그가 이상해서 고개를 갸우뚱하고 있는데 사내는 벌써 마루 앞에 와서 절을 하는 것이었다. 부인은 사내에게 먼저 먼 길의 수고로움을 위로한 다음에 지고 온 물건이 무엇인가를 물었다. 이에 사내는 얼른 답장을 찾아 꺼내서 앞에 내놓았다.

겉봉에 '노진재집사 회납露眞齋執事 回納' '기백사장箕伯謝狀'이라 했고, 속에 이렇게 쓰여 있었다.

멀리서 보내신 글을 펼쳐 들고 대면한 듯하였습니다. 기체가 평안하심을 누리시는 줄 아오니 기쁩니다. 제弟는 부임한 지 얼마 되지 않아 공무가 다단하여 골머리를 썩이는 것이야 이루 다 형언하리까? 천리 험로에 한번 왕림하시기 어디 쉬우리오. 뒷날에 서울 집에 돌아가면 밤새워 나눌 이야기가 많겠습니다. 여불비餘不備.

약과 한 궤를 함께 보냅니다.

그는 크게 생기가 발동하여 아주 의젓하게 양반의 기상을 차렸다. 방문을 썩 열어젖히고 일어나 앉아서 그 상민을 불렀다.

"천리 먼 길을 다녀오느라 고생이 많았겠구나."

"샌님께서 생각해주시는 덕택에 무사히 다녀왔습지요. 무어 수고로

웠달 게 있겠습니까? 또한 사또님의 관후하신 처분으로 쇤네의 어미에게도 약과를 내리셨으니 다 샌님 덕택이지요."

이어서 사또 분부는 이러했으며 접대는 저러했음을 한바탕 아뢰고 나서 심부름꾼은 하직하고 물러갔다. 자기 집에 가서 따로 싼 약과를 가져다가 자기 부모를 맛보이니, 양반의 생색은 참으로 대단한 것이었다.

그는 안으로 들어가서 궤짝을 열어보았다. 약과 한개를 입에 넣어보니 실로 평생에 처음 맛보는 희한한 진미가 아닌가. 그들 부부는 서로 바라보며 맛이 비상함에 감탄하였다. 차차 두름을 벗겨가니 약과는 불과 두켜뿐이었다. 궤짝 속에 중간층이 나오는데 옆으로 손가락 하나 들어갈 만한 구멍이 있었다. 열어보니 천은天銀 한말이 들어 있었다. 값을 치자면 만금도 넘는 것이었다. 그들 부부는 너무 놀랍고 기뻐 길길이 뛰었다.

그는 드디어 은을 팔아 전토를 사서 일약 광주의 갑부가 되기에 이르렀다 한다.

●**작품 해설**

『청구야담』에서 뽑았다. 같은 『청구야담』 중에도 서울대학교 고도서본에 실
린 것은 내용이 축약되어 있다. 제목은 '아내의 성화에 못 이겨 노진재는 편지를
쓰다被室誦露眞齋折簡'라 되어 있는 것을 '노진재 상후서露眞齋上候書'로 바꾸었다.

경기도 광주에 사는 한 가난한 선비의 이야기다. 이조 후기 근기 지방의 일반
양반층이 취할 수 있는 길은 대체로 권력에 결탁하여 출세를 도모하든가, 이와
반대로 양심적인 선비의 자세를 지켜 학문에 몰두하든가, 아니면 아예 양반 신
분을 포기하고 생업에 종사하든가 하는 세가지 방향이었다. 지체도 볼 것 없고
글도 시원찮고 가세도 빈한한데다 성격까지 우유부단한 여기 주인공은 이 세
가지 방향의 어느 쪽으로도 나아가지 못하고 참으로 별 볼일 없이 종종 서울 출
입이나 하며 세월을 허송했다. 집안 살림은 처의 근면으로 근근이 꾸려가는 형
편이었다. 특정한 시대적·지역적 상황 속에서 형성된 인간의 모습을 잘 포착한
내용이다.

남편의 출세를 바라는 빈처의 안타까운 소망과, 이러한 빈처를 그냥 실망시
킬 수도 그렇다고 그 소망을 성취시킬 수도 없이 자꾸 궁지에 몰리는 주인공의
딱한 처지가 실감나게 그려져 있다. 소위 '노진재 상후서'— 작중 주인공이 만
부득이 생면부지의 평양 감사에게 쓴 편지 — 가 천만뜻밖에 효과를 발휘함으
로써 빈처의 애처롭고도 간절한 소원을 성취하는 것으로 결말이 맺어졌다. 빈
처가 행한 지극정성은 평양 감사로부터 후한 보답을 받게 되는 동기를 마련하
기 위한 서사적 장치가 된 셈이다.

차태借胎

서울의 한 선비가 무슨 일로 영남에 내려갔다가 태백산중에서 길을 잃고 주막도 찾지 못하였다. 일색이 황혼으로 향해 갈 무렵에야 어느 마을의 큰 집으로 들어갔다. 그 집은 안팎이 모두 기와집으로 서울의 대갓집과 다름이 없었다. 주인을 찾아 하룻밤 자고 가기를 청했다. 주인은 외양이 썩 의젓한데 수염과 머리가 반백이 된 사람으로, 선비의 청을 쾌히 승낙하는 것이었다. 저녁을 들고 나서 주객 간에 주거니 받거니 이야기로 꽃을 피웠다.

"손님은 연세가 몇이며, 자녀는 얼마나 두셨소?"

"나이는 서른 전인데 자식이 열명에 가깝답니다. 대개 한번 방사를 치르면 그만 자식이 생기는군요. 집이 본래 가난한 처지에 자식들만 그득하니 큰 걱정입니다."

주인은 얼굴에 부러워하는 기색이 뚜렷이 나타나며 한숨을 내쉬는 것이었다.

"어떤 사람이 저런 큰 복을 타고났을까?"

선비가 웃으며 대꾸했다.

"천만에요. 우환 중의 대우환이올시다. 그걸 대복이라 하다니요?"

"나는 나이 예순이 넘도록 아직 생산을 못 해보았다오. 비록 만석의 곡식을 쌓아둔들 무슨 재미가 있겠소? 내가 만약 자식 하나만 얻으면 조반석죽이라도 여한이 없으리다. 방금 손님의 말을 듣고 내가 어찌 부러워하는 마음이 안 생기겠소?"

다음날 선비가 작별을 고하고 떠나려 하는데, 주인은 굳이 만류하더니 닭을 삶고 개를 잡아서 대접이 아주 융숭하였다. 야심해서 노인은 좌우에 사람을 물리더니 선비를 골방으로 데리고 가서 조용히 말을 꺼내는 것이었다.

"내가 손님에게 진정으로 청할 일이 있소. 나는 부잣집에서 나고 자라서 지금 백발에 이르도록 궁핍이 무엇인지 모르고 살아왔다오. 달리 무슨 소원이 있으리오마는 오직 자궁子宮이 기박하여 평생 자식 하나도 키워보지 못하였소. 손을 보고자 첩실이 적지 아니하고, 자식을 비는 정성스런 기도며 의약을 써본 것도 더할 수 없으되, 일껏 자식을 잘 낳던 여자도 내게 와서는 임신을 못 하는구려. 이제 죽을 날도 멀지 않은데 외롭고 처량한 신세가 되었구려. 지금도 집에 소실을 셋씩이나 거느려 나이도 모두 스물 전후인데 역시 좋은 소식이 없네요. 비록 남의 자식이라도 한번 아버지 소리를 들으면 죽어도 눈을 감을 것 같소. 손님은 합방만 하면 즉시 회임을 한다 하니, 바라건대 손님의 복력에 의지해서 자식을 얻어보고 싶소. 의향이 어떠신지?"

선비는 펄쩍 뛰었다.

"무슨 말씀이오? 남녀지별男女之別의 예가 지중하거니와, 남의 부녀자를 간통하는 것은 국법이 엄금하는 바입니다. 서로 안면이 없는 사이라도 감히 그런 마음을 두지 못하겠거늘 하물며 유숙하여 대접을 받은 주객 간의 정의로 어떻게 이런 말씀을 입에 올리시는지요? 길가 객줏집 상사람의 여자라도 그럴 수 없거늘 하물며 양반의 별실을……."

"저들은 다 첩실이며 또 내가 먼저 발설을 하였으니 조금도 혐의할 것이 없지요. 지금 밤이 깊고 인적이 고요하니 나중에 아들을 보더라도 누가 알겠소? 나의 말은 가슴속에서 우러나온 것이고 추호도 거짓이 없소이다. 이 늙은것의 신세를 가긍히 여겨서 억지로라도 나의 소청을 따라서 자식 없는 궁박한 놈으로 하여금 자식을 낳았다는 기쁜 소식을 듣도록만 해준다면 그 은혜를 어찌 다 갚으리오? 손님에게 있어서는 적선하는 일이요, 나에게 있어서는 무궁한 은혜올시다. 일이 양편 다 좋기로 이보다 더할 데가 어디 있겠소? 어찌 굳이 사양하십니까?"

선비가 한동안 깊이 생각해보니 노인이 이같이 간청하는 터라 몰래 사통하는 것과는 처음부터 다르고, 또 주인이 진심을 토로했으니 다른 염려는 없을 듯싶었다. 비록 입으로 두번 세번 사양하였으나 남녀 간의 대욕大慾이야 어느 남자라 없겠는가?

"도리로 헤아리건대 만만 불가하오나 주인장의 청하심이 이토록 간절하기에 오직 명하시는 바에 따르겠거니와, 시생의 마음은 극히 불안하외다."

이에 주인은 크게 기뻐하며 두 손을 모아 감사하는 것이었다.

"이제 손님의 은덕에 힘입어 아버지 소리를 듣게 되는가보우."

그리하여 이 내막을 세 소실에게 알렸다.

선비는 사흘 밤 동안에 노인의 세 소실의 방을 순회하였다. 소실들도 꼭 아들을 낳을 수 있으리라 여기고 선비의 성명과 주소를 물어 심중에 새겨두는 것이었다. 사흘 밤을 묵은 다음 고별하였다. 주인이 물건을 후히 챙겨주었으나 선비는 짐이 무겁다고 다 사양하고 그 집을 나와 산속을 벗어나 서울 집으로 돌아갔다.

선비는 자식들이 많기 때문에 생계가 아주 어려웠다. 며느리에 손자까지 식구가 30명을 넘었다. 몇간 초옥에 항상 식솔이 복작거려 삼순구식에 십년일관[1]도 변통하기 어려운 처지였다. 궁여지책으로 여러 아들들을 분산하여 처가살이를 시키고 다만 늙은 양주가 큰아들과 함께 근근이 살아갔다.

어느덧 20개 성상星霜이 흘렀다. 어느날 한가롭게 앉았는데, 준수하게 생긴 세 청년이 준마를 타고 집으로 나란히 들어오는 것이었다. 세 사람은 섬돌을 밟고 마루로 올라오더니 넙죽 절을 하였다. 선비는 젊은이들이 의복이 화려하고 거동도 단정한 것을 보고 황망히 답배를 하였다.

"어디서 온 손님들인지? 아직 일면식도 갖지 못한 분들인 듯한데……."

"저희들은 바로 샌님의 아들들이옵니다. 샌님은 모년 모처에서 이러이러한 일을 기억 못 하시는지요? 저희는 모두 그날 밤에 생긴 아들들이랍니다. 모두 같은 달 출생으로, 날짜는 조금 차이가 있습니다만 나이는 똑같이 금년 19세입니다. 어렸을 적에는 노인의 아들인 줄로만 여겼다가 10여 세 지나 모친이 숨은 곡절을 자세히 들려주시어 비로소 샌님의 혈육인 줄을 알았습니다. 그러나 샌님이 사시는 곳도 잘 모르거니와 10여 년 길러주신 은혜 또한 지극히 소중한지라 차마 하루아침에 배반할 수 없는 일이었지요. 그래서 노인이 별세하시는 것을 기다려 친부를 찾아가기로 작정했습니다. 15세가 되자 한날에 장가를 들어 그 집에서 신부례를 행하였고, 재작년 2월에 노인은 81세로 천수를 누리고 돌아가셨습니다. 범절을 차려서 염殮하고 빈殯해서 길지吉地를 택해 장사를

---

1 삼순구식三旬九食·십년일관十年一冠 30일 동안 아홉 끼니밖에 먹지 못하고 갓 한벌을 10년이나 쓴다는 말로, 형편이 매우 구차함을 표현한 말이다.

지내드리고, 삼년복三年服을 입어 은혜를 보답하였지요. 이제 대상에 담제[2]까지 마친 고로 모친이 기억하시는 바에 의해서 삼형제가 말고삐를 나란히 하여 상경하였습니다. 그래서 오늘 이렇게 뵙는 것입니다."

선비는 어리둥절하다가 정신을 차리고 청년들의 안색을 살펴보니 과연 흡사 자기를 닮은 얼굴들이었다. 비로소 이 일을 처자와 며느리에게 이야기하고 서로 대면을 시켰다.

"너희 어미들은 금년 나이가 각각 몇이며, 잘 있느냐?"

세 아들은 대답을 하고 이어서

"잠깐 보아도 집안 형편이 말씀이 아니군요. 저희들 행장에 가져온 것이 다소간 있습니다."

하더니 하인을 시켜 행장을 풀고 돈 몇냥을 꺼내서 쌀과 나무를 사다가 조석거리를 장만하게 했다. 그날 밤 세 아들이 조용히 아뢰었다.

"아버님은 이미 연로하시고 서방님들 역시 일찍이 학업을 폐하였으니 과환이 무망일 듯하옵니다. 송곳 하나 꽂을 땅도 없고 가을이 되어봤자 섬에 담을 한톨 곡식도 생기지 않는데 장차 적수공권으로 어떻게 살아가겠습니까? 아예 낙향하여 여생을 편히 지내시는 것이 어떠하올는지요?"

"나 역시 낙향할 의사도 두어보았다만 집도 땅도 없는 사람이 낙향인들 어떻게 하겠느냐?"

"노인은 만석꾼 부자였는데 돌아가셨고 따로 친척도 없어 자연히 전 재산이 저희들 소유로 되었습니다. 서울 집을 팔고 온 가족이 내려만 가시면 아무 근심 없이 넉넉하게 지내실 수 있습니다."

---

2 담제禫祭 대상大祥을 지내고 두달 후에 지내는 제사. 담사禫祀.

선비는 크게 기뻤다.

"그렇다면 무방하겠구나."

드디어 말과 가마를 세내어 타고 날을 잡아서 길을 떠났다. 그 집에 당도해서 세 소실과 세 며느리를 대면하였다. 선비는 집의 안채를 차지하고, 세 아들은 각기 자기 모친을 모시고 이웃에 나누어 들었다. 며칠 지나서 제물祭物을 준비해가지고 노인의 무덤을 찾아가서 제를 지냈다. 처가살이하던 아들들도 차차 불러다가 재산을 나눠주고 가까이 살았다. 전후좌우로 일족이 수십호를 헤아렸다.

선비는 세 소실의 집을 왕래하며 옛 인연을 살려서 호의호식하며 여생을 보냈다. 세 아들들의 생시까지는 그 노인의 제사를 폐하지 않고 지냈다.

● **작품 해설**

『청구야담』에서 뽑았다. 제목은 '노학구가 배를 빌려 아들을 낳다老學究借胎生男'를 '차태借胎'로 줄였다.『동패낙송』에는 제목 없이 수록되어 있는데, 서울 선비가 살던 집이 신문외新門外에 있는 것으로 되어 있다.

서울의 곤궁한 선비가 우연히 한 부자 노인의 간청으로 그의 세 소실과 상관하여, 거기서 아들 셋을 낳아 마침내 노인의 세 여자와 재산을 모두 다 차지하게 되는 이야기. 무기력한 양반의 요행을 바라는 심리가 드러나 있지만, 동시에 어떻게 해서든 가문을 이어가겠다는 가통주의적 사고방식이 드러나 있다. 그런 사고방식 때문에 무리하게 '차태'를 하여 아들을 얻는데, 결과적으로 허무하게 여자와 전 재산이 남의 손에 넘어가는 줄거리가 풍자적으로 읽히기도 한다.

속현續絃

안동의 권모權某는 경학經學과 덕행으로 도천[1]을 받아 휘릉[2] 참봉을 하였다. 그때 나이 예순이었다. 권참봉은 원래 가세가 부유했으나 상처를 하고 슬하에 자녀가 없을뿐더러 밖으로 유복지친[3]도 없었다.

당시 김우항[4] 정승이 휘릉의 별검別檢으로 있었는데 마침 역사役事가 있어 권참봉과 함께 숙직을 하게 되었다. 하루는 능군陵軍이 능소를 범한 나무꾼을 잡아왔다. 권참봉이 사리를 들어 책망하고 태형을 가하려 하였다. 그 나무꾼은 노총각이었는데 눈물을 주르르 흘리며 아무 말도 못 하는 것이었다. 권참봉이 총각의 기상을 살펴보니 아무래도 상사람 같지 않았다.

"너는 어떤 사람이냐?"

---

1 도천道薦 학문과 덕행이 있는 선비를 도에서 천거하여 벼슬자리에 오르게 하는 것.
2 휘릉徽陵 인조비仁祖妃 장렬왕후莊烈王后의 능. 동구릉東九陵의 하나임. 당시는 양주목에 속했는데 지금 구리시 지역에 있다.
3 유복지친有服之親 8촌 이내의 친족. 8촌 이내의 친족은 상복을 입게 되어 있기 때문에 붙은 말이다. 6촌 이내는 당내일가로 여겨졌다.
4 김우항金宇杭(1649~1723) 숙종 때 문과에 급제하여 우의정까지 지낸 인물.

"여쭙기 부끄럽습니다. 소생은 사대부가의 자손으로, 일찍 홀로되신 노모가 올해 일흔이시고, 저의 누이는 서른다섯살이 되도록 출가하지 못했으며, 소생 역시 나이 서른에 장가도 못 갔습니다. 저희 남매가 나무하고 물을 길어 어렵게 살아가고 있습니다. 저희 집이 능 주변에서 가까운데, 혹한을 당하여 멀리 나무하러 가지도 못해 이렇게 능소를 범하였으니 죄를 받아 마땅하옵니다."

이러면서 총각은 울먹이는 것이었다. 권참봉은 측은한 마음이 들어 김공을 돌아보며 말했다.

"정상이 딱하기도 하군요. 특별히 용서함이 어떠할지?"

김공도 웃으며 대답했다.

"무방할 터이지요."

"듣건대 너의 형편이 가긍하니 이번에는 특별히 용서해주마. 다시는 죄를 범하지 마라."

그리고 권참봉은 쌀 한말과 닭 한마리를 내주며

"이것을 가지고 돌아가서 노모를 봉양하여라."

하고 타일렀다. 총각은 감사하며 돌아갔다.

며칠 후에 그 총각이 또 나무를 하다가 잡혀와서 권참봉이 이번에는 크게 책망을 하였다. 총각은 울면서 아뢰는 것이었다.

"소생이 은덕까지 저버리니 어찌 죄를 두가지로 범한 줄 모르리까? 노친이 추위에 떠심을 차마 볼 수 없는데 눈이 쌓여서 나무하러 가려야 길이 막혀서……. 낯을 들 곳이 없습니다."

권참봉은 더욱 측은한 마음에 눈썹을 찌푸리고 차마 치죄하지 못하고 있었다. 김공이 옆에 있다가 빙긋이 웃으며 말을 꺼냈다.

"한마리 닭, 한말 쌀로 감화가 안 되는군요. 좋은 도리가 있는데, 제

말을 따르실는지?"

"무슨 말씀이오? 들어보기나 합시다."

"노인께서 지금 상처하시고 아들을 못 두었으니 저 총각의 누이로 후
취를 삼으실 의향은 없으신지?"

"내 비록 늙었어도 근력이야 해볼 만하지."

권참봉은 흰 수염을 쓰다듬으며 말하는 것이었다. 김공은 그 뜻을 알
아차리고 총각을 가까이 불렀다.

"저 권참봉은 충후한 군자시다. 가세도 요족한데 마침 상처하고 자손
이 없으시단다. 너의 누이가 과년토록 출가를 못 하였다니, 범절이 어떠
할는지 모르겠으나 권참봉과 배필을 정함이 어떻겠느냐? 너의 집도 길
이 의지가 될 터이니 양쪽 다 좋지 않겠느냐?"

"집에 노모가 계시니 제 마음대로 결정할 수 있겠습니까? 집에 가서
노모께 상의를 드리지요."

총각은 돌아갔다가 이내 다시 와서 아뢰는 것이었다.

"노모께 여쭈었더니 말씀이 '우리 집이 누대 문벌로서 몰락하여 지
금 이 모양이 되었으니, 비록 선대에 없는 일이기는 하나 인륜을 폐하느
니보다야 낫지 않겠느냐?' 하시고 눈물을 흘리며 허락하셨습니다."

김공은 기뻐하며 권참봉에게 극력 권하였다. 택일을 하고 혼수를 마
련하는 데 양가를 도와서 급히 성례를 하도록 했다. 신부는 과연 명가의
후예라서 현숙한 부인이었다. 어느날 권참봉이 김공을 찾아와서 하는
말이다.

"공의 권고에 힘입어 좋은 짝을 만났구려. 내 나이 이미 예순인데 더
무엇을 구하겠소? 고향으로 돌아가려고 작별하러 들렀소이다."

"신부야 물론 솔거하실 터이지만 그 식구들은 어떻게 조처하실는지?"

"함께 데려가려 하지요."

"잘하시는 일입니다."

김공과 권참봉은 술잔을 나누고 작별하였다.

그로부터 25년이 지났다. 김공은 옥관자를 붙이고 안동 부사로 나가게 되었다. 부임한 이튿날에 한 백성이 명함을 드리고 뵙기를 청하는 것이었다. 다름 아닌 옛날 그 권참봉이었다. 김공은 한참 만에야 휘릉에서 함께 근무했던 일을 기억해내고 그의 나이를 셈해보니 85세였다. 급히 맞아들이니 동안 백발의 노옹이 지팡이도 짚지 않고 부축도 받지 않고 표연히 들어와서 자리에 앉는 것이었다. 신선인가 싶었다. 손을 잡고 막혔던 정회를 풀며 주찬을 차려 대접하였다. 술을 마시고 음식을 드는 것도 여전했다. 이윽고 권참봉이 말을 꺼냈다.

"민이 오늘 이렇게 성주를 뵈옵는 것은 천우天遇입니다. 성주께서 권하신 덕분에 현처를 얻고 연이어 아들 둘을 보아 지금까지 해로하지요. 두 자식이 시서詩書를 읽어 남성[5]에서 글을 겨루어 나란히 사마[6]에 올랐답니다. 내일이 집에 당도할 날입니다. 성주께서 마침 우리 고을에 부임하셨으니 왕림해주시지 않으시겠습니까? 민이 오늘 급히 와서 뵙는 것은 이 때문이지요."

김공은 경하해 마지않으면서 흔쾌히 승낙하였다. 권참봉은 감사하며 돌아갔다.

다음날 일찍 김공은 기생과 악공을 대동하고 주찬을 마련하여 권참봉 집을 방문했다. 산수가 수려하고 화초와 대숲에 정자가 은은히 비쳐

---

5 남성南省 예조의 별칭으로 과거시험을 관장했다.
6 사마司馬 생원·진사시를 가리키는 말. 사마시.

참으로 산림처사山林處士의 좋은 거처였다. 주인이 뜰로 내려와서 영접하는데 원근이 발칵 뒤집혀서 빈객이 구름처럼 모여들었다.

이윽고 신은 형제가 당도하여 나란히 대문으로 들어섰다. 복두[7]·앵삼[8]을 한 풍채는 실로 보는 이들의 눈을 부시게 했다. 앞뒤로 한 쌍의 백패[9]를 세우고 쌍젓대 소리가 청량하게 울렸다. 담을 싼 구경꾼들은 너나없이 권참봉의 복력에 혀를 찼다.

김공이 연거푸 신래新來를 부른 다음 나이를 물어보니, 형은 24세이고 아우는 23세였다. 권참봉이 속현[10]한 이듬해부터 연달아 쌍옥을 얻은 것이었다. 형제를 데리고 말을 나누어보니 용모는 난곡[11]이요 문장은 주옥이라, 실로 난형난제다. 입에 침이 마르도록 칭찬하였음이 물론이다. 권참봉은 희색이 만면하여 손에 잡힐 듯싶었다.

"성주께서 저 사람을 알아보시겠습니까? 바로 휘릉에서 나무하다 붙잡혔던 그 총각이라오."

하고 좌중의 한 노인을 가리켰다. 그 사람도 이미 나이가 55세였다.

드디어 크게 풍악을 울리고 하루 종일 즐겁게 놀았다. 권참봉은 김공에게 유숙하고 가기를 청하였다.

"오늘의 경사는 모두 성주께서 주신 것이지요. 성주께서 마침 누추한 곳에 왕림하시게 된 것도 하늘이 마련하심이요, 인력이 아닌가 합니다."

---

7 복두幞頭 과거 합격자가 쓰는 관. 사모처럼 두 단으로 되어 있고 뒤쪽으로 날개가 둘 달렸다.

8 앵삼鶯衫 생원·진사시에 합격한 사람이 입던 황색 예복.

9 백패白牌 소과 합격자인 생원·진사에게 주던 합격증. 문과 급제의 경우는 홍색인 데 대해 소과는 백색이었다.

10 속현續絃 아내를 여읜 뒤 새로 아내를 맞아들이는 것을 지칭하는 말. 원래는 끊어진 현악기의 줄을 잇는다는 의미이다.

11 난곡鸞鵠 '난'과 '곡'은 각각 좋은 새의 이름으로, 남의 훌륭한 자제를 일컫는 말.

하여 김공은 그날 밤을 그 집에서 조용히 담소하며 묵었다. 다음날 아침에 노인이 음식상을 놓고 같이 앉은 자리에서 말을 꺼내려다 차마 입을 못 열고 머뭇머뭇하는 기색이었다.

"무어 하실 말씀이 있으신지?"

김공이 물어서야 겨우 입을 떼었다.

"노처가 평소에 성주께 대하여 결초보은結草報恩이 소원이었지요. 이렇게 왕림하셨으니 한번 뵙기를 간절히 소원한답니다. 여자의 체면을 생각하기보다 은혜에 감격하는 마음이 앞서는 모양입니다. 과히 허물하지 마시고 성주께서 잠깐 내당內堂으로 걸음을 하시어 인사를 받으시는 것이 어떠하실는지? 노처로서는 성주가 덕은 천지와 같고 은혜는 부모와 같으니 무슨 혐의하실 것이 있겠습니까?"

김공은 부득이 내실로 따라 들어갔다. 벌여놓은 자리에 앉자 노부인이 나오는데, 감격이 극진하여 눈물을 흘렸다. 성장盛粧을 한 두 젊은 부인이 뒤따라와서 절을 하는데 곧 두 며느리였다. 세 부인이 다소곳이 앉았으니 공대하는 뜻이 역연해 보였다. 그리고 진찬珍饌이 상에 가득 차려져 나왔다.

권참봉이 다시 골방으로 안내했다. 들어가보니 한 노파가 6, 7세 된 아이처럼 머리털이 까맣고 더부룩해가지고 손으로 문턱을 잡고 서서 빠끔한 눈으로 어릿하게 사람을 바라보는데 정신이 있는가 없는가 싶었다. 권참봉이 손으로 가리키며 하는 말이었다.

"성주님, 이 사람을 아시겠습니까? 나무하다 붙들린 사람의 모친이지요. 금년 나이가 95세라오. 입으로 무슨 말을 외고 있으니 귀를 기울여 들어보시지요."

김공이 귀를 대고 들어보니 다른 소리가 아니고 "김우항을 정승이 되게 하소서. 김우항을 정승이 되게 하소서." 하는 소리가 아닌가. 25년간 축원을 하루같이 하여 아직도 소리가 끊이지 않는다 하니 이런 지성이면 어찌 감천感天이 되지 않겠는가. 김공은 듣고 흐뭇한 마음으로 웃었다. 그리고 여러 사람들과 작별한 뒤에 관아로 돌아왔다.

그후 김공은 과연 정승에 올랐다.

김공이 숙종 때에 약원도제조藥院都提調로서 명을 받들어 연잉군延仍君의 환후를 살피러 간 일이 있었다. 연잉군이란 영조의 잠저[12] 때의 봉호封號이다. 김공은 자신이 평생 벼슬하던 경력을 연잉군에게 말하는 중에 권참봉의 일이 화제에 올라 전후 이야기를 아뢰게 되었다. 연잉군도 듣고 대단히 기이하게 여겼음이 물론이다.

연잉군이 등극한 후로 식년시 창방[13]날에 우연히 방목을 보니 안동 진사 권모가 있는데 권참봉의 손자였다. 즉시 특지가 내려졌다.

"고故 정승 김우항에게 권모의 일을 듣고 매우 희귀한 일로 여겼더니, 지금 그의 손자가 또 진사를 하였구나. 우연한 일이 아니로다. 특별히 능참봉을 제수하여 그 조부의 사적을 잇게 하노라."

영남 사람들은 이 일을 영예롭게 여겼다. 대개 권·김 양공이 인자하고 후덕하여 이와 같은 미담을 남긴 것이리라.

---

12 잠저潛邸 나라를 세우거나 임금의 친족으로서 임금이 된 사람의, 임금이 되기 전의 시기.
13 창방唱榜 과거에 합격한 자에게 증서를 주던 일.

● **작품 해설**

『청구야담』에서 뽑은 것으로, 『해동야서』『동패낙송』『선언편』 등에도 수록되어 있다. 제목은 '나무꾼 총각을 동정하여 권노인이 속현을 하다憐樵童權老續斷絃'를 '속현續絃'으로 줄였다.

안동 지방의 한 양반이 환갑이 넘어서 상처를 하고 서울 인근 양주 땅의 어떤 몰락한 양반집의 과년한 처녀에게 새장가를 들어서 자손의 영화까지 보았다는 이야기다. 몰락한 양반집 모녀가 혼인이 맺어지도록 도와준 김공에 대해 후일 지나치다는 감이 들 정도로 은공을 갚고자 하는 뜻을 표하는 데서 근기 지방의 몰락한 사족들이 영남의 토착양반들과는 대조적으로 얼마나 곤궁한 처지에 놓여 있었던가를 실감하게 된다.

비정非情

윤모尹某는 지체 좋은 무변이었다. 성질이 아주 악독하고 경망했지만 약간의 글재주가 있어 현임 재상들의 문하에도 출입하였다. 그래서 재상들 사이에서 제법 인정을 받았던 것이다.

윤씨가 충청도에 있을 적에 친상을 당했는데, 형편이 곤궁해서 지내기 어려웠다. 이웃 마을에 마침 친히 아는 사람이 송상[1]과 돈거래를 트고 있었다. 윤씨는 그에게 돈을 빌려달라고 간청하였다. 그 사람은 80냥의 수표를 해주면서 송상의 처소로 가서 찾아 쓰도록 했다. 윤씨는 그 수표에 쓰인 열 십十 자를 일백 백百 자로 살짝 고쳐서 8백냥으로 꾸며 서울로 올라가는 전주의 공납전公納錢을 돌려받았다.

기한 안에 돈을 상환하지 못하여 전주 감영으로부터 조사를 받아 마침내 윤씨의 소행이 드러나게 되었다. 박윤수[2]가 당시 전라 감사로 있었다. 진영의 교졸을 풀어 윤씨를 잡아들이라는 엄명이 떨어졌다. 교졸

---

1 송상松商 개성상인을 지칭하는 말.
2 박윤수朴崙壽(1753~1824) 자 덕여德汝. 정조·순조 연간의 문신으로 대사간, 형조·호조판서 등을 지냈다.

들이 들이닥쳐서 윤씨는 어찌할 바를 몰랐다. 수표로 빌려주었던 그 사람이 윤씨에게 와서 말했다.

"노형의 행사가 당초에 아주 불미스럽지만, 일이 이미 이 지경에 이르렀는데 형은 장차 벼슬할 사람이 아니오? 벼슬할 사람이 한번 진영에 잡혀 들어가고 보면 몸도 망치고 앞길도 그만이겠지. 나는 포의布衣로 마칠 사람이니 내가 대신 잡혀가리다. 정한 기간 내에 돈을 갚아주구려."

윤씨는 감격해서 눈물을 흘리며 대신 잡혀가는 그와 작별하였다.

그는 곤장을 맞고 옥중에 구류되었다. 그 돈을 납입해야만 방면될 것이었다. 그는 어찌할 도리가 없어 자기의 농토와 가산을 전부 팔아서 갚고 나서 몇개월 만에 석방이 되어 돌아왔다. 집에 와서도 장독杖毒 때문에 거의 죽다가 살아났다. 이 때문에 집이 결딴이 났으나, 윤씨에게 돈이 나올 구멍이 전혀 없는 줄 알고 뒷날을 기다리며 한번도 입을 열지 않았다.

그후 윤씨는 단천 부사가 되었다. 그는 비로소 세마를 타고 천리 먼 길에 윤씨를 찾아갔다. 윤씨가 자기를 보면 손을 잡고 매우 반기리라 생각했던 것이다. 그러나 혼금에 막혀 윤씨를 만나보지도 못하고 한달 넘게 지체되었다. 노자는 벌써 떨어지고 주막 주인에게 진 빚도 적지 않았다. 실로 아무 도리가 없이 진퇴유곡이었던 것이다.

어느날 본관이 행차한다는 소문을 듣고 길에서 지키고 섰다가 앞으로 나가서 소리쳤다.

"내가 여기 온 지 오래되었소."

윤씨는 돌아보더니 종에게

"저분을 관아로 모셔라."

하고, 길을 재촉하였다. 이윽고 윤씨가 관아로 돌아왔다. 서로 인사를 나누고 나서도 윤씨는 별다른 말이 없었다. 이에 그가 말을 꺼냈다.

"나의 빈궁한 처지는 사또도 잘 아시는 터 아니오? 옛날의 정의를 생각해서 불원천리하고 찾아왔다가 혼금에 막혀 달포를 지내느라 밥값으로 진 빚도 적지 않다우. 나의 딱한 처지를 생각하여 구제해주기 바라오. 전에 사또가 내게 진 빚을 굳이 갚아달라는 건 아니외다."

"내 지금 공채公債가 산더미 같아 남을 구제할 겨를이 없구려."

윤씨는 얼굴을 잔뜩 찡그리며 말하고, 관아 밖에 사처를 잡아주는 것이었다. 대접이 냉랭하기 이를 데 없었다. 며칠 지나서 병각마病脚馬 한 필을 내주면서 하는 말이었다.

"이 말값이 수백냥 나갈 것이니 타고 가서 팔아 쓰우."

그리고 따로 돈 50냥을 노자로 쓰라고 주는 것이었다.

"이 말은 보다시피 병각病脚이오. 돈도 이걸 가지고는 그동안에 든 밥값과 길양식도 부족하겠소. 이를 장차 어찌하란 말씀이오? 더 좀 생각해주시구려."

이에 윤씨는 안색이 변해 소리쳤다.

"내가 당신이기 때문에 빚더미 속에서도 이만큼 도와주는 것이오. 당신이 아니면 어림없지, 빈손으로 쫓을 것인데. 여러 말 마우."

하고는 손님을 몰아냈다. 그는 분김에 돈을 관정에 팽개쳐버리고 윤씨에게 대놓고 욕설을 퍼부었다.

"네가 공금을 도둑질하여 진영으로 잡혀가게 되었을 때 내가 의협심으로 너 대신 잡혀가지 않았더냐? 그리하여 옥중에서 죽을 고생을 하고, 또 내 가산까지 탕진하면서 네가 진 빚을 갚아주지 않았느냐? 지금 너는 만금의 태수가 되어서 내가 불원천리하고 너를 보러 왔거늘, 너는 나를 만나주지도 않더니 대면해서는 냉대를 하다가, 이제 겨우 50냥을 주고 말아? 이걸로는 오고 가는 노자도 부족하다. 고금천지에 어디 너 같이 몰인정한 사람이 있겠느냐?"

그는 방성통곡을 하며 관문을 나왔다. 길거리에서 원성을 울리며 지나다니는 사람을 붙들고 전후의 사정을 하소연하였다. 윤씨는 이 말을 듣고 감정이 상했을뿐더러, 자신의 악한 소행을 들추는 데 분노하였다. 그래서 장교를 시켜 그 사람의 행장을 뒤지게 하였다. 행장 속에서 종부 낭청첩[3] 두장이 나왔다.

윤씨는 그를 옥에 가두고 자신은 당일에 감영으로 출발하였다. 감사를 보고 아뢰었다.

"하관[4]의 고을에서 어보御寶를 위조한 죄인을 잡았소이다. 장차 어떻게 다스리면 좋겠습니까?"

"본읍에서 치죄하도록 하오."

"그러면 하관이 처치해도 좋을지요?"

"아무렇게나 하오."

윤씨는 감영에 갔다가 돌아오던 길로 그를 때려서 죽였다.

세상에 어찌 이와 같이 잔인하고 몰인정한 사람도 있을까? 슬프다, 참혹하구나!

---

3 종부 낭청첩宗簿郎廳帖 왕족에 관련된 업무를 관장하는 기관을 종부시宗簿寺라 한다. 낭청郎廳은 각 관아의 당하관을 지칭하는바, 여기서는 종부시 소속 낭청의 임명장을 가리킴. 왜 작중 인물이 이 문서를 소지했는지는 미상이다.
4 하관下官 상관에 대해 자기를 낮추어 칭하는 말.

●**작품 해설**

　『청구야담』에서 뽑았다. 『계서야담溪西野談』에도 실려 있는데, 자구상의 차이가 더러 보인다. 『계서야담』에는 제목이 없고, 『청구야담』에는 '윤무변이 악행을 하여 의리를 배반하다行胸臆尹弁背義'라고 달려 있다. 여기서는 '비정非情'이라 하였다.

　주인공은 개성상인과 돈거래를 트고 있던 사람이다. 윤씨 무관이 그에게서 개성상인이 발행한 80냥짜리 어음을 빌려가서 그것을 8백냥으로 변조해 사용한다. 이 사실이 들통이 나서 윤씨가 구속될 판에, 그는 친구의 앞길을 생각해서 대신 형벌을 받고 다시 자기 재산을 전부 팔아서 상환해준다. 그러나 후일에 그가 단천 부사가 된 윤씨를 찾아갔을 때 윤씨는 그를 박대했을 뿐 아니라 비정하게도 무고한 죄를 덮어씌워 죽이는 것으로 끝난다.

　화폐경제가 성행한 시대에 금전을 매개로 한 인간관계가 성립되고 그에 따라 전통적 신의나 도덕이 무시되면서 아주 비정해진 사회상의 일면을 리얼하게 보여주었다. 감각이 새롭게 느껴지는 테마이다. 그리고 해피엔드를 만들지 않고 선량한 성격의 주인공을 극도의 참혹한 상태에 빠뜨림으로써 독자들에게 심각한 문제점을 던지고 있다.

봉산 무변鳳山武弁

인조 임금 때 황해도 봉산 땅에 무변이 있었는데 성이 이가였다. 그 무변은 가산도 넉넉하고 성격이 활달했다. 남을 돕기를 좋아하며 사람을 믿고 의심치 아니하여 어려움을 호소하는 사람이 있으면 아끼지 않고 재물을 내주었다. 이 때문에 가산을 많이 소모해서 부지하기 어려운 형편에 이르렀다. 그러나 풍신이 당당해 보는 사람마다 장차 현달할 것으로 기대하였다. 벼슬도 선전관에 이르렀는데, 무슨 일에 연루되어 관직을 잃고 낙향해서 여러해 지나도록 정관[1]의 망에 오르지 못하였다.

어느날 그는 자기 처에게 말했다.

"무변이 시골구석에 파묻혀 있으면 벼슬이 절로 굴러오겠소? 가세도 이처럼 구차하여 이러다가 하루아침에 구렁에 쓰러질지도 모르니 어찌 슬프지 않으리오? 나머지 전답을 전부 팔면 4백여 냥은 받을 것이니 그걸 가지고 상경해서 벼슬을 구해볼 테요. 구하면 살길이 열릴 것이요, 못 구하면 죽기밖에 더하겠소? 나의 뜻은 이미 정해진 바요."

---

1 정관政官 인사 담당자. 전관銓官과 같은 말. 전관이 후보자로 셋을 올리는데 이를 망 몰이라 한다. 무관의 경우 인사 업무를 병조에서 맡았다.

그의 처 역시 다른 말이 없었다. 드디어 논밭을 전부 팔아서 4백냥을 손에 쥐었다. 백냥을 남겨 가족의 생계를 삼게 하고 3백냥을 가지고 서울길을 떠났다.

건장한 노복에 준마를 탄 모양이 자못 사람의 눈을 끌었다. 벽제관에 당도해서 객점에서 하룻밤을 묵게 되었다. 하인이 말먹이를 준비하고 있을 때, 머리에 벙거지를 쓰고 복색을 산뜻하게 차려입은 자가 나타나 밖에서 들여다보다가는 이윽고 쑥 들어서는 것이었다. 하인에게 수작을 거는데 어투가 제법 은근하면서도 변변했다. 하인도 반기면서 어디서 오느냐고 물었다.

"나는 병판댁 사환이라우."

무변은 얼핏 이 말을 듣고 급히 그 사람을 불러서 물어보았더니 과연 그렇다는 대답이었다.

"나는 지금 벼슬을 구하러 상경하는 길이다. 바라고 가는 곳이 병판댁인데 네가 병판댁의 신임받는 노복이라니 나를 위해 중간에서 주선해줄 수 없겠느냐? 그런데 네가 여기 오기는 무슨 일이냐?"

"소인은 병판댁 수노이온데 상전댁의 장획[2]이 평안도에 많이 있는 고로, 바야흐로 명을 받잡고 신공을 받으러 금일 길을 떠났습지요."

무변은 탄식하며 말했다.

"너 같은 사람을 만나기가 쉽지 아니한데 길이 어긋나게 되었구나. 어떻게 주선할 묘책이 없겠느냐?"

"거야 어렵잖습죠. 저와 함께 다시 서울로 들어가십시다. 소인이 대감의 명을 받잡고 하직하고 나온 것은 여러날이 되었으나 길일을 가려

---

2 장획臧獲 노비의 별칭. '臧'은 남자종, '獲'은 여자종을 가리킨다.

떠나느라 오늘에야 떠났답니다. 대감께오서 아시지 못할 것이니 시방 돌아가서 나리를 위해 주선해드리고 떠나도 늦지 않습지요마는, 나리 수중에 지니신 것이 얼마나 되는지요?"

"3백냥이다."

"그 정도면 쓸 만하겠습니다."

봉산 무변은 그자를 따라서 서울로 들어갔다. 그자가 무변을 위해서 병판댁 근처에다 객사를 잡아주었다. 그리고 객사 주인에게 잘 대접해드리라고 당부까지 하는 것이었다. 무변은 객사 주인이 그자와 본래 아는 사인가보다 생각하고 더욱 믿게 되었다.

그자는 인사하고 가더니 며칠이 지나도록 소식이 없었다. 속임을 당했나보다고 걱정하던 참에 그자가 나타났다. 무변은 한나라 유방이 도망간 소하를 다시 얻은 만큼이나 반가워했다.[3]

"그새 여러날 무슨 일로 못 왔더냐?"

"나리를 위해서 벼슬자리를 구하는 일이 어찌 갑자기 될 일입니까? 한 곳에 지름길을 뚫었는데 매우 요긴한 자리라, 마땅히 백금은 쓰셔얍죠."

무변이 급히 용처를 물었다.

"대감님의 누님이 한분 계시는데, 지금 과부로 지내며 아무 동에 살고 있습니다. 대감께오서 극진히 생각하시어 누님의 소청이라면 거절하시는 법이 없습지요. 소인이 나리의 일로 그 댁에 아뢰었더니 마님[4]

---

3 한신韓信이 처음 한나라 고조 유방劉邦에게 와서 인정을 받지 못하여 도망을 가자 소하蕭何가 한신을 잡으러 갔다. 이때 고조는 소하도 도망친 줄로 알고 매우 걱정을 하고 있다가 한신을 데리고 돌아오는 소하를 보고 아주 기뻐한 일이 있다.

4 마님 원문은 '內主'인데, 지체 높은 부인을 가리키는 말.

께서 백냥을 내면 좋은 벼슬을 즉시 도모해주마 하십니다. 나리, 능히 백냥을 안 아끼실는지요?"

"나의 돈은 전혀 이 일을 위한 것이다. 물어볼 것이 무어 있느냐?"

무변은 곧 전대를 풀어놓고 돈을 셈해주었다. 하인은 의심을 두어 말했다.

"나리께오서 몸소 가보시지도 않고 몽땅 저자에게 맡기다니, 속이지 않을 줄 어떻게 아옵니까?"

"병판댁 수노가 분명한 터에 그렇게 못 미더워하겠느냐?"

이튿날 그자가 다시 들렀다.

"마님께서 돈을 받고 매우 기꺼워하시며 즉시 대감님께 말씀을 보내어 산정⁵에 적당한 자리가 생기면 꼭 수망首望에 넣어달라고 간청하였더니 대감님께오서도 승낙하셨답니다. 한데 옆에서 신뢰하는 분의 조언이 있으면 일이 더욱 튼튼하겠지요. 아무 동의 아무 양반과는 평소 교분이 깊어 이분의 말씀이 있으면 반드시 좋으십니다. 50냥을 던지면 필시 크게 힘을 보겠지요."

무변은 그도 그렇겠다 싶어 주선해보라고 시켰다. 그자는 희색이 만면해서 돌아왔다.

"기꺼이 허락하십디다."

이리하여 다시 50냥이 나갔다. 그자가 와서 또 하는 말이

"대감님께 별실이 있습지요. 자색이 뛰어나 매우 사랑하시는 터에 게다가 득남을 하셨는데 썩 기특하게 생겼답니다. 그 아기의 돌이 가까웠지요. 돌잔치를 크게 벌이고 싶어도 따로 저축이 없는 고로 몹시 상심하

---

5 산정散政 도목 이외에 임시로 관직을 발령, 교체하는 일.

고 있는데, 만약 50냥을 들여놓으면 감사하고 기뻐하는 것이 얼마나 대단하겠습니까? 사랑을 받는 여자의 간청이라면 더없이 긴요하겠지요.”

무변은 또 그럴듯하게 여겨 즉시 50냥을 내주었다. 그자는 그 돈을 가지고 가더니 이내 곧 돌아왔다.

“별실이 과연 크게 기뻐하며 마땅히 극력 주선하겠다 합디다. 나으리, 좋은 벼슬을 얻는 것이 아침 아니면 저녁입니다. 그저 앉아서 기다리기만 합쇼. 그런데 무변이 벼슬길에 나가자면 아무쪼록 관복이 말쑥해야 하는 법이니 50냥을 들여 장만해두는 것이 옳겠지요.”

“아무렴 관둘 수 없겠지.”

또 돈을 주어 마련해줄 것을 당부했다. 오래지 않아서 모립과 철릭[6]에 광대·오화[7]·황금대구[8] 등속을 일시에 들여왔다. 아주 선명해 보이는 것들이었다. 그는 기쁨에 스스로 유현덕劉玄德이 제갈공명諸葛孔明을 얻은 것만큼이나 좋아했다. 처음 그자를 의심하던 하인도 꼭 믿고 기꺼워하며 틀림없이 좋은 벼슬자리가 떨어지리라 고개를 빼고 기다리는 것이었다.

무변은 곧 복색을 차리고 명함을 가지고 병판댁으로 갔다. 병판을 뵙고 지난 경력과 현재 형편을 갖추어 아뢰고 애걸하니 턱만 몇번 끄덕일 따름, 종시 한마디 따뜻한 말이 없었다. 무변은 병판이 으레 그러는 것이거니 하고 생각했다. 그후 다시 찾아가 뵈었으나 여러 무변들과 줄지어 문안드리는 대열에 끼는 것을 면치 못하였고, 달리 얼굴을 돌려 남달

---

6 모립毛笠·철릭天翼 모립은 무인이 쓰던 모자로 털벙거지, 철릭은 무관이 입던 공복
公服. 허리에 주름이 잡히고 큰 소매가 달렸다.
7 광대廣帶·오화烏靴 광대는 군복軍服 차림에 전복 위로 가슴에 두르던 띠, 오화는 무
인이 신던 검은 가죽신.
8 황금대구黃金帶鉤 금으로 만든 띠를 매는 쇠.

리 친절히 대하는 기색이 없었다. 매번 정목[9]이 나오면 으레 애를 써서 구해보았으나 끝내 자기 이름자는 찾아내지 못하였다.

무변은 마음이 초조했다. 그자의 환심을 사려고 나타나기만 하면 무시로 주머닛돈을 꺼내서 고기를 사고 술을 받아다가 실컷 대접해서 나머지 50냥도 거의 소모되고 말았다. 고민고민하던 끝에 그자를 붙잡고 물었다.

"네 말이 여태 아무 보람이 없으니, 어찌 된 영문이냐?"

"대감께오서 어느 날이라 나리를 잊으리까마는 바치는 것이 나리보다 더할수록 자연 더욱 긴하게 되는지라 어떻게 나리의 차례가 되겠습니까? 하나 이제 우선 긴한 사람이 다 벼슬자리를 얻었으니 후일 산정에는 대감이 나리를 아무 자리에 올리겠다 하십디다. 아주 좋은 자리이니 기다려보시지요."

다음 정목이 나왔는데 역시 소식이 없었다. 그자가 와서 하는 말이었다.

"모 양반과 마님이 대감님께 극력 청하여서 이번에는 반드시 될 줄 믿었는데 불의에 아무 대신께서 아무개를 청탁하시니 응하지 않을 수 없었지요. 권세가에 빼앗긴 걸 어찌합니까? 하나 또 6월 도정이 머지않았는데 아무 관서의 직이 소득이 매우 풍부하다기로 소인이 이미 마님과 아무 양반과 별실에 두루 여쭈어 여럿이 협력해서 대감님께 청한바 벌써 쾌한 허락을 받아두었습죠. 이번에는 결단코 빠지지 않을 터이니 기다려보옵소서."

무변은 반신반의하면서도 감히 잘 대접하지 않을 수 없었다. 가진 것

---

9 정목政目 벼슬아치의 임면任免을 적은 기록.

은 이미 고갈되었다. 대정일[10]이 되어 노비와 주인이 함께 꼭두새벽부터 일어나서 좋은 소식이 있을까 고대했다. 눈이 뚫어지게 기다렸으나 해는 높이 떠서 오정이 되고, 오정이 지나서 석양에 이르도록 이조·병조의 정사政事가 이미 끝났는데 자기의 성명은 적막하게 들을 수 없었고 그자 역시 그림자도 보이지 않았다.

무변은 크게 실망하여 마음이 괴로운데 하인의 비웃고 한탄하는 소리가 더욱 견디기 어려웠다. 아무 소리도 내지 못하고 오직 그자가 나타나기만 바라볼 따름이었다. 전에는 날마다 들르던 자가 이번에는 사흘이 지나도록 올 줄을 몰랐다. 비로소 의심이 들어서 객사 주인을 불러 물었다.

"병판댁 수노가 요즈음 오지 않으니 웬일이냐? 네가 친숙한 사이니 불러올 수 없겠느냐?"

"소인과는 본래 낯선 사람이올시다. 병판댁 수노인 줄이야 나리께서 잘 아시는 바 아닙니까? 소인이야 정작은 모르옵죠. 제가 자칭 병판댁 하인이라 하고 나리도 병판댁 하인이라 하시기로 소인은 그런 줄로만 여겼습죠. 실제야 제가 어떻게 압니까?"

"네가 친숙한 사이이니 그자의 집은 알겠구나."

"모릅지요. 나리께서 잘 아시는 처지에 아직 집도 모르십니까?"

"어쩌다보니 마음을 쓰지 못했구나."

그후로 그자는 발길을 끊고 나타나지 않았다. 무변이 생각해보니 가산을 다 처분하여 난데없는 도둑놈에게 몽땅 쓸어다 바친 셈이었다. 오로지 내가 치밀하지 못한 까닭에 여러 대 조상의 제사가 끊어지고 허다

---

10 대정일大政日 해마다 12월에 행하는 도목정사. 도목정사는 6월과 12월 두 차례 행하는데, 12월 것이 규모가 크므로 이런 말이 생겼다.

한 식구들을 구렁에 빠뜨렸구나. 일가와 동리는 물론 처자와 비복들의 원망과 질책, 비웃음에 무슨 말로 변명하겠는가. 또한 남에게 굽히기 싫어하는 자신의 성격을 생각해볼 때 비렁뱅이 신세가 되어 구차하게 연명하는 것을 어떻게 견디랴! 백번 생각해도 오직 한번 죽음이 가장 마음에 시원하리라 싶었다. 드디어 스스로 목숨을 버리기로 작정했다.

이튿날 아침 일찍 일어나서 곧장 한강으로 나갔다. 의관을 벗어부치고 몇번 고성을 지른 다음에 물속으로 들어갔다. 물이 등과 배에 닿자 오싹하여 자기도 모르게 몸을 웅크리고 물러섰다. 몸을 일으키고 나서 생각하매 스스로 죽기란 실로 어려운 일이고 남의 손에 맞아죽는 것이 낫겠다 싶었다. 드디어 강가로 나와 맥없이 돌아왔다.

다음날 아침에는 술을 잔뜩 마셔 대취한 다음에 철릭에 오화·황금대를 띠고 8척장신을 일으켜 종루 거리로 활보해 나갔다. 길거리의 사람들이 보고 모두 깜짝 놀라 신인이 나타난 듯이 여겼다.

무변은 여러 사람 중에서 몸집도 크고 인상도 험악하고 힘깨나 써 보이는 자에게 달려들어 발길을 날려 뺑 찼다. 그는 비명을 지르고 여지없이 쓰러졌다가 부스스 일어나더니 부리나케 내빼는 것이었다. 무변은 그를 쫓다가 따라가지 못하고 심히 개탄해 마지않았다. 다시 여러 사람을 향해 두리번거리다가 능히 자기를 이길 만한 사람 앞에 우뚝 서서 눈을 부라리니, 미친놈의 형상이었다. 그의 부릅뜬 눈길이 닿으면 모두들 어칠비칠 꽁무니를 빼어 한길에 사람이 하나도 없게 되었다. 남의 손에 맞아죽으려 했으나 도리어 사람들이 그에게 다칠까 겁내는 판인데 어디서 죽음을 얻을 것인가. 날도 이미 저물었다. 한숨을 크게 쉬며 터덜터덜 돌아설 수밖에 없었다.

밤이 되어 방에 혼자 누워서도 잠을 못 이루고 오직 죽을 마음 이외에는 아무 다른 생각이 없었다.

'남의 집 내당에 뛰어들어 처첩을 희롱하면 필시 맞아죽겠지.'

이렇게 생각하고 다음날 아침에도 술을 들이켜고 의관을 잘 차려입고서 대로를 거닐다가 어떤 번듯하고 큰 집을 발견하고 중문으로 들어갔다. 그러나 아무도 막는 자가 없었다. 즉시 안마루로 돌입했다. 젊은 부인 혼자뿐이었는데, 나이는 스물이 갓 넘어 보이고 화용월태花容月態로 구름 같은 머리를 빗질하고 있었다. 그 여자는 뛰어든 사내를 보고도 별로 놀라는 기색이 없이 말하는 것이었다.

"웬 사람이 남의 내당으로 들어오우? 실성한 양반 같군요."

무변은 아무 대꾸도 않고 곧장 마루로 올라가서 대뜸 여자의 손목을 잡고서 머리도 끌어안고 입도 맞추고 하였다. 여자는 심히 거부하지 않았으며, 옆에서 꾸짖고 달려드는 사람도 하나 없었다. 무변은 해괴하다 싶어 물었다.

"네 지아비는 어디 있느냐?"

"남의 지아비를 물어 무엇하려우? 세상에 원 별꼴도 다 보겠네. 술취한 사람과 시비 가릴 것도 없겠고 나라에 법사[11]가 있으니 얼른 나가셔요."

"아무튼 네 지아비는 어디 있느냐? 내 정말 취해서 이러는 것이 아니다. 말 못 할 부득이한 사정이 있어 이런다."

"사정이라니 대체 무슨 일인가요? 들어나 봅시다."

"나는 본디 전에 선전관을 지냈더라네. 흉악한 도둑놈에게 사기를 당해서 적잖은 재물을 탕진하고 죽기로 결심하였지. 하나 내 스스로 죽기

---

11 법사法司 형사 사건을 담당한 기구, 곧 사법 관리를 가리킴.

어려워서 남의 손에 맞아죽으려 하여 누차 이런 무뢰한 행사를 저질렀는데, 종내 손을 쓰는 사람을 만나지 못했소. 지금도 그대 지아비가 없는 모양이니 또한 죽기가 어렵게 되었군. 이를 어찌한담!"

여자는 깔깔 웃으며 말했다.

"정말로 미쳤군요. 세상에 원, 애써 죽기를 자원하는 사람이 어디 있을까? 무변으로 청환을 지내시고 저만한 풍채를 가지신 양반이 아무렴 명색 없이 죽으시려우? 나도 역시 부득이한 사정이 있어 누구 의지할 곳을 구하는데 마침 당신을 만났으니, 이 또한 하늘이 점지해주신 모양이네요."

무변이 무슨 사정인가 물었더니, 그녀의 대답이 이러했다.

"저의 지아비는 본래 역관이랍니다. 본처를 집에 두고도 저의 미색을 탐하여 둘째 여자로 얻어 벌써 4년이 되었습니다. 처음에는 저를 데려다가 한집에 두었는데, 본처의 투기가 워낙 심하고 그 양반은 이미 늙어서 가정의 분란을 제어하지 못해 이 집을 사서 저를 이사시켰답니다. 처음에는 종종 내왕하며 자고 먹고 하더니 사랑하는 마음이 아직 없는 바 아니로되 본처의 투기가 두려워 얼마 지나지 않아서부터 점차 발길이 멀어졌어요. 오직 여종 몇과 빈집이나 지키자니 과부나 다름없답니다. 작년에 수역首譯으로 북경을 가서 일이 지체되어 일년이 다 되도록 북경에 머물면서 돌아오지 못하고 있어요. 소식도 묘연하여 언제 돌아올지 모르고 독수공방 등불 아래 앉아 그림자의 조문이나 받고 지내자니, 의식 걱정은 없다지만 세상살이가 삭막하고 봄바람 가을 달에 쓸쓸히 마음만 상할 따름입니다. 종년들도 단속할 사람이 없으니 연이어 달아나버렸고, 이제 늙은 몸종 하나가 남아서 같이 지내지만 이 노파도 출입이 무상하여 집에 붙어 있는 날이 적답니다. 저의 신세는 이처럼 신산합니다. 인생이 얼마나 길다고 늙고 돌보지도 않는 사람을 기다리며 수절한다고 본처의 독한 질투받이 노릇이나 하오리까? 지루한 여름낮 기나긴 겨울밤 빈방에서 홀로 눈물을 뿌리는 사정이나 도둑놈에게 속임을 당하고 죽기를 자원하는 사정이 얼마나 다르리까? 저의 몸은 사족과 다르니 헛되이 말라죽을 것은 없다고 생각해요. 달리 도리를 취할까 싶던 차에 의외로 이런 기이한 만남이 생겼군요. 이야말로 하늘이 우리 두 사람의 신세를 측은히 여기시나봐요. 저는 즐거이 서방님을 따르겠어요. 너무 상심하지 마셔요."

무변은 그녀의 말을 듣고 처음에는 측은한 마음이 들었으며 이어 기꺼운 마음이 일어났다.

"자네 말이 좋기야 하네만, 나는 돌아갈 곳도 없고 죽음밖에 길이 없는 사람일세."

"대장부답지 못한 말씀을 하네요. 이 만남이 우연이 아니거늘 어찌 좋은 방도가 없겠어요? 제발 스스로 몸을 아끼시어 일생을 그르치지 마셔요."

여자는 일어나 들어가서 주안상을 차려왔다. 그리고 손수 술을 따라 권하는 것이었다. 무변은 그녀의 용모에 이미 반했고 권유하는 말에 감동해서 따라주는 대로 받아 마셨다. 술기운이 거나해지자 그녀의 손을 잡고 침실로 들어갔다. 그림 병풍, 비단 이불, 화문석, 수놓은 베개에서 탐화봉접貪花蜂蝶의 정이 무르녹았음이 물론이다. 마른 풀에 비가 적시고 죽은 재가 다시 불붙은 것이라고나 할까. 피차의 기쁨은 가히 알 만도 하리라.

그로부터 무변은 그 집에서 항시 유숙하는데, 죽고 사는 것은 이미 하늘에 맡긴 터였다. 그녀도 지아비의 집과 연을 끊으려던 차여서 두려워하거나 꺼릴 것이 없었다. 오직 좋은 옷, 아름다운 음식을 마련하여 무변을 받드니 여위었던 얼굴이 날로 윤택해갔다. 낮에는 나가서 놀다가 밤에는 들어와 자곤 하여 어느덧 한달이 흘렀다. 당초의 죽고 싶던 마음이 사라지고 살아가는 즐거움이 날로날로 느껴지는 것이었다.

여자의 소문은 감추어지기 어려운 법이다. 이윽고 역관이 귀국하는데, 편지가 먼저 닿았다. 그녀는 그에게 피하라고 하였으나 그는 남자답지 못한 일이라고 여겨서 피하지 않고 미적거리며 결단을 내리지 못하고 있었다. 역관은 벌써 고양에 당도했다. 역관의 집안사람들이 마중할 채비를 하고 나갔는데, 역관이 자기 처를 보고 물었다.

"소실은 왜 안 보이는가?"

"그년에게는 이미 딴 남자가 생긴 걸, 당신과 무슨 상관이오?"

역관이 놀라서 반문하자 처는 들은 소문을 자세히 일러주었다. 역관은 노기가 충천해서 술상을 박차고 급히 준마에 올라 채찍질을 했다. 날카로운 칼을 손에 들고 말을 달려 장차 한칼에 남녀를 벨 기세였다. 그 집의 대문을 박차고 곧바로 뛰어들어가 크게 소리쳤다.

"어느 놈이 우리 집에 들어와서 내 여자를 훔친단 말이냐? 빨리 나와서 칼을 받으라."

문득 한 사나이가 방문을 열고 나오는데, 화려한 복색과 훤칠한 용모가 실로 신선 같아 보였다. 그가 옷깃을 풀어젖히고 가슴을 내밀며 껄껄 웃으면서

"내 오늘에 비로소 죽을 곳을 얻는구나. 어서 나의 가슴을 찔러다오."

하는데, 조금도 동요하는 기색이 없었다. 역관은 한번 눈을 들어 바라보고는 자기도 모르게 겁이 나서 떨었다. 마치 후경이 양무제를 바라보듯[12] 기가 질리고 겁이 나서 얼이 빠진 듯 멍청히 서서 한마디 말도 꺼내

지 못했다. 다만 몇번 혀를 차다가 칼을 던져버렸다.

"나의 집과 아내와 재산을 네 마음대로 하여라."

하고 역관은 망연자실하여 뒤도 돌아보지 않고 나갔다. 여자는 이때 벽장에 숨어 있다가 역관이 물러가는 것을 내다보고 나와서 무변에게 말했다.

"저렇게 용렬한 사람이 어쩌기야 하겠어요? 그렇지만 속히 여길 떠납시다."

여자는 다락으로 올라가서 궤짝 하나를 들고 내려왔다. 그 안에는 은 3백냥이 담겨 있었다.

"우리 친정아버지도 부자였어요. 제가 시집올 때 아버지가 제게 주신 것이랍니다. 깊이 감추어두어서 아무도 몰랐지요. 친정아버지도 돌아가신 지 오래고 제가 살아갈 방도를 의논할 사람이 없었더니 이제 임자를 만났군요. 한밑천 될 거예요."

그리고 또 농짝 하나를 꺼내왔다. 그 속에 금·옥·진주 등속의 패물과 비단 옷가지가 들어 있었다.

"이것도 수백냥이 됩니다. 이용만 잘 하면 왜 부자가 못 되겠어요? 속히 말에 싣도록 하셔요."

다음날 새벽에 무변은 드디어 노복 둘과 말 두필에 짐을 가뜩 싣고 그녀를 태워 앞세우고 바삐 봉산길을 떠났다. 역관은 감히 쫓지 못하였을 뿐더러, 그 처는 그녀가 떠나는 것을 오히려 다행으로 여겨서 송사를 제기할까 걱정하고 쫓아가 잡아오려 해도 말리는 판이었다.

---

12 후경侯景은 육조시대 남조의 양梁나라 무제武帝의 신하로서 변란을 일으켜 왕성王城을 함락했다. 이때 후경이 무제를 대면하자 감히 바로 보지 못하고 땀이 흘러 얼굴을 덮었다 한다.

무변은 적지 않은 재물을 싣고 돌아가서 전에 팔았던 전답을 다시 사들이고 또 이모저모로 잘 이용하여 몇년 내에 큰 부자가 되었다. 그리고 다시 상경해서 벼슬을 구하였다. 전일의 실수를 거울삼아 치밀하고 명민하게 주선했던 것이다. 견복으로 출륙[13]을 하고 차차 승진하여 여러 차례 웅진[14]을 거쳐 절도사에 이르렀다. 그녀와 해로하여 크게 복록을 누렸다 한다.

---

13 **견복甄復·출륙出六** 견복은 벼슬길에서 물러난 지 오래된 사람을 다시 뽑아서 벼슬길에 나가도록 하는 것을 뜻함. 출륙은 6품에서 5품으로 승진하는 것으로, 관직에 진출하는 데 중요한 고비가 되었음.
14 **웅진雄鎭** 진영 중에서 크고 좋은 곳.

●작품 해설

『청구야담』에서 뽑았다. 신돈복의 『학산한언』에도 실려 있는데, 이것이 『청구야담』에 옮겨진 것 같다. 『청구야담』의 자료를 기본으로 하면서 부분적으로 『학산한언』쪽을 취하기도 했다. 『학산한언』에는 제목이 없고 『청구야담』에는 '이무변이 막다른 곳에서 미인을 만나다李節度窮途遇佳人'이다. 여기서는 '봉산무변鳳山武弁'이라 하였다.

황해도 봉산의 한 무변이 서울에 올라와서 벼슬을 구하려다가 간교한 사기수에 말려들어 전 재산을 날려버리고 절망 상태에서 자살하려 하던 중 재물을 지닌데다 아름다운 여인을 만나 활로를 얻게 되는 줄거리이다. 사건이 아주 흥미진진하게 전개되는데, 묘사가 썩 치밀한 편이고 인물의 심리까지도 어느정도 포착하고 있다. 수법상에서 진전된 면모를 본다.

옥인형玉人形

　이정승은 젊은 시절에 불우한 처지로서 성격이 분방하였다. 재주와 경륜을 품고 있었지만 투계鬪鷄나 승마로 세상에 이름을 얻었다.

　어느날 동대문 밖 교외로 나갔다가 어떤 하인이 준마를 끌고 강둑에서 걸음을 연습시키는 것을 보았다. 그 말은 털색이 희고 사슴 같은 다리에 오리 같은 앞가슴, 눈알은 방울 같고, 은안장에 수놓은 굴레를 하여 사람의 눈을 놀라게 했다. 이공은 마음이 끌려서 한번 타고 달리고 싶었다. 그래서 하인에게 말을 붙여보았더니 선선히 고삐를 내주는 것이었다.

　한번 안장에 걸터앉자마자 말은 번개처럼 달려서 어디로 가는지 알 수 없었다. 날이 저물어서야 산중의 깊은 골짜기 어떤 초막 앞에 말이 멈춰 섰다. 그가 말에서 내리자 수백명의 건장한 사나이들이 줄지어 절하고 아뢰는 것이었다.

　"저희는 본디 양민입니다. 굶주림에 내몰려 녹림[1]의 군도가 되었답니

---

1 **녹림綠林** 군도群盜를 칭하는 말. 원래 중국의 지명인데, 한나라 왕망王莽 때에 일시 이곳이 반군의 소굴이 되었던 데서 유래했다.

다. 제각기 한밑천 잡으면 돌아가서 양민이 되기가 소원이온데 지모가 모자라 아직 재물을 마련할 방도를 얻지 못했습니다. 이제 어르신께서 이렇게 왕림하셨으니 좋은 계교를 내어 저희들의 소원을 이루어주옵소서."

"나는 글하는 선비라오. 시서詩書나 알 따름이지 이런 일은 전혀 모르오. 이야말로 나무에 올라가 물고기를 구하려 하고 뒷걸음질을 쳐서 앞으로 나가려는 것이나 다름없으리다."

이공은 백방으로 사양했으나 막무가내였다. 그래서 밤새워 생각하고 진종일 궁리하던 끝에 승낙하고 말았다.

"서울의 거부 홍洪동지 집은 외동아들과 과부뿐인데 여러 만금의 재산이 있답니다. 어떻게 하면 그 재물을 털어올 수 있을까요?"

중론이 이러하여 이공은 부득이 한 계교를 내놓았다.

"너희는 수백금의 돈을 가지고 서울로 올라가서 홍동지 집의 단골 판수와 무당, 그리고 가까이 사는 여러 무당과 판수들까지 빠짐없이 알아두어라. 그네들을 이익으로 유혹하여 은밀히 결탁한 다음, 홍동지의 집에 변괴가 생겨 길흉에 대해서 물으러 오거든 모름지기 '성주신이 발동하여 큰 화가 미칠 것인데, 아무 날이 극히 흉한 날이라 그날에는 온 집에 남녀노소 할 것 없이 다 도피하여 목숨을 구할 길을 찾아야 하리라. 집안에 아무리 변괴가 일어나도 절대로 돌아보아서는 안 된다.'라고 말하도록 해라. 이렇게 여러 무당과 판수의 입에서 말이 똑같이 나오도록 한 다음, 너희들은 홍동지 집 주변에 잠복해 있다가 밤중이면 기왓조각이나 모래, 돌멩이 따위를 그 집 안으로 던져라. 사흘 밤을 계속하면 그 집에서는 필시 점을 쳐보고 다들 밖으로 나갈 것이다. 너희들은 바로 이날 밤을 타서 그 집의 보화를 몽땅 털어가지고 돌아오도록 하여라."

뭇 도둑들이 그 계책대로 실행하여 여러 만금의 재물을 탈취해 돌아왔다. 이 재물을 그네들 수백명이 골고루 나누어 갖고 이공에게는 몫을 배나 정해주는 것이었다. 이공은 허허 웃으며 사양했다.

"내가 어찌 재물을 탐내겠느냐? 다 일시 살아나기 위한 계책이었더니라."

그 보화 가운데 옥인형 하나가 비단에 싸여 있었다. 이공은 그것을 들고

"나는 이것만 가지면 충분하다."

라고 했다. 드디어 그는 준마를 타고 집으로 돌아왔다. 도둑들 또한 뿔뿔이 흩어지게 되었다.

그는 이 일을 극비에 붙여 일절 발설하지 않았다. 후일에 그는 등과하여 평양 감사로 나가게 되었다. 이때 홍동지의 아들을 불러 보니 아직 젊은 나이였다. 그래서 그를 막하의 비장으로 데리고 갔다. 감영에서 쓰고 남은 재물을 일괄해서 그에게 맡겨두었다. 돌아올 때가 되자 홍비장이 이공에게 이 재물을 어떻게 처리할 것인가 여쭈었다.

"자네 집에 가져다두게."

서울로 돌아온 다음에 다시 아뢰자 그가 일렀다.

"자네 노모를 뵈었으면 하네."

노모가 내실로 찾아와 뵙자, 이공은 옥인형을 꺼내 보이며 물었다.

"이 물건을 아시겠소?"

홍동지의 부인은 옥인형을 보더니 금방 눈물을 줄줄 흘리는 것이었다.

"무슨 사연이 있기로 이처럼 눈물을 흘리시오?"

"이건 저의 가장이 역관으로 연경燕京에 갔던 길에 구해온 것이랍니다. 집에 외동아들이 있는데, 저 옥인형이 아이의 모습을 꼭 닮아서 아

이의 목숨을 늘려준다고 연경 사람이 준 것이랍니다. 대체 이상한 일이었지요. 중년에 우연히 집에 재변이 생기더니 이어서 도둑을 맞아 재물을 죄다 잃었는데, 그때 저것도 함께 없어졌답니다. 그런데 대감께오서는 어떻게 이것을 얻으셨는지요?"

이공은 웃으며 말했다.

"나 역시 이상한 일로 우연히 생긴 것인데, 댁에서 나온 물건인 줄 알았으니 돌려드립니다. 또 내가 평양 감영에서 쓰고 남은 재물을 이미 자제에게 맡겨두었소. 아마도 전에 잃어버린 재산에 거의 비등하리다."

할멈은 굳이 사양하다가 마지못해 받았다. 그리하여 홍씨 집은 다시 거부가 되었다 한다.

『청구야담』에 '재상이 옥인형을 돌려주어 빚을 갚다還玉童宰相償債'란 제목으로 실린 것이다.

산적 무리가 불우하게 지내는 한 선비를 유치하는 전반부는 군도의 활동을 소재로 다룬 이야기에 더러 보이지만, 후반부에 역관 출신의 부호인 서울의 홍동지 집을 털어오는 대목은 다른 데서 못 보던 특이한 내용이다. 그런데 여기 군도들이나 그들에게 초대된 선비는 다 같이 각성된 의식이 없어 일단 많은 재물을 획득하자 그것을 제각기 나누어 가지고 뿔뿔이 흩어져 집결된 세력을 스스로 해체하고 만다. 그리하여 인정에 구애되어 홍동지의 부를 복구해주는 이야기로 이어지게 된 것이다. 이러한 줄거리의 전후를 옥인형으로 맺어놓았다는 점에서 제목을 '옥인형玉人形'이라 붙였으며, 제3권 제5부 '민중기질' 편에 넣지 않고 여기 제4부 '세태 II: 시정 주변'에 편입시켰다.

끝으로 언급해둘 점이 있다. 홍동지의 집을 털어올 적에 무당 등에게 현혹하는 말을 하도록 하는 삽화는 이해조李海朝의 신소설『구마검驅魔劍』에서도 읽을 수 있다. 서사의 맥이 통하면서 이용하는 방향은 서로 다르다.

염동이廉同伊

    부자 염동이는 본래 승정원 사령의 수행꾼이었다. 동이가 일찍이 승정원의 심부름으로 편지를 가지고 남산골에 갔다가 돌아오는 길이었다. 장악원[1] 앞길에서 문득 어떤 사람이 앞으로 나와 절을 하더니 부탁하는 것이었다.

    "형님, 무량하슈? 제가 팔도를 둘러보아도 도움을 받을 사람이 형님 같은 분이 없습니다. 저의 허참[2]날이 며칠 안 남았는데 술과 고기를 아직 다 마련하지 못했다오. 원컨대 형님은 남의 일이라고 그만두지 마시고 막걸리와 개고기를 풍성하게 대주어 이 아우로 하여금 동무들을 잘 대접하고 인하여 허참례를 치러 조사의 역[3]을 면케 해줍쇼. 그러면 제

---

1 **장악원掌樂院** 이조 때 음악을 맡아보는 관아로 아악雅樂은 좌방左坊, 속악俗樂은 우방右坊에 속했다. 남부南部 명례방明禮坊에 있었다. 명례방은 지금 서울 중구 명동 근방이다.

2 **허참許參** 관아의 신임자가 고참들에게 음식을 대접하는 일. 신참례, 면신免新이라고도 한다.

3 **조사曹司의 역役** 조사는 관청의 말단에 있는 사람을 가리키는 말인데, 여기서는 어떤 조직의 말단 신참자를 의미하는 듯하다.

가 마땅히 천냥으로 갚으리다."

때마침 7월 보름을 맞아 밤은 삼경이 이미 지났는데 궂은비가 막 개고 밝은 달빛이 구름 사이로 새어나왔다. 동이가 취한 눈을 들어 바라보니 그것은 패랭이를 쓰고 베 홑옷을 걸치고 허리에 전대를 두르고 손에 채찍을 쥐었는데, 신장이 8척이요 걸음걸이는 허뚱거렸으며 언어는 매우 공손하고 용모는 심히 기괴했다. 사람 같으면서 사람이 아니었고 귀신 같으면서 귀신도 아니었다. 동이는 혼잣말로 중얼거렸다.

"통금이 지엄한 이 밤중에 저게 웬 사람인데 감히 야경을 범한단 말이냐? 도깨비 따위가 아닐까?"

그리고 생각이 이에 미치자 섬찟 무서운 마음이 들었지만 스스로 이렇게 풀어보았다.

"사람은 양명한 자질을 타고났고, 귀신은 음기를 타고난 것이다. 양이 실해서 바탕을 이루고 음이 허해서 형체를 이루는 것이니 저것이 어찌 나에게 화를 끼칠 이치가 있겠느냐? 예로부터 지금까지 저런 것들과 잘 사귀어서 돈을 번 사람도 있다더라."

동이는 차분히 물었다.

"당신은 어떤 사람이며, 허참은 어느 날 하는가?"

대답이 이러했다.

"사람들이 저를 으레 김첨지[4]라 부릅니다. 허참은 내일모레로 기약이 되어 있지요. 형님과는 전생의 인연이 있는 고로 이같이 형님을 번거롭게 하는 것이지요."

동이는 다시 물었다.

---

4 김첨지金僉知 민간에서 흔히 도깨비의 별칭으로 쓰이는 말.

"술과 고기는 얼마나 가져가야 부족하다는 말을 듣지 않겠는가?"

"술 열말에 개 다섯마리면 적당하지요. 형님, 십분 생각하셔서 어김없이 해주십쇼."

두번 세번 분명히 당부하는 말이었다. 동이는 고개를 끄떡이며 말했다.

"그거야 어려운 일이 아닐세. 자네는 약조를 어기지 말게."

그것은 기뻐 감사의 인사를 드리고 가다가 다시 돌아와서 말했다.

"고맙기 짝이 없으되 다만 특별히 청하고 싶은 건 살쾡이 고기면 더욱 좋겠는데, 형님은 그걸 구할 수 있겠우?"

"이왕 남을 위해 마련하는데 그야 무어 어려울 것이 있겠나? 단, 내일모레는 너무 촉박하니 앞으로 5일을 물려 정해서 힘껏 준비해보도록 하는 것이 어떻겠나?"

"그거야 가장 쉬운 일이오. 오간수 수문[5] 밖의 영도교[6] 위에서 모일 것이니 형님은 혼자 어둔 밤에 거기서 기다리면 좋겠소."

이에 동이는 집안사람들을 속여서 손님을 전송한다 핑계하고 술과 고기를 걸판지게 차렸다. 사람을 시켜 살쾡이 30여 마리를 구해서 갖은 양념을 쳐서 잘 삶고 쪘다. 그리고 흥인문 밖으로 운반해놓고 천변에서 기다리고 있었다. 물새는 숲에 깃들고 풀숲에 이슬이 구슬처럼 맺혔는데, 구름 사이로 이지러진 달이 잠시 나왔다가 들어가곤 했다. 만물이 고요한 삼경인데 반딧불만 숲 앞으로 넘나들어 사람으로 하여금 수심을 자아냈다. 동이는 일어섰다 앉았다 하다가 어느덧 밤이 깊어졌는데

---

5 오간수五間水 수문水門 청계천 물이 서울 도성을 빠져나가는 수문으로, 동대문 가까이에 있다.

6 영도교永渡橋 동대문 밖 청계천에 있던 다리.

좌우를 둘러보아도 나타나는 형체가 아무것도 없었다. 심히 무료하여 속으로 탄식하였다.

'내가 취중에 허망한 것과 약조를 했지. 그게 만약 도깨비라면 필시 신의가 있을 텐데 어찌 사람과 약속을 어기는 일이 있을까? 참 이상도 하다.'

긴가민가 잔뜩 망설이는 즈음에 홀연 눈길을 보내 바라보니, 광희문[7] 밖에 들불 수십 자루가 환했으며 영도교 아래쪽으로도 들불 수십 자루가 환했다. 양편의 들불이 서로 호응하여 어두워졌다 밝아졌다 하면서 동쪽 서쪽으로 내달으며 변화무쌍이더니 멀리서부터 점차 가까이로 일제히 몰려드는 것이었다.

동이는 몸을 감추고 엎드려서 하는 양을 엿보았다. 기기괴괴한 형상의 40여 귀신들이 둘러싸고 앉았는데, 그중 상석에 앉은 귀신은 머리에 뿔이 하나 돋쳤고 붉은 털에 푸른 몸뚱이를 한 야차夜叉라 하는 것이었다. 야차가 좌우를 돌아보고 불렀다.

"적각赤脚이 어디 있느냐?"

한 귀신이 달려나오는데, 바로 장악원 앞길에서 만났던 김첨지라던 자였다.

"너의 허참은 어떻게 하려느냐?"

야차의 말이다.

"이제 곧 음식을 날라오겠습니다."

적각이 대답하자 야차가 다시 물었다.

"주인은 어떠한 사람이냐?"

---

7 광희문光熙門 서울 도성의 동남쪽에 위치한 문. 일명 남소문 혹은 시구문屍軀門.

"염동이 공이올시다."

하고 적각이 물러나와서 소리치는 것이었다.

"염형, 어디 있우?"

동이가 즉시 대꾸를 하자 적각이 아주 반가워하며 바로 함께 여러 귀신들 앞에 나가 섰다.

"사람들이 다 우리들을 꺼리는데 이 사람은 유독 혐오하지 않으니 주인으로 정할 만하겠는걸."

귀신들의 말이었다. 술과 안주를 벌여놓자, 특히 살쾡이 고기를 보더니 대단히 기뻐하였다.

"아주 좋은 진찬일세."

다들 마음에 들어 했다. 귀신들이 실컷 취하고 포식한 후 동이에게 말하였다.

"우리들은 한순간에 사해팔방 천리를 가고 구해서 이르지 않을 것이 없고 붙잡아서 얻지 못할 것이 없으되, 단지 아쉬운 바는 주인이 없는 것이라오. 당신은 신의 있는 사람이니 이 일을 맡을 만하겠구려. 원컨대 당신네 집 구석진 곳에서 매달 두세 차례 우리들을 접대해주구려. 그러면 이익이 있지 손해는 없으리다. 어찌 남의 하인 노릇을 하며 고생만 하고 있을 것이오?"

동이는 두 손을 모으고 대답했다.

"고소원이나 불감청이올시다."

"그러면 내일 밤에 당신 집에서 다시 만납시다. 비밀로 하고 번거롭지 않게 해야 할 것이오."

시간이 흘러 닭의 울음이 들리자 귀신들은 다들 취해서 비틀거리며 흩어지는 것이었다.

동이는 집으로 돌아와서 또 술과 고기를 준비했다. 그날 밤 삼경쯤 사방이 고요한데 뭇 귀신들이 모여들었다. 저마다 가지고 온 물건들을 뜰에 쌓아놓으니 천냥가량이나 되었다.

"물건이 비록 약소하나 정을 표하는 것이니 물리치지 마시고 거두어 두십쇼. 이걸 곧 쓰더라도 아무 뒤탈이 없으리다."

이로부터 어느 달 모이지 않는 적이 없었다. 그렇게 10년이 지나자 동이의 재산은 어느덧 여러 만냥에 이르렀다. 동이는 귀신들을 그만 떼칠 마음이 들었다. 어느 달 밤에 조용히 적각에게 말했다.

"내 당신과 서로 유명幽明이 다르되 정은 간격이 없지요. 십몇년 상종하여 재산을 막대하게 모았으니 영화롭게 되었다 하겠지요. 산처럼 높은 덕택과 바다처럼 깊은 은혜는 머리털을 다 뽑아도 갚을 길이 없소이다. 그러나 옛사람의 말에 호사다마好事多魔라 하였고, 또 이르기를 횡재하면 상서롭지 못하다 하였거늘, 어찌 고삐가 길면 밟히지 않으리까. 이치가 실로 이러한데 어떻게 하면 그대들을 영영 끊을 수 있겠소?"

적각은 말을 듣고 나서 길게 한숨을 쉬고 눈물을 흘렸다.

"형님 말씀이 옳지요. 뒤에 다시 만나기로 약조한 날 모두 다 모여들면 술과 고기를 성대하게 준비해서 대접하시다가 모두 취한 틈에 커다란 전복에다 두더지를 잘 삶아서 내놓으면 그 자리서 모두 녹아질 것입니다. 그러면 우려할 것이 없으리다. 형님이 아니면 내 어찌 감히 이런 방술方術을 누설하여 스스로 그 재앙을 받겠소? 형님은 꼭 숨겨서 절대로 발설하지 마오."

동이는 그 말대로 시행했다. 과연 뭇 귀신들이 한참 중얼거리더니 구슬피 스스로 탄식하는 것이었다.

"성인의 말씀에 '전쟁의 화는 특히 변방에 있는 것이 아니고 소장[8]의 안에 있다.' 하였지. 대체 우리를 죽이려는 이 방술을 가르쳐준 자가 누구일까? 참으로 이가 피부에서 생긴다는 격이라, 일이 여기에 이르니 서제불급[9]이로다."

그러고서 술을 다 기울이더니 이내들 죽어가는 것이 아닌가. 이윽고 빗자루며 뼈다귀들이 자리 위에 낭자했다. 한 자락 맑은 바람에 등불이 까막까막할 뿐이었다. 대개 도깨비 따위는 침울하고 더러운 기운으로서 물건에 붙어 형체를 이룬 것이다. 동이는 그것들을 다 모아서 태워버렸다.얼마 후 적각이 찾아왔다.

"형님과 세상의 인연이 끝났구려. 이제 바야흐로 작별하는데, 천냥을 드립니다."

그리고 적각은 홀쩍 흔적도 없이 사라졌다. 그로부터 아주 발길이 끊어졌다 한다.

세상에서 부자를 말할 때 곧 염동이를 들게 되었다.

---

8 소장蕭墻 집안에서 일어난 우환을 가리키는 말. 자중지란自中之亂과 같은 뜻이며 소장지화蕭墻之禍라고도 한다.
9 서제불급噬臍不及 사향노루는 화살에 맞아 죽게 되면 사향 때문에 죽는다고 사향이 있는 자기 배꼽 부분을 물어뜯는다고 한다. 곧 후회해봤자 소용없다는 의미.

　『기관奇觀』에 실려 있는 것이다. 원제는 '귀신 잔치를 벌여 부를 취하다宴鬼取富'인데 여기서 주인공의 성명을 따서 '염동이廉同伊'라고 달았다.

　염동이라는 미천한 사람이 도깨비의 보답으로 큰 부자가 되었다는 줄거리이다. 이런 유의 도깨비 이야기는 우리나라 민담에 흔히 있는 것이다. 이 작품은 특히 장악원 앞, 오간수 밖 영도교 아래, 광희문 밖과 같은 장소에서 사건이 전개되어 서울의 향토적 정조가 짙게 느껴진다. 마지막에 도깨비들이 후회하면서도 보복적인 행위를 않고 조용히 죽어가는 데서 애련의 감정을 느끼게도 한다.

묘墓

서울의 한 벼슬아치가 임종을 당해서 세 아들에게 이런 유언을 남겼다.

"나의 장지는 반드시 면천[1] 이생원의 지시를 따라서 정하여라. 절대로 내 말을 어기지 마라."

상을 당하고 한두달이 지나서 과연 면천 이생원이 문상을 왔다. 상주가 유언을 말씀드렸더니 이생원도

"내 어찌 선대인先大人의 장지를 택해드리지 않을 수 있겠소?"

하였다. 상주가 산을 보러 가자고 청하자 이생원은 당장 출상出喪을 서두르게 했다. 상주들은 오직 이생원의 명을 좇았다. 이생원도 상여를 따라서 함께 나섰다.

상행은 서대문을 나가 장파[2] 쪽을 향하였다. 어느 곳에 이르러 상행을 멈추더니 삽으로 한 지점에 구멍을 파도록 했다. 땅을 몇자 팠을 때 즉시 하관할 것을 지시하는 것이었다.

"사부士夫의 장례를 어찌 이같이 소홀하게 할 수 있습니까?"

---

1 면천沔川 지금 충청남도 당진군에 속한 고을.
2 장파長坡 지금 경기도 파주시에 있는 지명.

"장례가 갖춰지고 안 갖춰지고는 내가 상관할 바가 아니오. 이곳이 아니면 장지가 없고, 지금 시각을 놓치면 장사 지낼 시각이 없다오. 어느 겨를에 회灰를 쓴다 외곽外槨이 어떻다 하며 허례만 찾고 있겠소?"

상주들은 부득이해서 관 위에 흙을 덮고 대강 봉분을 지어 동이를 엎어놓은 모양으로 만들었다. 상주들이 자식 된 마음에 망극함이 이를 데 없어 서로 의논하였다.

"오늘 일은 유언이 계셨으니 우선 이생원의 지시를 따르되, 장차 형편을 보아서 다시 길지를 구하고 범절을 차려서 모시기로 하자."

"장사는 이제 마쳤습니다만, 과연 지리가 어떠할지 어르신의 말씀을 듣고 싶습니다."

상주들이 돌아오는 길에 말 위에서 이생원에게 묻는 말이었다.

"내가 선대인 장지에 지리를 잘 택하지 않았겠소?"

"앞날 화복이 어떨는지요?"

"초년의 화는 피하기 어려울 것이오. 맏상주는 머지않아 상을 당할 듯하며, 둘째 또한 그러할 것이오. 막내가 가장 길할 겁니다."

그때 막내는 장가들기 전으로, 탈상하고 나서 의동[3]의 성승지成承旨 딸에게 장가를 들었다. 미처 신행을 하지 않고 처가에 있는데 왜적이 동래로 쳐들어왔다는 급보가 들렸다. 그의 형님들이 아우에게 얼른 집으로 돌아와서 함께 피난을 떠나자는 편지를 보냈다. 신혼의 정을 두고 작별하기 어려워 형님들의 편지를 세 차례나 받고서야 떠났다. 작별할 때에 모란꽃 한 가지를 꺾어 신부의 머리 위에 꽂아주고 눈물을 뿌리며 헤어졌다.

---

3 의동義洞 지금 서울 종로구 통의동에 속한 지명.

삼형제가 함께 피난길을 떠났다가 모처에서 왜적을 만나 일시에 포로가 되고 말았다. 왜적은 처형대에 묶어놓고 차례로 목을 잘랐다. 큰형, 작은형이 무참히 죽임을 당했고 막내가 당할 참이었다. 집의 하인이 뒤따라오다가 이 광경을 목격하고 급히 도주하였다. 그 하인이 후일 막내의 부인을 원후[4]로 찾아가서 삼형제가 왜놈의 칼날 아래 살해된 사실을 본 대로 아뢰었다. 그래서 성씨 부인은 남편도 함께 죽은 것으로 알게 되었음이 물론이다.

그런데 막내는 목에 칼이 들어오기 직전에 한 왜장의 구원을 받게 되었다. 그의 외양이 예쁘장함을 사랑하여 구제해서 양자로 삼은 것이다. 항상 가까이 데리고 다니면서 아주 귀여워하였다. 그러다가 마침내 저의 본국으로 데리고 가서 10년 세월이 흘렀다. 왜국에서는 외국인에게 재주를 겨뤄보는 시험을 10년에 한번씩 보이는데, 낙방하면 죽이는 것으로 정해져 있었다. 그는 이 시험에 떨어졌으나 양부가 구해주어 죽음을 면하였다. 다시 10년 만에 그 시험에 응시했으나 또 합격하지 못하였다. 이번에는 꼼짝없이 죽음을 당하게 되었는데, 그 나라의 고승이 그를 사면받도록 해서 승려로 삼았다.

드디어 불문에 의탁하여 또다시 10년이 흘렀다. 고승은 병들어 죽음이 가까워지자 그에게 소원을 물었다. 물론 그의 소원은 고국으로 돌아가는 것이었다. 이에 고승은 여러 고을 및 포구와 항구를 통과하는 문서를 만들어주어 제지를 당하지 않고 무사히 조선으로 돌아올 수 있었다.

그는 드디어 바다를 건너서 서울에 당도하였다. 자기의 옛집을 찾아가보니 전란 중에 집이 송두리째 소실되어 발붙일 곳도 없었다. 의동의

---

4 원후苑後 어디를 가리키는지 미상인데, 막내아들의 처가인 통의동이 경복궁 옆이기 때문에 이렇게 쓴 것으로 추정된다.

처가를 찾아가보았으나 이미 주인이 바뀌어 물어볼 곳이 없었다. 이리저리 헤매다가 아버지의 산소에 성묘를 하러 서대문 밖으로 나갔다. 산소가 있는 골짜기로 들어가 멀리서 바라보니 그 옛날 초라했던 분묘는 찾아볼 길이 없었다. 상하로 무덤 둘이 보이는데 봉분은 동산만 하고 각기 비석이 높이 서 반짝였으며 제각祭閣도 굉장한 건물이었다. 생각에 부모의 산소도 이미 권세가에 빼앗긴 듯싶었다. 나아가서 묘지기에게 물어보니 현직 평양 감사댁 산소라고 하는 것이었다. 묘비 앞으로 다가서서 비문을 읽어보니 위의 분묘는 직함이나 사실, 자녀를 기록해놓은 것이 자기 선친임이 분명하고, 밑의 분묘에는 왜란에 화를 입어 의복과 신발로 장례를 지냈으며 평양 감사가 이분의 유복자라 하였다. 생년이며 배우자며 형제간의 차례가 적실히 자기의 일이 아닌가. 정신이 황홀하여 이게 꿈인가 환영인가 싶었다.

그 자리서 바로 평양으로 향해 길을 떠났다. 평양 감영의 포정사⁵ 문은 깊기가 바다와 같아서 들어갈 도리가 없었다. 몸에 걸친 왜복을 아직 갈아입지 못해서 갈데없이 일개 산승山僧의 모양을 하고 있었다. 그는 두 손을 들어 장삼의 소매를 넓게 늘이고 포정문 밖에 3일 동안 꼼짝 않고 서 있었다. 온 감영의 관속배들이 이상한 일이라고 수군수군하였다. 감사의 귀에 말이 들어가서 하인을 불러 대략 물어보니 그의 대답이 이러이러했다.

"저 중의 말이 어떻게 들리느냐?"

감사가 비장을 돌아보고 묻자, 비장은 이렇게 아뢰었다.

"턱없이 요사하고 흉악한 소리에 지나지 못합니다. 사또께오서 더불

---

5 포정사布政司 감사가 집무하는 곳.

어 수작하시어 소문에 의혹을 초래하실 것이 없사옵니다. 소인에게 맡기시면 알아서 처치하옵지요."

처치하겠는 것은 말이 안 나도록 죽여버리겠다는 의미였다. 감사도 고개를 끄덕여서 비장이 그를 끌고 나갔다.

이때 감사의 모친이 감사를 불렀다.

"아까 이상한 소리가 들리더니, 어떻게 처결하였느냐?"

"비장이 적당히 처치하겠다고 끌고 갔습니다."

"너는 어떻게 그의 말이 반드시 거짓이고 참말이 아닌 줄 아느냐? 내가 직접 발[簾]을 사이에 치고 물어보겠다. 얼른 데려오너라."

비장이 손을 쓰기 직전이어서 그를 곧바로 데리고 왔다. 발 밖에서 나온 말은 아까 감사 앞에서 하던 말과 마찬가지였다. 감사의 모친이 물었다.

"말이 대체로 부합하는데, 무엇보다도 가장 명백한 증거를 대보시오."

"내가 처가에 있을 적에 두 형님이 빨리 집으로 돌아오라 독촉하신 세 차례 편지를 모두 처에게 보여주었고, 작별하면서 모란꽃을 꺾어 머리에 꽂아주었으니, 이것이 가장 확실한 증거올시다."

"그 두가지 일은 조정에까지 유명하여 성상께서 유복자가 현달함을 기뻐하시고 아울러 그 어미를 기특하게 여기셔서 '모란꽃을 머리에 꽂다'로 제목을 삼아 신하들에게 글을 지어 올리게 하였답니다. 서울을 지날 때 혹 들었을지도 모르니 그것만으론 증거가 못 됩니다. 나의 신상의 숨겨진 곳에 아무도 모를 무슨 표를 지적하면 가장 신빙이 될 것이오."

그는 한참 머뭇머뭇하다가 발설하는 것이었다.

"나의 처는 아랫배 밑으로 뽀얀 살결 위에 검은 점 일곱이 옆으로 박혔습니다. 이불 속에서 어루만지며 장난말로 북두칠성이라 한 적이 있지요."

감사의 모친은 말이 채 끝나기도 전에 발을 걷고 뛰어나가 그를 붙들고 통곡하는 것이었다.

"오, 정말 당신이구려, 정말 당신이구려! 천번 만번 명백하니, 하늘이시여, 하늘이시여!"

참으로 기이한 만남이라, 온 감영이 진동하였고 경하의 말이 떠들썩했다. 그는 비로소 장삼을 벗고 새 의관을 차려입었다.

감사는 돌아가신 줄 알았던 아버지가 생환한 경위를 적어 임금께 올리는 한편 선산으로 급히 사람을 보내 허묘虛墓를 파고 비석을 뽑아버렸다.

이생원의 안목은 과연 신묘하다 하겠다.

●**작품 해설**

　『동패낙송』에서 뽑았다. 제목 없이 실려 있던 것을 여기서 '묘墓'라고 붙였다.

　임진왜란에 민족이 겪었던 고난이 한편의 이야기로 꾸며진 것이다. 주인공
이 왜적에게 붙들려 포로로 끌려갔다가 간난신고 파란곡절 끝에 귀국하여 신
혼 초에 헤어졌던 부인을 장장 30년 만에 상봉하는 내용이 묘로써 결구가 이루
어졌다. 즉 주인공 부친의 묘지를 잡아준 면천 이생원의 예언이 적중하는 방식
으로 스토리가 전개되는 것이다. 이 이야기의 주제는 얼핏 풍수설을 말하려는
데 있는 것으로 보이지만 기실 그것은 표면 구조일 뿐, 한 파란의 인생을 통해
서 역사적 대전란의 수난상을 표출한 것이다.

호접胡蝶

유柳진사는 서강 쪽의 교외에 사는데 집이 아주 부유했다. 딸이 마침 나이가 차서 혼처를 구하고 있었다. 유진사는 본래 관상으로 자부했지만 번거롭게 드러내서 하지는 않았다. 청혼이 많이 들어왔으나 관상을 보고 늘 퇴혼을 했기 때문에 그 딸은 어느덧 과년하게 되었다.

그때 서울 남촌에 박씨의 아들이 일찍 아비를 여의고 편모 밑에서 자랐다. 집이 워낙 가난하기 때문에 실장사를 하였다. 어느날 유진사의 마을로 실을 팔러 갔다가 마침 유진사가 나오는 것을 만나게 되었다. 유진사는 그 아이의 얼굴을 보고 화급히 불러 지체가 어떤지 물어서 양반의 자식인 줄을 알았다. 이에 즉시 소년의 집으로 따라가서 안쪽을 바라보고 말하였다.

"내가 이 아이를 사위로 삼고자 합니다."

안에서 그 어머니가 대답하는 말이 나왔다.

"말씀은 좋으나 저희 집이 몹시 가난한데 어찌 감히 바라겠습니까?"

"내가 전후의 범절을 다 감당하리다. 장차 생계의 마련까지 돌볼 터요."

유진사는 혼인을 확정하고 집으로 돌아가서 혼수를 마련하였다.

혼인날이 되었다. 초례를 치른 후에 신랑이 신방으로 들어갔다. 신부와 마주 보고 앉으매 신랑의 마음은 기쁘기 한량없었다. 담배를 피우면서 지난날을 생각하니 마음이 도리어 비감에 잠겼다.

'이야말로 고진감래로군!'

우연히 앞에 놓인 함을 바라보니 덮개의 틈으로 나비가 날지 않는가. 일어나서 바라보니 보자기의 끝단이었다. 도로 앉아서 보니 또 나비가 날아올랐다. 다시 일어나 보니 여전히 보자기였다. 손으로 보자기를 꺼내보았더니 혼서지婚書紙를 싼 보자기였다. 그 보자기를 도로 함 속에 넣어두었다. 이러는 사이에 담뱃불이 신부의 치마에 떨어져 불구멍을 내고 말았다. 두 사람 다 깜짝 놀라 신부는 얼른 치마를 갈아입었다. 그리고 신랑 신부는 함께 자리에 들어가 기쁨을 누렸다.

신랑이 이튿날 새벽에 일어나서 장인께 아뢰었다.

"지금 가서 노모를 뵙고 오겠습니다."

장인은 허락하고서 하인을 불러 모시고 갔다가 돌아오라고 일렀다. 박서방이 길을 나서 남대문 안에 이르렀을 때 뜻밖에 되놈들이 도성에 가득하여 노상을 횡행하며 인명을 마구 살상하는 것이었다. 되놈들이 박서방이 오는 것을 붙잡았는데, 그의 생김새가 범상치 않은 것을 보고 저들 병영에 붙잡아두었다. 이날 병자호란이 일어났던 것이다. 저들이 조선의 항복을 받아내고 환군할 적에 박서방은 저들 군중에 있어서 중원으로 끌려가게 되었다.

그때 유진사 집과 박서방의 어머니는 각기 사위와 아들을 잃고 비탄해 마지않았다. 그런데 신부가 잉태를 해서 열달 만에 아들을 낳았다. 그 아들이 잘 자라서 과거에 급제하고 벼슬이 판서에 이르러 가문이 혁혁하였다. 박서방의 어머니도 연로해서 세상을 떠났으며, 유진사 또한 고인이 되었다.

한편 박서방은 중원에 잡혀가 있었다. 중원 사람들이 그의 상을 보고

"당신의 상이 지금 만약 고국으로 돌아가면 재앙을 받을 것일세. 40년 후에 귀국하는 것이 좋겠군."

해서 삭발을 하고 그들 사이에서 살았다. 그러다 어언 40년이 지나 드디어 고국으로 돌아오게 된 것이다.

박서방이 처음 중원으로 들어갔을 때 17, 8세의 소년이었는데 이제 돌아오게 되니 나이 예순 가까운 노인이었다. 마음속의 서글픈 감회는 이루 말할 수 없었다. 옛집을 찾아가니 집도 변하고 주인도 바뀌었으며, 발길을 돌려 처가인 유진사 집을 찾아가보니 그곳도 바뀌어 서강 별영[1]의 창고가 되어 있었다. 동리 사람을 붙들고 알아보았더니 하는 말이었다.

"유진사댁은 서울 장안에서도 제일 큰 집으로 이사를 하였다오. 유진사는 작고하였고 자손이 없답디다. 그의 사위는 어디로 갔는지 알 수 없으나 그의 외손 박모가 지금 판서가 되어 벼슬과 지위가 굉장하다오. 그 부친 박모는 여전히 부지거처랍디다."

그는 이 말을 듣고 즉시 박판서의 집을 물어 찾아갔다. 사랑으로 들어가니 한 재상이 의젓이 앉아서 맞는 것이었다.

"노인장께선 무슨 일로 오셨습니까?"

이에 몸을 숙이고 말했다.

"나는 다른 사람이 아니라 성은 박이요 이름은 모인데, 박모의 아들

---

1 **별영別營** 별군영別軍營. 지금 서울 마포대교 지역의 도화동에 위치했으며, 현재 이곳은 벼랑고개라는 이름으로 남아 있다. 여기서 서강은 거리가 꽤 떨어져 있다.

이요, 박모의 손자요, 박모의 증손으로, 유진사 모의 사위요. 혼인한 다음날 새벽에 모친을 뵈러 나갔다가 길에서 되놈에게 붙잡혀 중원으로 끌려가게 되었는데……."

그리고 중원 사람이 자기 상을 보고 40년 만에 보내준 일을 쭉 일장설 파하였다. 박판서가 들어보니 바로 자기 아버지가 아닌가. 일어나 절을 하고 물었다.

"무슨 증빙을 삼을 것이 있사옵니까?"

"첫날밤에 혼서보가 나비처럼 보이는 고로 그걸 바라보다가 그만 담뱃불이 신부의 치마에 떨어져 불구멍이 났지. 그래서 깜짝 놀라 치마를 갈아입은 일이 있었다네."

이튿날 판서는 대궐로 들어가서 임금께 소를 올려 이 일을 아뢰었다. 임금은 듣고 매우 기특하게 여겨 그 아비에게 첫 벼슬을 내렸다. 벼슬이 점차 올라 당상관에 이르러 사신으로 중원에 들어가 함께 살던 되놈을 만나보았다 한다. 그후에 또 사신으로 재차 중원에 들어갔으며, 벼슬이 올라 판서에 이르렀다고 한다. 이 얼마나 기이한 일인가.

이 이야기는 반남潘南 박씨의 문집에 실려 있다.

●**작품 해설**

　『별본別本 청구야담』에 실린 것이다. 원래 제목이 없던 것을 새로 '호접胡蝶'
이라 하였다.

　이는 병자호란을 배경으로 한 것이다. 서울 남촌에 살던 박씨 소년이 서강 유
진사의 딸과 결혼한 다음날 아침에 청나라 군대에 포로로 잡혀갔다가 40년 만
에 돌아온 이야기. 문장 표현이 다른 어느 것보다 졸렬할뿐더러 내용도 유치하
다 할 정도로 소박한 점이 특징이다. 서민적인 감각이 그대로 느껴지는 이야기
가 대전란에 민족이 겪었던 고난을 짐작하게 한다.

추재기이秋齋紀異

서

나는 총기가 일찍 트여서 6, 7세 때에 벌써 경서를 외고 자부子部나 집부集部의 책을 읽었으며, 붓을 잡고 글짓기를 배웠다. 이런 까닭으로 선생이나 어른들이 나를 유난히 귀여워해서 옆에 앉히곤 하였다. 나도 그분들 담소에 팔려서 한시도 곁에서 떠날 줄을 몰랐다. 그분들은 대개 70세 이상의 노인들로, 매양 듣고 본 이야기들을 하시면서 술잔을 나누고 시를 창화唱和하는 등으로 소일하였던 것이다. 나는 들은 이야기들을 일일이 기억에 남기고 낱낱이 간수해두어서 소년의 주머니가 실로 가득 찰 지경이었다.

장성한 이후로 나 자신이 사방으로 돌아다니고 세상 풍진도 많이 겪어서 문견이 더욱 풍부해졌다. 가만히 흉중을 점검해보면 마치 장서가의 서책이 층층이 쌓이고 부류별로 가지런히 놓인 듯해서 내심으로 은근히 기뻤다.

'기억력이 쇠하기 전에 한가한 틈을 내서 아무쪼록 기록해 남겨야지. 헛되이 사라져버려 후회하는 일이 없도록 해야겠다.'

이렇게 생각하면서도 게으른 천성에다가 책이 이루어져도 요순주공堯舜周孔의 도에 아무런 보탬이 없이 한갓 패관 야설[1]로 돌아갈 것이라 차라리 엮어내지 않는 편이 옳을 것으로도 여겨졌다. 이러구러 선뜻 붓을 들지 못하였던 것이다.

금년에 나는 병으로 거의 죽다가 살아났다. 여름철이 찌는 듯 무더웠다. 거처가 답답하여 숨을 헐떡이며 해를 겁내 하루하루 보내기가 어려웠다. 옛날 기억을 돌이켜보매 열에 하나둘도 남아 있지 않았고, 남은 것도 말하자면 오서낙자誤書落字가 수두룩한 초고와 같은 것이었다. 아! 내가 이렇게 노쇠하였는가.

드디어 손주아이에게 붓을 잡히고 퇴침에 기대어 기이시紀異詩를 읊고 각기 소전小傳을 붙였다. 도합 약간편이 이루어졌다. 혹 남의 시비나 나라의 정사며 법도에 저촉될 일은 하나도 실려 있지 않다. 비단 언급하기 싫어서가 아니고, 이미 기억에서 사라졌기 때문이다.

슬프다! 이것은 한갓 초개와 같이 버려진 청운靑雲의 뜻을 슬퍼하며 쇠잔한 여생을 탄식함에 지나지 못하니, 애오라지 지루한 여름날에 졸음이나 쫓아낼 것이로다. 무릇 나의 동인들이 이것을 보고 늙어 망령이 났음을 연민하여, "괴력난신怪力亂神은 우리 부자夫子께서 말씀하시지 않은 바라."라고 책망하지 않으면 크게 다행일까 한다. 문장에 이르러는 급히 엮어내느라 신음성과 잠꼬대가 섞였을 것이다. 인사불성이란 비난을 어찌 면하랴!

---

1 패관稗官 야설野說 민간에서 떠도는 이야기를 가리키는 말. 소설을 지칭하는 말로도 쓰였다.

취적산인吹笛山人

취적산인은 어떠한 사람인지 모른다. 매년 단풍이 한창 물들면 피리를 불며 북한산성에서 내려와, 동대문으로 나가 철원의 보개산² 속으로 향해 간다. 머리에 삿갓을 쓰고 등에 도롱이를 걸치고 가는데 걸음이 나는 듯했다. 그를 보았다는 사람들이 많다.

> 이분이 삿갓 쓰고 오시는 날
> 가을바람 소슬하다.
> 신선도 귀신도 아닌 산인山人이시니
> 일성一聲 철적鐵笛에
> 어디로 가시는가?
> 단풍은 청산에
> 해마다 타오른다.

송생원宋生員

송생원은 가난하여 집도 없다. 오직 시를 잘하는데 일부러 광인처럼 놀았다. 누가 운자韻字를 부르면 떨어지기가 바쁘게 짓는 것이 마치 북채에 따라 북이 울리는 듯했다. 시 한 구절에 돈 한푼을 요구하지만 손으로 바치면 받고 땅에 던지면 거들떠도 보지 않았다. 더러 좋은 시구도 있는데 「고향의 역졸驛卒을 보내면서」라는 시의 구절은 이러하다.

---

2 보개산寶蓋山 강원도 철원군에 있는 유명한 산.

천리 타향에서 벗을 만나
만리 길을 떠나보내노니
강성江城에 꽃이 지고
비는 부슬부슬.

하지만 한번도 전편을 사람들에게 보인 적은 없었다. 은진恩津 송씨 일가가 송생원을 동정해서 몸을 의탁할 집을 주선해주었다 한다. 그래서 다시는 떠돌지 않게 되었다.

강성에 꽃이 지고
비는 부슬부슬 뿌린다.
한 구절 아름다운 시구가
세상에 단돈 한푼 값이라니!
해가 떠서 쟁반처럼 둥글면
송생원 뒤에는 조무래기들이 따른다.

참외장수賣瓜翁

대구 도성 밖에 참외장수 노인이 살았다. 해마다 좋은 참외를 심는다. 참외가 익으면 길가에 벌여놓고 지나가는 사람들에게 권한다. 돈이 있는지 없는지도 묻지 않았다. 돈이 있으면 받고 없으면 인심을 쓸 따름이었다.

동릉東陵 밖 좋은 종자

열 이랑 심었더니[3]
참외가 익을 때는
삼복의 무더위라.
외 깎는 칼날 위에
찬 이슬이 내리네.
목마른 길손들이여!
값이야 아무렴
이 참외 먹고 가소.

여전[4]승畲田僧

덕천[5] 고을의 향교 가까이로 넓은 골짜기가 있다. 땅은 비옥했으나 좋지 못한 나무와 돌맹이만 널려 있어 아무 쓸모없는 땅으로 보였다.

어느날 웬 스님이 나타나서

"이 골짜기에 밭을 일구어 3년 지나면 법에 따라 곡수를 바치겠으니 개간을 허락해주옵소서."

하고 아뢰어, 향교의 승낙을 받았다. 스님은 이튿날 식전에 여러말의 떡을 싸 짊어지고 손에 도끼 한 자루를 들고 나타났다. 떡을 다 먹어치우고 물을 마신 다음에 골짜기로 들어가는 것이었다. 나무를 손으로 뽑아내고 혹은 도끼로 찍어내고, 돌을 발로 차서 밑으로 굴려 내렸다. 해

---

3 진秦나라 때에 소평邵平이란 인물이 벼슬을 버리고 장안 성동에서 특별히 좋은 품종의 오이를 재배하였다.
4 여전畲田 개간하거나 불을 지르는 방식으로 밭을 만들어 경작하는 것.
5 덕천德川 평안남도에 있는 고을 이름.

가 한낮이 되기도 전에 나무가 우북하고 바윗돌이 울퉁불퉁하던 땅이 어느덧 평평해졌다. 뽑아낸 나무는 다 불태우고 내려왔다.

그 이튿날에는 한 손으로 따비질을 하여 이쪽 언덕에서 저쪽 기슭까지 갈기 시작했다. 가로세로 위로 아래로 따비질을 해서 금방 수백묘의 밭이 만들어졌다.

스님은 그 땅에 좁쌀 여러섬을 뿌린 다음 옆에 움집을 세워 거처를 정했다. 가을철에 좁쌀을 1천 5, 6백섬이나 거두어 들였다. 금년에 이러했고, 그 이듬해에도 그만큼 추수하여 쌓인 곡식이 3천여 섬이나 되었다.

스님이 향교에 찾아와

"불제자가 농사만 짓고 있겠습니까? 불도를 닦아야지요. 소승은 이제 돌아가려 하옵니다. 밭은 향교에 바칩니다."

하고 아뢰었다. 이튿날 스님은 그 고을과 인근의 백성 3천여 호를 불러 호마다 좁쌀 한섬씩을 나누어주었다. 그러고 나서 어디론가 표연히 떠났다.

한 손으로 따비질을 하는데
소 열마리 힘이더라.
삼년의 수확으로
좁쌀 동산을 만들었다.
춘궁기에 흩어주고 표연히 사라지니
여러 고을 백성들
주림을 면했더라네.

홍봉상洪峰上

홍생은 원래 선비지만 그가 어디 사는지 아무도 모른다. 매양 봄가을 명절이 오면 노래하고 풍악하는 사람들이 수십리 밖의 멀리서도 빠지지 않고 모여든다. 마주 보이는 산봉우리 위에 홍생이 앉으면 기생·풍각쟁이·소리패들이 모두 놀라 "봉상峰上이 오셨다." 하고 외치며, 고기와 술을 실컷 먹고 마시고 즐기다가 흩어진다.

> 풍악이 성내를 울리고
> 흥겹게 노닐었다.
> 봄철은 남한산성
> 가을철은 북한산에
> 노래와 풍악
> 저마다 흥이 나서 모여드는데
> 홍애洪崖 선생
> 산마루에 앉아 있다.

급수자汲水者

물 긷는 이는 전부터 도성 서편에 살았다. 동네 사람들이 그가 늘 굶는 것을 딱하게 여겨서 더러 밥을 나눠주었다. 서편은 산이 많고 조금만 가물어도 물이 마른다. 물 긷는 이는 밤에 산속으로 들어가서 샘이 솟는 곳을 지키고 누웠다가 닭이 울 무렵에 물을 길어서 친한 사람들 집에 나눠주곤 했다. "왜 사서 이런 고생을 하나?" 하고 물으면 그는 "밥 한 그릇, 죽 한 사발 은혜라도 갚아야지요."라고 대답하는 것이었다.

돌베개 하고 잔디밭에 누웠다가
새벽닭 울면 물을 긷는다.
묻지 마오, 집도 없이 가난하지만
밥 한 숟갈의 은혜라도 갚지 않으리.

내 나무吾柴

'내 나무'는 나무장수다. 그는 "나무 사시오—"라고 외치지 않고 "내 나무—" 한다. 풍설이 몰아쳐 혹독히 추운 날엔 나뭇짐을 지고 얼어붙은 이 골목 저 골목을 돌아다니며 "내 나무—" 하고 외친다. 그렇게 추운 날이 아니면 앉아서 나무를 판다. 나무 사러 오는 사람이 뜸해지면 품에서 책을 꺼내 읽는데, 책은 고본경서古本經書다.

서울 장안 열두 거리에
풍설이 사나우면
남촌 길 북촌 길에
"내 나무—" 하고 외친다.
속없는 아낙네들⁶ 웃지를 마오.

---

6 원문은 '會稽愚婦'이다. 한나라 때 주매신朱買臣이라는 사람이 젊어서 어렵게 살아 그 부인이 남편을 버리고 달아났다. 후일에 주매신이 출세하여 지방관으로 내려왔을 때, 그 아내가 찾아왔으나 받아들이지 않았다. 회계會稽는 그 아내가 살던 고장이다. 이백의 시 「남릉서별南陵敍別」에 "회계의 어리석은 아낙들 주매신을 비웃지 마소. 나 또한 집을 떠나 서쪽으로 갔더라오會稽愚婦輕買臣, 余亦辭家西入秦"라는 구절이 있다.

송판[7] 경서經書를
가슴 안에 품었다오.

공공空空

공공은 최씨댁 하인이다. 본디 위인이 어리석고 고지식하였다. 죽과
밥 외에 다른 무엇이 있는 줄 모르다가 중년에 비로소 술맛을 알게 되었
다. 탁주 한 잔을 2전에 사먹을 수 있는 줄 알고부터는 날마다 마을로 놋
그릇을 닦으러 돌아다녔다. 놋그릇을 내주면 별로 힘들이지 않고 반들
반들 광택이 나도록 닦아놓았다. 그릇 주인이 주는 품삯이 2전을 넘으
면 그 나머지는 버리고 2전만 들고서 선술집으로 향한다.

우직한 저 공공이
바보가 아니라네.
돈을 벌어도
두푼이면 족하지요.
놋그릇 닦아주고
주는 대로 받아서
선술집 막걸리
한잔을 들이켜지.

---

7 **송판宋板** 중국 송나라 때 목판으로 인쇄된 책. 책의 간행이 이때부터 시작되었는데
  송판은 책으로서 아름답고 정교하기로 손꼽힌다.

임옹林翁

조동[8] 안씨 집 행랑에 품팔이하는 어멈이 살았다. 그 남편은 노인인데, 닭이 울면 일어나서 문밖과 골목을 쓸기 시작해 온 동네를 다 쓸었다. 그리고 아침이면 문을 닫고 혼자 방 안에 있다. 주인도 그의 얼굴을 마주친 적이 드물었다. 어느날 그 아내가 밥상을 남편에게 바치는 것을 보니 상을 눈썹 가지런히 들어 올려 공경하는 품이 손님을 대하는 것 같았다. 주인은 어진 선비라 생각하고 예의를 차려 문을 두드렸다. 노인은 사양하는 것이었다.

"천한 사람이 어찌 주인으로부터 예우를 받겠습니까? 죄가 되는 일이니 곧 떠나야겠습니다."

그 이튿날 어디론가 행방을 감추었다.

새벽이면 일어나 골목을 쓸고
낮에는 문을 닫고 들어앉으니
골목길 지나는 이들 상쾌도 하지.
밥상을 들되 눈썹 가지런히 공경을 하니
누가 알았으랴!
행랑에 양홍[9]이 사는 줄을.

---

8 **조동**棗洞 서울 중구 장교동부터 을지로2가에 걸쳐 있던 마을 이름. 대조동이라고도 했다.

9 **양홍**梁鴻 동한東漢 때 인물. 학문이 높고 절조가 대단했으며, 그의 처 맹광孟光 역시 현숙한 부인이었다. 형편이 곤궁했음에도 부부간에 서로 공경하였고 맹광은 상을 눈썹 가지런히 들어 올렸다 한다. 양홍의 자가 백난伯鸞이어서 원문에 '梁鸞'으로 되어 있다.

장송죽張松竹

장생은 영남 사람인데 서울로 공부하러 올라와 있었다. 매양 술이 거나해지면 먹물을 여러 사발 머금었다가 큰 종이폭에다 뿜어낸 다음, 손가락 끝으로 여기저기 먹물을 튀겨서 펼쳐내곤 한다. 그래서 그 심도나 모양에 따라 송죽이며 화훼·조수鳥獸·어룡魚龍이 그려지는가 하면 전서나 예서·행초·비백체[10]의 글씨가 되기도 한다. 저마다 각각의 농담이며 선과 획의 돌아가는 모양새가 뜻대로 잘 어울리지 않는 곳이 없다. 사람들이 그것을 손가락 끝을 놀려서 그린 줄 알아보지 못했다.

지금 여기 장생은 옛날 장욱[11]을 압도하는군.
머리에 먹물 묻혀 미친 듯 쓰는 거야 놀랄 것 없지.
한말이나 들이켠 먹물을 장지에 뿜어내서
손가락 끝으로 그리고 쓰는 솜씨 천연으로 된 듯.

마경벽자磨鏡躄者

절름발이는 집이 동성東城 밖에 있다. 매일 문안으로 들어가서 거울 닦는 일을 업으로 하였다. 내가 7, 8세 때에 그이를 보았는데 60세쯤 되

---

10 전서篆書·예서隸書·행서行書·초서草書·비백체飛白體 모두 서체의 종류. 전·예·행·초는 진한秦漢 시대의 서체. 비백체는 글자의 획이 마치 비로 쓴 듯 흰색과 검은색이 갈라져 보이는 것이 특징이다.

11 장욱張旭 두보의 「음중팔선가飮中八仙歌」에 나오는 당나라 때 글씨를 잘 쓰기로 유명한 인물. 술을 거나하게 마시고 머리에 먹물을 묻혀 미친 듯 휘둘러 쓴 것으로 묘사되어 있다.

어 보였다. 이웃의 7, 80세 되는 노인이 말씀하시기를 초립동 시절에 그이를 벌써 보았노라 했다. 그는 날이 저물어 취해 집으로 돌아가다가 달이 떠오르는 것을 보면 걸음을 멈추고 달을 바라보며 심호흡을 한다. 그리고 그 자리를 오래 떠날 줄 몰랐다.

"달이 떠오르는 것을 보고 거울 닦는 법을 깨닫지요."

썩 운치 있는 말이 아닌가.

마경노인 돌아가는 발걸음이 더디니
동성에 뜨는 달을 취하여 바라본다.
하늘에 숨을 내쉬면 달무리가 희고
구름이 흩어지며 고운 달이 나타난다.

정초부鄭樵夫[12]

나무꾼 정씨는 양근[13] 사람이다. 젊은 시절부터 시를 잘해서 볼만한 시편도 많았다. 그의 시편을 들어보면

한묵翰墨에 놀던 몸이 나무하여 늙어가니
어깨에 가을빛을 지고 소소히 내려온다.
동풍이 장안길에 불어오는데
새벽녘 동문 제이교[14]를 밟노라.

---

12 정초부鄭樵夫 영조 때 인물로 이름이 정포鄭浦로 밝혀졌다.
13 양근楊根 지금의 경기도 양평군에 속하는 지명.
14 제이교第二橋 지금의 동대문에서 종로5가로 오는 길에 5가 가까이에 놓여 있던 다리.

동호[15]의 봄물은 쪽빛보다 푸르른데
백구 두세마리 한가로이 떠 있다.
노 젓는 소리에 백구는 날아가고
석양이라 산그림자 빈 못에 가득하다.

이런 시편이 많았다는데 시집이 전하지 않아 유감이다.

새벽녘 동문 제이교를 밟고
어깨 가득 가을빛을 짊어지고
소소히 내려온다.
동호의 봄물은 예처럼 푸르른데
어느 누가 기억할까
나무꾼 시인을.

김금사金琴師

금사 김성기金聖器는 왕세기王世基에게 배웠다. 왕선생은 신성新聲을 얻으면 감추어두고 좀처럼 가르쳐주지 않았다. 성기는 밤마다 왕선생의 집으로 가서 창 앞에 귀를 대고 엿들었다. 이튿날 아침에 왕선생의 신곡을 하나도 착오 없이 옮길 수 있었다. 왕선생은 매양 이상도 한 일이라 여겼다. 어느날 밤 현악기를 연주하다가 곡이 끝나기 전에 갑자기

---

15 **동호東湖** 지금의 서울 옥수동 부근의 한강을 가리키는 이름. 그쪽에 독서당이 있어서 호당湖堂이라고 일컫기도 했다.

창문을 열어젖히니 성기가 놀라 땅에 쓰러졌다. 왕선생은 성기를 크게 기특히 여겨 자기의 작품을 전부 그에게 가르쳐주었다 한다.

> 몇장의 신곡을
> 감추어두었던고.
> 창문을 열치자
> 신공神工에 탄복하였네.
> 물고기 뛰고 학이 깃드는 곡을
> 이제 모두 너에게 전하노니
> 경계하노라,
> 예의 활일랑 당기지 말아다오.[16]

정선생鄭先生[17]

성균관의 동편은 송동[18]이다. 이 동네에 꽃나무가 많은데 학사學舍 한 채가 그린 듯이 서 있다. 곧 정선생이 제자들을 가르치는 곳이다. 아침 저녁으로 경쇠가 울리면 학생들이 모이고 흩어진다. 이들 중에 학업을 성취한 자도 적지 않다. 하여 반촌[19] 사람들이 정선생이라고 불렀던 것

---

16 예羿는 하夏나라 때 유궁有窮의 임금으로 명궁名弓이었는데, 제자 한착寒浞의 화 살을 맞고 죽었다.
17 성명이 정학수鄭學洙로 확인되는데 서울에서 서민층 자제들을 모아 가르치는 일 을 했다. 여항의 교육자로 볼 수 있는 인물이다.
18 **송동宋洞** 성균관 동편 산기슭으로, 현재는 명륜동3가에 속한다. 수목이 볼만했다 한다.
19 **반촌泮村** 성균관을 일명 반궁泮宮이라 하며, 그 주변의 마을을 반촌이라 불렀다.

이다.

> 학사 앞뜰 꽃나무 사잇길로
> 아침저녁 경쇠 소리에 모이고 흩어지네.
> 도성 사방의 자제들을 가르치노니
> 도포에 띠를 매신 정선생이로다.

골동 노인古董老子

서울 사는 손孫노인은 원래 부자였다. 골동품을 몹시 좋아했으나 감식
안이 있는 것은 아니었다. 사람들이 허다히 진품이 아닌 걸 속여서 많은
값을 받아내곤 하였다. 이런 까닭으로 집안이 마침내 몰락하고 말았다.

하지만 손노인은 자기가 속임을 당해왔다는 사실을 깨닫지 못했다.
빈방에 홀로 쓸쓸히 앉아서 단계석[20] 벼루에 고묵古墨을 갈아 묵향을 감
상하는가 하면, 한나라 때의 고기古器에다 상품의 차를 달여서 다향을
음미하며 가장 만족해했다.

"춥고 배고픈 것쯤 무슨 근심이랴!"

이웃의 어떤 사람이 그를 동정해서 밥을 가져오자 "나는 남의 도움을
받을 필요가 없소." 하고 손을 저어 돌려보냈다 한다.

> 비단 이불 갖옷 대신에 골동을 품고서
> 향 피우고 차 마시매 추위가 달아난다.

---

20 단계석端溪石 중국 광동성 단계 지방에서 나는 벼룻돌로, 석질이 부드럽고도 치밀
하여 특히 귀하게 친다.

초가지붕에 밤새 눈이 석 자나 쌓였는데

이웃에서 보낸 조반 손 저어 물리친다.

달문達文

달문은 성이 이李가이다. 나이 40세의 노총각으로 약주름을 해서 부모를 봉양했다.

어느날 달문이 모씨의 약국을 들렀다. 약국 주인이 가격이 은 한냥이나 되는 인삼 몇뿌리를 자랑삼아 보이면서 말했다.

"이게 어떤가?"

"참으로 좋은 물건이군요."

주인이 마침 무슨 일이 생겨서 안으로 들어갔는데, 달문은 등을 돌린 채 창밖을 내다보고 앉아 있었다. 이윽고 주인이 나와서 묻는 것이었다.

"달문이, 여기 인삼 어디 갔지?"

달문은 고개를 돌려 인삼이 없어진 것을 보고 웃는 얼굴로 대답했다.

"내가 마침 살 사람이 왔기에 팔았지요. 곧 값을 치르러 올 겁니다."

이튿날 약국 주인이 쥐잡기를 하다가[21] 궤 뒤쪽에서 종이에 싼 물건이 나와 끌러보니 어제의 그 인삼이었다. 주인은 깜짝 놀라 달문을 불러서 물었다.

"자넨 왜 인삼을 못 보았다고 말하지 않고 팔았다고 거짓말을 했는가?"

"인삼을 나밖에 본 사람이 없는데 갑자기 없어졌으니 내가 모른다고 대답하면 나를 도둑으로 보지 않겠소?"

---

21 원문은 '燻鼠'이다. 『시경詩經·빈풍豳風』에 "구멍을 막고 쥐구멍에 불을 놓으며, 북쪽 바라지를 막고 창문을 바른다穹窒熏鼠, 塞向墐戶"라고 하였다.

주인은 부끄러이 여겨 여러번 절을 했다.

당시 영조대왕은 가난해서 늦도록 시집가고 장가가지 못한 백성이 있는 것을 안타깝게 여기시고 나라의 재물을 내려 성례를 시킨 일이 있었다. 달문도 그때 비로소 결혼을 했다.

달문은 늘그막에 영남으로 낙향해서 집안의 자식들을 모아 장사를 시키며 살았다. 매양 서울 사람을 만나면 눈물을 흘리며 혼인을 할 수 있게 해주신 임금의 성덕을 이야기하곤 했다.

웃으며 두말 않고 인삼값을 내어주더니
부옹은 이튿날 달문에게 절을 했다네.
남녘에서 서울의 길손을 대하면
선대왕 성덕에 눈물이 그렁그렁.

전기수傳奇叟

전기수는 동대문 밖에 살고 있다. 언문 소설을 잘 낭송하는데 이를테면 『숙향전』『소대성전蘇大成傳』『심청전』『설인귀전薛仁貴傳』 같은 책들이다. 읽는 장소는 매달 초하룻날엔 제일교[22] 아래, 초이튿날엔 제이교 아래, 초사흗날엔 배오개, 초나흗날엔 교동 입구, 초닷샛날엔 대사동[23] 입구에 앉아서, 그리고 초엿샛날엔 종각 앞이다. 이렇게 올라왔다가 다음 초이레부터는 도로 내려온다. 이처럼 내려갔다가 다시 올라오고 또

---

22 제일교第一橋 동대문에서 종로 쪽으로 제일 첫번째 다리. 현 명륜동 계곡에서 발원하여 충신동을 거쳐 청계천으로 빠지는 개천에 놓여 있던 다리이다. 초교初橋.
23 대사동大寺洞 지금의 서울 종로 탑골공원에서 안국동으로 들어가는 데 있던 지명.

올라갔다가 내려오고 하여 한달을 마치는 것이다. 다음 달에도 그렇게 하였다. 워낙 재미있게 읽기 때문에 청중들이 겹겹이 담을 쌓는다. 그는 읽다가 가장 긴절하여 듣고 싶은 대목에 이르러서는 문득 읽기를 멈춘다. 청중은 하회가 궁금해서 다투어 돈을 던진다. 이를 일컬어 요전법邀錢法이라 한다.

아녀자들 슬픔에 젖어 눈물을 뿌리지만
영웅의 승패는 칼로 자르듯 되기 어렵다네.
읽다가 그치는 대목 '요전법'이라.
인정의 묘한 데라 하회가 궁금하지.

농후개자弄猴丐子

원숭이를 놀려 저잣거리에서 걸식하는 노인이 있었다. 그는 원숭이를 퍽 사랑하여 한번도 채찍을 든 적이 없었다. 저물어 돌아갈 때에 언제고 원숭이를 어깨에 앉힌다. 자기 몸이 몹시 피곤해도 꼭 그렇게 했다. 노인이 병들어 죽게 되었다. 원숭이는 눈물을 흘리며 병자의 곁을 떠나지 않았다. 마침내 노인이 굶어죽어서 화장을 하는데 원숭이는 사람들을 둘러보며 우는 시늉을 하다가 굽신굽신 절을 하고 돈을 비는 시늉을 했다. 사람들이 모두 불쌍히 여겼다. 장작불이 빨갛게 타올라 그 시신이 반쯤 탔을 때 원숭이는 길게 슬픈 소리를 지르더니 그만 불길 속으로 뛰어들어 죽었다.

굿마당에선 채찍을 들지 않았고

굿 마치고 돌아가는 길엔 어깨에 얹더라.

주인을 따라서 죽으리라 결심하고

사람들 앞에 장례비를 구걸한 것이었네.

해금수嵇琴叟

내가 5, 6세 때로 기억된다. 해금을 켜서 쌀을 구걸하는 사람을 만났는데 얼굴이나 머리털이 60여세쯤 되는 것으로 보였다. 매양 연주를 시작할 때에 문득 부르기를 "해금아, 너 아무 곡을 켜라." 하면 해금이 응답하는 것같이 하여 켜기 시작했다. 영감 할멈 양주가 말을 주고받는 것 같았다. 콩죽을 실컷 먹고 배가 아파 크게 소리를 지르는 시늉이라든가, 빠른 소리로 석쥐24가 장독 밑으로 들어갔다고 외치는 시늉이라든가, 남한산성에 든 도둑놈이 이 구석으로 달아나고 저 구석으로 달아나는 흉내를 낸다든가 하는 따위를 영락없이 꼭 그럴 법하게 한다. 그게 모두 사람을 깨우치는 말들이었다. 내가 회갑이 되던 해에 그가 다시 나의 집으로 와서 옛날과 마찬가지로 쌀을 구걸하였다. 그의 나이는 이미 백살이 넘었을 것으로 생각된다. 기이하도다, 기이해!

영감— 할멈—

콩죽 먹고 배탈이 났다네.

석쥐가 장독 밑을 뚫지 못하게 하여라.

어이, 조카 — 하며 혼자 말을 주고받기도 하는데

---

24 석쥐鼫鼠 다람쥣과에 속하는 작은 동물로 다람쥐와 비슷하게 생겼음. 『시경·빈풍』에 석서가 나오는데, 곡식을 훔쳐먹는다고 되어 있다.

가만히 들어보면

모두 사람을 깨우치는 말일러라.

삼첩승가三疊僧歌

남참판이 있었는데, 이름은 기억하지 못한다. 이분이 젊은 시절에 한 여승을 두뭇개²⁵ 길에서 만나 정을 통했다. 그리고 돌아와서 잊지 못해 병이 깊이 들었다. 죽음이 가까워져서 장가長歌를 지어 마음을 표현했다. 삼첩三疊의 노래로 서로 주고받는 형식이다. 그녀는 머리를 기르고 남참판댁의 소실이 되었다. 지금 세상에 '승가삼첩'이 전하고 있다.

아득한 강변길에 임을 만나

늘어선 나무에 꽃잎이 날리고 구름이 비치는데

삼첩승가 설법보다 좋아서

가사를 벗어버리고 다홍치마 입었다네.

권수고勸酬酤

수유리 주막집은 동쪽 언덕배기에 솔숲이 좋고 맑은 시내가 흐른다. 술 파는 영감이 주막에 앉아 있다. 행인이 술을 사먹으러 들어오면 우선 한 잔을 따라서 "감히 술을 올리는 예절을 차리겠우다." 하며, 자기가 먼저 쭉 들이켜고 나서 잔을 씻고 다시 술을 따라 손님에게 권한다. 손

---

25 원문은 '斗彌'로 나와 있는데, 현재의 서울 성동구 옥수동이다. 두뭇개·두멧개라고도 하였다.

님이 여러잔을 마시면 자기도 따라서 여러잔 들이켰다. 손님이 여러 사람 들어오더라도 손님 수대로 상대하여 각각 잔을 주거니 받거니 한다. 하루에 으레 50, 60, 70, 80잔을 마시게 되지만 한번도 술을 이겨내지 못한 것을 본 적이 없다.

한 사발 막걸리에 돈이 두푼이라지.
주인이 따르고 손이 권하니
주도酒道가 여기에 있도다.
오십년 지난 지금 주막은 간 곳 없고
소나무 예처럼 맑은 시내를 가리는데.

건곤낭乾坤囊

조석중趙石仲은 9척 장신에 눈썹이 짙고 배가 큰데 손재주가 많았다. 특히 말갈기로 망건과 갓을 잘 만들었다. 하루 걸려 망건 하나, 사흘 걸려 갓 하나를 만들어냈다. 망건값은 백푼이고, 갓값은 8백푼이다. 돈이 생기면 곧 어려운 사람을 도와주었다. 술을 잘 마시며 친구를 좋아하고 신의를 중히 여겼다. 거처할 집도 없이, 언제고 커다란 자루를 휴대하고 다닌다. 한섬 쌀이 담길 만한 크기로 '건곤낭'이라 부르는 것이었다. 일체의 가재도구 및 의관, 신발가지를 모두 그 안에 집어넣는다. 자칭 당세의 미륵불이라 일컬었다.

말총 갓, 말총 망건 그림보다 절묘하다.
건곤낭 짊어진 그 그림자가 우람도 하오.

세간 일체가 그 속에 담겼으니

부끄럽네, 세상에 바랑 진 스님네들.

손봉사孫瞽師

손봉사는 점치는 데는 손방이고 가곡을 잘했다. 우리나라의 이른바 우조니 계면조[26]니 하는 장단고저長短高低의 24성[27]에 두루 통달하였다. 매일 길머리에 앉아서 큰 소리 가는 창법으로 노래를 불렀다. 바야흐로 노래가 절정에 이르면 청중이 담을 쌓아서 던지는 돈이 비 오듯 쏟아진다. 손으로 더듬어보아서 백푼이 될 양이면 툭툭 털고 일어선다.

"이만하면 한번 취하기에 충분하겠지."

옛적의 사광[28]처럼 눈 찔러 봉사런가.

동방의 가곡 이십사성 두루 통하였다네.

백푼만 얻으면 취코자 일어서니

점쟁이 엄군평[29]도 부러울 것 없지.

---

26 계면조界面調 국악 곡조로 애타고 슬프며 처절한 느낌의 곡조를 가리킴.

27 24성聲 우조 11곡과 계면조 13곡을 합해 24곡을 말한 듯하다. 하지만 여기서 파생한 반우반계半羽半界 2곡이 더 있으며, 오늘날 남창가곡은 우조·계면조·반우반계를 합한 26곡으로 구성된다.

28 사광師曠 춘추시대 진晉의 음악가인데, 귀를 예민하게 하기 위해서 스스로 눈을 찔러 맹인이 되었다 한다.

29 엄군평嚴君平 한나라 때 사람으로 점을 쳐서 생계를 이었다.

일지매—枝梅

일지매는 도둑 중의 협객이다. 매양 탐관오리들이 착취해 얻은 부정한 재물들을 훔쳐서 부모 봉양과 사후 장사가 어려운 사람들에게 나누어준다. 처마와 처마 사이를 날고 벽에 붙어다녀서 날래기가 귀신이었다. 도둑을 맞은 집은 도둑이 누군지 모를 것이지만 그 스스로 매화 한 가지를 붉게 찍어놓는다. 대개 혐의가 남에게 가지 않도록 하기 위함이었다.

> 매화 한 가지 혈표血標를 찍어놓고
> 부정의 재물 취해 가난한 자들 돕는다네.
> 때를 못 만난 영웅 예로부터 있었으니
> 옛적 오강에는 비단 돛이 떠올랐거든.[30]

홍씨 도객洪氏盜客

남양南陽 홍씨 부호가 있었으니 손을 좋아하였다.

어느날 길손이 비를 피해 대문 앞에 서 있는 것을 보고 사랑으로 맞아들였다. 이야기를 나누어보니 그 손은 시를 잘 짓고 술을 잘 마시고 장기바둑도 잘 두었다. 주인은 아주 반가워서 그 손을 만류하였다. 비는 진종일 내렸다.

그날 밤중에 손은 피리를 꺼내 들더니

---

30 중국 삼국시대 감녕甘寧의 고사. 감녕은 한때 도적무리로 횡행하며 오강吳江에서
   비단 돛을 달고 다녔다 한다.

"이게 관경골[31]이라오. 한 곡조 들어보겠소?"

하고 피리를 부는데 소리가 더없이 청아하고 고요하게 흘러나왔다. 어느덧 비는 개고 구름 속에서 달이 나와 뜰에 맑게 비치고 있었다. 주인은 자못 흥취가 도도해졌다. 이때 그 손이 문득 단검을 뽑아 드는 것이었다. 서릿발 같은 기운이 등불에 부딪쳐 검광을 발한다. 주인이 경악해서 몸을 떠는데, 창밖에서

"저희들 다 와 있습니다."

하는 소리가 들렸다. 그 손은 칼을 뽑아 들고 왼손으로 주인의 손목을 잡고

"주인장이 아주 어지신 분인데, 내 어찌 전부야 가져가겠소?"

하고 밖에 명령을 내렸다.

"모든 물건을 다 반분해서 실어내라. 저 검정 나귀는 나눌 수 없는 것이니 남겨두어 어지신 주인의 손님에 대한 후의에 보답하도록 해라."

"예—."

이윽고 또

"공사를 다 마쳤습니다."

하는 말이 들렸다. 이에 그 손은 일어나서 주인에게 읍하고 떠났다.

주인이 가재도구를 점검해보니 크고 작은 것 없이 모두 반분해서 가져갔으며, 집안에 상한 사람은 하나도 없었다. 그런데 그 검정 나귀는 보이지 않았다. 주인은 집안사람들을 단속해서 입을 덮고 말이 밖에 새나가지 않게 했다.

이튿날 오정쯤에 검정 나귀가 등에 망태를 얹고 돌아왔다. 망태에 혁

---

31 관경골鸛脛骨 황새의 정강이뼈로, 이것을 이용해 피리를 만든 것이다.

제서[32]가 들어 있는데 "못된 부하놈이 명을 어겨서 삼가 그의 머리로 사과드립니다."라는 사연이었다.

> 등불 앞에 칼날이 번쩍
> 가을 물결 춤추고
> 관경골 피리 소리
> 날이 맑게 개었는데
> 백물을 반분하매
> 한 부하 명을 어겨서
> 망태 속에 머리 담아
> 주인에게 사과했다네.

김오흥金五興

김오흥은 서강에서 선운船運으로 업을 삼는 사람이었다. 용력이 아주 대단하여 능히 읍청루[33] 처마에 뛰어올라 기왓골에 발을 걸고서 거꾸로 가기도 했다. 제비나 참새보다 민첩했다. 길에서 무슨 다툼이 일어난 것을 보면 대뜸 약자를 편들고 기우는 쪽을 부축하여 자기 목숨조차 돌아보지 않았다. 오흥이 있어서 마을 사람들은 옳지 못한 일을 감히 행하지 못했다.

> 높다란 누각이 큰 강가에 우뚝한데

---

32 혁제서赫蹄書 쪽지에 기록한 적발 내용.
33 읍청루揖淸樓 서울의 훈련도감 별영에 속한 유명한 누대. 마포 쪽에 있었다.

날랜 몸 뛰어올라 나는 새와 같더라.

약자를 두둔하고 가난한 자를 도우니

억울한 사람들이 이웃에 누구누구더뇨?

팽쟁라彭絳羅

팽씨는 부잣집 아들이었다. 10만금의 재산을 가지고도 욕심에 차지 않았다. 장사를 해서 큰 이익을 얻어보려고 한번은 산갓[34]을 매점하고자 했다. 먼저 3천 꿰미를 들여 산갓밭의 소출을 몽땅 사버렸다. 서울 장안에 산갓이 씨가 말랐으리라고 생각했는데 가을철이 되자 산갓 팔기를 외치는 사람이 끊이지 않았다. 다시 2천 꿰미를 더 들여서 매입했더니 이에 산갓은 품귀하게 되었다. 그러나 민간에서 세개에 한푼 하는 쓴 산갓을 누가 사가겠는가. 한 사람도 사가는 사람이 없었다. 겨울이 지나고 봄이 되자 산갓이 썩고 벌레가 일어 물속에 내다버리지 않을 수 없었다. 팽씨는 손해를 벌충하려고 눈이 뻘겋게 날뛰었으나 다시 무슨 일에 또 낭패를 보았다. 가산을 탕진하여 빈주먹만 쥐고 나서게 되자 병이 들어 미치고 말았다. 산갓가루를 쥐에다 묻혀서 씹어먹으며 거리를 돌아다니는 것이었다. 팽씨의 집은 원래 쟁라[35]를 쓰는 것으로 날을 보냈기 때문에 시정 사람들이 그를 '팽쟁라'라고 불렀다.

해진 저고리 쭈그렁 갓에 머리는 헝클어지고

어칠비칠 걸어가며 죽은 쥐를 씹는다.

---

34 산갓 십자화과에 속하는 식물로 줄기는 신맛이 있어 식용으로 쓰인다. 한채釈菜.
35 쟁라絳羅 좋은 비단을 가리키는 듯한데 자세한 것은 미상.

누가 알랴, 그 옛적 팽십만彭十萬인 줄!
쟁라집이 본래는 산갓 도고였나니.

이야기 주머니說囊

'이야기 주머니' 김옹은 이야기를 아주 잘해 듣는 사람들이 다 포복절도하지 않을 수 없었다. 김옹이 바야흐로 이야기의 실마리를 잡아 살을 붙이고 양념을 치며 착착 자유자재로 끌어가는 재간은 참으로 귀신이 돕는 듯하였다. 과연 익살의 제일인자라 할 것이다. 가만히 그의 이야기를 음미해보면 세상을 조롱하고 개탄하며 풍속을 깨우치는 내용이었다.

지혜가 구슬처럼 둥글어 힐중[36]에 비할 만한데
『어면순』[37] 이것은 골계의 으뜸이라.
산꾀꼬리 들따오기가 송사를 벌이니
황새나리 판결은 공정도 하다.[38]

임수월林水月

임희지林熙之는 자를 희지, 수월水月이라고도 했는데 역관이었다. 술

---

36 힐중詰中 불경의 하나인 『유마경維摩經』의 주인공 유마힐維摩詰을 가리키는 것으로 생각된다.
37 『어면순禦眠楯』 연산군·중종 연간의 인물 송세림宋世琳이 지은 소화집의 일종.
38 꾀꼬리와 따오기가 서로 노래자랑을 하여 황새의 판결을 받는 이야기가 『삼설기』에 '황새결송決訟'이란 제목으로 실려 있다.

을 좋아하며 생황을 잘 불고 난과 대를 치기도 했다. 천성이 기이한 것을 좋아하였다. 사는 집은 뜰이 말 한필을 돌릴 수 없을 만큼 좁았는데, 그 가운데 못을 파고 옆으로 길을 내어 겨우 혼자 지나갈 수 있었다. 못에는 연꽃을 심고 물고기를 키웠다. 눈 내린 겨울 새벽달이 밝으면 머리에 쌍상투를 올리고 몸에 우의羽衣를 떨쳐입고 제오교[39] 위에서 생황을 불었다. 지나가던 사람들은 신선이 아닌가 의심하였다.

쌍상투에 우의로 생을 부는 밤
제오교 머리 눈 위에 달빛이 희다.
술기운 도도히 흐르는 손끝으로
대와 난초 신명나게 그렸네.

강확시姜攫施

강석기姜錫祺는 서울의 불량소년이었다. 매일 술에 취해서 사람을 구타하지만 아무도 대적할 사람이 없었다. 한번은 권선문勸善文을 파는 중의 바리때에 돈이 많이 놓인 것을 보고 말을 걸었다.
"스님, 돈을 시주하면 극락 가우?"
"그렇지요."
"스님, 이 돈을 집어가면 지옥 가우?"
"그렇지요."

---

39 제오교第五橋 어디인지 확인이 되지 않는데, 동대문에서 종로길을 따라 제1교와 제2교가 있었던 것으로 미루어 제5교로 일컬어지던 곳도 종로의 광화문 방향으로 있던 다리가 아닌가 한다.

강석기는 하하 웃었다.

"스님이 받은 돈이 이만큼 많은 걸 보면 극락 가는 길은 틀림없이 어깨가 걸리고 발이 밟혀서 가기 어려울 거야. 누가 그런 고생을 사서 한담? 스님, 나는 지옥길을 활개 치며 갈 테요. 그러려면 이제 불가불 스님 돈을 집어다가 술이나 먹어야 되지 않겠소?"

그러고는 바리때에 담긴 돈을 한푼도 남기지 않고 쓸어가버렸다.

사람사람 시주하면 천당에 가려니와
앗아가면 모름지기 지옥을 간다는데
비좁은 천당길 구태여 갈 게 있나.
차라리 지옥길을 활개 치며 가리라.

탁반두卓班頭

탁반두의 이름은 문환文煥이니 나례국[40]의 변수[41]였다. 어려서 황진이 춤에 만석중놀이[42]를 잘해서 그네들 중에서 아무도 따라올 자가 없었다. 늘그막에 사신을 응접한 공로로 가선대부의 품계를 하사받았다.

---

40 나례국儺禮局 나례 행사를 맡은 관청. 나례도감儺禮都監이라고도 한다. 나례는 본디 마귀나 악귀를 쫓기 위한 의식인데, 왕의 행차나 중국 사신이 올 때 앞길에 잡귀를 물리치는 의미로 행하는 일종의 유흥이었다.
41 변수邊首 장인들의 우두머리. '편수'라고 했는데 음을 따라서 변수라고도 부른 것이다.
42 만석萬石중놀이 만석이란 중이 황진이黃眞伊에게 빠져 파계한 이야기를 무용극처럼 꾸민 것으로 추정됨. 현전하지 않아 확실히 알 수 없다.

진랑眞娘이 사뿐사뿐 걸어나와 아미를 여미고

만석은 비틀비틀 고깔과 장삼으로 춤춘다.

번작 신마[43] 그 어떤 사람일까

반두 탁동지를 제일로 손꼽더라.

---

43 번작幡綽·신마新磨 중국 고대의 유명한 배우들. 번작은 당나라 현종 때 인물인 황
번작黃幡綽으로, 궁중에 뽑혀와서 30년간 연희활동을 했다. 신마는 오대五代의 후당
때 인물인 경신마敬新磨로, 풍자로 깨우치는 방식을 잘 썼다고 한다.

●작품 해설

조수삼이 지은 것으로, 『추재집』에 실려 있다. 원제는 '기이紀異'로 되어 있는데 구분하기 위해 '추재기이秋齋紀異'라고 하였다.

내용은 주로 18세기 말 19세기 초, 서울의 각양각색의 서민적 인간 유형들에 대한 스케치이다. 시정 주변 인간 군상의 살아가는 모습과 생각하는 방식들 속에서 특이하거나 아름다운 면모를 들추어 부각시키고 있는 것이다. 그런데 여기에 나오는 이러저러한 군상은 다들 그야말로 기인에 속하는 사람들이다. 이들의 기이한 행적을 낱낱이 산문으로 서술하고 다시 각기 한편의 시로써 압축하고 있다. 따라서 전체로 수미일관하게 스토리가 펼쳐지는 것이 아니라 한편한편 독립적인 내용이고, 등장하는 인물들도 개별적이다. 작자의 창작의식은 이런 인물들을 구사해서 본격적인 스토리를 만들어보는 데 미치지 못하고, 개별적인 상태로 파악해서 서정적으로 미화시키려 하였다. 그리하여 산문에 시가 곁들여져서 서정성을 발휘한 '기이'의 독특한 형식이 이루어진 것이다. 이것을 읽어가노라면 서민적 덕성德性에 공감하면서 무한한 정조를 느낄 것이다.

여기 수록한 것은 「추재기이」의 전부가 아니고 발췌한 것이다. 감각이 다소 새롭게 느껴지는 것은 놓치지 않고 뽑아내려 했거니와, 작자는 서문에서 당시 체제에 저촉될 내용들은 일부러 회피한 것처럼 말하고 있다. 그래서 보다 적극적이고 창조적인 인간 유형들의 소식이 궁금하게 생각되기도 한다.